吕进　向天渊◎主编

诗学

SHI XUE

2021

第十四辑

巴蜀书社

目录

◆现代诗学

◆多重视野下的彭燕郊研究

◆重庆诗人研究

◆**音乐文学研究**

◆**文化诗学**

诗学 ·第十四辑·

现代诗学

“女性诗歌”的历史演进
——从理论批评到文本创作

□张立群[①]

内容摘要：“女性诗歌”作为中国当代女性文学的一个重要分支，因其敏感性和实验精神自20世纪80年代中后期诞生之日起就为学界所关注。由于立场和思维方式的差异，“女性诗歌”从命名到具体指认等层面，一直呈现聚讼纷纭的态势并期待在历史化的进程中落实自我。在此前提下，以30年间“女性诗歌”批评演进为线索，采用“学案式”的方法研究梳理，既可以在全面回顾历史的同时了解其起承转合，还能在涉及诸多复杂问题之余发现若干新的角度与进路。

关键词：女性诗歌；理论批评；文本创作；历史演进

文学史上常常有这样的现象：一种有特色的写作要到很多年后才得到公认的命名。上述过程包含着人们对于写作的认知限度，同时也需要某种理论或资源的融入。结合上述逻辑看待“女性诗歌”的概念，自20世纪80年代“第三代诗歌”写作中出现代表诗人与作品、初现“女性诗歌”的

① 张立群（1973—），男，辽宁沈阳人，山东大学人文社会科学青岛研究院教授，文学博士，博士生导师，主要从事中国现代新诗研究。基金项目：本文为教育部高校人文社会科学重点研究基地重大项目“百年新诗学案”（项目编号：17JJD750002）阶段性成果。

命名，到 90 年代获得较为全面、合理的命名并得到相应的阐释，“女性诗歌”的生成、发展及特有的内涵，生动地再现了写作命名与时代、资源和理论之间的互动关系。

一

作为一个共识性的观点，20 世纪 90 年代之后包括“女性诗歌”在内的所有命名如“女性文学”“女性写作”等，都与 80 年代中期西方女性主义理论和创作的本土传播有关。而后，才是出于命名的需要，对其进行整体化和具体化的区分与把握。这样的生成方式一方面使命名与写作之间存有一定的距离甚至是错位，一方面则使命名在初始阶段带有一种特有的紧迫感和焦虑感。当然，相较于 80 年代文学其他文体创作，诗歌及其批评都堪称十分敏感。翟永明在组诗《女人》之前引用杰佛斯和普拉斯的诗句，证明其在创作《女人》之前已对西方女性写作有着较为深入的了解。组诗《女人》出现之后，当时尚为年轻的批评家唐晓渡就迅速写下《女性诗歌：从黑夜到白昼——读翟永明的组诗〈女人〉》，更是在 80 年代最终使用了“女性诗歌”的概念。“女性诗歌”紧随创作而生，早于后来各种以“女性”的命名，只是在当时人们似乎还未意识到这样的命名与写作会产生怎样的影响。

相较于单纯的“女作家”“女诗人”，“女性诗歌”是一个新的提法，它自出现之日起，就带有鲜明的性别意识和发现意识：

当我想就这部长达二十首的组诗说些什么的时候，我意识到我正在试图谈论所谓“女性诗歌”。

男女肯定不止是一种性别之分。因此，“女性诗歌”所涉及的也绝非单纯的性别问题。并不是女性诗人所写的诗歌是“女性诗歌”；恰恰相反，在一个远非公正而又更多由男性主宰的世界上，女性诗人似乎更不容易找到自我，或者说，更容易丧失自我……

女性诗人所先天居于的这种劣势构成了其命运的一部分，而真正的“女性诗歌”正是在反抗与应对这种命运的过程中形成的。追求个性解放以打破传统的女性道德规范，摈弃社会所长期分派的某种既定角色，只是其初步的意识形态；回到和深入女性自身，基于独特的生命体验所获具的人性深度而建立起全面的自主自立意识，才是其充分实现。真正的“女性诗歌”不仅意味着对被男性成见所长期遮蔽的别一世界的揭示，而且意味着已成的世界秩序被重新阐释和重新创作的可能。

在我国，形成“女性诗歌”的可能性是随着“五四”前后民主主义运动的开展而获得的。尽管如此，迄今为止我们很少看到充分意义上的“女性诗歌”。此一现象当然不构成对现实生活中女性的政治和经济地位业已得到广泛改善这一基本事实的否定，却反映出她们在精神上获取真正独立的艰难。这里的原因是多方面的。然而归根结底，“女性诗歌”的形成不是一两个人的可以孤立创造的文化奇迹，而是一种历史现象。①

为了能够对一种独特的、充满新质的写作加以概括，唐晓渡采用了“女性诗歌”的命名，这相对于以往的诗歌批评来说确实少见。结合已有的诗歌批评和诗歌史描述，冰心、林徽因、陈敬容、郑敏等的诗歌创作也曾被探讨过，但一般都是将其置于某种类型或是现象及流派之中并至少冠以“女诗人的写作”，从这个意义上说，“女性诗歌”的出场是一次创新性的探索，它在丰富人们认知的过程中将一种写作独立出来，从而完成了新的历史构造。当然，随之而来的问题则是以“女性”加“诗歌”的方式命名写作，虽在具体研究者那里有着较为全面、深入的界定与论述，但对于一般读者来说，它则易于产生望文生义的倾向即没有突出具体的、个性化的写作，这种情况在美国自白派女诗人西尔维娅·普拉斯的创作和西方女性主义（有的也译为“女权主义”）理论为本土学界所熟知后，似乎更有

① 唐晓渡：《女性诗歌：从黑夜到白昼——读翟永明的组诗〈女人〉》，《诗刊》1987年第2期。

区别与重述的必要。

以 20 世纪 90 年代较早描述当代女性诗歌发展轨迹的文章《当代女性主义诗歌》为例，作者崔卫平在文章的开始曾直接指出“女性主义诗歌”面临的处境：

> 中国当代“女性主义诗歌”是一个被延误了的话题。今天，连许多大学文科的师生，也不知道继舒婷之后，当代还有哪些写作先锋派诗歌的女诗人……在大型的诗歌和评论刊物上很少见到他们的名字，这给当代诗歌的蓬勃发展造成了不可弥补的损失。“女性主义诗歌”则是那些被忽略的声音中的一种声音。①

《当代女性主义诗歌》本是崔卫平为《当代诗歌潮流回顾·写作艺术借鉴丛书》之“苹果上的豹——女性诗卷”所写的前言，该书于 1993 年 10 月由北京师范大学出版社出版。尽管没有阐释何为“女性主义诗歌”，但此文最突出之处是描述了当代女性诗歌的版图并强调了诗歌写作中的女性意识：虹影、陆忆敏、翟永明、张真、王小妮、赵琼、小君、林雪、唐亚平、伊蕾等诗人的作品均入选在册，而其使用“女性主义诗歌”但并未做解释似乎正说明其在具体应用时已不存在疑议。

在 20 世纪 90 年代“女性诗歌”的研讨中，诗歌理论刊物《诗探索》曾起到相当重要的推动作用。“鉴于‘女性诗歌’取得的引人瞩目的实绩及相应的诗歌批评的薄弱状况，也为了迎接世界第四次妇女大会在北京的召开”，《诗探索》于 1995 年第 1 辑先是集中推出了“女性诗歌研究”小辑和“女诗人自白”专栏，共计 10 篇文章。1995 年 5 月 20 日，《诗探索》编辑部又在北京文采阁邀集在京部分诗人、诗评家举办了“当代女性诗歌：态势与展望”座谈会，座谈会由《诗探索》主编谢冕、杨匡汉、吴思敬主持。与会者包括郑敏、屠岸、洪子诚、李小雨、沈奇、崔卫平、汪剑

① 崔卫平：《当代女性主义诗歌》，《文艺争鸣》1993 年第 5 期。

钊、臧棣、林祁、戴杰，荷兰莱顿大学汉学博士、北京大学国际访问学者贺麦晓以及《诗探索》编辑部的林莽、刘士杰、刘福春、陈旭光、陈曦、李华等。“与会者就‘女性诗歌’的命名与定位、态势与展望、实绩与误区、与西方女权思想、‘自白派’诗歌的关系等问题，展开了热烈深入，甚至在许多地方针锋相对的争议和探讨。”① 其中，关于命名与界定究竟是“女性诗歌”还是“女性主义诗歌”，是此次会议争议较为热烈的话题。刘福春、汪剑钊、陈旭光为代表的研究者首肯“女性诗歌”概念，并以之作为思考问题的“行之有效的根本出发点”。在他们看来，“‘女性诗歌’的概念，并不是无所不包的，而是有其相对明确的所指对象与适用范围……很明显，‘女性诗歌’概念之出现于诗歌批评界，是在以翟永明、伊蕾、唐亚平等人的诗歌出现以后，诗论界试图对此现象作出自己的把握的一种努力。而这种努力及概念的有效性明显立足于翟永明们的诗歌与许多女诗人的诗歌具有重大差异的事实之上”。陈旭光更是认为“女性诗歌”是一个典型的“以他定我”的概念，“没有西方女性主义思想的影响和自觉，没有诗歌中表现出来的与那些产生与西方，但在一个‘地球村’的时代会很快成为公共财富的女性主义思想的某些契合，这个概念就不可能产生，也不可能获得诗论界的首肯”。此外，他们还强调“在文学史上，概念的使用在很多时候具有时间上的偶然性、享受‘优先权’（如‘达达主义’‘野兽派’‘朦胧诗’都是这样被历史所接受的）。从近年诗歌批评的实际情况看（甚至具体到《诗探索》此次的推出‘女性诗歌’研究专辑），使用者对‘女性诗歌’的所指是心照不宣的。说得直接一点，‘女性诗歌’其实已经是‘女性主义诗歌’的一种简称”。与这一种观点相对应的，是另一些与会者如吴思敬、崔卫平、贺麦晓、李小雨等不同意“女性诗歌”的命名。如吴思敬就认为“女性诗歌”的命名“范围太窄，画地为牢，把许多优秀的女诗人诗作排除了出去”。持这一种观点的学者“大都主张另

① 陈旭光：《凝望世纪之交的前夜——“当代女性诗歌：态势与展望”研讨会述要》，《诗探索》1995 年第 3 辑。

设‘女性主义诗歌’以专指翟永明等人的诗作”。崔卫平也认为“女性诗歌”不能把张真、王小妮、张烨等排除出去。女诗人李小雨对此问题更是有自己独特的看法。她认为，“女性主义诗歌与女性诗歌是不同的。前者有女权的意味，即便是后结构主义文学理论中的这一术语也未能完全摆脱这种色彩……女性诗歌则全然不同，她是纯然的女性写作，是女性以自我的本身状态关注自身心理特征和生存境遇的写作，即以女性的眼光看世界”①。

从这场研讨会得出的结论可知：“女性诗歌”在具体命名和界定上在当时还是存有类别上的争议的。以刘福春、汪剑钊、陈旭光为代表的、主张使用“女性诗歌”的学者，其实是将“女性诗歌”与“女性主义诗歌”等同起来，他们强调有无“主义”的“女性诗歌”都受到西方女性主义影响，使其所言的对象有着特定的时代背景、文化资源和具体指向。相比较而言，吴思敬、崔卫平、李小雨等学人的思考其实是将“女性诗歌”划分出更为具体的层次，即将女性诗人写作的诗歌总括为“女性诗歌”，而将翟永明等女诗人的创作列入“女性主义诗歌”，“女性诗歌”应当是比“女性主义诗歌”更为宽泛的概念，这样既注意写作范围整体性又强调其特殊性的思路，反映了一种新生概念在其命名初期特有的生成方式与过程。

二

对比理论家的探讨，女诗人对于“女性诗歌”有着不同角度的思考并始终与正在进行的写作有关。考虑到关于“女性诗歌”的言说及产生的影响力，以翟永明相关文章探讨女诗人对于“女性诗歌”的看法不失为一种有效的进路。在写于1985年的《黑夜的意识》一文中，翟永明曾言：

---

① 以上引文均见陈旭光：《凝望世纪之交的前夜——“当代女性诗歌：态势与展望”研讨会述要》，《诗探索》1995年第3辑。

现在才是我真正强大起来的时候，或者说我现在才意识到我周围的世界以及我置身其中的涵义，一个个人与宇宙的内在意识——我称之为黑夜意识——使我注定成为女性的思想、信念和情感承担者、并直接把这种承担注入一种被我视为意识之最的努力之中。这就是诗。

……

我认为：女性文学从来就内蕴着三个不同趋向的层次。在不止一个灵魂的自白中，人们依次看到那种裹足不前的女子气的抒情感伤，和那种不加掩饰的女权主义，前者把纯情女子的寂寞、自恋、怀春聚束到支离破碎的情绪中，后者却仅仅将语言梳理成顺理成章的狭隘的观念，一种因果同一的行为，两者在各自的走向中似乎大相径庭，却又不约而同地在普通人性意义上证明了自己的无足轻重。必须看到，在此之上，只有“女性”的文学才是最高层次。进入人类共同命运之后，真正女性的意识，以及这种意识赖以传达的独有语言和形式，构成了进入诗的真正圣境的永久动力。应当指出：大部分女诗人尚未意识到自身的力量，她们或者还仅仅停留在一个极其狭窄的小圈子里放大个人情感，或者被别人的思想和感受渗透，在并未理解和进入的情况下，成为某些男诗人的模拟和翻版。[①]

出自对以往女性写作的反思，翟永明以“黑夜意识”为自己的诗歌写作赋予新的生命力：对比以往文学史习惯的思维方式，“黑夜意识”是独立的，同时也是叛逆的，正因为如此，它又具有不折不扣的先锋意识。对于女性文学所谓的三个层次，发现新的写作方式的翟永明显然不满足“女子气”写作，同时也不沉湎于“女权主义”式的写作，她强调的是“女性”的写作。然而，在理想中的“女性”写作尚未成熟或普遍接受之前，女性只能依靠自己的力量和自身的觉醒。

客观看待翟永明这一时期的诗歌观念，通过体验的方式为自己独具特

① 翟永明：《黑夜的意识》(1985)，吴思敬编选：《磁场与魔方——新潮诗论卷》，北京师范大学出版社，1993年，第140—142页。

色的诗歌写作命名是其重要的特色。出于被某种简单命名所局限，她并没有使用“女性诗歌”的概念。她并不希望自己的写作被纳入“女权主义”写作的范畴，然而，她的立场在特定的语境和历史传统面前却是最具“女权主义”或曰“女性主义”色彩的。因此，从研究者的角度，将其理解为“女性主义诗歌”以及当代女性文学的重要源头并不应当让人感到意外。正因为这样，“黑夜意识”这样的命名才显示出西方女性主义思想和中国当代诗歌写作交融之后奇异之处，而此后，无论从思想上还是写作上，包括诗歌在内的女性写作都步入了一个新的历史阶段。

在组诗《女人》和《黑夜的意识》一文出现后不久，前文所述的唐晓渡的《女性诗歌：从黑夜到白昼——读翟永明的组诗〈女人〉》也随之产生，“女性诗歌”的概念也随即为诗坛所了解。“女性诗歌”在当时是否对翟永明产生了某种压力，并未有直接的证据。但从其写于 1989 年的《“女性诗歌”与诗歌中的女性意识》一文中，翟永明似乎一直对此命名报以“警醒的态度”：

“女性诗歌”似乎已作为某种风格和流派被广泛使用和被评论家界定，许多女诗人就此盖棺论定，成为“女性诗歌”的代表人物。但是，“女性诗歌”目前仍是一个含糊其辞、模棱两可的概念，它的确切定义是什么？是否严肃的学术讨论对此有过检验标准？如果说女性写的关于女性的作品是“女性诗歌”，那么男性写的关于女性的诗歌是否属于这个范畴？“女性诗歌”作为一种现象已越来越引起诗坛关注，但把女性题材的作品从诗歌中划分出来，是否会带来一些混淆？此外，“女性诗歌”这个提法也许会使女诗人尴尬，似乎她们的创作仅属旁支末流，始终未真正进入纯粹的诗歌领域。如果确有“女性诗歌”存在，那么，真正重要的纯正的文化标准是否应以性别这个偶然因素影响对女诗人的作品进行鉴定和评价？事实上，仍然存在着一种对女作者居高临下的宽宏大量和实际上的轻视态度，尽管现在有时是以对“女性诗歌”报以赞赏的形式出现。编辑和评论家对女诗人大开绿灯，于是渐渐形成读者喜闻乐见的“女性诗歌”；然而，涉及对具体作品的分析评价，就会有许多限制性及大打折扣的方式。譬如我有两位诗友，平常对我的诗甚有好评，一次我却听见他们这样评论我的《静安庄》：女人嘛，写到这种地步就不错了。于是，有价值、有意义的就不是作品本身，而是性别的偶然性。基于这种普遍心理，对“女性诗歌”的赞誉就未见得让我们心安理得。也许我一直感觉到这种微妙差别的存在，或者是出于狭隘的女权心理，因此在1986年“青春诗会”上表示过这种心愿：“我希望自己首先是诗人，其次才是女诗人。”[①]

在“女性诗歌”已最初为诗坛接受的前提下，翟永明对其态度特别是存在问题的把握，显示了当代诗歌创作与批评之间的“缝隙”：这其中当然包括创作与理解之间与生俱来的无法完全调和的“分歧”，但更重要的是对“女性诗歌”命名下被遮蔽问题的反思。女性自身的局限性会造成题材的狭窄和个人的因素使“女性诗歌”产生“大量雷同和自我复制”的现象，批评的无效、性别视角和居高临下又使“女性诗歌”被推向“一个遥远的与诗歌无关的领域”，而“真正的‘女性意识’不是靠这些固定模式来表现，它必定会通过女诗人的气质在她的作品中有所表现，无论她写的是何种题材以及何种表达方式。问题不在于‘写什么’，而在于‘怎样写’，‘写得怎样’，这才是关键”[②]。力图通过写作证明自己，摆脱狭隘的性别认知视角，这种看法寄予了“女性诗歌”的理想，也理当成为“女性诗歌”的未来。

结合以上所述，我们大致可以看到：在“女性诗歌”发展过程中，理论家和女诗人由于持有的立场不同，而对“女性诗歌”在理解上也有很大的不同。但有一点可以明确，即他们共同参与了“女性诗歌”的历史建构且不断在汲取对方的经验以完善自己。至1995年1月，翟永明结合“女性

① 翟永明：《“女性诗歌”与诗歌中的女性意识》，《纸上建筑》，东方出版中心，1997年，第230—231页。

② 翟永明：《“女性诗歌”与诗歌中的女性意识》，《纸上建筑》，东方出版中心，1997年，第232—233页。

诗歌”的现状深化了自己的观点：

> 要求一种无性别的写作以及对“作家”身份的无性别定义也是全世界女权主义作家所探讨和论争的重要问题。在中国，“女性诗歌”这个观念本身的确也含有较强的女权色彩。必须承认当代“女性诗歌”尚未完全进入成熟阶段，1986 年至 1988 年“女性诗歌”有过短暂的绚丽阶段，同时也充斥了喧嚣与混乱。近几年“女性诗歌”归于沉寂，究其原因，除了在命运及生活的重压下导致的部分女诗人退出写作，更重要的也在于女诗人正在沉默中进行新的自身审视，亦即思考一种新的写作形式，一种超越自身局限，超越原有的理想主义，不以男女性别为参照但又呈现独立风格的声音。女诗人将从一种概念的写作进入更加技术性的写作。无论我们未来写作的主题是什么（女权或非女权的），有一点是与男性作家一致的：即我们的写作是超越社会学和政治范畴的，我们的艺术见解和写作技巧以及思考方向也是建立在纯粹文学意义上的，我们所期待的批评也应该是在这一基础上的发展和界定。①

如果说重读写于1985 年的《黑夜的意识》会发现其“充满了混乱的激情、矫饰的语言，以及一种不成熟的自信”，那么，经历十年的沉积与思考，翟永明期待的是由“女性诗歌”走向“诗歌”本身：女诗人应当从一种概念化的写作进入一种具体的、技术性的写作，从而和男性诗人写作享有同样的写作地位，进而推动诗歌和批评的发展。与之相应的是，进入 90 年代之后，随着文化语境和生活方式的变化，曾经被标榜为“女性诗歌”代表的诗人如翟永明、唐亚平、伊蕾以及海男均发生不同程度的变化甚至是停止了创作。对于翟永明来说，标志其最终告别以往创作的诗歌作品是完成于 1992 年归国后的《咖啡馆之歌》，对于这部具有转折意义的作品，诗人曾自称：“我找到了我最满意的形式，一种我从前并不欣赏的方

① 翟永明：《再谈“黑夜意识”与“女性诗歌”》，《诗探索》1995 年第 1 辑。

式……通过写作《咖啡馆之歌》，我完成了久已期待的语言的转换，它带走了我过去写作中受普拉斯影响而强调的自白语调，而带来一种新的细微而平淡的叙说风格。”① 的确，《咖啡馆之歌》语言平和、讲究韵律节奏，而且还在关注现实生活场景中加入了大量的“戏剧性”的叙事成分，因此，其极具真实性的描绘方式不但为诗人提供了一种观察世界的新角度，而且，更为重要的是，它的出现还给诗人带来了更为广阔的创作背景与范围。而在这种崭新的叙述风格下，《重逢》《莉莉和琼》《道具和场景的述说》《脸谱生涯》等的出现不但标志着翟永明已经顺利地完成了诗学意义上的转变，而且，在类似《道具和场景的述说》《脸谱生涯》等以传统戏曲为题材的作品中，诗人还在一定程度上出现了向传统回归的现象。同样标志着“身份转变”并日趋引人瞩目的是已有多年创作历程的诗人王小妮。作为新时期以来诗歌特别是女性诗歌的亲历者和见证人，王小妮在 90 年代所创作与提及的“重新做一个诗人”以及《不认识的就不想再认识了》的意义，正在于她反思以往创作和生活经历之后，在诗歌风格上做出了与新时期诗歌本身相契合式的转变。尽管，在具体的转变上，王小妮可能与舒婷、翟永明等几位具有时代意义的女性诗人存有不同，但在她身上，特别是在她那种融合“自然”与“超然”于一体的诗歌作品当中，读者正可以由此领略独特人格以及外部环境几经变迁之影响下，一个诗人最终走向成熟的写作历程。而相对于新时期以来特别是 90 年代以来的诗歌而言，王小妮创作生命的常青以及被越来越多的诗人、读者所认可，正说明她本身的艺术高度和其作品对诗界的潜在影响。

三

在随后的发展中，从 1997 年开始陆续由春风文艺出版社推出的“中国女性诗歌文库”，堪称“女性诗歌”发展史上的一件大事。“中国女性诗歌

① 翟永明：《〈咖啡馆之歌〉以及以后》，《纸上建筑》，东方出版中心，1997 年，第 204 页。

文库”由谢冕主编、国内一线诗歌批评家担任每一卷编选者并在卷首写有“导言”式的批评。该文库于1997年10月推出第一卷，包括《忧伤与造句——阎月君集》《我的纸里包着我的火——王小妮集》《是什么在背后——海男集》《黑色沙漠——唐亚平集》《结束与诞生——傅天琳集》《在诗歌那边——林雪集》《称之为一切——翟永明集》《内心生活——蓝蓝集》8种；1998年7月推出第二卷，包括《梦中楼阁——张真集》《最初的天空——李琦集》《生命路上的歌——张烨集》《声音的雕像——李小雨集》《在夜的眼皮上独舞——林珂集》《风用它明亮的翅膀——杜涯集》《白色海岸——虹影集》7种。据参与者后来回忆，本计划还有《舒婷集》，但最终未出。相对于文库本身的题目，主编谢冕在“总序”中明显使用了更为宽泛的“女性诗歌”概念：

从一般的女性写作到我们此刻称之为的女性诗歌是质的递进。这恐怕是本世纪70年代结束社会动荡和思想禁锢之后的产物……

从中国新诗史来看，本世纪70年代以前的女性诗歌，其业绩的展现是断续而不连贯的，且未形成大的格局。集团式地大批涌现，量与质并重而高水平的突起，则是晚近20年间的事。这从全局来看是如此，若把视点集中于每一个女性诗人上，其笔下涌现的，更是多姿多彩，丰富而厚重。这些诗，除了继续和中国特殊的生存环境保持联系外（这是不论男性或女性均如此的），更把诗的触角伸延到生理的、心理的和文化的层面上。我们从这些诗人的创作中，不仅看到传统的诗人对于自己的家园、土地、社会的关怀，还看到在新的环境中生长的女性对于她们处身其中特殊的文化境遇的思考和把握，并以她们特有的直觉与感性的方式予以表达。这样的女性诗歌，当然是在形式上和内涵上较之以往有了更加广阔、更加深邃的拓展。①

① 谢冕：《〈中国女性诗歌文库〉总序》，《称之为一切——翟永明集》，春风文艺出版社，1997年，第2—3页。

谢冕的“总序”和“中国女性诗歌文库”的出版，首先使“女性诗歌”回归到历史化和本土化的语境之中。正如谢冕的“总序”是从中国女诗人的创作有很长的历史开始谈起，从古代的女诗人、女词人创作，到现代社会的女诗人接受思想的启蒙、渴望摆脱传统的桎梏，女诗人经历了争取和男人一样获得写作权力的阶段，“女性诗歌”同样是在不断发展中实现自身的进步。80年代以来的社会语境为女性施展才华提供了前所未有的机遇，而事实上，“在诗歌领域中，女性作家的创造力和总的成果超过了、至少是毫不逊色于男性作家”[①]。从中国女性诗歌演变的历史考察“中国女性诗歌文库”的意义和展示的实绩，并以“中国女性诗歌”统摄全局，谢冕历史化的讲述方式一方面呈现了“女性诗歌”本身具有时代性和变动性的特点，另一方面则是将其作为中国诗歌的重要组成部分、落实其传统与根基，这种考察使任何一种有变化、有特色、融合外来资源的女性诗歌都存有可能性与相应的合理性，并以此呈现了整体化和具体化的特点。

中国女性诗歌可以做整体化考察，历代女诗人创作都可以纳入这个整体之中。中国女性诗歌又处于变动的状态，不同时代决定其具有具体性的特点。“中国当代女性诗歌向我们展示了前所未有的丰富和坚卓，无论是对照古典诗歌的长河，还是相比于新诗前60年的进程，都无疑是一次‘创世纪’意义的拓殖。她不仅以其与当代男性诗歌同步并进的规模和成就，充填了一个巨大的历史空缺，且以丰富有朝气的新鲜质素和非凡的表现，拓展了当代中国诗歌的精神空间与艺术空间，也为汉语诗歌加入世界文学格局做出了一份特殊的贡献。”[②] 没有女性诗歌长期历史积淀，没有前人的实践，中国当代女性诗歌就不会在参照的过程中形成自己特有的艺术领地，“女性诗歌”也必将成为空中楼阁。“从阅读到研究，从个在到整体，中国当代女性诗歌均已拥有深厚的社会基础和历史效应，成为世纪之交中

① 谢冕：《〈中国女性诗歌文库〉总序》，《称之为一切——翟永明集》，春风文艺出版社，1997年，第2页。

② 谢冕：《〈中国女性诗歌文库〉总序》，《称之为一切——翟永明集》，春风文艺出版社，1997年，第3—4页。

国文学之梳理与整合不可或缺的一个重要组成部分。”[①] 从具体的编选情况来看，“中国女性诗歌文库”既包括翟永明、唐亚平、海男这样女性意识鲜明而独特的女诗人创作，也包括傅天琳、李琦、蓝蓝这一类倾向于传统女性写作的诗人诗作。应当说，这样的编选和集中展示的方式符合中国当代女性诗歌多元发展的趋势，也利于广大读者的阅读和接受，同时也在一定程度上包含着对以往“女性诗歌”的界定与认知进行了总结。它的出现，说明从宽泛的意义上探讨“女性诗歌”并在具体言说时重视每一个女诗人的个性，是目前为止理解“女性诗歌”的最佳方式。

通过谢冕的“总序”和“中国女性诗歌文库”的出版，我们不难看出：“女性诗歌”因为其不断发展的态势是一个流动性的概念，虽然在诞生阶段或短期内，它可以依据不同的写作有更为具体的命名，但随着时间的延伸，它只能通过整体化和具体化的认知方式指代更多的、不断处于增长状态的写作。也许，“女性诗歌”之“女性”会以性别区分一种写作，会存在一定的限制，但综合看来，它却是为女诗人创作的最准确的命名。事实上，结合90年代后期至世纪初创作的发展流向来看，“女性诗歌”也会在涵盖其多元化发展的同时包容更多的内容。随着语境和写作的变化，90年代女性诗歌越来越呈现出一种“突破中敞开”的态势，而这一趋势的出现和崛起与这一时期的青年女诗人有关。以十年间风头正劲的山东诗人路也的创作为例，虽然最初的写作也是从传统的题材如《萧红》《梁祝》《快乐无比的庆典》《瞬间或永远》等角度出发并偏重对爱情、青春的书写，但不久之后，渐次成熟和不断追求诗艺的路也就从这些青春期的焦灼中超拔出来，在《如果我有一个女儿》《迎接》《陪妈妈去医院》《陪床》以及温情款款的“冬冬系列”——如《女孩冬冬一个人的生活》《今生今世》《小站》等作品中，路也正以成熟女性对生活的理解以及或者直白而大胆的抒情，或者缠绵悱恻的叙述进行着关于人生以及女性命运的思考。

---

① 谢冕：《〈中国女性诗歌文库〉总序》，《称之为一切——翟永明集》，春风文艺出版社，1997年，第4页。

而在《大白菜》《两个女子谈论法国香水》《女生宿舍》《眉毛》等作品中，路也为我们展示的写作上的“新动向”更多是集中在对“大白菜”，以及日常生活场景中的“乱七八糟”的“女生宿舍”、美容院里的“眉毛”等种种世俗化情境的“书写”（这一点本身也与90年代女性诗歌整体走向相契合）；而世纪之交的路也不但在《镜子》《尼姑庵》《单数》等作品中表达了鲜明的“身体写作”色彩，还在诗歌语言上出现了语言增殖、句子越来越长、叙事化成分不断加重的倾向。纵观新时期以来女性诗歌20余年的发展历程，这种近乎回归翟永明时代的写作无疑代表一种新的写作动向，而与前者相比，注重清新、明晰和指向上的具体而不悬浮，恰恰是其于“突破中敞开”[①] 的历史意义。同样标志着“突破中敞开”的还有诗人周瓒，在这位具有古今中外广泛阅读经验的女诗人笔下，知识性特别是接受西方女性诗歌和中国当代女性诗歌影响后，常常在作品中浸润的大量与此相关的意象和主题都使其与女性主义以及严格意义上的“女性诗歌”本身密切相关。但值得注意的是，与80年代中期出现的悬置、封闭式的“黑色书写”不同的是，90年代渐露诗名的周瓒更多在自己的女性诗歌中显现出对前者的超越。在《灵魂和她的伴侣》《长椅上的俩女生》《破碎》《相信》等作品中，虽然同样出现了女性之间的“镜像结构”和拒绝“男性到场”的倾向，以及在90年代诗人中较为少见的心灵与生命的疼痛感，但周瓒的疼痛式表达却更多指向了女性群体，而由此透露出来的强烈情感和较为明显的文字控制，正是周瓒引人注目之处。不但如此，在诗人描述日常生活场景的作品中，体现于周瓒笔下对诗歌叙述速度和平衡感的控制也得到了较为完整的体现。对于这些新质，显然只有通过使用“女性诗歌”的命名才能将其完全概括在内。

---

① 张立群：《在突破中敞开——论路也诗歌风格的前后转变及其内在意义》，《诗探索》2005年第1辑。

四

世纪初较有代表性的“女性诗歌”研究可列举吴思敬的《舒婷：呼唤女性诗歌的春天》、洪子诚与刘登翰合著的《中国当代新诗史》（修订版）及《中国诗歌通史·当代卷》中的“女性诗歌”部分。其中，前者的意义在于将“朦胧诗”主将之一舒婷的创作进行了“女性诗歌”的解读，从而在呈现“女性诗歌”可以和不同命名一起从不同角度指向同一个诗人创作的过程中，既丰富了对诗人的认识，也丰富了对每一个命名的认识[①]。与之相比，洪子诚与刘登翰合著的《中国当代新诗史》（修订版）的突出特点是客观地、历史化地梳理了“女性诗歌”概念在八九十年代的理解，并提及可以纳入这一阵营的一些女诗人：

> 将性别作为诗歌史的分类方式之一，主要基于女诗人在八九十年代取得了突出成绩这一事实；这从诗集出版状况中也可以得到说明。当然，人们在使用“女性诗歌”概念的时候，显然存在不同的理解。在一些时候和一些人那里，“女性诗歌”就相当于女诗人的诗。从较为严格的意义上说，女诗人写作上表现的“性别经验”，和诗歌的“性别”特征，应是“女性诗歌”的基本条件；因而不是所有的女诗人的写作，都可以归入这一范畴之中。在 90 年代，“女性诗歌”及其写作者的规模与成绩，是 80 年代所不能相比的。但是，诗界在使用“女性诗歌”的概念时，反倒更为谨慎、节制。其中原因之一是，诗人和批评家不愿意将“女性诗歌”“表述为一个孤立存在的、高高在上的运动主体”，而可能把诗人、诗歌文本当作“另一意义上的‘副本’或‘注脚’”；如何以有效而充分的“诗学考虑”来定义“女性诗歌”，成为人们关注的更优先的问题。[②]

---

① 吴思敬：《舒婷：呼唤女性诗歌的春天》，《文艺争鸣》2000 年第 1 期。

② 洪子诚、刘登翰：《中国当代新诗史》（修订版），北京大学出版社，2005 年，第 228 页。

在此演变中，著者重点分析了王小妮、陆忆敏、翟永明的诗歌创作，并提及唐亚平、伊蕾、张烨、海男、虹影、蓝蓝、唐丹鸿、童蔚、尹丽川、周瓒、吕约、赵霞等诗人的创作与名字，其关于八九十年代“女性诗歌”版图的描绘与《中国诗歌通史·当代卷》有一定的不同。

《中国诗歌通史·当代卷》是首都师范大学中国诗歌研究中心承担的重大攻关项目，成书后于人民文学出版社 2012 年 6 月出版，主编为吴思敬。其“第十二章　异军突起的女性诗歌”由笔者撰写、计有 3 万余字，集中描述了 1978 年以后中国当代女性诗歌的演变。该书的突出特色在于，在“鉴于诗歌史以往的具体实践，特别是对一些诗人的挖掘、整理以及对 80、90 年代诗集出版情况的考察，这里所言的‘女性诗歌’是较为宽泛的”整体理念指引下，对当代女性诗歌进行了历史阶段的划分和创作队伍的总体描述：

第一阶段（1978—20 世纪 80 年代中期），主要是“文革”之后女性诗歌的复苏，以及渐成声势的创作阵容。其中，当时已届中年的郑敏、陈敬容、成幼殊、灰娃、王尔碑、郑玲以及林子等都是很早进行诗歌创作并具有一定诗名的诗人①。在这一阶段女性诗歌的创作队伍中，还有一批“青年”诗人值得注意，舒婷、李小雨、傅天琳、张烨、陆忆敏等在当时的崭露头角，同样为 80 年代女性诗歌的崛起奠定了坚实的基础。

第二阶段（80 年代中期—80 年代末期），主要表现在接受西方女性主义思潮以及西方女性诗歌影响之后，当代女性诗歌中性别意识强化的写作倾向。当时，无论出现在翟永明、唐亚平、伊蕾、海男等诗人笔下的“黑色”“黑夜”意象，还是大量以“女人”为主题或标题的诗歌文本，都使这一时期的女性诗歌明显区别于以往的诗歌创作。而作为某种外来文化的

① 关于对郑敏、陈敬容、成幼殊、灰娃、王尔碑、郑玲及林子等“中年诗人”身份的划分，主要是依据其实际年龄和诗歌写作的年代。其中，灰娃由于写作时代较晚，或许可以作为一个例外，但考虑行文的方便以及归类的角度不过，这里从归类的角度划分，因此将其列在一起，其具体内容可参见诗人的介绍部分。

影响与资源，类似美国自白派女诗人西尔维亚·普拉斯等的创作，正是可以与这一时期女性诗歌叙述风格相对应的写作方式。只是，作为一种对诗人个体的有效阐释，西方女性主义理论是否可以完全解读这一时期的女性诗歌，仍是一个值得探讨的话题。

第三阶段（90 年代），主要是指 20 世纪最后 10 年的女性诗歌创作。随着 90 年代文化转型后诗歌“集体意识”的减弱，以及对第二阶段女性诗歌创作的反思，90 年代女性诗歌更多是以“个人化”的方式进行的创作。崛起于这一时期的女诗人由于其“知识性”“经验性”，使 90 年代女性诗歌在关注日常生活场景和部分回归传统的态势中，呈现出某种新质。而在具体的诗歌创作中讲求对语言和技巧的关注，更是进入 90 年代之后，女性诗歌的一种整体性态势。值得指出的是，鉴于诗歌阵营的自然汇集以及诗人的创作实绩，所谓 90 年代女性诗歌队伍不但包括以上两个阶段的部分女诗人，还包括在这一时期显现出写作才华和诗艺日臻成熟的女诗人，王小妮、林雪、李琦、刘虹、骆晓戈等诗人被划分到这一阶段，正是出于这样一种考虑。①

《中国诗歌通史·当代卷》关于女性诗歌创作的描述主要以诗人创作为主线，其涉及的女诗人还有荣荣、娜夜和在世纪之交越来越显露创作实绩的一批年轻的女诗人如路也、鲁西西、安琪、叶玉琳等。结合“女性诗歌”的历史演变，我们不难看出：从初期命名到 90 年代的持续发展，“女性诗歌”在不同研究者那里一直因个体的不同有着不同的理解，而这种理解一旦从女诗人的立场看，或许更易凸显其个人性和独特性。随着创作和研究的不断深入与发展，“女性诗歌”越来越呈现出宽泛理解的趋势，这种依据女性诗歌创作多样性、多元化而形成的观念，反映了创作与研究的共生性和一致性以及随着历史的发展必然简约化的规律。“女性诗歌”是一个发展的概念，同时也是一个实践性显著的概念，性别是判断“女性诗

---

① 吴思敬主编：《中国诗歌通史·当代卷》，人民文学出版社，2012 年，第 464—465 页。

歌”的重要甚至是唯一的标准，女诗人的创作在不同角度的认知下可以有多样化的命名（如“朦胧诗”“第三代”“70 后”等等），这是“女性诗歌”的现实，同时也可以作为其未来发展的必经之路。

方言入诗与《解放日报》副刊

□颜同林①

内容摘要：在抗日战争和国共内战时期，创办于解放区延安的《解放日报》副刊，承载着解放区文艺的政策与思潮。作为中国共产党主办的机关报，《解放日报》通过文艺副刊释放出文艺领域内政治思想斗争的丰富信息，引领文艺向大众化、方言化发展，建构了解放区文艺为工农兵服务的一个侧面。方言入诗现象在《解放日报》副刊上有从小到多、从弱到强的阶段性流变过程，反映了诗歌不断向大众化、民族化、方言化流变的时代趋势。《解放日报》副刊上艾青的《吴满有》和李季的《王贵与李香香》，是方言入诗的代表性作品，凸显了解放区诗歌接地气，带有泥土味的审美特色。

关键词：方言入诗；《解放日报》副刊；诗人个案

《解放日报》是中国共产党党中央在延安革命根据地全力主办的第一张大型日报，正式创办时间是 1941 年 5 月 16 日。《解放日报》不是全新创

---

① 颜同林（1975—），男，湖南省涟源市人，贵州师范大学文学院教授，博士，博士生导师，贵州省文艺评论家协会主席，贵州省核心专家。主要从事中国现当代文学、中国诗歌理论研究。基金项目：本文为国家社会科学基金项目“社会主义建设初期文学语言研究”（项目编号：17BZW193）阶段性成果。

办，而是由延安的《新中华报》与《今日新闻》合并而成，既是中共中央委员会的机关报，也是西北局的机关报。《解放日报》既然是中共中央的机关党报，便打上了全党办报的烙印；作为党政机关的机关报纸，它自然而然充当了党中央的新闻喉舌。《解放日报》这一政治站位虽然在不同的阶段有一些调整、改动，但一直没有改变为在野政党全方位服务的本色。

《解放日报》经过六年多时间的连续出版，在第三次国内解放战争时期，它因胡宗南部队侵占延安而转移出版，并最终于1947年3月27日停刊。《解放日报》横跨抗日战争和解放战争时期，在宣传我党的抗日主张、团结全国各族人民共同抗日政策，以及国共战争中的相关大政方针，都做出了应有的巨大贡献。其中，包括解放区文艺在内的全国文艺运动与思潮等领域，它也同样发挥了不可代替的作用。20世纪50年代人民出版社将《解放日报》全部影印出版，一共装订成十二大本，共2130号①。因为影印本的存在，这份在战争环境下出版的重要报纸，给当下研究者接近与还原历史提供了便利。

《解放日报》自创刊伊始，一直便有副刊的存在，或是没有名义，或是以"文艺"为名，或是综合性副刊，内容丰富，形式多样，算得上是解放区文学的重要园地，在解放区文学版图中具有显赫的地位。"《解放日报》的副刊，是在当时全国报纸中发表文艺作品数量最多、规模最大、持续时间最长的文艺阵地。无论就其形式，还是就其内容，也无论就其地位，还是就其作用，都是中国党报史上光辉灿烂的篇章。"② 显然，这是名副其实的历史评价。以陕北延安为中心的西北地区为主，包括语言生活在内的西北军民的全局性日常生活，在《解放日报》副刊的文学作品中有丰富而具体的体现。这一方面的情形和《新华日报》《华商报》的副刊也有类似之处③。为便于论述与集中，本文拟从方言入诗的角度来审视《解放

① 1954年7月，人民出版社影印出版。

② 王敬主编：《延安〈解放日报〉史》，新华出版社，1998年，第312页。

③ 参见本人的其他两篇文章：《方言入诗与〈新华日报〉副刊》，《宜宾学院学报》2016年第8期；《〈华商报〉副刊与1940年代港粤文艺运动》，《广东社会科学》2019年第3期。

日报》副刊，试图挖掘《解放日报》副刊在方言入诗历史上的独特贡献。

一、《解放日报》副刊溯源

延安作为中国工农红军长征之后抵达的革命圣地，有十多年时间是中共中央所在地。作为革命文学的重要组成部分，在延安这一边区政府的土地上，曾先后创办了十多种革命文艺刊物，但存在时间均不长，发稿量也有限，像《文艺月报》《谷雨》和《草叶》等便是。火热的革命现实呼唤一份大型、正规而权威的大型报纸，《解放日报》应运而生，接续了革命文艺的火种。从全国各地奔赴延安并汇聚于此的各种文化人，也恰恰需要一个重要平台发表自己的作品，进行革命文艺筚路蓝缕的种种建设。《解放日报》的副刊，从最初一版能容纳 3000 字左右，到后来一版稳定刊出 12000 字左右的文学作品，整体而言，是最能与时俱进的，曲折地反映了延安解放区文学的现状、队伍与创作成就。副刊编辑力量也由最先的三人，到十来人，在当时是颇具权威性的编辑力量。天时地利人和的因素，让《解放日报》副刊都具有十分突出的地位。作为解放区文学的最佳窗口，《解放日报》副刊既与当时的政治、军事、经济等领域相关，也与副刊固有的编辑思想与实践相关。就其演变与源流而言，大概有以下几个阶段。

第一个阶段是丁玲挂帅主编的时期，大体有十个月之久。在报纸创办伊始，有将近四个月没有专门的副刊，当时报社的社长是博古，文艺副刊的主编是丁玲。《解放日报》于 1941 年 5 月 16 日创刊，为对开两版报纸。在创刊号上报头的右侧一栏，刊登过两个启事，其中“本报启事（二）”为征稿启事，内容如下：“本报竭诚欢迎一切政论，译著，文艺作品，诗歌，短篇小说等之稿件，一经揭载，当奉薄酬。”后据丁玲回忆称，博古主张文艺稿件不辟专栏，好的文艺作品可以放在报纸的第二版、三版，甚至头版。按照这个意见，发表的文艺稿件都不辟专栏。经过短暂的四个月左右之后，副刊有了起色，从 1941 年 9 月 16 日到 1942 年 3 月 31 日改版之前，这一时期副刊命名为“文艺”，是当时“八大专栏”之一。这一阶段是《解放日报》副刊的重要时期，个性鲜明、队伍庞杂，优秀作品甚多。虽然尚不稳定，但内容广，作品种类多，知识分子气息颇浓。主编《解放日报·文艺》的是丁玲，编辑有陈企霞、黎辛等。“文艺”副刊出版到第100期时有几期“百期特刊”的纪念文章。其中，丁玲在“百期特刊（二）”中，发表了《编者的话》一文，宣称“解放日报一开始，文艺栏担负着这几层任务：一、团结边区所有成名作家，二、尽量培养提拔青年作家，三、反映边区各根据地生活及八路军新四军英勇战斗，四、提高边区文艺水平。”① 在当时的办报理念下，形象地说是不能办成报屁股、甜点心。在十个多月的时间里，副刊一共发表了一百多位作家的作品，具体在诗歌方面则发表了将近四十首诗，此外还有旧体诗十多首。发表诗作较多的有艾青、何其芳、萧三、厂民（严辰）等佼佼者，也包括钟静、贺敬之等当时新冒出来的青年作家。

第二个阶段是综合副刊阶段，大体可以分为两个小的时期：第一个时期是从1942年4月1日到1944年2月16日，这是报纸副刊改版的过渡与成形时期。《解放日报》成了一张完全的党中央机关报，至此，报纸也恰好出到第1000期。副刊被改造成为一个大型综合性副刊，占第四版一整版的篇幅。接替丁玲出任主编的是舒群，编辑仍为陈企霞、黎辛。1943年初，艾思奇、陈学昭、白朗、林默涵、温济泽、庄栋、周立波等人陆续调入，文艺栏目正式改为副刊部，后来美术科也划归副刊部。第二个时期是从1944年2月17日到1946年11月19日，最终随着国民党军队攻占延安，报社大部分人员撤离延安为止。这一时期继续第一个时期大型综合性的特征，不过也有一些小小的变化。整个副刊比较稳定，在作品的刊发上也逐渐有新的发展与特色，取得的成绩十分显著。编辑人员仍然具有延续性，这一阶段发表诗作一百多首，作者队伍较为庞杂。

第三个阶段是从1946年11月20日到报纸终刊为止，当时党中央已从

① 丁玲：《编者的话》，《解放日报》1942年3月12日。

延安撤离，国共内战无情的战火已烧到延安这片圣地。《解放日报》呈萎缩状态，由四版改为两版，副刊由独立的四版合并到第二版，同时开辟了“星期日增刊”，在每周星期天扩为四版，明显的趋势是走了下坡路，这样直至终刊。

二、从欧化到土化：解放区诗歌的语言风格转变

论述到方言入诗与《解放日报》副刊的关系，离不开对当时副刊作品与理论两个维度上的语言演变。纵览《解放日报》副刊，大体以毛泽东在延安文艺座谈会上的讲话为界，可以分为前后两个有明显差异性的阶段。即在“讲话”之前，《解放日报》副刊上的诗作大体充满着欧化的气息，知识分子气息较浓，在语言上八股腔、学生腔、洋腔洋调的居多，欧化风格显著。1942 年延安文艺整风的时候，语言问题被拔高到作为一个政治问题来对待。毛泽东在《反对党八股》中说，党八股便是洋八股；毛泽东在延安文艺座谈会上讲话中，指出文艺脱离实际，脱离工农兵的现象，主要体现在不熟、不懂两个方面。不熟悉、不懂得工农兵的生活与语言，“语言不懂，就是说，对于人民群众的丰富的生动的语言，缺乏充分的认识”。在谈到语言与文艺大众化的关系时则指出：“许多文艺工作者由于自己脱离群众、生活空虚，当然也就不熟悉人民的语言，因此他们的作品不但显得语言无味，而且里面常夹杂一些生造出来的和人民的语言相对立的不三不四的词句”，“什么叫大众化呢？就是我们的文艺工作者的思想感情和工农兵大众的思想打成一片。而要打成一片，就应当认真学习群众的语言，如果连群众的语言都有许多不懂，还讲什么文艺创造呢？”[①]

这一问题由来已久，在《解放日报》创办以来，其副刊编发作品过程中都始终不同程度地存在着。譬如，在延安文艺座谈会召开之前，《解放日报》进行整顿改版，实际成为延安整风的一部分。在 1942 年 4 月 1 日改

---

① 毛泽东：《在延安文艺座谈会上的讲话》，《解放日报》1943 年 10 月 19 日。

版之前，报社曾广泛向各界征求读者意见，各界代表分为二十多类，譬如文盲、识字农民、店员、学生、秘书、诗人、作家等，都有较高的代表性。其中诗人代表是采访艾青，作家代表是采访萧军。因作者与读者的复杂关系，外界普遍认为报纸副刊很少刊登群众日常生活的作品，很少有反映普通工农兵生活的文学书写。针对报纸文字上不接地气的特点，其中有科长、行政教育者两个类别的读者指出“文字简洁明快，不要欧化，生字少用……报馆工作者要了解看报的对象，特别是要了解县区干部的文化水平及其生活，然后才能使报纸在精神上接近他们”，“文字要通俗”①。后来经过文艺整风、不断思想改造和文艺下乡等方式，这一曲高和寡式的局面发生了很大的改变。不过，严格来说仍有相当多的文章，没有彻底改造完成。直到1946年，一直担任《解放日报》副刊编辑的黎辛，以解清为笔名发表过《谈学习民间语言》的文章，指出当时写作语言仍与理想存在差距的事实，他说其中有两类作者：“一类是基本上用书本上的语言写作，常常插入一些群众口语：一个字汇、一句歇后语或一句民谣，这些作者并不熟悉群众生活，他所采用的口语，多是间接的或偶尔听到的。因此，他们的作品虽然用了‘尔刻’‘猴娃娃’之类陕北方言，但是实际上是很表面的；二是接近过群众，在乡下工作过或下乡搜集过材料的作者，基本上可以用群众口语写作，有记录群众语汇的笔记本，努力搜集群众语汇，在描写一件事物的时候，可以一连串用上好几个形容词，如红蛋蛋、白生生、灰溜溜，初一看，好像作者非常熟悉群众语言，但是这些语汇常常是很勉强地生硬地凑在一起的，而不是真正流利的群众的口语，有时，其文句的组织，甚至会像外国的译文。”② 以上所引文字中的“群众口语”“民间语言”，其实际所指的目标大体上是陕北方言。

在丁玲主编报纸文艺副刊的时期，基本上是刊发这样的诗作，比如艾青的《哭泣的老妇》，萧三的《反法西斯蒂小诗》，周立波的《一个早晨的

---

① 莫艾：《本报革新前夜访询各界意见》，《解放日报》1942年4月2日。
② 解清：《谈学习民间的语言》，《解放日报》1946年6月18日。

歌者的希望》，钟静的《敌人的飞机任意的在我的故乡的天空里飞》，抽象语汇多，带修饰性定语的欧化长句颇为普遍。

随着毛泽东在延安文艺座谈会上的讲话大为传播，包括延后在《解放日报》正式发表，以及整风运动的深入与落实，这一状况发生了很大的改观。诗人厂民最先提出诗歌大众化的口号，他认为“诗歌大众化问题的提出不是偶然的，作为诗歌工作者应该配合时代，肩负起时代给予我们的新任务。……要诗歌大众化，必须我们先被大众所化。不仅懂得大众的生活，熟知大众的语言，更应当周身浸透大众的情感、思想、意识，悲其所悲，乐其所乐”[①]。1942 年 10 月 22 日，边区文协、延安诗会、新诗歌会等团体在文化俱乐部召开诗歌大众化座谈会，艾青、长虹、公木、胡采、萧三、郭小川、鲁藜等四十余位诗人到会，提出诗人应该怎样和大众结合，大众化诗歌的内容、形式、语言及如何开展诗歌大众化运动等议题。

除知识分子参与这一运动，发表相关诗作之外，还有一部分诗人主张向民间学习，或是搜集民间谣曲加以改造，或是开展街头诗运动，以形象、简短见长。以街头诗为例，杨朔曾有一个简报：“到处可以看到街头诗。这些诗采取短俏的形式，运用民谣的韵律，使用活生生的民间语言，描写抢掠，反扫荡，民主政治，志愿义务兵，以及一切和战争相联结的斗争生活，这些诗人决不高坐在缪斯的宝殿里，凭着灵感来描写爱与死的题材，他们已经走进农村，走进军队，使诗与大众相结合，同时使大众的生活诗化。”[②]

在这一转型过程中，主张向民歌、民谣学习成为一种风气。搜集整理是一个方面，借鉴模仿是另一个方面。在搜集整理方面，何其芳等人主持搜集整理的《陕北民歌选》便是典型的例子。另外，解放区诗歌界还鼓动民众写诗，在农民中间发现民间真正的诗人，《解放日报》副刊都予以大力扶持。任老婆、李老婆婆、李增正、有有源、孙万福等创作的顺口溜式

---

① 厂民（严辰）：《关于诗歌大众化》，《解放日报》1942 年 11 月 1 日。
② 杨朔：《敌后文化运动简报》，《解放日报》1942 年 11 月 25 日。

的诗作或打油诗的韵语，也作为真正的诗歌对待。这些作品表达了民众对边区生活的满足和表现出的幸福感，以及歌颂了党和革命领袖，如《顽固分子起奸心，边区老小一个心》《移民歌》《心里的实在话》《边区变得没穷人》等便是。一批具有文学潜力与气质的民间艺人，得到了充分的肯定。如周扬的《一位不识字的劳动诗人——孙万福》，艾青的《汪庭有和他的歌》，丁玲的《民间艺人李卜》，萧三与安波合写的《练子嘴英雄拓老汉》，都反映了精英知识分子的态度和立场。1946 年 6 月 25 日，在邯郸举行的一次群众翻身诗歌座谈会上，与会者认为“不仅对于群众翻身诗歌作了热诚的介绍，并且对于诗歌创作的方向提供了宝贵确切的意见”①。《解放日报》8 月 19 日进行转载，并在第二天以《人民的诗歌》为题转载了翻身诗歌四首，即《佃户话》《和债主沈善思讲理》《翻身谣》和《翻身四字经》。

《解放日报》副刊上的诗歌，是政治运动、文艺思潮不断调整后的产物。弱化精英知识分子品格，不断走向民间，在语言取向上带有泥土味，方言气息浓厚。显然这是当时诗歌文艺受到政党办报不断强化政治功能的产物，是党报文艺副刊向民间看齐，向站在脚下的土地发言的结果。文艺成为配合时政的某种工具，是文艺从属于政治的具体表征。典型的如毛泽东等直接关注《解放日报》的改版，也关注副刊的改革。1942 年 9 月 15 日，毛泽东给当时中央宣传部部长何凯丰写信，要求支持副刊的稿件，并亲拟《解放日报第四版征稿办法》，确定陈荒煤、柯仲平、周扬、艾思奇、吴玉章等十六人负责征稿，指出党报是党的整个事业的一部分，办好党报是全党的事，不是哪一个人的事，全党的事要全党来办。《解放日报》副刊在全党办报的时代环境下，具有这样特殊的性质和地位，相应便有包括语言风格方言化的特殊品格。

① 《群众翻身诗歌座谈》，《解放日报》1946 年 8 月 19 日。这是边区文联陈荒煤的发言。

三、个案与代表：陕北方言在诗歌中的融会

在《解放日报》副刊，既有成名的诗人，也有新培养出来的青年诗人。在这两类诗人中，笔者拟分别有针对性地举一个例子作为代表个案来略做剖析，其他的个案便不详述了。

作为精英知识分子代表，艾青是一个理想的代表个案。像何其芳、萧三、贾芝，都早已在解放区诗歌圈子成名。艾青聆听毛泽东在延安文艺座谈会上的讲话之后，有一个很大的思想转变。向大众化道路迈进，主要向当地农民学习，学习用陕北口语来写诗，成为艾青诗歌写作的一个信号。艾青在《解放日报》副刊上十分活跃，譬如，在丁玲主编“文艺”栏目期间，曾发表了《哭泣的老妇》《希特勒》《古石器吟》《敬礼啊——苏维埃联邦》《坪上散步》《我的职业》《给姐妹们》《河》等诗作；在副刊改版不久，还继续发表了《秋天的早晨》《罪人的画像》《土伦的反抗》《献给乡村的诗》《向世界宣布吧》等诗作。在诗歌下乡过程中，艾青的诗风变了，在以吴满有作为诗歌题材上的创作相当典型，诗人先是发表《欢迎三位劳动英雄》一文，随后发表了《吴满有》叙事长诗一首。前者是以读诗的形式，表述了自己种地的真实感受。在下乡过程中，艾青采访了陕甘宁边区劳动模范吴满有，和吴氏交上了朋友。除了阅读《解放日报》的宣传材料外，为了详细了解情况，艾青还亲自步行到吴满有的吴家枣园，在吴满有家住了两天，与吴满有在炕头拉话，记录吴氏讲述自己的身世佚事，以及大生产运动中的种种英雄事迹。回到延安住处后，艾青便按捺不住激情写了叙事长诗《吴满有》，写完后又赴吴家枣园吴满有家，朗读给吴满有以及他的邻居等当事人听，认真听取以吴满有为代表的农民读者意见之后进行修改定稿。1943 年 3 月 9 日，《吴满有》一诗在《解放日报》副刊以一整版的篇幅发表。全诗分为九个大节，分别是：“写你在文化界的欢迎会上”“写你受苦的日子”“写你翻身”“写你勤耕种”“写你发起来了”“写你爱边区”“写你当了劳动英雄”“写你叫大家多生产”“写你的欢喜”。此

诗叙述了吴满有的身世与成长经历，用陕北口语写成，力求通俗、易懂，语言上的易懂、通俗标准是以吴满有这一地道的陕北农民为标准，这一点在《附记》中有所强调。艾青最初写作《吴满有》时主要是运用知识分子浅显的口语，中间掺杂个别陕北方言。艾青写完后念给吴满有本人及他村上人听时，汲收了部分意见。比如“当念到‘人们叫你老来红’时，吴满有非常不喜欢‘老来红’这称呼，他说‘叫我劳动英雄，我高兴，叫我老来红，我不要’。因为当劳动英雄是光荣的，这是他多年受苦换来的；老来红是暴发户，是侥幸的结果，他不是‘老来红’”。诗人总结的规律是：“一般地说，农民欢喜具体，欢喜与他直接相关的事，欢喜明快简短的句子，欢喜实实在在的内容。”①

第二个典型个案是李季的《王贵与李香香》。此诗共分三部，于 1946 年 9 月 22 日至 24 日在《解放日报》副刊连续刊载，发表该诗第一部的当天，作为编辑的黎辛以“解清”的笔名著文介绍说，它除了极生动极有地方特色地为我们刻绘了一幅边区土地革命时农民斗争图画外，还有以下两点与语言风格相关：一是“它的最大最主要的特征即在于它的形式的自由而生动，是以民间的口语和形象来表现人民思想及生活的各个方面。在边区工作及生活过的人，很容易或多或少地看出作者在这篇千行的叙事诗里采用了不少民间‘顺天游’的原句子和原节；但是，这绝不能说它就不是创作，相反的，这样更增加了作品夺目的光彩”。二是“《王贵与李香香》的创作，又一次说明民间艺术宝藏的无限丰富，值得我们文艺工作者去虚心地学习，这样才能使我们的作品增加一些新的手法，新的意境及新的血液”②。诗作发表四天以后，在延安负责宣传工作的中宣部部长陆定一也著文对此诗予以好评，在介绍自“文艺座谈会”以来表现出成绩的依次是戏剧、木刻、小说与说书以后，陆定一按捺不住内心的激动，说：“比较来得更迟的，就是诗歌。《王贵与李香香》，就是这样的新诗。用丰富的民间

① 艾青：《吴满有·附记》，《解放日报》1943 年 3 月 9 日。
② 解清：《从〈王贵与李香香〉谈起》，《解放日报》1946 年 9 月 22 日。

语汇来做诗，内容形式都好的，在外面有袁水拍先生，现在我们这里也有了。”[①] 在陆定一的论述中，“民间的口语”“民间语汇”等字眼，指向的是什么呢？即陕北农民的口语。在当时语境下，向西北普通群众学习，包括学习他们的语言成为一种普遍的现象。写诗在语言上重视“民间”“群众”的语言，在此基础上诗歌要口语化，本质上是要把包括诗歌在内的文艺还给广大底层群众。与“民间词汇”相联系的是“方言”，具体来说是扩大了的西北方言，特别是陕北方言占了优势。

诗歌作品不但要让西北地区的群众听得懂，看得明白，还得千方百计使用西北地区群众的语言，达到和当地群众同一化的程度。正如李季后来所说，因为我们的诗是为广大工农兵群众写的，不能怪群众水平太低，怎样解决呢？“解决的方法，就是学习群众语言，学习用群众语言来写诗。”“把诗的语言和群众日常的语言，划个等号，这当然是不完全妥当的，还得要提炼、精选。但提炼、精选的基础、原料是什么呢？主要的还是群众语言。”[②] 正是在“民间口语”与“群众语言”两者之间来回调适，诗的语言问题就不是一个单纯的技术问题，而是立场、方向等根本问题。简言之，延安解放区诗人们在创作时树立的衡量标准就是，一切从群众中来，到群众中去：既要让当地群众看得懂、听得惯，还要用他们带有泥土气息的土语来写，当然对土语也有一个提炼的过程。

站在方言入诗的高度来看，《王贵与李香香》是最具有代表性的诗作。从陕北方言角度进行语言分析，可以看出《王贵与李香香》方言入诗的特征。第一，在词汇层面，全诗中有屡见不鲜的当地方言说法与命名方式，个别词汇尽管与普通话词汇相同，但词义范围大小也不尽雷同。从词性上看，一般是名词、形容词、量词、动词、拟声词为主，如窝窝、苗苗，瓣瓣、阵阵，蓁蓁、滚滚，咩咩、喳喳。这些词藻，还抽象为具象，不论是作为本体，还是作为喻体，都能胜任，显然带有初民社会的原始思维特

① 陆定一：《读了一首诗》，《解放日报》1946年9月28日。

② 李季：《兰州诗话》，《李季文集》（第四卷），上海文艺出版社，1986年，第432页。

点。具体如名词类民间语汇就有：称牛犊为“牛不老”，小孩为“娃娃”，父亲为“大”，小羊为“羊羔子”，白毛巾为“羊肚子手巾”，妹妹为“妹子”，年轻小伙子为“后生”，牲畜为“牲灵”，井边为“井畔”，土豆为“山药蛋”，夜里为“黑里”，公鸡为“鸡子”，角落为“圪崂”，山岭为“崄畔”，等等；动词、形容词、副词类民间词汇如称做活为“揽工”，欠钱为“短钱”，说话为“拉话”，谈恋爱为“交好”，胡作非为为“胡日弄”，那时为“那达”，很快为“快里马撒”，放心为“安生”，劲头足为“心劲一满高”，而今为“尔刻”……此外王贵骂崔二爷为“老狗日”，以及崔二爷比喻穷苦百姓为“粪爬牛”“穷鬼”，后来被捉而“浑身软不塌塌”。这些都与众所周知的陕北“婆姨”“蓝格英英”之类的本地词汇一样，尽显地域方言的特色。第二，在语法层面也是如此。比如词汇构成，除了北方方言构词中一般加词头“老、阿、第”，或加词尾“子、儿、头”外，还有加“格、圪”等无意义的字，构成词义有些微变化的新词。最突出的还有丰富的叠字迭词表述，陕北方言字、词重叠，意思不变，但词的感情色彩有些微妙的差异，一般可以概括为“小儿用语的成人化借用”。这样使得语气变得亲切、柔和，不乏亲昵、欣悦的情绪流变，成人一下子在语言上变成满嘴“儿童话”而呈现出幼稚、可爱的意味。从方式看，单音节词可以化成双音节词，而本身为双音节词的，其中两个音节则可以任意各自重叠，如山崖——山山崖，光塌——光塌塌，磨面——磨面面。此外，有些习惯说法，如“瞎子摸黑路难上难”“手指头五个不一般长”“打听谁个随了共产党”“老王八你不要灌米汤”“狗咬巴屎你不是人敬的”“三抢二抢夺不到手”“不见我妹妹在那里盛（‘住、闲呆着’之意）”[①] ……类似这样的句子也可以说散布全诗，贯穿首尾，都属于陕北方言、口语的表述，方

① “盛”在介绍陕西方言的有些书里记作“幸”。当时关中方言这种京畿之地的语言，在中国很长一段历史时期，作为中国的官方语言存在。“幸”字在人们印象中用于宫廷之中，会不会是天子所用的词流传到了民间，还是民间的语汇进入宫中，已不可考，不过这也是周朝“雅言”的活化石见证。见田长山、连曾秀：《方言误读》，陕西人民出版社，2003 年，第 101—102 页。

言化现象十分明显。典型的例子还有这几例，一是即将表音字“来”随意插入词语中，把两个短句组合成一个并列句，丰富了句子的粘合能力；二是语气词“哩”代替普通话中“呢”的用法，表疑问的意思。第三，此诗有押方言韵现象，在音韵上带有地域方言的内在化特征。

结　语

在延安革命圣地出版的《解放日报》副刊，立足于陕北解放区文坛，辐射于陕甘宁边区这一片火热战争土地上的文学书写，奠定了解放区文学的基石。副刊上的作品，从一个诗歌书写的内容与形式和当地革命民众有隔阂的状态，逐渐过渡到向当地民众服务的大众化的过程，形象地回答了文艺到底是为什么人服务的根本问题。《解放日报》副刊上的诗歌，具有不断向大众化、民族化、方言化流变的倾向，在《解放日报》副刊数年的经营与转型之中，也有不少代表性的经典诗作出现，凸显了解放区文学的特色与地位。《解放日报》副刊配合作为中共中央党报的政治、外交与军事形势，以革命文艺为武器，在文艺大众化、方言化与争取底层民众上，具有独特而深远的影响力。

龙江当代新诗论

□陈爱中　赵彦源①

内容摘要：黑龙江新诗的创作历史是从流民诗人的“在地化”写作，慢慢孕育出本土诗人群的，并进而与共和国共呼吸同命运中形成阳光、明朗、乐观的写作格调。在《剃须刀》《北方文学》《诗林》等专情于诗歌杂志的推动下，形成了开放包容和锐意进取的写作格局，在对西方现代诗学思想的融合和龙江地域风情的写作上，龙江新诗具有现实性和未来性。

关键词：龙江新诗；未来性；本土性

从历史上说，黑龙江地处边缘，不是一个文化繁盛的地域。在文明演变过程中，黑龙江自然人文的繁华远远超越文化人文的硕果。在共和国之前，诗歌领域的点点灯火，大多依靠非常态的文化流动，孤苦无依的点燃。吴兆骞、张缙彦、杨越等人的“流民”诗歌，写出那个年代独有的塞外悲怆。20 世纪 30 年代呈现出自为状态的金剑啸、萧军、萧红等人的创作，大多也是浸染流荡漂泊的底色。无论是感时伤怀，还是留恋故旧；无

①　陈爱中（1976—），男，山东曹县人，广西民族大学文学院教授，博士生导师，兼任哈尔滨师范大学博士生导师。赵彦源（1994—），男，黑龙江巴彦人，广西民族大学教务处，助教。基金项目：本文为黑龙江省哲学社会科学基金专项项目“新时期新诗生成场域研究”（项目编号：18ZWD429）阶段性成果。

论是长叹命运不济，还是缘薄情长；对于黑龙江的地域文化来说，诗歌都缺乏“在地”的感受，江南流人终老此地，但毕生南望；本土诗人也大多流荡他乡，东北作家群用他们浸染伤感的笔触描画出的是想象的“东北乡”。

作为最早政权更迭的地域，20 世纪 40 年代末期是包括诗歌在内的龙江文化真正开始乡土建构的起点。自此以后，龙江新诗经过北大荒诗歌的拓荒、石油诗歌的勃兴、80 年代大学生诗歌的崛起以及 90 年代张曙光、李琦、冯晏、包临轩、杨勇、赵亚东等引领全国诗歌潮流的诗人的如椽大笔的描画，无论是在题材上的引领潮流还是创作理念上的匠心独运，龙江新诗也才有了骄傲于汉语诗歌的独立身份，也才有了所谓的“黑土诗派”“黑水诗歌”“龙江新诗”等带有文学史色彩的地域诗歌命名，龙江山水也才孕育出了标志性的汉语诗歌思潮。

一、“流民”诗人的“在地”化

从龙江新诗史上说，其是文化不盛、荒凉丛生，半个多世纪以来，无论如何沧桑变化，但在这样有限的时间内，诗人群的“流民”化的历史印迹始终是无法改变的，只是内容和来源有了变迁。北大荒诗歌中的很多作者来自十万转业官兵，从上海、浙江等南方省份过来的上山下乡的知识青年，因各种政治原因被“流放”到此的如艾青、郭小川等人，虽然其成员复杂但命运一致。20 世纪 50 年代以来的以描述大庆油田为中心的石油诗歌，是真正意义上的文化荒漠上开出的异域之花，甘肃人王进喜、山东人吴全清、陕西人李敬等，身为石油工人，充满战斗豪情，在充满战天斗地的浪漫主义抒情格调中，这些异乡人谱写出龙江新诗中最为真挚的工业诗歌。

新时期以来的归来者诗人群中，来自四川的梁南、浙江湖州的方行、安徽的王忠瑜、广西荔浦的陆伟然、吉林的谢文利等等，这些来自异乡的诗人，大多将最美的青春年华和创作才情奉献甚至终老于这片热土上，在龙江大地上开拓出了“在地”的诗歌体验，从自我认同的角度完成了龙江本土诗人的转变。河南辉县人秦风曾有对比诗，来写这段情怀的转变。

青山——江南

我家住在江南，
门前流水潺潺，
梨花落后清明，
秧苗绿遍水田。

如今来到青山，
清水流在门前，
燕子来后雪化，
秧苗绿透蓝天。

江南天边烟水，
青山烟水无边，
虽欠斑斑竹影，
却有松柏参天。

此诗朗朗上口的节奏，清明朗照的意象，将“流民”诗人的心态逼真地刻画出来，在对比中展现了他们的皈依情怀。如果说秦风的书写属于相对模糊的盲目乐观主义格调的话，那么梁南在《在哪里我都开花》中写的，则显得深刻真实得多，堪为一代人的心声：

像蒲公英的伞，安恬地落到了边境，
我定居在茅草间，捧起雪花洗脸。
我不会死亡。无论多么贫瘠的地带，

都不会拒绝忠实的种子带去热恋。

当我踏倒荆棘蒺藜，路就清晰地出现，
那仍燃烧着的希望，沿着它走向了遥远。
风雪迷途的日子我也在实践拓荒的图案，
严寒不可能征服我，我正在狂放地流汗。

芳馨从荒芜里浮动着美丽的光环，
我被花果沉浸，收获无数粉红的眷恋，
胜过南国无言的相思子，
那血液里活生生奔泻的爱恋。

我从最崎岖坎坷的环境里拓开道路，
我从最伤心苦难之地打开第一轮花瓣。
我从草丛抬起茅屋的头迎迓母亲前来，
我透过欲滴的珠泪辨认出喜讯的内涵。

我即使是一只很快被淘汰的骆驼，
眼前肥美的水草也不能打动我的心弦，
我愿倒毙在刚犁平困苦的新道上，
最好是在茫茫沙漠的终点。

我不是苍白的种子，我在哪里都能开花，
我渴望充满力和美的刀子雕刻我的祈愿：
哪怕做卑微的蒲公英，我锯齿的叶，
也定将锯断冻层，开出如金的黄花一盘。

梁南以凤凰涅槃一样的精神，充满悲恸之情的语调，很好地描述出了龙江诗人的“流民化”融入白山黑水的心路历程，而他笔下的北方树林、山崖、荒原等典型风貌意象被赋予了宏大的时代意义，有着非凡的表演，消弭了流浪与漂泊的悲情，涌现出在家属地的热望。于是我们就看到广东云浮人的钱英球在《窗花》里的如梦景象：

我在山林里奔跑
骑着雪白的马驹
袍子和马鹿
跟在我身后
总保持一定距离

醒来时
我看见
我的梦
就贴在窗玻璃上。

随着外来诗人写作经验的“在地”化，一些土生土长的本土诗人也融入这场龙江新诗的大欢唱中，李风清的风俗叙事，浸染着故乡多情的影子，“一路月光洒满道，/一塘蛙声咯咯叫，/老支书带咱上岗来，/绿野里又添一名流动哨。//听：高粱拔节咔咔响，/瞧：玉米蹿缨红光耀……/风吹公社七月夜啊，/一副丰收图，一片丰收调！//亲手画出的家乡景，/天天在走的公社道，/老支书啊，今宵跟你来巡夜，/听得见你的心在蹦蹦跳。”（《月夜上岗》）刘畅园的清新诗风，“月亮从东山，/笑着升起来，/矿工笑着，/从西山沉下去”（《夜班》）；“北方的冬天，/大地披上了白皮袄；/北方的冬天，/大江大河也休息了。”（《冬天》）相对于“流民”诗人或有着深厚的政治素养，或有着“罪感化”的历史负担，这些本土诗人的诗篇要轻松许多，但相对于关内大军的昂扬歌声来说，他们的声音也就湮没在了众声合唱中，并没有获得更为深远的影响。

龙江大地从1948年开始，就成为领导人运筹帷幄地实施建国纲领的试验地，开发北大荒、拿下大油田，知识分子的上山下乡，等等。新时期之前的龙江新诗都是伴随一个又一个全国性的社会文化运动来表达的，这也注定让龙江新诗能够超越地域的狭隘走向全国的畅想。也正是这些社会文化运动，来自五湖四海的共和国建设者共同奏响了龙江当代诗歌的前三十年。如果从美学的角度来分析的话，这三十年的诗歌总体呈现出这么几个风格：

首先，紧跟时代意识形态步伐，响应共和国的政治意志。记得鲁迅在谈到革命与文学的关系时说，“等到大革命成功后，社会底状态缓和了，大家底生活有余裕了这时候就又产生文学。这时候底文学有二：一种文学是赞扬革命，称颂革命，因为进步的文学家想到社会改变，社会向前走，对于旧社会的破坏和新社会的建设，都觉得有意义，一方面对于旧制度的崩坏很高兴，一方面对于新的建设来讴歌。另有一种文学是吊旧社会的灭亡——挽歌——也是革命后会有的文学”[①]。鲁迅的预言在龙江新诗这里得到了应验，此一时段的龙江新诗基本是在这个内容选择和确定基调的范畴内的。无论是郭小川的《刻在北大荒的土地上》还是王进喜的《铁人诗抄》，甚至到了20世纪80年代初期，龙江诗人都没有忘记这种破旧立新、勇于承担的社会使命。梁南在那首《我追随在祖国之后》中这样说道：

我不属于我，我属于历史，属于明天，
属于祖国——花冠的头顶，风的脚步，太阳的心。
从黎明玫瑰色的云朵穿过，向远方，
如风吹，如泉流，如金鼓，如急钲，
一声呼，一声唤，一声笑，一声吟，
款款叩击着出生我的广袤大地，
这行进之音，恳切而深深，

---

① 鲁迅：《革命时代的文学》，《黄埔生活》周刊第4期，1927年6月12日。

像探索一样无尽……
紧紧把祖国追随。

北大荒的磨砺和抚育，让诗人的胸怀无比宽广，在常人难以企及的境界里思考归来诗人的价值和意义。

其次，阳刚、明朗、乐观的格调。新生共和国胜利者的豪情，战天斗地的建设者的强力声浪，这些都决定了这三十年的龙江新诗是很难有沉郁、消极甚至是平淡风格的。新与旧、东风压倒西风的二元对立模式，个人归结于集体，响应共和国政治意志的要求。这些都决定了这三十年龙江新诗的阳刚、明朗和乐观的格调。方行的《我的歌》、严辰的《鄂伦春的歌》、王忠瑜的《雁窝岛之歌》、刘畅园的《我的歌》，以及王书怀的《桦林曲》、陆伟然的《北大荒春耕曲》、彩斌的《完达山抒情》、陶尔夫的《小兴安岭短笛》等，从这些诗篇的名字上我们就能清楚地感悟到诗篇所要表达的扑面而来的春风气息和热情洋溢的抒唱情怀。如果我们再看到沙鸥的《太子河的夜》，也许就能够更为深刻地领会到这一时期龙江新诗的清新活泼了：

树林中响起一片沙沙的声音，
八月的晚风送来了凉爽；
太子河奔忙地流过本溪，
像一条蓝色的发亮的带子，
围绕着如林的工厂。

运送矿石的火车驰过铁桥，
汽笛的吼声在山脚回响，
该不会惊醒熟睡的人们吧——
劳动模范疗养所的大楼，
现在刚刚熄灭了灯光。

对岸又在倾倒炉渣了，
太子河边像竖起一道火墙。
我像看见了那些工友，
怀着水蜜桃般饱满的快乐与热情，
紧张地工作在炉旁。
发电厂的蒸汽隐隐可见，
月亮像一面明镜嵌在天上，
谁把满天的星星都摘了下来，
你看，那工人住宅区的电灯，
比星星还多、还亮！

太子河唱着欢乐的曲子，
唱出了人民美丽的梦想。
太子河日夜地奔流，
它用钢铁沸腾的声音，
为祖国的前进伴唱！

二、孕育与生成：新时期以来的龙江新诗

新时期以来，随着政治形式的变迁，由于各种原因居住于龙江大地的一批诗人开始回迁，回到只有诗歌才能提供的梦中故乡，并在新的文化土壤里重新开花结果。这直接引领出一批在龙江出生并受教育、成长的本土诗人喷薄而出。以守土在地的身份来观照和打量这片神奇的土地。获得过鲁迅文学奖的诗人李琦以温婉柔美的文笔“唠叨”着家庭的快乐和亲情的难以割舍，擅长叙述的张曙光在沉婉多思的书房里构造着天南海北的哲学对话，中年诗人桑克用情感充盈的目光寂然地洞察世界，幽默而从容，马永波在智慧和巧手中将诗歌语言打磨得“高深莫测”、技巧新颖，庞壮国

以浓郁的大嗓门喊出了“关东第十二月”的豪爽和霸气，马合省以另一种现代人的视角重构历史的想象，“风骨内藏，诗风冷峭”（李琦语），等等。作为新归来诗人的重要代表性诗人，包临轩的强势回归，重现20世纪80年代校园诗人的先锋意识，如冯晏写作的未来性、实验性，杨勇在写作技法上呈现的复杂性特征，赵亚东诗歌强烈的抒情性特征，等等。这些都表征这时候的龙江新诗真正开始摆脱关内文化的束缚，如嫩芽挣脱顽石的压制，露出了点点鹅黄，历经风雨洗礼之后，逐步成长为茁壮的参天大树。

总起来讲，新时期以来的龙江新诗大致呈现出以下几个特点。

首先，拥有可以抗衡甚至引领汉语诗歌整体发展方向的美学风格，形成了独立的龙江新诗格调。

女诗人李琦的《冰雕》一诗曾被视为20世纪80年代诗歌的代表作：

温暖的心
在北方的奇寒里
雕塑了它们
它们才如此美丽

我仿佛突然知道
由于严冬的爱抚和鼓励
柔弱的水
也会坚强地站立
并且，用它千姿百态
呈现生命的神奇

当春天到来
它们会融化的
融化也不会叹息
毕竟有过骄傲的站立啊

能快乐地走来
便情缘快乐地走去

啊，北方，
也把我雕塑了吧——
雕成天真的小鹿
雕成活泼的游鱼
雕成孔雀和燕子
即使有一天消失了
也消失在
春天的笑容里

全诗清朗而温婉，意象的选择、主题的开掘、抒情的样式，都活脱脱地彰显出那个时代青涩、唯美的诗意质素。她在 2010 年凭借《李琦近作选》获得第五届鲁迅文学奖，其潜在的历史积淀应该从这首诗就开始了。积累于 20 世纪 80 年代的张曙光，到 90 年代声名鹊起，因了世纪末的那场“知识分子写作”和“民间写作”的沸沸扬扬的论争，他被推向了汉语新诗论争的风口浪尖，一度成为“知识分子写作”的代表性诗人。《岁月的遗照》中青春的记忆和对时光重新赋予意义，叙述从容而情感抒发有度，在一定程度上应和了新的诗歌写作范式，“年轻的骑士们，我们/曾有过辉煌的时代，饮酒，追逐女人，或彻夜不眠/讨论一首诗或一篇小说。我们扮演过哈姆雷特/现在幻想着穿过荒原，寻找早已失落的圣杯”，“我曾为一个虚幻的影像发狂，欢呼着/春天，却被抛入更深的雪谷，直到心灵变得疲惫/那些老松鼠们有的死去，或牙齿脱落/只有偶尔发出气愤的尖叫，以证明它们的存在/我们已与父亲和解，或成了父亲，/或坠入生活更深的陷阱。而那一切真的存在/我们向往着的永远逝去的美好时光？或者/它们不过是一场幻梦，或我们在痛苦中进行的构想？/也许，我们只是些时间的见证，像这些旧照片/发黄、变脆，却包容着一些事件，人们/一度称之为历史，然而并不真实”。《给女儿》呈现出的别开生面的对死亡的丰富性讲述，透视出一种浸入骨子里的悲悯，“我创造你如同上帝创造人类。/我给了你生命，同时带给你/死亡的恐惧”。《一九六五年》开启出90年代诗歌界公认的叙事潮流，安静地谛视世界的个人化写作，从理论的高度赋予他代表一个时代的意义，也表征着龙江新诗从偏安一隅的寂寞到拥有了冠冕诗坛的荣耀。

都说龙江是文化的荒漠，自然风光的优美潜隐着文化缺失的遗憾，但新时期以来，桑克、张曙光、朱永良、马合省的涌现在逐步改变着这个断语在龙江新诗领域的成色。朱永良以嗜书如命、思想滚涌的姿态来勾画“读书人”的诗：

我喜欢沉湎于有些虚幻的事物
沉思默想：萨福散逸的诗行
孔子没有编辑的古书
集中关于创造世界的说法
另一种二十世纪的历史
还有诗歌未来的诗体
韵脚的法律地位
人们做梦的政治价值

我还喜欢书页的空白处
并模仿一位阿根廷人
喜欢沙子在沙钟里缓缓坠落的形式
喜欢无事可做的上午
坐在安静的沙发上
目光随意地滑过书架上一行行书脊
让上千本书亲切地吞噬我的记忆。

以书为核心意象，沉湎于思想的遨游的情景清晰在目，书房的静然而又不平静的状态生意盎然，如此写诗的，尚不多见。马合省出版于1989年的诗集《老墙》，是诗人“读史笔记”诗歌系列的总结，从历史中读出智慧，与历史对话中积淀人生，“人世转眼即是千年/亲手修造的城，连工具/还没有安放平稳，那城/竟被风化得驳驳斑斑了/到处是藏不住的苦笑”（《那制造了骄傲的总是离骄傲太远——读史笔记》）；还有另一种“历史”的诗学解读，“事情不断过去/被议论成历史/前面的黄帝把江山丢了/后面的皇帝笑前面的皇帝/还没有笑出声来/自己便丢了江山//其实那些皇帝是不甘的/给现实的圣旨上明明写着：借鉴/不过是认认真真地走过场/不过是劳劳碌碌地扯淡/一场雪在野外飘飘撒撒/还未落到地面/又被大风吹远/谁承认这是浇灌呢”（《你们年年栽树·读史笔记第七》）。他还曾写有关于长征的若干诗篇，重走长征路，重思那段被各种文字浸润的历史，从个人视角用诗来读，这种另一种主旋律诗歌的写作，还是别有味道的，写出了个体经验对历史的真实体味。

无论是抒情还是叙事，无论是地域题材还是间接经验，无论是感性直发还是思想迂回，龙江新诗都不缺乏可以代表汉语新诗某一个时代特点的诗篇。

第二，“在地”经验的重构。俗谚说，一方水土养一方人，地域环境对一个作家的影响有着重要的作用。老欧洲广阔的田园风光是成就荷尔德林“诗意栖居”的重要背景资源，诗人体验的原初性和创造性决定了他们对于生活的地域有着更为直接、更为深刻的体验。“提出诗歌的‘地域’问题，不仅是为诗歌批评增添一个分析的维度，而且是‘地域’的因素在80年代以来诗歌状貌的构成中难以忽略不计的因素。在诗歌偏离意志、情感的‘集体性’表达，更多关注个体的情感、经验、意识的情况下，‘地域因素’对写作，对诗歌活动的影响就更明显。”① 如果说，新时期以前的龙江新诗感悟最多的是白山黑水的自然景色，多运用传统的起兴手法，将

① 洪子诚、刘登翰：《中国当代新诗史》，北京大学出版社，2010年，第211页。

对自然风光的歌颂归结到新旧社会的对比、畅想理想未来的叙事的话，那么，新时期以来的龙江新诗对于龙江大地的重构则显得更为复杂和深入。首先，同一地域意象的个人化建构。哈尔滨无论是作为一个城市地理标志还是作为一个文化标志，在中国近现代的文化版图中都是一个富有特色的重要符号。新时期以来的龙江新诗很少有诗人的笔下没有出现过这个边缘但文明的城市符号的，因此也就有了不同品格和不同内涵的哈尔滨。诗人桑克的笔下，哈尔滨首先是个多信仰共存的城市、往昔众多神灵的眷顾地，基督教、东正教、新教、穆斯林、文庙、道观共处一个苍穹下，各种信仰拯救着苦难者不同的灵魂。但今天却成为“沉没的大多数，并非为/信仰而设，一些为旅行者/一些为拥有旧梦的人，/为廊檐之上的黄昏，/或者燕子，在残垣间穿梭”（《哈尔滨教堂》），其次是“夏天短暂，打个盹就殁，/而冬天过长，犹如厌倦的一生。/洋房渐渐减少，拆了一些，/而没拆的，也是虚有其表。/落叶也渐少，和树木战争有关，/顺便减掉一些人，/在落叶之中散步”（《哈尔滨二》），渐渐破落的城市和被野蛮改变历史印迹的城市。诗人张曙光曾有系列诗作《哈尔滨志》面世，专门写这座城市，或现实或理想，或失望，或悲凉，林林总总，几乎写到了这个城市有代表性的符号，霁虹桥、学府路、中央大街、圣伊维尔教堂、索菲亚教堂甚至是马迭尔冷饮厅，都披上了诗意的裙裳。“富有诗意的名字，只是一座俄式的桥/连接南岗和道里两个街区，桥身带点拱形/却难以与彩虹联系在一起。但它并非不美/而且气派，有着带浮雕的方尖碑式的桥塔/和镶着飞轮的漂亮护栏。桥下闪亮的铁轨，把一列列火车/引向北方的更北，那是我家乡的方向——”，是为霁虹桥；“这名字很美，却明显带有/色情意味。也有一点市井气/使你不会与《桃花扇》产生联想/但其实都是青楼”，此乃桃花巷；在追问中深省的“时间的废墟，或祭品，一个时代/垂死的疤痕。但最终会有什么留下/供我们沉思和凭吊？或许/你的存在，只是为了一首诗？/而这首诗的存在，又是为了什么？”是为圣伊维尔教堂。学者诗人朱永良的笔下，苏联士兵成了“一个不再存在着的国家的亡魂/带着战争造成的、抹不去的/岩石般的哀伤”（《苏联士兵的墓地》），也为这座城市的历史增添了苍凉的底色。他从旧照片里寻找哈尔滨的故旧：“旧照片上的这座教堂/已被特定的时间吞嗜，/已被一只狂暴的手/从空间中无情地抹去”，“在俄罗斯式的静穆之中/隐含着那逝去岁月的秘密，/教堂周围玩具般的栅栏/圈出来一块儿信仰的飞地。//布拉格维音斯卡娅教堂，/在过去的空间里并没有消失，/它已成为一段历史的标志/和时间底片上抹不去的印迹”（《布拉格维音斯卡娅教堂》）。

除了单个城市，龙江新诗自然要关注这里的灿然山水，这是龙江新诗的传统。在于政治抒情诗盛行的时代，自然风光只是政治主体表达的附属，从经验意识上说，也是一种集体的发声，并非是个体体验的鲜活表达，这在前述已经有所表述。新时期以来对于龙江大地的森林、湖泊、油田、旷野的叙述有了另外的面孔。松花江，在 20 世纪 60 年代诗人李剑白的笔下是“老一代在你身旁浴血斗争，/新一代在你身旁生产劳动”的“红旗似海，阵容齐整”的劳动壮观图（《松花江上》），21 世纪的松花江在诗人潘永翔的描述中则是“宿命的江啊/你的浪花岂止染白了/父亲的头发/也染白了兴安岭的雪峰/父亲的影子投在弯曲的河道上/绷直的纤绳能否/再一次牵出绝世的风景”（《松花江》），乡土的伦理亲情几乎是江河山川一个时期必然的情感寄托。雪是龙江大地最为常见也最具特色的精灵，自然也是龙江新诗人青睐的抒情物。鲁荒的“雪”“像某种仪式/让人欲言又止”，“没有任何事物比深入一场大雪/更能感动人生/从生到死，一场大雪/就可以使人/从透明，到透彻”（《雪天里赶路的人》）；王立宪的“雪”是“祖母头上的白发/在苦难的高纬度上/是一生一世的雪”，“辽阔的雪野/注定了我的目光无法看尽/有一种感叹似乎还没有成熟/就变成了车窗外/飘零的雪”（《从安达到齐齐哈尔的雪》）；任永恒的“雪天不戴草帽/草帽已留给秋天里做静静的回旋/立起风衣领向风雪走去/任宽额成为超然的极地/在拧动的皱纹中随便写着/关于雪的舞曲”（《落雪，不戴草帽》）；桑克的雪则是热的，“零上 13℃，突然下雪。/厚厚的，像沙子，摔向大地。/人们狼狈行走，而我则为谴责得意。/持续间，悲伤突袭，我落下泪来。/泪是热的，烫伤我的脚趾。/前日清明，我却冷冰冰缩在心中。/不去墓地，也不阅读杜牧的雨诗”（《热雪》）。

从地域意象的共同性走向个人化，标志着龙江新诗从本体上建构出了独特的审美范式，也就有了所谓的“黑水诗派”“黑土诗歌”等独霸一方的诗歌流派出现的可能，尽管现在依然有争议，但并不妨碍我们谈论一些共性的事情。

第三，本土诗人群的形成。从诗人群体的角度来说，新时期以来的龙江新诗实现了原初性的孕育。韩作荣、林柏松、徐忠宝、邢海珍、潘永翔、李琦、张曙光、丹妮、朱永良、全勇先、王立宪、伯辰、张静波、王小蝉、雪村、朱凌波、马永波、杨川庆、潘洗尘、冯晏、杨河山、袁永苹、杨勇、杨拓等等，会有一个长长的名单，这些都是龙江大地培养和孕育出的汉语新诗骨干力量。他们从对龙江风物最为原初的感悟出发，每每营构出自然的抒情景致，如风雪大漠、森林草原。虽然后来囿于各种原因，不少诗人离开了黑龙江，到外省谋生活，但龙江新诗的积淀永远是他们写作的根基。同样的，他们的辛勤耕耘、笔耕不辍，成就了龙江新诗可以辐射到整个汉语新诗的诗歌文本。潘洗尘的《六月 我们看海去》《饮九月初九的酒》，张曙光的《岁月的遗照》《一九六五年》，马永波的《眼科医院：谈话》《电影院》，桑克的《雪的教育》《在海岬的缆车上》，庞壮国的《关东第十二月》《沼泽里，白桦躺成一条路》，王立宪的《凡高的向日葵》《麦田上的乌鸦》等等，又会是一个长长的书单，走出龙江，辐射全国。从获奖的角度说，更是硕果累累。李琦获得鲁迅文学奖，张曙光曾获得刘丽安诗歌奖、上海文学诗歌奖、“诗歌与人”诗歌奖，桑克多次获得“华语文学传媒大奖”的提名，等等，这些全国性的奖项从一个侧面证明着龙江新诗的傲人成就。另一方面，从龙江新诗走出去的诗人开始在某些方面影响着整体汉语新诗的发展，马永波任教于江苏高校，聚集一群诗人，成立诗学研究中心；中岛身居京城，孜孜不倦，不计酬劳和成本地编辑民间诗刊《诗参考》，使之成为在汉语新诗领域能够和《诗刊》《星星》《今天》等诗歌杂志一样进入文学史视野，可以载入史册；经营广告公司的潘洗尘从资金支持的角度，资助并兼任多家著名诗歌杂志的主编，为新诗的健康发展注入必不可少的诗人情怀。《北方文学》《诗林》《剃须刀》，无论是庙堂还是民间，这些坚持至今的诗歌媒介也从媒介传播的角度宣告了龙江新诗的壮阔。

三、对话性与未来性：龙江新诗前瞻

相对于一些文化深耕之地的新诗写作，龙江新诗恰恰因为文化历史的孱弱，可以轻装上阵，毫无负担地与外来诗歌文化相互沟通，少了因循守旧和美学固执的保守，多了几分现代的开放包容和锐意进取。因此我们可以看到，正如张曙光、冯晏、文乾义等人在 20 世纪 90 年代组成的“剃须刀”诗群在西方诗歌的译介，进而在技法和诗学精神上吸收其优点，并在现代汉语语境下进行有机转换之后形成的叙述性美学特征，与 80 年代以来，现代汉语日益成熟和规范的语境形成良好的互动，从而走出黑龙江，形成影响深远的一种写作潮流。包临轩作为 80 年代大学校园孕育的重要诗人之一，早年和苏历铭一起在“86 年两报大展”中以“男性独白”的诗学观念独树一帜，沉潜十月，年后重新回归诗歌写作，先后出版《包临轩的诗》《蓝钟花》等诗集，彰显出阔达而深邃的诗学内容，哲学的思辨和意象的陌生化相结合，强劲而有力。冯晏、桑克、张曙光、李德武等人每年都在出版的内刊《诗歌哈尔滨》是这一思潮宣誓诗学坚持意义的标志。杨勇、赵亚东、梁久明、宋心海、姜超、张永波等赋予龙江传统抒情诗写作范畴的诗人们，歌咏龙江大地的收获的壮丽与播种的豪迈，还有日常亲情、友情的温暖与相望。实际上，随着《远东文学》《北方文学》《诗林》《猛犸象诗刊》《北极光》《石油文学》《岁月》等多专情于诗歌的刊物在 21 世纪编辑理念的更新和生存环境的逐渐优渥，龙江新诗在多声部的畅想和沉思中，不仅仅是现实的，同时也是未来的。正如俄国哲学家巴赫金所说："对话交际是语言的生命真正所在之处。"[①]语言的生命也决定着文学的生命，"一切莫不都归结于对话，归结于对话式的对立，这是一切的中心。一切都是手段，对话才是目的。单一的声音，什么也结束不了，什么也解决不了。两个声音才是生命的最低条件，生存的最低条件"[②]。这虽然是巴赫金面熟语言多元性意义的观点，但运用到21世纪以来的龙江新诗上，显然是恰当的。

① ［苏］巴赫金：《陀思妥耶夫斯基诗学问题》，白春仁、顾亚铃译，生活·读书·新知三联书店，1992年，第252页。

② ［苏］巴赫金：《巴赫金全集》（第5卷），白春仁、顾亚铃译，河北教育出版社，1998年，第340页。

时空漫游者的体验诗学

——小海诗歌审美的几个阶段及其写作伦理

□刘波[1]

内容摘要：在进入南京大学中文系读书之前，作为第三代诗人的小海，比很多同龄人更早地开始了自己的诗歌之旅。他后来结识韩东，并加入“他们”诗群，这一关键节点对小海后来的诗歌审美与创作产生了不可忽视的影响。他在田园乡村书写与诗歌的本体探索之间试图找到一个中介，并经由这一中介激活自身的天赋与潜能，既将乡村作为写作的背景和价值观，也作为诗歌的方法论。他在经验叙事上追求结构性的整体诗意，通过对语言和生活之关系的考量，重构新的诗歌美学体系。21 世纪之后，因为工作环境的变化和时间的相对充裕，小海从过去的短诗写作转向长诗写作，这对他来说，一方面是写作体量和诗歌认知上的考验；另一方面，也需要在历史意识和“影子式”自我革新的层面再次打开视野，从而进行深度的诗学突围。

关键词：小海；第三代诗人；乡村书写；历史书写

如果从发生学角度切入小海的诗歌，他的写作似乎要早于一些第三代

---

① 刘波（1978—），男，湖北荆门人，文学博士，北京师范大学博士后，三峡大学文学与传媒学院教授，中国现代文学馆特邀研究员。

诗人，甚至可以往前回溯到朦胧诗时期。虽然他和有些朦胧诗人的创作在时间上同步，但其诗歌精神还是源于第三代的美学脉络。纵观小海的创作历程，他确实和第三代诗人共享了某种时代氛围和话语体系，也参与了20世纪80年代第三代诗歌的历史进程，这种具有见证性的书写强化了与时代的融合感。而小海到南京大学中文系读书并与韩东等一批诗人相遇，到底是其早期诗歌风格的延续，还是他开辟了一条新的写作路径？这是很复杂的问题，或许小海也无法完全解释清楚，但至少他在启蒙的意义上唤醒了自我对诗歌更为辩证的理解。

以小海后来加入韩东主导的“他们”诗群为例，这一点也许是小海文学之路上的特殊节点，韩东对他的诗歌写作曾提出过批评，这种直言不讳对于小海的写作是否起到了“纠偏”作用？“坦率地讲，就是这么一些年，我感觉到韩东对我的一种压力。”① 小海的这一感慨可谓意味深长。至少在写作长诗《大秦帝国》和《影子之歌》之前，他并未太偏离“他们”，无论主题怎样变换，他总是保持着对日常更为深邃的把握，简洁、明晰，并有意识地通向一种真理性。韩东的“压力”在此是一种无形的参照，小海试图打破这一格局，“走异路，逃异地，去寻求别样的人们”②，他后来又走了多远呢？带着这样一些问题，我们试图从一条诗歌美学的双向延长线上来探讨小海的写作伦理，以期在更宽广的背景下做出某种回顾性考察。

在“田园之子”与诗本质的探索者之间

小海给我最初的印象并非具有先锋色彩的第三代诗人，而是一个书写田园与乡村的抒情诗人形象。从观感而言，其诗歌干净、纯粹，异质性成分并不多，相对于那些单纯依靠想象和才华的青春期写作，他在第三代诗歌群体中也是内敛的“沉潜者”。这或许与个人性情有关，还和“他们”

---

① 杨黎：《采访小海》，《灿烂：第三代人的写作和生活》，青海人民出版社，2004年，第318页。

② 鲁迅：《〈呐喊〉自序》，《鲁迅全集》（第1卷），人民文学出版社，2005年，第437页。

诗群中整体性的诗歌审美有关。小海良好的语感决定了他不会使用怪异的招数，他只是让语言回到个人性，而不是在公共语境下进行“宏大抒情”，这种认知与小海早期对诗歌本身的理解有关——诗歌需要回到对自身的观照。他那些具有日常观看和倾听经验的书写，确实不同于当时的主流诗歌风尚，也不会引起多少关注。正是这种不同于“我不相信”式的反抗之声，小海从一开始就定位在自我内部的吟唱。

现在看来，他当年的“反叛性”力量中潜藏着一种天赋的诗歌直觉。“狗在街上跑/看着我们/向我们摇尾巴/跟着我们奔跑/快快给它东西吃/让它摇尾巴”，这种观看是一种常态，小海由视觉经验出发，慢慢转向了听觉——来自诗歌内部的节奏，有着一种呼唤的童话意味。接下来，诗人笔锋一转：“我们把它打死/又吃了它的肉”，这是一个事实陈述，但透露出了残酷的真相。本来是一场欢快的关于狗的吟唱，在诗人笔下却变成了一场死亡。“我们领略了/奇异的欢乐/和街头的/风光/我们时常往街上跑/因此/我们领略了狗的/快乐和悲伤”（《狗在街上跑》）。这是小海 15 岁时写的一首诗，看似带有童话色彩的谣曲，实际上更接近于内心的拷问——他将快乐和悲伤的角色进行了置换，这才会形成诗的张力。否则，这一再平常不过的“事件”也仅仅只是“杀狗的游戏”，它不会成为一桩事后反思的“凶杀案”。在残忍的主题之外，小海现在之所以还留下这首诗，并置于精选诗集《男孩和女孩》篇首，是他从诗的标准上接纳了自己的“少作”。而这首诗的亮点，其实还在于精致的形式感——有别于同时期诗人们的高昂激越，它更注重低沉的回声，适合于吟唱。“我对谣曲有一种天生的迷恋。”① 小海曾道出自己在形式节奏上的偏好，其早期诗作正契合了自身的美学诉求，“我喜欢诗歌中虚妄而真实，沉实又轻盈的吟唱感”②。一种既快乐又悲伤的矛盾状态在他的诗歌中被铺陈和罗列，主题与形式的契合呼应了少年诗人内心潜在的破坏性。

---

① 何平、小海：《“使自己真正成为这个国家的诗人”》，《当代作家评论》2011 年第 5 期。
② 何平、小海：《“使自己真正成为这个国家的诗人”》，《当代作家评论》2011 年第 5 期。

小海15岁就写出了比同龄人更成熟的作品，这也是很多人对其创作的源头抱有好奇心的原因，这种天才型诗人被称为早熟，小海本人也意识到了这一问题。而在早熟的赞誉中也隐藏着危机——如何在早熟中突围，以构成新的诗意生长点？诗人曾谈到过这个令很多人感兴趣的话题，有一点可令我们思考：小海在早期出道后，一直以相对平稳的方式前行，在风格上不像有些年轻诗人狼奔豕突地尝试各种题材和写法，其在停止写作与重新写作之间不断地重临新的起点，并“保持一个相对敏感、开放的心态”①，这又让他的写作呈现为一种晚熟的迹象。早熟与晚熟的说法，其实是一个诗人的辩证法。它被置于小海的写作历程中，却有着更为奇妙的平衡性。“相对于其他有成就的诗人，我这几十年基本只干了一件事，就是写点诗，中间虽有间断，但都不算长，说明我的才能是很有限的，所依靠的可能就是一点耐心与安静。”② 这种自谦之语更像是小海对平衡写作的自我阐释，他不仅道出了写作在时空感上的平衡性，也指涉了整体人生的某种平衡。“所幸的是，早年乡村生活的简单、粗糙、艰辛，对消解今后的人生得失，平衡生命中的落寞时光大有裨益。”③ 写作与人生的延续性同构于早熟或晚熟的成长模式，在这一区间内的循环，让小海意识到了早熟与晚熟之间的平衡最终取决于“耐心和安静”。

耐心和安静也许就是小海诗歌一直以来所表现的特质，这符合其“乡村诗人”的形象，但他与传统的古典诗人对于田园和乡村的理解不一样，他是真正在现代性的意义上来建构自己的“田园”场域，带着尖锐的穿透力和审视性。小海有一首诗直接命名为《田园》，表象上写一位农人在一天的劳作之后对土地的喟叹，实则里面暗含着矛盾的心绪：他离不开土地，但“我的心思已不在这块土地上了”，这种幽暗的变化源自诗人更高

---

① 小海：《回答沈方关于诗歌的二十七个问题》，《必须弯腰拔草到午后》，河北教育出版社，2003年，第286页。

② 小海：《〈男孩与女孩〉自序》，《男孩与女孩——小海诗集（1980—2012）》，北岳文艺出版社，2016年，第2页。

③ 何平、小海：《“使自己真正成为这个国家的诗人”》，《当代作家评论》2011年第5期。

阶的精神处境。“我怀着绝望的期冀/任由那最后的夜潮/拍打我的田园”。夜色笼罩下的田园该如何打量，与其说诗人是在写土地，不如说他在写一种心境，他强化了智性的感受力，并将其铺展成为一种更深远的道义。如同韩东在《温柔的部分》中所写，他曾有过寂寞的乡村生活，但这样的生活他并未完全融入其中，最后只是成了诗人审视自我的一个参照。小海的田园与乡村，同样是他生活和思考的一个参照。虽然他不厌其烦地在回忆中书写乡村，但他终究是在逃离，并与乡村拉开距离，这种“反动”契合于一种现代性的眼光，而且还有内部的创伤性在重塑其新的写作范式。

就此而言，小海逃离的是乡村的细节，那些更为具体的画面似乎被消解了，而在向幽深处探索时加深了乡村生活所辐射出的精神能动性。那么，乡村作为其书写的资源，很多时候是一个本质化的主体，甚至就是他诗歌的背景乃至方法论。“‘乡村’对于小海来说是一种情感上的依赖，而不是经验的。”① 由于长久以来形成的城乡二元对立思维，我们总是以割裂的眼光看待乡村的衰败，在小海这里，乡村可能是一种重新启蒙，他以更内在的对话性理解取代了外在的对抗性反讽。因此，小海 20 世纪 90 年代的乡村书写，用他自己的话说，就可归结为“人和大地的关系”② 的一种投射。对于小海的创作来说，这一投射又是社会和时代反思的语言变体，最终通向了深层的历史感。他并非依靠抒情来完成对 20 世纪 90 年代的救赎，其下沉的句式反向规定了诗人不可能有太过高昂的声调，这是心性使然，也是他的历史选择。小海写《北凌河》等诗作后，被何同彬指认为“不再是他们中的一员”③，这难道是一种倒退？小海在 20 世纪 90 年代看似重返乡村，但肯定有别于海子去世之后盛行的“伪乡土写作”。也许何同彬是在先锋精神这一标准上指认小海的“后退”式写作，他退到“乡

① 南京大学文学院中国现当代文学专业 2012 级硕士毛丹丹的观点，参见傅元峰：《一条离乡弃城的河流——小海诗歌讨论课实录》，《寻找当代汉诗的矿脉》，北岳文艺出版社，2014 年，第 253 页。

② 何平、小海：《“使自己真正成为这个国家的诗人”》，《当代作家评论》2011 年第 5 期。

③ 何同彬：《忠实于我的时刻越来越“多”——对小海近期创作倾向的考察》，《当代作家评论》2011 年第 5 期。

土”是否是一种保守的表现？而书写乡土的症候性，又展现了诗人怎样的个体意志？

现在来看，小海这种通过回忆书写乡土的方式到底是一种反叛还是回归？在此的复杂性也并不是“回忆”和“记忆”这种主动或被动的选择所能辨析的，他一方面在逃离，另一方面又释放了某种隐逸之道。且隐逸不是象征性的，而是立足于现实和生存真相的纪实性书写。也就是说，小海的写作不是为了乡村而乡村，也不是赶潮流似的书写乡愁，他的乡村书写是对自身传统的一种语言再现。而早年的写作对于成年后的小海来说是不是一把枷锁？尤其是在大多数诗人面临“中年写作”困境时，他也曾意识到了这个身不由己的问题，阶段性的暂停让他将每一次重新写作都当作一个起点，于是，他从 20 世纪 90 年代之后不断地进行“中年变法”[①]，这种内在的自我纠偏机制促使小海在持续性写作上保持了稳定状态。每一次回望和前行都意味着新的开始，但又并非与过去完全断裂，只不过是基于历史连续性而构成一个完整的诗歌写作与接受的循环链。

经验叙述、结构性诗意和语言景观的呈现

作为第三代诗人，小海的诗歌起点不同于一般的青春期写作，他一度被称为早慧的诗歌天才，这一同构于海子的指称，也在某种程度上对小海进行了历史定位。然而，小海的诗歌自觉从一开始就不是常规的，他反常地走出了朦胧诗“影响的焦虑”，在初始阶段即以不同于朦胧诗意象书写的叙事语气，重新开辟了一条更为明晰化的写作路径。这种明晰性如果体现在语言上，就是对繁复格局的打破，重新回到身体的语感。这是小海领悟到的诗学，他可能超前于部分第三代诗人的语言自觉，从而建构了不同

① 小海曾说：“九十年代，为了解决困扰我继续写作的问题，我便沉浸到早年的乡村生活经验中去，尝试写作‘村庄’‘田园’‘北凌河’这个系列，在对这个题材有了把握和信赖感后，慢慢恢复自信，积累了两百首左右系列组诗。”参见何平、小海：《“使自己真正成为这个国家的诗人”》，《当代作家评论》2011 年第 5 期。

于为赋新词强说愁的另一种青春书写谱系。这一谱系我们好像看不到源头，是否可以认定为小海自我影响的产物？在这种内在的经验输出中，革新即转化，小海只是在生活中提纯，为赋予其叙述的可能性。可能有人将这种封闭式的书写当作经验的“内卷”，但小海还是感受到了创造的自由，诗意的生成就在于他将诗与命运关联在了一起，即便有幻影，它也是生活本身所显现的微光。

在现实生活中，诗歌是我个人消化、消解生活的运动，是对自我视角、自我方式的确认和肯定，是将混乱的、有问题的，甚至病态的生活归入自己可控范围内的努力，可以点亮、照明一些晦暗，转化生活与环境压力，固定和生成生命文体的方式，类似一种命运的指引。[①]

由此我们才可能更为理解小海这些年的写作何以没有跌宕起伏、大开大阖，他总是在节制中显得宁静温和，一方面关乎性情，另一方面又时刻保持着“诗意滑落”的警觉。小海对于经验的书写也并不完全局限于亲历，一种想象的另类场景也能构成其写作的主题。比如 17 岁那年写下的《咖啡馆》，也许是诗人间接获得的感受，他在这首诗里完成了对乡村意象的拓展。这部分印证他并没有拘泥于乡村和田园，这些只是他写作的精神背景，他向往的仍然是现代性的落实。“我是田园之子/这是我幻想的日子/我生来注定美满如梦”（《母马》），在这种务虚的向往里，我们可能会读出海子诗歌中田园乌托邦的味道，何以如此？在时代的局限中，诗人的抒情也会基于宏大的观感，小海身处当时的“乡土书写”潮流中，在诗歌审美经验上也可能难免会受制于既定秩序，带有某种深沉的幻想色彩。

如同贴在海子身上“乡土诗人”的标签一样，小海在乡村经验的完成上仍然基于回忆视角，在时空感上通向了意念中的超现实画面，从而表现出庄严的仪式感。在其影响广泛的“村庄”组诗中，那些意象是飘忽的，

① 小海：《新诗话——诗歌经验散论》，《东吴学术》2013 年第 6 期。

有时甚至疏离于具体经验，在语言的不断深化中靠近超验之美。“从前，我是山大王/命运引导我走高山”，这种回忆与逃离视野，对接的正是诗人对乡村的真实认知，他一度渴望逃离这一“传统”，在命运的引领中重新出发。“当我从夏天的村庄经过/吸引我的不仅有春季的候鸟/爬出北凌河的鳖//我知道村庄上平等的兄弟/白天，仿佛男人和女人的某个瞬间/夜晚，就像北凌河的堤岸//土地，用无助的岁月等待/北方的夏阳越过雪山/照耀在我的村庄上”（《村庄之十八》）。相对于城市的光怪陆离，乡村经验是单纯、缓慢的，它更接近于人在自然状态下的本能，因此，其幻化出的诗意无不带有浓郁的抒情意味。小海不拘泥于庞杂细节，其洞察力皆表现为收束性的观照，画面皆是写意的，可远观，也可作还原性的解读。他在90年代与村庄和田园有关的诗，都不是单一平面化的回返，而是兼有载道性的“山水写意画”，甚至不乏江南的逸乐风格，由此观之，他的村庄书写也可当作是其阶段性自我转换的精神史。

一旦我们将村庄和田园书写看作是小海的“诗史”，其涉及的就不仅仅是某一首诗的问题，而具有了总体的话语生产性。包括他诗歌的神秘性因素，还有经验与诗意的借位所形成的张力，以及不断因视角变幻而引起的瞬间转化，小海诗歌的逻辑都可能归结为某种结构性诗意。影像书写首先是对事实的陈述，小海为这些构想的画面固定了具体的装置，我们可以将这一装置作为中介重建新的诗歌审美体系。“男孩和女孩/像他们的父母那样/在拔草//男孩的姑妈朝脸上擦粉/女孩正哀悼一只猫//有时候/他停下来/看手背/也看看自己的脚跟//那些草/一直到她的膝盖/如果不让他们枯掉/谁来除害虫//男孩和女孩/必须弯腰拔草到午后”（《弯腰拔草到午后》）。对于这首作于大学期间的诗歌，小海看似在写乡村，实际上，他在写一种幻想的逻辑。读这首诗，我想到了韩东的《甲乙》，从不同的角度切入现场，如同一幅素描画，这种更为立体的观看，是对精确书写的强化。而看似精确的描绘其实也暗藏着留白，这同样是在检验语言的弹性。

"语言的光芒有时恰好在于它内部的不确定性和神秘性。"① 诗意的连续呈现，正在于语言本身所具有的跳跃性，它和想象力画面一同构成了可以翻转的不确定性诗意。那样，我们可以无限往里填充新的理解，它也能相应地容纳更多的时代"风景之发现"。

小海还有一首诗名为《发现》，带有一定的追问意识，特别是在画面想象中达到的暗示效果，真正嵌入了诗人对生命的理解。"谁能理解这天空，我的天空/它田野的面庞，兄弟的马鞍/满脸烟雾迷茫//我对沉默格外小心谨慎/那过冬干枯的池塘/像深入梦乡而没有睡眠一样//我渴望的生活这样决断/最大的失败/是和这人世间无止境的调情//谁能理解天空，被羽毛所中伤/让我去寻访一位山间的老者/那生长着紫薇和高耸松树的地方//寂静，被明月护持/春天的诗章/那锻打的铁锤……"诗在开始的时候以天空这一宏大意象切入，颇具玄想性，越到后来越偏于超现实主义的抒情意志，这种经验的被诗意化，一方面在于诗人的审美原则，另一方面也是他操控语言方向的结果，里面也蕴含着日常生活书写和语言的博弈。在小海早期诗作中，我们也确实能看到其口语书写的简洁和干净，后来，他"从最初的口语写作走到了口语指向书面语的一个相对开阔的中间地带"，这种对语言的综合处理其实是变换角度理解了诗的多元形态。"我需要既保持口语的鲜活性，又要有一定的生涩感，保留一些难度、变化和不确定因素，可以给我更多创造和自由发挥的余地，给自己制造一点紧张度和意外，从而保持语言的张力。"② 紧张度是小海从最初顺滑的口语写作跳脱出来的一种觉悟。因为语言一旦绝缘于生活之外，诗人很可能就会陷入呓语，而缺乏与时代现实交融的自足性。小海以切己的感受力试图破开语言的内面，并释放出其自然扩张的潜能。

在理解韩东提出的"诗到语言为止"这一观念时，小海应有更深的体会，一方面他在这一观念的实践现场，另一方面，他和韩东亲历了这一观

---

① 小海：《关于当代诗歌语言问题的思考》，《当代作家评论》2011 年第 5 期。
② 小海：《关于当代诗歌语言问题的思考》，《当代作家评论》2011 年第 5 期。

念后来产生的影响，它“使诗歌彻底摆脱了当时盛行的概念语言，回复到语言表情达意的本真状态。应该说，对语言的关注和敏感是第三代诗人的普遍特质”[1]。小海21世纪以来写作的短诗，注重童话般的节奏感，某种程度上来说更像是谣曲，“一旦我们身上吟唱的意识苏醒，熟视无睹的日常事物便获得了新的维度”[2]。像《标准好狗》《破晓》《跑步》等，多打破了口语和书面语的界限，朝向综合性诗意敞开。诗人完成的是想象力的转化，尤其是那种匀速的词语行进，让诗本身保持了“天真与经验之歌”的时空稳定性。

而回到对语言的关注，又必须考虑到诗写的语境，那就是与生活的对接，“必须体会和学习非常接近生活的语言，同时又要作个人的转化，因为这种非常接近日常生活的语言，要和你个人独特的生活感触紧密关联在一起，又正因为你对生活的体验已经有感触了，再把新鲜的语言加入进去，就会真正培养对诗歌语言的这种感觉，或者说是语感”[3]。从语感角度考虑写作的体验性，也会指向生活本身，包括对现实的介入。在为数不多的正面“强攻”现实的诗歌中，除了简介叙事，小海突出的更多是反思性，“就是个小感冒/躺着躺着就病倒了/无法翻身/手臂、大腿不好使/喝点水吃点东西/要是能起身就行了//开始生褥疮了/疽在溃疡处涌动/翻上翻下/像是一群实习大夫/从头到尾/穿着耀眼的新大褂/我断气了/它们还围着我/忙乎了七天七夜/多谢照料/恪尽职守的白衣天使们”（《空巢老人之歌》）。这种介入性写作，同样又回到了经验叙述的范畴，在此，小海好像绕了一个大圈，又回到了写作的原点。实际上，这种写作表现为一个螺旋式上升的过程，小海早已超越了单纯的摄影术描写，在自我“孤独的寻找中”抵达了更高的境界——诗思融合的写作伦理。

---

① 小海：《关于当代诗歌语言问题的思考》，《当代作家评论》2011年第5期。

② 何平、小海：《“使自己真正成为这个国家的诗人”》，《当代作家评论》2011年第5期。

③ 小海：《关于当代诗歌语言问题的思考》，《当代作家评论》2011年第5期。

长诗：历史书写与影子的“自我革命”

小海诗歌写作历程的清晰性，也许体现为由几组代表性作品构成的阶段性节点，这也恰好印证了他对自己写作的定位：“写作，我通常是间歇性的，或者说有休耕期，但也不中断太长时间。”① 这好像是每一个诗人都会面临的问题：自己的写作在读者乃至文学史中到底处于何种位置？由点到面的写作，能否串联起整体的写作线索？对于小海来说，几个节点非常明显，而处于这几个节点之间的写作时段，倒更像是模糊的飞地。比如在《北凌河》之后，他一度停止了诗歌写作，后来再次拾笔时，也希望探寻到一个新的方向，“只是这种探寻永远在一个夭折的轮回中”②。不是说小海没有在新的起点上打开视野，他每一次重新出发，其实都在自我解放中采取了主动姿态，甚至不惜去试错，之所以还给人“夭折的轮回”之印象，是否与他越来越趋于向外部世界寻求写作资源有关？这种主题拓展本来是诗人向纵深处突围的路径，而表象与形式上的变化，并不足以构成我们理解小海诗歌的全部理由。

在困扰小海诗歌的各种因素中，最大的还是时间与心境问题。一如他在行政系统早九晚五地坐班写材料时，只能零星地写一些短诗，这种灵感乍现的写作更多凭借的是才气和天赋，而一旦需要进入到具有纵深感的写作，对历史的打量和长诗写作就是必然要经历的过程。小海因为“写作时间上有保证”和精力“相对集中”，他将笔触对准历史的同时，也开始从形而上的维度审视自我与存在的价值。他写《大秦帝国》和《影子之歌》，应该是21世纪以来在诗歌形式与体量上最为重要的突破，他不仅在一个新的时代语境和氛围中重返历史，而且也是在先锋逐渐内化到文学体制中来审视自我，这双重的突围也是过往写作的延续。他之前虽然偶尔触及这一

---

① 何平、小海：《“使自己真正成为这个国家的诗人”》，《当代作家评论》2011年第5期。

② 何同彬：《忠实于我的时刻越来越“多”——对小海近期创作倾向的考察》，《当代作家评论》2011年第5期。

类主题，但仅以瞬间直觉处理短暂的感受，只是片断式的呈现，缺乏整体的知识构架。所以，小海也已意识到了问题所在："历史和自我这一对概念，恰好是我在长诗创作中需要处理好的两个关键词。"① 诗人面临的挑战并不在具体的写法上，而是如何处理历史题材与自我、诗性之间的关系，尤其是历史架构考验的更是诗人的"个人化历史想象力"（陈超语）。

其实早在20世纪90年代，小海就将笔触对准了历史人物，他曾写过一组"古今人物志"，似乎是《大秦帝国》的一个前奏。在《一个时代的终结》一诗中，他试图进入到李清照的内心，感同身受地追问大宋何以衰落。这种尝试预示着诗人对历史的回望是自觉的反观，而进行系统性的审视，则是写作《大秦帝国》的实践。《大秦帝国》有两个版本，一个版本是诗剧，一个版本是人物志，这两个版本的写作，使用的是同一个材料，小海将其称为"智力游戏"②。在笔者看来，这两个版本的写作还是不一样的，诗剧的史诗性已在题材上得以被验证，而整首长诗在叙事的逻辑上遵循的线性发展观服从于历史本身，小海还是恪守着史学家的风度，在史实的基础上重构了一桩久远的往事。重要的是在诗歌本体上，小海并未像多数长诗写作者一样只顾及叙事结构与历史逻辑，却以丧失语言的创造为代价，他还是在以诗本身来统摄对历史的书写，这正是小海最基本的诉求，否则，他就可直接以小说形式来完成对历史的重构。之所以以诗的形式再现那段历史，他还是在诉诸一种理想主义精神，一种现实对接历史的超越感。"帝国永远在颁布法令/帝国永远在说'今天'/可每一天都在被删除/当我说今天将讨伐赵国时/昨天的桑田已灌浆成熟/当我向明日的楚国下达战书时/昨天的三闾大夫已自沉汨罗江/当我的今日之箭翻山越岭到达辽东时/昨夜咸阳宫阶上/坠落了中箭的金翅蓝羽寒鸦"（《始皇帝诞生》）。在这一至高的角色以独白语调复原现场时，我们是否走进了诗人的内心？而诗人又是否真正走进了始皇帝的内心？这一连带关系是在体验中获得"诗的

① 何平、小海：《"使自己真正成为这个国家的诗人"》，《当代作家评论》2011年第5期。
② 小海：《〈大秦帝国〉序言》，《大秦帝国》，文汇出版社，2010年，第1页。

交集”，诗人以强烈的代入感写下了历史的一幕，但他也需要承担历史带来的误解与伤害。

诗剧版《大秦帝国》更像是一幅粗线条的历史画卷，它虽然也由具体的时段和场景构成，可在生动感上总显得意犹未尽。人物志版的《大秦帝国》则是以人物独白、吟唱和对话的方式不断地叠加历史细节，最后力图还原真相。当然，小海的目的并不一定是要还原历史真相，因为这一久远的真相无法清晰还原，他要走进每一个人的内心，替他们开口说话。李德武说小海“不是试图为一个消失的帝国招魂”，而是“想通过对历史的反观呼唤并发现人性的光辉，复苏并延传民族的气脉”①。他书写的那些大秦人物群像，每一位都是多侧面展现，其独白里穿插着心理分析，甚至不乏荒诞之感。小海以诗的方式为每一位人物立传，也许穷尽了自己的“个人化历史想象力”，他刻画的人物在诗歌中重新立起来了，这是与历史真相不一样的诗性正义。

诗比历史更永久。小海以同时向诗歌和历史致敬的方式重新接续了他的江南传统。这种历史经验的想象，是不同于乡村书写的又一种诗歌伦理，他不仅要描绘出历史影像，更要在诗歌中全方位地渗透进历史意识。这才是前面提到的晚熟的见证。

如同诗人是大秦帝国历史人物的一个影子，他在替他们说话，替他们重新活过。我想，在针对历史人物的重塑中，小海又何尝没有领悟到自己作为历史人物的影子这样的角色定位呢？而回到现实，他对影子的关注虽然源于李白、王闿运、张若虚的诗句，然而，现实与日常生活才是《影子之歌》的主体。小海说写作《影子之歌》要比《大秦帝国》的难度更大一些，“《大秦帝国》有历史事件、人物的史实记录可以依托，还是有迹可循的，而《影子之歌》写的是抽象的、虚幻的东西，需要变无形为有形，从无中生有，这样的写作对我来说也更有挑战性”，实际上，更具挑战性的

---

① 李德武：《一部真正的英雄史诗——读小海的诗剧〈大秦帝国〉》，《大秦帝国》，文汇出版社，2010年，第219页。

还是如何从没有边界和限度的影子王国中设立一套哲思体系，并契合于小海所希望的一个“动态的、创造性的、开放的体验系统”[①]，如果说这是小海对自己的突围，其实更体现了他在诗歌上的雄心和理想。

在《影子之歌》中，影子是一种现代性装置，小海通过诗的形式形塑了我们认知自我的价值观。他认为，《影子之歌》“更多动用的还是诗人感性的直觉和启示”[②]，从具体的记忆场景到玄想哲思，它无所不包，所有的“词与物”都可以划归到影子的序列中予以“再造”。“小时候，/我常常在院子里踩我的影子，/兴奋得大喊大叫。/我对影子感到惊奇，/好像是我一个并不存在的同胞弟兄似的。”这可能是我们认识到自己的影子以来最为纯真的表现，小海以这种好奇心开始了他的影子之旅，也就是在为影子写史。“一切权力归影子。//日出之前，你成为历史。/以影子的方式活着、繁殖后代。//影子像放射性物质，/神圣不可侵犯。//我们曾与火星为邻。/我们曾以影子为最后的食物。”这也许是中年之后的影子认知，在生活体验中领悟影子作为自然物事的神秘。而在晚年的认识里，影子成了一种文明和哲思的象征，“影子，依托于物质/存在于物质世界//影子不同于物质/也不属于物质世界//……影子改造肉体和世界/完成我们的使命//物质之外的尽头是什么/影子说/我想看看物质之外”。在多维的时空世界里，影子的存在不仅是现象，也是本质，作为客观存在，它必然会在长久的演绎和裂变中上升到文化的高度。由此，影子成了诗人书写的一个发散性母题，围绕这个母题生发出了更为庞杂的现实与想象交织的诗学景观。

如果说《大秦帝国》是历史之书，那么《影子之歌》更像是未来之诗，小海在一种多元共生的格局中化约了对影子这一自然现象的美学塑形，也体现为一种日常观察的精神回响。“我想营造的一种场，一个影子的信息场，也可以理解成影子大全、影子库、影子辞典，它解析、呈现、撕裂、组装、磨合，这是一个自在的影子世界、影子庄园、地上和地下的

① 小海：《〈影子之歌〉序言》，《影子之歌》，重庆大学出版社，2013 年，第 ii 页。
② 何平、小海：《“使自己真正成为这个国家的诗人”》，《当代作家评论》2011 年第 5 期。

影子王国，永远向人间打开而不是屏障的。”[①] 这种开放性的诗歌写作，既是在消解，又是在建构。虽然诗歌不时地体现为天马行空的想象细节，但它们围绕影子所延伸出来的哲思性观照，也就是对自我反思的一个形而上的提炼。从经验到超验的书写，对于小海来说，他试图抵达的精神高度，也许就是在问题意识逐渐浮出水面的过程中，将“词与物”和“诗与思”进行创造性整合，以呼应自我革新的观念与传统。

① 小海：《〈影子之歌〉序言》，《影子之歌》，重庆大学出版社，2013 年，第 xiii 页。

“存在”何以改变当代诗歌？
——《存在》诗刊简论

□王学东[①]

内容摘要：从1997年算起至今，《存在》诗刊在中国当代诗坛已经坚持二十年了。通过《存在》诗刊，“存在”作品与中国当代诗歌有了深度的相遇，为当代诗歌的发展呈现出一种新的可能性。《存在》诗刊中对“存在”的界定，凸显出来的便是对此“存在”观的融入，以便为“人之主体”和“诗之主体”确定一个人更为坚实的根基。同时《存在》诗刊认为，必须借助“更高的存在者”，诗人成为“更高的存在者”的参与者、见证者、守护者。由此，《存在》诗刊“诗者们”对“存在”的追问和聆听，他们把“存在”熔铸到当代诗歌，这无疑提升了当代诗歌对于“何为诗歌”“何为诗人”的理解，由此重塑了当代诗歌和当代“诗性”精神。

关键词：《存在》诗刊；存在；更高的存在者；诗性

1994年7月，一群年轻的内江诗人决定创办诗刊《存在》，并立即出版了打印刊物，1997年正式出版《存在诗刊作品集》。从1997年算起至今，《存在》诗刊在中国当代诗坛已经坚持了二十年。《存在》诗刊主要同

① 王学东（1979—），男，四川乐山人，西华大学文学与新闻传播学院副院长，教授、博士，主要从事中国新诗研究。

仁有陶春、刘泽球、梁珩、索瓦、吴新川、谢银恩、曾令勇等。非常令人欣喜的是，通过《存在》，“存在”作品与中国当代诗歌有了深度的相遇；更为重要的是，通过《存在》同仁们二十年的持续努力，“存在诗论”或者说“存在诗学”与中国诗歌精神相融，最终为当代诗歌呈现出别样的面孔，为当代诗歌的发展呈现出一种新的可能性。

毋庸讳言，“存在”可以说是20世纪80年代以来影响中国最大，而且是最重要的一股思潮。我们知道，海德格尔出版于1927年的《存在与时间》，直到1987年才在三联书店出版了由陈嘉映、王庆节合译的第一个中文全译本。虽然六十年后，海德格尔《存在与时间》才与中国相遇，但一股“海德格尔热”“存在热”便立即席卷了中国思想界和文艺界，其影响一直到今天，仍没有降温的迹象。“海德格尔”及其“存在”对于中国当代文艺的影响，正如吴兴明教授所言，“海德格尔‘热’是中国当代美学的诸种时代风潮中持续时间最长、影响最深远的一次”。但另一方面，尽管“存在”与中国当代美学有着如此基础性、统领性，乃至致命性的影响，但“存在”如何与中国当代诗歌相遇？“存在”如何进入当代诗人的内心？“存在”又是如何参与并建构当代诗歌文本？“存在”又如何提升了当代新诗的可能性？这些问题并没有得到很好的阐释。正是在这种背景之下，1997年正式出版的《存在》诗刊，他们不仅仅是以“存在”命名，而且完全将自己的诗学主张建构在“存在”基础上，明确标举“存在诗学”，可以说是“存在”在中国当代诗歌中的集中体现。这在当代诗坛，乃至文艺界都可以说是独一无二的。由此，《存在》诗刊中所彰显出鲜明的“存在之思”，即张清华所说“对海德格尔那种‘启示性语体’的继承”，对当代诗歌的发展有着极为重要的意义。

尽管《存在》诗刊对“存在”的理解与海德格尔的“存在”有着一定的偏离乃至误用，尽管《存在》诗刊对“存在”表述也缺少对海氏后现代向度的质疑和反思，但将“存在”引入到中国当代诗歌的“基因”中，将“存在”作为当代诗歌言说的绝对视域，是《存在》诗刊对中国当代诗歌发展做出的重要贡献。当然由于海德格尔思想本身体系庞大，内涵复杂，我们就不深入对海氏思想本身展开讨论，而主要以《存在》诗刊如何思考“存在”为起点，思考“存在”是如何注入当代诗歌中的。《存在》诗刊的“存在之思”主要体现在1999总第2辑中陶春主撰的《刊首语》以及一些相关的论述中。

一、“更高的存在者”

《存在》诗刊诗学理论的起点，就是探讨“何为存在”的问题。在思考“何为存在”这一问题上，他们忽略了在海德格尔思想中所谓“海德格尔Ⅰ”和“海德格尔Ⅱ”之辨，而直接借用海德格尔的“存在之思”。根据“海德格尔Ⅰ”存在思想中的“生存属性”和“向我来属”，《存在》诗刊首先提出“存在”是对“人本身之在”的“穷竭的追问和不懈努力的争取与命名”，这让《存在》诗刊的诗学理论中呈现出鲜明的人本主义精神。80年代以来，如何确立“人的主体性”，或者说“诗人主体性”问题性问题，一直是学术界、文艺界关心的核心问题。但是长期以来的实践论、反映论、文化论等观点，在“主体—客体”的论证视域中，无法确证“主体性”思想。《存在》诗刊明确地借助了海德格尔“向我来属”的“存在”，以铸就当代诗人的“主体性”。

《存在》诗刊中对“存在”的界定，凸显出来的便是对此“存在”观的融入，以便为“人之主体”和“诗之主体”确定一个人更为坚实的根基。正如陶春所说，“确立人之为人，测量自身维度存在之高与存在之重所必需亮出的另一种更深存在的根基”。由此他们将“人之本质”“诗之本质”的“存在”，指向了一个“更高存在者”身上，即“对不同维度的意识深处，真实遭遇到的更高存在者的莅位所做出的相应的反应能力，成为《存在》诗刊不可或缺的首要关注对象”。正如海德格尔“存在”思想的核心，他认为“人并不是主体”，“人也没有自行设计存在的自由”，而是“存在的需要使人成为主体”。进而，“存在”“就是人通过去蔽而达到无蔽状态”。而这个“存在”，就成为《存在》诗刊中的“更高的存在者”。由此可见，《存在》诗刊中的“存在”起步于对“人本身之在”的规划，但与此规划同时，他们最终将“存在”指向了“更高存在者”。因此，《存在》诗刊中的“存在之思”，在当下诗歌重新建构主体性之时，他们借助于海德格尔，以“更高的存在者”来重新规划“主体性”，来重新建构“人本身之在”。

回溯80年代以来的中国诗人们，他们一直在“还原诗人”，追寻“诗人本真之在”。朦胧诗中凸显出的“社会批判者”诗人形象，社会批判是他们重新建构人的主体性和诗的主体性主要努力；第三代诗人们则彰显出一个平民形象，他们力图从日常生活、世俗状态中来确立诗人的本质面目；而90年代诗人，则在重点打造诗人的文化形象（或者说“知识分子”形象），以炫目的知识和强烈的中国性来重塑当代诗人。这些努力，在《存在》诗刊看来，他们都是在“以主体性来确立主体性”，最终是无法确立起“诗人主体性”。而《存在》诗刊借助于“更高的存在者”，才能完成“人本真之在”，确证我们的存在，我们才能得以“存在”。

二、“诗者”与诗本身

在《存在》诗刊看来，必须借助“更高的存在者”，诗人应成为“更高的存在者”的参与者、见证者、守护者。那么，何为“更高的存在者”呢？虽然《存在》诗刊并没有精确表述，但他们首先将他确定为一种“最高事实的必然性”，“正如它只是它自身一贯所纯然表明的那样，将心灵尖端所锐意的言说赋予生命本身不可重复、不可替代的最高事实的必然性”。在这里，他们的“最高事实的必然性”就是对“更高的存在者”的推进和深入。进而，他们将“更高的存在者”看作一个有机系统的“整体性”：“《存在》诗刊所遵循的创作原则在开创及综合意义上的双向展开，意味着诗者自身不再与主观回忆的自我发生联系，而只与更客观、超然静穆意义上的非我世界的回忆发生结合，这里的回忆所表明的时间状态：过去、现在、未来，不再是一种死板、被动延伸的线性时间维度，而是一个活的相互繁衍、循环，相互构成的同时性有机整体。”不过，相比较而言，海德格尔“存在”的“无蔽状态”更为丰富和有力，那就是“天、地、人、神、语言、万物、时间、世界之间的自由游戏”。虽然《存在》诗刊的“更高的存在者”与海德格尔的“无蔽状态”之间有着差距，但《存在》诗刊将“更高的存在者”作为诗学的核心，这无疑将当代诗界对“诗本质”的探寻推进了一大步。现代诗歌诞生以来，一直以启蒙、革命、自由、进步、人生、生命、社会、经验、情绪、灵魂等作为诗学建构的地基。而这些诗学，实际上是从“人主体”而且并建构出来的“主体诗学”。但《存在》诗刊以“更高的存在者”来确立诗歌地基，就在一个更为宏大和深远的背景中来重新确定“诗”和“诗性”。在“存在”视野之下，“诗的本质”就不再仅仅是“人之诗”，而是“更高的存在者”“天、地、人、神、语言、万物、时间、世界”“涌现出来的诗”，是“存在之诗”。换言之，“诗”只能是“更高的存在者”带出来的诗，而并非“主体”可以完成的。正是在这一维度之上，“《存在》诗刊自始至终所关注及倾听的无可言说之物，暗示了诗歌精神本身的自律性”，他们认为诗人只能作为一个聆听者、见证者，最终让“更高的存在者”作为“诗本身”，这就为“何为诗歌”的理解洞开了另外一条“通天大道”。

进而，在“更高的存在者”的观照之下，那“诗人何为?”在《存在》诗刊中首先就是对“人主体性”的断然拒绝：“这种充分超越一切阻碍的自由状态，使作品所召唤的不在场的召唤对象，通过独一无二、不可任意删减、增加的客观存在物（诗本身）在阅读中获得强烈实现，此实现，就是纯然创造的时间自我对固态、惯性、死板的现存时间自我的先入为主的确定性的断然弃绝。”在这个意义上，《存在》诗刊并非说“诗人无为”，而是让诗人向“更高的存在者”敞开，去聆听，让“存在”涌现出来，让诗涌现出来。由此，《存在》诗刊对“诗人主体性”的断然拒绝，实则是对“诗人之本真”更高层次存在的照亮。此时，“诗人”就并不仅仅是“人本真之在”，而是在“天、地、人、神、语言、万物、时间、世界”中自由之“共在”。同时，去聆听“更高的存在者”的诗人，在《存在》诗刊看来，成了“诗者”，“诗者的职责就是去语言中经历为实存。诗者所从事的意识工作必须职业化。向体内独立、广大、清醒的孤寂时时学习与倾听，并吸取罕见的心灵汁液，整年整年不遇一人”。这种聆听状态，不仅是成了“诗者”职业化身份，也成了他永恒的命运，这就进一步提升了我们对“诗人”命运的认识和理解。

更为重要的是，在“更高的存在者”视域之下，“诗者”对“诗本身”的“何为诗歌”的理解，就有着另外一层丰富的含义了。“诗歌何为”，一直以来我们的核心定义是“创造”和“自由”。但我们诗歌中的“创造”和“自由”，大多局限于主题、意向、字句、技巧等方面的创造和自由，当然对中国现代诗歌的发展有着奠基性的重要意义，从而也推动了中国新诗的不断发展。但作为“有限之人”“必死之人”的“主体”，其“创造”也只能是“有限之创造”和“必死之创造”，其“自由”也只能是“有限之自由”和“有限之创造”。“诗歌何为”在《存在》诗刊中得到了一种全新的阐释：“亲体躬察、倾听，并通过对自身与万物并存的广阔无垠的内在空间所居持久恒常之物的无声领会与忠实应答，人性之诗意生存根基的深度因此被奠定。”当我们的诗歌还只在高雅与通俗、晦涩与直白、崇高与亵渎、商业与现代、娱乐与经典等“诗歌何为”的命题之间纠缠时，我们始终还是在“人之存在”中回旋，无论如何也无法确证“诗本身”。由此，只有聆听“更高的存在者”的“诗”，才能有着“更高的创造”和“更高的自由”，也最终才有“无限之创造”“永生之创造”以及“无限之自由”“永恒之自由”。而《存在》诗刊对这种“更高的创造”和“更高的自由”的聆听，就为当代诗歌的发展彰显出了一个全新的境界。

总之，虽然《存在》诗刊的“存在”完全借鉴了海德格尔之思，与海德格尔的“存在”的旨趣大相径庭，同时《存在》诗刊也有着“理论先于本文”的问题，但“存在”是《存在》诗刊的诗学基座，他们也是当代诗坛唯一将“存在”作为诗学理论而不断践行的一个群体。《存在》诗刊“诗者们”对“存在”的追问和聆听，他们把“存在”熔铸到当代诗歌，这无疑提升了当代诗歌对于“何为诗歌”“何为诗人”的理解，由此重塑了当代诗歌和当代“诗性”精神。可以说，《存在》诗刊是中国当代诗歌不可忽视的重要事件之一。

多重视野下的彭燕郊研究

主持人语（易彬）

彭燕郊生于1920年，逝世于2008年，其身份远非“诗人”所能涵盖。“诗人”固然始终是彭燕郊最为主要的身份，但弱冠之年入新四军，写诗，在桂林、重庆、香港等地参加文学活动，从事编辑工作，直到在中华人民共和国即将成立之际参加第一次文代会，这已算是有多重身份。1950年从北京到湖南之后，学者（教育工作者）、民间文艺工作者身份日益凸显，又遽然沦为“胡风分子”和街道工厂人员。到新时期之后，在写诗——不断探索诗的新风格的同时，又因花费大量精力来筹划、组稿乃至主编外国诗歌的译介工作而被称为“文艺组织者”，再加上在经历了漫长的历史时代之后，其作为历史当事人、文学青年导师、大陆与港台文学活动的联络者等身份也都累积了比较丰富的内涵。

近年来，我个人在彭燕郊研究与文献整理方面做了比较多的工作，深感对于这样经历了漫长历史时代的文学人物而言，更多维度的考量是非常必要的。在给研究生所开设的“现代文学文献学专题研究”“新诗专题研究”等课程，也多次谈及彭燕郊及相关话题，并组织过彭燕郊书信的整理，力图让年轻的学子们更深入地阅读彭燕郊，并触及文献层面的因素。这里的一组文章，即是基于课堂讨论多次修改而成。年轻学子对于彭燕郊，亦有独到的体察、敏锐的把握，这是诗歌的魅力使然，也是文献的效应所在。

而这些，也为未来的工作平添了动力。

风前大树彭燕郊

□易彬[1]

内容摘要：作家文献的整理往往需要一个比较长的过程，一些特殊契机也会带动相关出版工作。2008 年彭燕郊逝世前后即是一个重要的节点，2007 年版《坚贞的诗路历程：彭燕郊评介文集》、2009 年版《默默者存——彭燕郊创作研讨会实录暨论文选》（附《怀念集》），对彭燕郊研究具有重要的推进意义。2020 年为彭燕郊诞辰百年，编选一本容量较大的纪念文集，旨在借助多方文献来呈现彭燕郊丰富的形象内涵。

关键词：彭燕郊；诞辰百年；风前大树；纪念集

一

大概是 2017 年底的时候，我们就起意编一本纪念彭燕郊先生的文集。当时的契机是彭先生逝世十周年。我们向彭先生的家属和一些作者表达编选、纪念的意愿，很快就得到了大家的积极响应。2018 年 3 月 31 日，我们举办了一个小型会议，“纪念彭燕郊先生逝世十周年座谈会”。与会者所

① 易彬（1976—），男，湖南长沙人，中南大学文学与新闻传播学院教授，博士生导师，长沙理工大学文学与新闻传播学院研究生导师，主要从事中国现当代文学史、新诗、现代文学文献学、中外文学关系等方面的研究。

谈自是以缅怀、纪念为多，也谈到了文献整理方面的一些打算，其中就包括已经成型的《彭燕郊陈耀球往来书信集》、初步编订的纪念文集和其他一些文献。

文献的整理往往需要一个比较长的过程，一些特殊契机也会带动相关出版工作。对彭燕郊相关文献的整理出版而言，2008 年即是一个重要时间节点。此前所出版的彭燕郊作品集多是诗文，所展现的主要是彭燕郊作为一位诗人的形象，最重要、也最典型的作品集即是由彭燕郊本人历时数年精心修订、于 2006 年 12 月出版的《彭燕郊诗文集》（湖南文艺出版社）。2008 年彭燕郊逝世之后，所整理出版的相关文献呈现出更为丰富的态势，先是“彭燕郊纪念文丛”出版，其中包括首次结集的回忆文集《那代人》（花城出版社，2010 年）。随后，则有大学课堂上的“诗歌研究”课程的讲稿（《彭燕郊谈中外诗歌》，湘潭大学出版社，2011 年）、书信集（《梅志彭燕郊来往书信全编》，2012 年）、日记选录（《溆浦土改日记》《“文革”日记选录》，2013 年①）、谈话录（《我不能不探索：彭燕郊晚年谈话录》，漓江出版社，2014 年）等多种样式。由此，彭燕郊形象有了更为多元、也更富历史价值的内涵。在《晚年彭燕郊的文化身份与文化抉择——以书信为中心的讨论》一文中，我曾提道：“在当代文学研究领域，文献的搜集与整理工作远未成型，大量的重要文献资料仍处于零散状态，因为文献资料的拘囿而造成文学人物——特别是跨越现当代文学阶段的人物认识偏差的情形并不在少数。彭燕郊（1920－2008）即算得上是这方面的一个重要例子。”② 此文以大量的书信为基础展开，深感新时期以来彭燕郊在外国文学作品，特别是诗歌译介方面所做的大量工作（梅志曾据此称其为“文艺组

---

① 刊载于陈思和、王德威主编：《史料与阐释——贰零壹壹卷合刊本》，复旦大学出版社，2013 年。按：该期有彭燕郊专辑，除了日记外，另有彭燕郊的文章、访谈、研究论文以及自撰年谱、小传等。

② 易彬：《晚年彭燕郊的文化身份与文化抉择——以书信为中心的讨论》，《中国现代文学研究丛刊》2015 年第 3 期。

织者"[①])，随着时间的流逝、当事人的离去，很多信息和线索逐渐湮没无闻，由此，晚年彭燕郊的文化身份与文化抉择、其文艺组织活动与写作之间的内在关联等等命题，以及廓大来看，跨越现当代阶段的文学人物研究方面的诸多命题，均可说是有着较大的研究空间。

实际上，作为"跨越现当代文学阶段"的人物，彭燕郊的身份远非"诗人"所能涵盖。其弱冠之年入新四军，写诗（后被目为"七月派诗人"），又在桂林、重庆、香港、北京以及长沙等地从事各类文艺活动，其时已算是有多重身份，所结交的人物也比较广泛。1950 年到湖南之后，在大学任教，又花大量精力来搜集民间文艺资料，学者（教育工作者）和民间文艺工作者的身份日益凸显。及到新时期之后，又花了大量精力来筹划、组稿乃至主编外国文学作品的译介工作，被友人称为"文艺组织者"（梅志语），再加上经历了漫长的历史时代之后，其作为历史当事人、文学青年导师、大陆与港台文学活动的联络者等身份也都累积了比较丰富的内涵。统言之，对于像彭燕郊这样的经历了漫长的历史时代的文学人物而言，更多维度的研究始终是必要。

如今，在彭燕郊诞辰一百周年这一特别的时间点，我们编选了这本容量较大的纪念文集，同时，收录多达 660 余封书信、历时数年辑注完成的《彭燕郊陈耀球往来书信集》亦能在稍早时候面世（百花洲文艺出版社，2020 年），凡此，均是旨在借助多方文献来呈现彭燕郊丰富的形象内涵。

二

对于彭燕郊诗歌的阅读，始终还是重点所在。

本书所录文章中，有一篇出自著名文学编辑、批评家韩作荣先生之手，题为《彭燕郊现象》。在他看来，"诗歌史中曾经走红一时、声名显赫

① 语出梅志 1985 年 12 月 26 日给彭燕郊的信，见张晓风、龚旭东整理辑注：《梅志彭燕郊来往书信全编》，海燕出版社，2012 年，第 82 页。

的诗人未必是当时最好的诗人”，“文学史上的一些名著，初现时大都没被世人普遍接受”，用以举例的包括杜甫、布莱克等人。而彭燕郊“是一位似被忽略，却对诗有着深入、精到理解、卓尔不群的真正的诗人，却没有得到重视和应有的评价”，“他对诗之深入理解与永不枯竭的诗之敏感和天分融于一体，才有了中国新诗中鲜见的‘彭燕郊现象’”①。也可能是无意地应和，此前评论界也有类似呼声，《坚贞的诗路历程：彭燕郊评介文集》（赵树勤编选，花城出版社，2007 年）之中即有一篇同名文章，韩作荣的讨论再一次凸显了彭燕郊的阅读与评价的问题。

就目前的情形而言，对于彭燕郊诗歌研读最为精深、给予最高评价的可能是陈太胜，本书收录了他的《诗与音乐——彭燕郊晚期诗作读解之一》以及他与孟泽合作的《彭燕郊的诗与诗学》，他的相关研究还有《幻视的能力：彭燕郊的早期诗作》（2008 年）、《彭燕郊的散文诗写作和现代诗的一种可能》（2014 年）等。基于对彭燕郊诗歌的细致研读，他认为彭燕郊的诗歌和散文诗属于“最好的作品之列”，诸如，“就我对彭燕郊早期诗歌的阅读而言，他的诗非常明显地体现出与文学史所强加给‘七月派’的那种单一的战斗的现实主义的总体风格的不相吻合。他早期诗作中的很大一部分，都可被列入新诗史上最好的作品之列”②。“作为一个长期被忽视，至今其写作成就没有得到应有和公正评价的诗人，彭先生的散文诗写作也遭受到了相类似的命运，还只为少数人所看重。事实上，依我个人的判断，彭先生是中国现代继鲁迅之后在散文诗这一文类的写作上作出最重要贡献的作家。还没有得到充分重视和研究的彭先生的散文诗写作，恰恰体现出了其写作的丰富性与实验性，或者说是先锋性。”③ 这些论断显示了彭燕郊诗歌可能达到的高度，但到目前为止，这些话题显然并未得到充分的讨论。

实际上，对于彭燕郊作品的阅读始终存在这样那样的状况，相关评价

---

① 韩作荣：《彭燕郊现象》，《扬子江诗刊》2012 年第 4 期。
② 陈太胜：《幻视的能力：彭燕郊的早期诗作》，《诗探索・理论卷》2008 第 1 辑。
③ 陈太胜：《不合时宜的歌者》，《诗探索・理论卷》2018 年第 3 辑。

也是参差不齐。究其原因，自然有诗歌文本、评价标准等方面的因素，阅读之不足也可能是一个重要的因素。多种信息表明，彭燕郊的诗歌缺乏足够多的、有效的阅读。本书所录《彭燕郊的诗与诗学》即涉及年轻一代读者阅读彭燕郊的问题。

此文的形式非常别致，是陈太胜主持的研讨班的实录，在孟泽的长篇演讲、陈太胜的阐释之后的讨论环节，不止一位同学提到，作为更年轻一代的读者该如何更好地阅读、进入彭燕郊的诗歌。如缺乏乡土生活经验，诗中的细节“会不会就成了他们无法承担的累赘?”或者，与诗人缺乏接触和了解，无法知人论世，“会不会对他们的诗歌存在一种误读?”对此，陈太胜的回答是：随着时间的流逝，细节不会成为负担，“就像博物馆里面的文物一样，越细致越完整，可能越让你觉得复活了这样一种生活”。而没有类似的经验也并不妨碍阅读，“文学的经验”会引领读者去阅读、欣赏诗歌[①]。

毫无疑义，对于一位诗人最好的纪念就是去阅读他（她）的作品！

三

关于本书的编选，还有几点说明如下：

一、文献搜集的范围。2007 年 11 月，赵树勤教授选编的《坚贞的诗路历程：彭燕郊评介文集》出版，这是第一本彭燕郊研究资料集，所录从聂绀弩、钟敬文等人 20 世纪 40 年代的评论一直到 21 世纪初期的各类研究论文，分四辑编排，即“序跋类”“综论类”“印象记”和“诗评类”。书名来自龚旭东的同名文章。一年多之后——彭燕郊逝世大半年之后，2009 年 1 月，孟泽、季水河两位教授主编的《默默者存——彭燕郊创作研讨会实录暨论文选》出版，附赠龚旭东先生所编《怀念集》。2007 年 5 月，“《彭燕郊诗文集》出版座谈会暨创作研讨会”在湘潭大学举行——二十年

① 孟泽、陈太胜：《彭燕郊的诗与诗学》，《诗探索·理论卷》2010 年第 2 辑。

前，1987 年，彭燕郊在此退休。“论文选”收入会议资料、11 位嘉宾发言、近 30 人的发言实录及评论文章 19 篇。以“默默者存”名之，当是别有深意。此语典出《汉书·扬雄传》，也可见于彭燕郊同时代人牛汉的评介——牛汉认为“默默者存”是“民族的传统”：“近五十年来，有沈从文、丰子恺、晚年的孙犁、上海的施蛰存和湖南的彭燕郊，等等，他们‘默默者存’，清苦，自在。”[①] 作为“论文选”附册发行的《怀念集》，共收入四类资料，即“彭燕郊先生告别仪式资料”“媒体报道选”“怀念文章选”，及附录 3 种（挽联、挽词选；送花篮、花圈，发唁电名单选；收集、整理彭燕郊遗著、书信函），可以说，这三本书本身都有着独特的文献价值，也显示了到 2008 年为止彭燕郊研究的总体状况。

这也是本书的收录起点所在，即收录 2008 年彭燕郊先生逝世之后最新的各类文献。凡为上述三本书所收录过资料与论文，不再重复收录。实在地说，如此考虑也是经过一番抉择——也曾考虑做一种全面的梳理，毕竟上述书籍的流传面可能并不广，一些重要的文章可能并不容易被读到，但如果这般操作，则一本书的容量可能难以承受，因此，最终选择了目前的样式。书名《风前大树》源自彭燕郊本人的一首诗作，也被吴思敬教授用作一篇对彭燕郊进行综合讨论的论文题目。

二、编选框架。本书大致参照了作家研究资料集的编选方式，全书分为四辑：第一辑为作家自述，即彭燕郊本人的各类文字，多是从遗稿中整理出来的，也有新刊的访谈稿和新发现的致友人信。其主旨，涉及彭燕郊的生平、诗学观念、文艺活动等方面。彭燕郊的遗稿不少，限于篇幅和主题，这只是其中一小部分而已。第二辑为相关印象记与回忆文，作者有同时代人物如朱健等，也有多位“70 后”的诗人；以湖南本土人物为多，也有来自香港、上海、福建等地的作者。第三辑为研究论文，有总体性讨论，也有对于诗学理念、晚年诗歌、文化身份、文本解读、中外文学关

---

① 牛汉口述，何启治、李晋西编撰：《我仍在苦苦跋涉：牛汉口述》，生活·读书·新知三联书店，2008 年，第 246 页。

系、历史回忆等方面的专题性讨论——主题较多，但选文原则在总体上还是注重深度，从所录李振声的长文以及孟泽、陈太胜合作完成的“诗歌课堂”实录稿就可见一斑。当然，这也显示了一点，即随着时间的不断推进，更深入的讨论成为可能。第四辑为相关文献辑存，包括研究综述、相关报道与资料索引。本书所录文章，除个别外，均取自相关报刊和书籍，并尽可能保持原样。但各文的发表形式不同，包括注释在内的格式多有不一致之处，本书做了大致统一的处理；一些明显的错漏之处，则尽可能予以订正。

本书的编选和出版工作，得到了中国现代文学馆的大力支持，这是要予以特别感谢的。文学馆历来非常重视作家文献的搜集与整理工作，本书列入了有着独特的文献效应与价值的“中国现代文学馆钩沉丛书”，相信这对于彭燕郊知名度的提升也是一个很好的契机。感谢彭燕郊先生的女儿丹丹老师、本书的合作编选者旭东老师以及将文章授权出版的作者们。丹丹老师、旭东老师这些年可以说是有过无数次的叙谈，相信已无须任何客套话。作者们的名字未一一列出，但想特别指出的是，此次编选所获，除了文献的重新温习之外，更在于数位作者的寻找，其间多有意外和惊喜，也有失落。只要细细体味就会知道，文献工作从来都不是枯燥的，而是自有它的活力和温度在。

谨以此纪念彭燕郊先生诞辰一百周年！

告别浪漫主义的先声
——从《卖灯芯草的人》谈起

□刘恒①

内容摘要：写作于20世纪40年代的《卖灯芯草的人》，反映的是诗人彭燕郊有别于“七月派”的一种诗学追求，兼具现代主义思考与现实关怀，可以视为诗人在80年代提出的“告别浪漫主义”的诗学观的“先声”之表现。在这一思路中，彭燕郊致力于深入挖掘日常生活现实中的“琐屑”与“边缘”之丰富性与复杂性，并且以此为观照，将诗人天性中的浪漫主义情怀对于真实的遮蔽、普通人对物的美化背后对现实的人的忽视，一同纳入诗人审视与反思的范畴，诗人于是在直面现实的“真”的基础之上创造出新的独特的“美”。

关键词：彭燕郊；诗作与诗学；卖灯芯草的人 ；文本细读

20世纪80年代初，彭燕郊曾以“告别浪漫主义”为主题在香港《大公报》上发表系列文章，这些文章后来经整理收入1991年出版的《和亮亮

① 刘恒（1996—），女，长沙理工大学文学与新闻传播学院中文系中国现当代文学专业研究生。基金项目：本文为湖南省研究生科研创新项目“跨阶段作家与新时期文学发展之研究”（项目编号：CX20210836）阶段性成果。

谈诗》[1]。本书被认为是彭燕郊对自身诗学理论的一次重要阐述。作为彭燕郊在新时期重新开始诗歌创作的理论起点，文章梳理了世界现代诗歌史上的一个“现代主义逐步取代浪漫主义”的进程，试图展现彭燕郊对中国现代诗未来的发展方向的具有现实针对性的溯源和思考。值得注意的是，重新将鲁迅的《野草》确立为中国现代主义文学的起点和范本，建立所谓思考代替抒情的“反思性的现实”——这一经彭燕郊自述的诗学理想，常常作为重要的知识背景，用来理解彭燕郊在80年代以降所推行的“衰年变法”，而这一诗学理想的形成与演变则较少被人关注。孟泽曾将彭燕郊的诗学概括为“工夫即本体”，认为彭燕郊的诗学思想“不是纯粹概念的逻辑的演绎，而是跟他的创作经历，跟他的生命历程交织在一起的”[2]。将彭燕郊的诗学与诗歌创作和人生历程关联起来，实际上已经触及诗学思想的形成，但他关注的焦点是彭燕郊的诗学思想与“衰年变法”的互文性，故而未能展开讨论。比较系统地讨论彭燕郊诗学的形成与发展的有郑长天的《彭燕郊早期创作中的现代主义影响》[3]、刘长华的《论彭燕郊桂林前期诗歌中的现代主义》[4] 以及刘涵之的《现代诗性与现代意识——彭燕郊诗学发微》[5] 等文章，他们的研究都是基于对彭燕郊早期诗歌的再发现，来阐释隐藏在“七月派”诗人称号下彭燕郊诗学思想的多重意义。也就是说，彭燕郊在80年代初提出“告别浪漫主义”，并非完全为了批判“文革”对“五四”以来中国式的“浪漫主义”的反面诠释，还存在一条诗学思想的发展线索，内在于彭燕郊早期的诗歌创作实践，二者合力完成了由“浪漫

---

① 孟泽：《彭燕郊诗文集·评论·序》，《彭燕郊诗文集·评论卷》，湖南文艺出版社，2006年，第2页。按：“这些文章”，指的是1991年生活·读书·新知三联书店出版的《和亮亮谈诗》中的三篇文章，即《论感动》《关于形式美》和《关于现代诗》。这三篇文章选入《彭燕郊诗文集·评论卷》时在保持原意的基础上均有所修改，其中《关于现代诗》一文更名为《再会吧，浪漫主义》。

② 孟泽：《彭燕郊的诗与诗学》，易彬、龚旭东编《风前大树：彭燕郊诞辰百年纪念集》，西苑出版社，2020年，第258页。

③ 郑长天：《彭燕郊早期创作中的现代主义影响》，《云梦学刊》2002年第3期。

④ 刘长华：《论彭燕郊桂林前期诗歌中的现代主义》，《中国文学研究》2007年第4期。

⑤ 刘涵之：《现代诗性与现代意识——彭燕郊诗学发微》，《文化与诗学》2009年第1期。

主义”向“现代主义”的过渡。

结合具体创作情境来看，彭燕郊在1940—1945年间的诗歌实验产生了许多优质的诗篇，彼时他已经凭借《战斗的江南季节》《山国》《春天——大地的诱惑》等诗篇在抗战诗人中小有名气。后来，他因病离开了战地，往大后方转移。这段旅程从浙江到福建，经江西、广东、湖南再到广西桂林，跨过小半个中国，彭燕郊逐渐远离令年轻的诗人心潮澎湃的战地江南，深入到广大的中国南方的内陆农村地区。离开了令行禁止目标明确的作战环境，这一路颠簸的旅途为诗人揭开的是现实生活的另一幅景象。在战火尚未全面蔓延的这些地方，本应过着安宁日子的老百姓们却仍然在生存的困境中苦苦挣扎，本应生长出希望和活力的田野却因为年轻人奔赴战场而不得不与年老者分食寂寞荒凉，诗人带着满心尚未褪去的民族战争的热血，投入对底层人民的生存状态以及精神状态的更深挚地探索和体悟中去。《路毙》《倾斜的原野》《殡仪》《小牛犊》《妈妈，我，和我唱的歌》等可称为彭燕郊代表作的作品，都写作于这段日子。龚旭东将这一时期彭燕郊的诗作归为两种主题：一是“对中国农民生存状态和灵魂状况进行深刻剖析与揭示”，二是“对自我进行内省”①。两类作品对象分明，主题迥异。创作于同一时期的《卖灯芯草的人》虽然未能进入以上讨论，但某种程度上却兼有双声部，可以看作“现代的现实主义”在40年代的成果。

一、审美主体的多重身份：细读《卖灯芯草的人》

《卖灯芯草的人》全诗共18行，尽管没有分节，但随着节奏的推进和语风的转换，整首诗层次感分明。根据内容主体的变化，全诗大致可以分为三个部分来细读。

---

① 龚旭东：《序》，彭燕郊：《彭燕郊诗文集·诗卷（上）》，湖南文艺出版社，2006年，第5页。

（一）第一部分

远远望去像一只落到地面的大鸟
脚步轻轻飘过没有搅动一粒尘土
好像走的不是他而是他的白色羽毛
羽毛的雪白染上他没有血色的脸
染上早已褪色的衣服和没有穿鞋的赤脚
一堆雪白的羽毛乘着自己发出的风贴着地面飞

诗的开头两行运用了绘画的技巧，诗人从开篇便着意抹除“卖灯芯草的人”与“大鸟”两种形象之间的界限，画面中心的“卖灯芯草的人”自登场起就面目模糊，行为动作也被“大鸟”同化，让人分不清是人是鸟。诗人留下比喻符号“像”来强调此处本体的缺席，却大肆渲染喻体的种种特征，从而达到引起读者注意的功用。结合标题的提示不难发现第三行中的“白色羽毛”指的是灯芯草，“白色”符合客观认知中灯芯草的颜色，“羽毛”则可以认为是与第二行中的“飘”相呼应，强调灯芯草的轻盈。这句中连用两个人称代词“他”，提示接下来这个“卖灯芯草的人”作为人的特征将要显现出来：这个人脸上没有血色，衣服早已褪色，赤脚没有穿鞋，这些显然是长期生活困苦的表现。尽管是在描写人，但以上提到的几个特征都显得十分的外在而且物质化，除了长期物质生活困苦，读者几乎无法从中再了解到任何与这个人有关的信息。这与鲁迅在刻画人时着重“画眼睛”不同，这两句分明是在写人，实际上却与人（尤其是能够彰显人之为人的精神世界、人类世界的文明等要素）无关，诗人笔下的这个“他”可以说是动物性的，但属于自己的身体也因为饥饿和贫穷变得摇摇欲坠，形态上与前文中灯芯草的轻盈相呼应。诗人有意表现“他”的困苦，但却是再一次地描述“白色羽毛”和“他”的身份位置的变化。这一刻，画面中占据主导位置的是“羽毛”，在“染”的动作下，“他”成为受动者。现实世界在“他”身上留下的黯淡色彩被“羽毛的雪白”一笔勾销，“他”自己消失在“一堆雪白的羽毛”中；唯一能证明“他”的存在的劳动和体力也悄无声息，“羽毛乘着自己发出的风贴着地面飞”。这个卖灯芯草的人，在诗人的笔下陷入了一种极可怕的处境：分明还活着，却已经与物无异，只有借助于劳作才能显出自身微弱的分量和存在。

因此，这一节看是写鸟又像是写人的，其实都是围绕着“卖灯芯草的人”的生存困境这一个主题展开的。诗人的通感手法与他对“卖灯芯草的人”的生存困境的体悟融为一体，化作“雪白的大鸟”这一意象，它十分抢眼，颜色雪白，身姿轻盈，而现实的“卖灯芯草的人”却毫无血色，皮肉模糊，尤其黯淡，一虚一实两个主体之间紧张的关系因此而呈现出来。而“染色”这一动作，则暗示着物对人的“侵犯”，可以理解为物化，而“染色”的完成也就是人的彻底物化。此时张力崩坏，“人”失去了成为人的可能性，与“羽毛”无异。而作为诗歌标题的“卖灯芯草的人”，也就实际上失去其作为主体的身份和地位。

（二）第二部分

看见他的人都赶紧向两边让路
生怕不小心弄脏羽毛的雪白
不小心妨碍羽毛蓬松的招展
不小心碰到它弄成一堆乱麻
害得它不能顺利地从这嘈杂混乱的地面飞走

如果把诗的前六行（作为相对独立的一部分）看作诗人对“卖灯芯草的人”进行审美建构的过程，那么第七行起至第十一行这部分则是从“看见他的人”的视角对前面所塑造的审美形象的审视，实际上是诗人对自己的审美建构的反思。而这种反思又是以一种审美化的方式呈现出来的，陈太胜称之为诗人的“幻视”，是一种“从现实出发，满含着感情，用一种动听的语调，把现实变成某种幻觉”[①] 的禀赋。简言之，就是指诗人对现

① 陈太胜：《幻视的能力：彭燕郊诗中的乡土》，《诗探索》2010 年第 2 辑。

实的思考引发了通感意义上的“看见”。具体到诗中，表示现实世界中卖灯芯草的人的“他”与代表想象空间中建构起的拥有雪白羽毛的大鸟的“它”，在“幻视”的作用下脱离自身所处的空间，现实空间与幻想空间在诗中获得颠倒的特征。

其中，“看见”的对象应该是现实的“他”，联系前文中“远远望去”看到的“他”没有血色的脸、褪色的衣服、没有穿鞋的赤脚等细节，此时距离“他”更近的人反而没有注意到“他”本人，因为被“让路”的对象已经通过“不小心”所引起的三行透露出来，正是那只想象中的“鸟”。而面对这只想象的“鸟”，“让路”这一举动无疑是荒诞的，“看见他的人”深陷于自我的幻想情境。自“不小心”引起的三种忧虑补充了一些关于那只想象中的大鸟的细节信息：它的羽毛雪白、蓬松而且整洁，造型上呈现出超凡脱俗的圣洁感，这美仿佛不属于人间，因此便引申出“看见他的人”对这只大鸟将要“从这嘈杂混乱的地面飞走”的升华性想象。而对“不小心”引起的三个具体动作“弄脏”“妨碍”“碰到”冠之以“生怕”，则使得这只想象中的大鸟在与现实世界的互动中所获得的细节的真实性被取消，诗人借此表达对这一审美空间的整体性的怀疑，提示以下对“大鸟”的审美建构的背后隐而未发的逃避现实的动因。

（三）第三部分

谁也知道可是谁也不愿去想
灯芯草的雪白是不受玷污的
柔直轻脆的灯芯草不可能纠缠成一堆乱麻
他和灯芯草
这只雪白的大鸟
也不想从地面飞走
只想在尘土里寻觅一点人们遗落的饭粒米屑

既然这种神圣化的“美”是虚假的，什么才是真正的“美”？第一行中“知道/可不愿去想”引起了下文的转折。类似的转折结构也出现在彭燕郊新时期创作的《罪泪》中：“谁都不相信小丑也会哭/就像谁都明白小丑不应该哭”[①]，这里展现的是“谁都不相信/就像谁都明白”的句式，正因为观众沉浸于舞台上的“小丑”扮演的角色，所以谁都不相信眼前真实的扮演小丑的人会哭，此处的意图是揭示“小丑”的多重身份，即作为舞台身份以外还是一个现实的活生生的人。同样的逻辑下，本诗中的这个句式引起的是接下来两行诗句：第一行再次确认并强调了灯芯草的“雪白”外观，但“不受玷污”却是对上一部分中的“生怕不小心弄脏”的回应。第二行点出灯芯草“柔直轻脆”的材质，对上一部分中“蓬松的招展”和“一团乱麻”进行反驳。因此，这两个诗行的实质是引导读者从前一部分对“雪白的大鸟”形象的狂热和迷恋情绪中抽离出来，重新审视“雪白的大鸟”的多重身份，剖析“雪白的大鸟”与“卖灯芯草的人”“灯芯草”的关系。于是，第四、五行便可以理解为同位句，是“他和灯芯草”两者的组合，才有了“雪白的大鸟”的审美形象。而“雪白的大鸟”作为一个建构性的整体，也无法彻底摆脱“他”的现实境况，心怀超凡脱俗的浪漫理想。因为对于“卖灯芯草的人”来说，贩卖灯芯草是为了生存，如果离开了人群，灯芯草也就失去了价值。这就意味着“雪白的大鸟”的形象，必须与“地面”保持紧密联系。因为这“嘈杂混乱的地面”，对于生活在现实中的卖灯芯草的人而言是具体而微的生存境遇，对于这只“雪白的大鸟”而言是寻觅吃食的去处，无论是以谁为主体，他们都不可能附和观看者的期待而抽身离开。

全诗在呈现“雪白的大鸟”和“饭粒米屑”的吊诡后戛然而止，而两相比较下，“饭粒米屑”除了具有支撑生命延续的现实意义，它同样享有前文一再强调的“雪白”的外观，并不因为遗落在尘土中就失去其价值。从审美意义而言，灯芯草的“雪白”与“饭粒米屑”的白色外观呼应，后者虽然极其卑微，却锻造出非常的勇气，承载的是“卖灯芯草的人”扛起

---

① 彭燕郊：《彭燕郊诗文集·诗卷（下）》，湖南文艺出版社，2006 年，第 253 页。

现实的重负，努力生存的痛苦修行，同样是一种值得欣赏的美，能够为诗人的审美空间所接纳。

综上，《卖灯芯草的人》这首诗从文本来看，诗人以浪漫主义的想象完成对“雪白的大鸟”这一审美形象的建构，然后通过对“雪白的大鸟”这一想象性的审美主体的多重身份进行解构，重新建立其与主体的现实的人，即“卖灯芯草的人”的多重关联性。诗人一边以“卖灯芯草的人”为对象创造美的理想，一边又以冷静和理性的现实立场解剖这一理想，继而树立新的美和理想。这一过程中，推动诗前行的不是唯美的幻想，也不是浪漫主义的激情，而是诗人对自我审美意识的审视和反思，以及敢于直面现实中如蝼蚁般苟活的底层民众的生存困境的勇气。在这个意义上，《卖灯芯草的人》一诗中相对具象地呈现了由浪漫主义向现代主义过渡的特征，其中的现代意识可以确认。

二、重构诗与现实的联系

以上是对彭燕郊《卖灯芯草的人》一诗文本层面的细读。然而在细读文本之前，从标题来看，《卖灯芯草的人》似乎本该是延续唐代白居易所作《卖炭翁》中“可怜身上衣正单，心忧炭贱愿天寒”的知识分子传统，是个写实的题材，会以塑造某种典型形象的笔法表达对劳苦大众的同情。事实上，新诗中这样的作品不在少数，现代知识分子天然地把这些日常生活中极容易接触到的小商贩作为观察对象，刘半农写《卖葡萄的人》《卖萝卜人》……若是以商品的种类的丰富性来论，这个题目似乎可以无穷无尽地写下去，但彭燕郊的意图显然不仅于此。

相较于彭燕郊同期创作的《殡仪》《安宁婆婆家》《旅途上的插话》《看亲》《扒薯仔》《牡牛的生产》《半裸的村庄》等现实题材的作品，《卖灯芯草的人》的写作自觉同时代保持距离，在审美上的表现独树一帜；而与《窗》《小牛犊》《蛙鼓》等作品相比，《卖灯芯草的人》中的思考是向内的，具有更丰富的意蕴。

《卖灯芯草的人》的特别之处，在于选择了一种审美化的方式来解剖美，力图展现的是真，乃至以真实为最高的信仰，并借此不断地反省自我。以此为线索，彭燕郊新时期以来写作的《画仙人掌》《钢琴演奏》《小泽征尔》《东山魁夷》《陈爱莲》等一批涉及绘画、音乐、舞蹈等其他艺术形式的诗作都可以视为这种思考的不断完善。对于这一类作品，颜雄曾指出这些诗对于“沟通”诗的语言与绘画语言、音乐语言、舞蹈语言的作用[①]。易彬在此基础上提出了“敞开”，认为“与其说是‘沟通’，倒不如说是彭燕郊诗歌艺术向着一个更为深邃的世界敞开。最大地敞开也就是最深刻地回到自身。一种不断‘敞开’的诗学意识推动着晚年彭燕郊不断探索，言说彭燕郊晚年写作中的蜕变或转折，首先就是基于这种‘敞开’意识”[②]。这里所说的“敞开”意识，可以理解为向诗之外的另一世界展示诗的世界，以非诗的思考来审视诗的思考，并以此映照自身，最终达到“完成自己”的目的。

具体而言，在《卖灯芯草的人》中，诗人对“雪白的大鸟”这一审美主体的审视，借助的是现实生活的逻辑，即以现实的卖灯芯草的人、灯芯草的形象来观照想象中的“雪白的大鸟”的外表与心理。在这一过程中，如果诗人未能对现实的生活世界“敞开”审美空间，对于诗人而言，他的思考也就止于“看见他的人”，沉醉于自我幻想中“大鸟”的美轮美奂进而走向虚空，这美也沦为无营养的虚无。相反地，以现实世界的困难返观审美主体，则意味着为审美主体增加了厚重感，诗的语言因此获得举重若轻的力度与从容不迫的神采，诗人自身对于现实世界的认知也更接近其本来面目。如此说来，《卖灯芯草的人》中体现的正是诗的世界对现实生活世界的“敞开”，这是否意味着彭燕郊晚年的诗歌探索发生转折并非凭空而来，早在40年代已显出思想的端倪？

---

① 颜雄：《诗之苦旅——与彭燕郊先生对谈》，《湘潭大学学报》2004年第5期。

② 易彬、陈璐：《“沉重”的潜压与“唯美”的诉求——论彭燕郊诗歌创作主题的双重变奏》，《汉江大学学报》2011年第3期。

答案是肯定的。如彭燕郊所言，“美的引诱是无法抗拒的”[①]，而《卖灯芯草的人》所体现的现代意识，却是借由现实生活的逻辑对“自身内部的怯懦”的拷问。尽管这首诗的主题仍然显示出“七月派”诗人的共同特征，延续了“五四”以来知识分子对底层人的生存困境和精神困境的关注，但这首诗透出新的信息：诗人自身的情绪和情感态度已经不再像抗战初期那样充满青春的激情，转向对诗美的开拓，尤其是对现实和人生的复杂性的发掘。在这个意义上，《卖灯芯草的人》虽然落在对现实中如蝼蚁般苟活的底层民众的生存困境的沉痛再现，初具现代性特征，但这种挖掘却没能超越彭燕郊所说的那种以“为理想赴汤蹈火的勇气，不羁的瑰丽想象，一泻千里的奔放热情，艺术创造世界的大胆开拓”[②] 为主要特征的浪漫主义情怀，对主体的内在世界的思考是浅尝辄止的，因而虽然可以看作是对浪漫主义的告别，却并不彻底。1978 年的《卖梨瓜的人》则在这个基础上对现实进行了更深层的探索，较之《卖灯芯草的人》有了明显的超越。

在《卖灯芯草的人》一诗中，作为主体的这个人只充当了“看见”的媒介，诗人在这一过程中展现的更多的是自我的感悟，沉默的主体在诗人的审视下出现并没有任何回应，这在某种程度上削弱了“看见”与真实的联系。然而在《卖梨瓜的人》中，诗人在审视卖瓜人在与“我”与他人的互动交流中，把卖瓜人与复杂的现实生活连接起来，并且成为诗人观察和思考这种独特的生活哲学的窗口。在这个意义上，《卖梨瓜的人》所开辟的审美空间勾连起 90 年代那种将诗歌重新带入现实生活场域的日常生活，试图“把我们的写作从一个‘纯诗的闺房’中引出，恢复社会生活和语言活动的‘循环往复性’，并在诗歌与社会总体的话语实践之间重新建立一种‘能动的震荡’的审美维度”[③]，从而打破了那种受浪漫主义支配的诗歌

① 彭燕郊：《论感动》，《和亮亮谈诗》，生活·新知·三联书店，1991 年，第 7 页。

② 彭燕郊：《再会吧，浪漫主义》，《彭燕郊诗文集·评论卷》，湖南文艺出版社，2006 年，第 96 页。

③ 王家新：《阐释之外：当代诗学的一种话语分析》，《文学评论》1997 年第 2 期。

与现实的简单关系，使得诗歌能够保持活力和有效性。

结　语

聂绀弩曾这样评价诗人彭燕郊，“战争不仅使他歌颂战争本身，而且化腐朽为神奇，使他对于战争以外的一切，都好像初次看见一样，有着无穷的惊异与兴奋”[①]。诚然，和所有在战争环境中成长起来的诗人一样，彭燕郊的写作面临着一个回归日常的问题。解决问题的关键首先在于意识到产生于战争激情的浪漫主义的理想化原则不能满足错综复杂的现实生活的表达需要，诗人必须深入到日常生活的复杂性中，潜心对“琐屑而边缘”的事物的深刻性和丰富性的发掘。用彭燕郊的话来说，“这种发掘一方面是要发现隐藏在现实背后更真实的东西，另一方面要进入人的内心去探寻更本真的一面”[②]。如此便要求诗人甘于寂寞，接受冷峻，敢于直面真实。以沉思的方式不断向现实和人心的丰富深刻处挖掘，并不断探索适应于时代要求的审美经验和审美方式。总而言之，这种追求与彭燕郊新时期以来告别浪漫主义，追求现代主义的理想基本一致，尽管就诗艺而言后一时期更为成熟，但前期实验和探索的努力不能忽视。

---

① 聂绀弩：《彭燕郊的〈第一次爱〉（代序）》，《彭燕郊诗选》，湖南人民出版社，1984年，第5页。

② 何云波：《接受、影响与融通——彭燕郊诗歌访谈录之一》，《世界文学评论》2014年第1辑。

论彭燕郊诗歌的“重”与“轻”

□潘潘①

内容摘要：作为一名紧贴时代气息与脉搏、笔耕不辍的诗人，彭燕郊有着知识分子身上素来有之的那份人道主义情怀。他以诗人之笔写下对底层人民的悲惨生活的关切与悲悯，对人的生命价值与尊严有着一种内省式的思考与探求。历经了人生风风雨雨的遭遇，在进入晚年之际，他诗歌中更有一种澄澈空灵的意境，一种更为纯净透明的境界，这是人生至真至纯之境。彭燕郊诗歌中的这一“重”一“轻”正是他一直坚持真切地创作诗歌，关心生活，不断思考生命与自我反省的体现。

关键词：彭燕郊；诗歌研究；厚重；轻盈

纵观彭燕郊这一生，是与时代命运共浮沉的一生。在战争年代以少年一腔热忱开始了自己的诗歌之旅，其间二十多年的受迫害之遭遇也并未停止诗歌创作，在“归来”时依旧保有着那份对诗歌的热爱与赤诚之心，还有后期喷涌而出的极具个人色彩的诗歌创作。彭燕郊的一生是写诗的一

---

① 潘潘（1994—），女，福建泉州人，长沙理工大学文学与新闻传播学院文系院中国现当代文学专业研究生。基金项目：本文为2021年湖南省研究生科研创新项目“跨阶段作家与新时期文学发展之研究”（项目编号：CX20210836）阶段性成果。

生，也是如诗的一生。他与诗歌结下了难解之缘，写诗是他对生命的观察与思考，是他片刻灵感的凝聚与倾泻，是他对人性的追问与诠释。

一、彭燕郊诗歌之“重”：对底层人民命运的关切与沉思

彭燕郊作为“七月派”诗人的一员，其诗风深受胡风、艾青等人的影响，虽然出身于地主家庭，家庭条件良好，但他却始终能将目光投放于贫苦阶层，关注着底层人民所遭受的剥削与伤害，并深深为其悲惨遭遇而鸣不平。从早期彭燕郊的诗作中就能明显地看出其创作的现实主义倾向，他诗作中对自然与乡村图景的呈现，对革命战争年代的动荡的抒写，对底层民众的苦难的刻画，无不体现着他作为一个“七月派”诗人，作为一个有良知的知识分子的悲悯情怀。这些情怀有来自俄国文学的影响，彭燕郊同样对这些“被侮辱与被损害的人”投以深深的同情与悲悯。彭燕郊曾坦言屠格涅夫对他的深厚影响：“屠格涅夫，不但为我们熟识，而且让我们感到亲切，是我们热爱的大作家，他的作品几乎全部都已经有中文译本……他们各具特色的译本让我们有可能更亲近屠格涅夫，理解和欣赏屠格涅夫。”① 作为一位关心底层百姓、有着人道主义情怀的俄国作家，“屠格涅夫那充满浓郁抒情意味的文字、对诗歌表达的艺术追求以及对诗人应具备的真诚与使命感的要求如泉水滋润着彭燕郊所耕耘的诗歌园地”②，屠格涅夫的文字中的魅力与力量也让彭燕郊意识到要“以一颗战士和诗人的爱心，用夹杂着忧郁、悲愤、兴奋和喜悦的调子，书写人民的苦难、麻木、希望和生命的潜力，使诗歌具有一种振聋发聩的觉醒力量”③。

如在彭燕郊的《殡仪》一诗中，他选取了一个特殊的切入点，以一个男人生命的终结之时的仪式来窥见他这一生。诗中描写了一个男人去世后

---

① 彭燕郊：《屠格涅夫和他的散文诗》，《彭燕郊诗文集·评论卷》，湖南文艺出版社，2006 年，第 315 页。

② 尹婷：《论屠格涅夫对彭燕郊散文诗的影响》，中南大学学位论文，2012 年。

③ 尹婷：《论屠格涅夫对彭燕郊散文诗的影响》，中南大学学位论文，2012 年。

的殡仪场面，诗人没有对其家境背景有过任何直接的描述，但是从这一场男人死后的殡仪中我们却能窥见或猜测出死者那“苦难的生前和身后的萧条”。死后的他是躺在一部单薄的棺材中，好像那不是一个刚刚殒没的生命，而只是一块冰凉的石头，或者一段笨拙的木料，等待他的只是“冰冷的墓穴”，他将在那里“任别人摆布”。生前不被在意与尊重，死后也同样被漠视。逝者已逝，但还活着的人却仍将因这份失去而悲痛着，于是在诗中我们看到在那单薄的棺材后面还有一对孤儿寡母，那小孩在路上只能“用干黄的小手牵住了母亲的衣角”，他们在墓前哭得无力，在地上匍匐着，“像两只悲哀的毛虫”。悲哀的毛虫啊，这份彻骨的伤心让他们泣不成声，失了魂，悲哀让他们看起来只是一条小小的可怜的毛虫，在这大地上匍匐着、蠕动着。他在这诗歌之中浸透了他的这份悲悯情怀，彭燕郊目睹着这世上大大小小的真切的苦难，尤其对这些受到压迫与损害的人们，他不能不发声。而诗歌中对于这个已去世的男人的抒写并未止于他被埋葬之时，彭燕郊用文学想象描写了一个人在死后也深深挂念着他在生前还未来得及完成的心愿，可见他的死亡可能是突如其来的，他还没有做好准备，他还有太多惦念与不舍，那还没有编好的篱笆、菜畦里的蔬菜、畜棚里那条病了的老牛，甚至是平时搜刮着余粮的那些老鼠，还有他的年幼的儿子和被悲哀添刻了皱纹的妻子，他都还深深挂念着。

诗人以这些充满着画面感的散落片段，引着我们一步步更深入地去了解一个底层人民的一生，生前用双手勤勤恳恳地干着每一份活，勉勉强强地与妻女度过，也许是仓促的死亡，死后只是被当作一块石头或者木料罢了。底层人民的生存意义和生命尊严是什么？读完诗后不禁令读者会有长长的叹息与深深的思考，为这些饱受压迫、艰辛生存的底层人民而慨叹。

在《卖灯芯草的人》这首诗中，彭燕郊塑造了一个“像一只落到地面的大鸟”般的卖灯芯草的人，但这并不是一只快乐、自由、随处遨游的“鸟儿”。在这首诗中，这个卖灯芯草的“人”本身并没有强烈的独立的存在感，诗人将他和所携带的灯芯草看作一体，比作“雪白的大鸟”。白色的羽毛和没有血色的脸、褪色的衣服还有没穿鞋的赤脚，画面的营造给人一种惨淡凄冷之感。从彭燕郊的这些刻画中能感受到这位卖灯芯草之人过得并不容易，灯芯草是他的营生之物，也是他的遮蔽之物，更是陪伴着他、和他成为一体之物。诗歌里写到看见这卖灯芯草的人时行人“都赶紧像两边让路”，生怕弄脏和妨碍了这些雪白的“羽毛”，这表面看上去是行人在维护着这份雪白，但实际上是写出了行人对这卖灯芯草之人的漠不关心甚至避之不及。作为一个靠卖灯芯草营业谋生的人，没有等来客人的询价购买，反而是看见他之时其他人都赶紧向两边让路，这句诗写得很是讽刺。身于底层辛苦谋生的买卖者“只想在尘土里寻觅一点人们遗落的饭粒米屑”罢了，像大鸟一般从地面轻快地飞走，那并非他心中所想所愿。这首诗写出了底层谋生者谋生的艰辛，以一种侧面、反向的方式来写出这种买卖营生的不易，只求一点温饱却难能如愿，在彭燕郊诗歌写作的浪漫之下更可窥见人世间的一份份真切的悲哀。

又如《小牛犊》一诗中，前面对小牛犊的描写大体还是欢快的，色调明亮，当它还没有长大时，小牛犊是“美丽而可爱的”，它那“小小的四蹄和小鹿一样玲珑”，这是多么活泼而玲珑的小生命呀，但这仅限于它长大之前——等到它长大了，那些欢乐与美好将被繁重的工作所替代，暴躁的农人将会对生活的不满泄愤在它的身上，孔武的屠夫会用铁硬的杵槌向他砍去，最终这只辛苦劳作一生的牛犊在死后成了餐桌上的一道美食，它身上那辛苦酿造的肉的纤维在人们的齿缝间被剔除；而身上那被剥下来的皮为搬运夫所用，只剩下那不能被人们所利用的骨头随着灵魂一切埋藏于深深的土地之中。彭燕郊用诗记录下了这一只小牛犊的一生，生前被人们奴役着、驱使着，过着短暂欢乐但劳苦繁重才是常态的日子，死后还要被人们吃干抹净，利用完最后一点价值。这何止是一只牛犊的一生，这不也是被欺辱与被损坏的人们的一生吗？在彭燕郊的诗歌中，无不流露着对底层人民所经历的苦难的那份沉甸甸的关怀，以一种诗人之真切抒写对这份苦难的思考，进而对思考人生具有更深层的意义。彭燕郊诗歌中的这份

"重"来自他于诗作中"极好地揭寓了一种穿透现实的能力"①，作为一名敏锐而真诚的诗人，彭燕郊"他不但对于我们常见而漠然了的东西发生兴趣，还能从大家共见的东西上看出我们所不能看见的东西来"②。正是彭燕郊对被压迫被侵害的底层人民这份悲切与悲悯，还有这种不断思索探求、向深处挖掘的内省式的诗歌写作，让他的诗作显得如此厚重而深刻。

二、彭燕郊诗歌之"轻"：轻盈澄澈的意境与透明的底调

在阅读彭燕郊后期的一些诗作时，我们能很容易感受到其诗歌中有着许多绘画和音乐的元素，他打通了虽同属艺术领域但自身各有规则和特点的诗乐画的界限，以他敏锐的感知力和独特的语言艺术，将抽象化为具象，将静态化为动态，将诗乐画融为一体，赋予读者全方位、多角度的沉浸式的艺术体验。

《画仙人掌》一诗中彭燕郊以自己诗人之笔来"画"仙人掌，开篇先是简单直白甚至是单调的"一只只紧握的拳"和"一块块平板的手掌"，紧接着是"突然伸出"的手指，这眼前所见的背景只是"一味的绿"，没有深浅没有色调的柔和转换的绿，是一团凝滞的绿。但紧接着这份凝滞的沉重的色调开始在诗人笔下有所转变，光和色彩的投入让整个背景变得明快而清新了起来，诗人笔下的色彩并不是画家们所惯用的颜料所造，而是以大自然之中的"彩霞"与"春天的雾"，背景的深浅开始有所变化，既可以"稠得和蜜一样"化不开，也可以"轻得烟的影子"一样，飘逸轻盈。还有那"用游丝一样颤动的线"来描绘的花儿，诗人欲晕染它，使其"像风一样地流动"。诗人要去"画那花瓣上陷身在光里面的光"，要"画那叶的透明里的不透明"，在光与影、透与实之间的交替流动。这虽是静止的"画作"却让读者能感受到其背后的流动，视觉的瞬间捕捉在意识和

① 易彬、陈璐：《"沉重"的潜压与"唯美"的诉求——论彭燕郊诗歌创作主题的双重变奏》，《江汉大学学报（人文科学版）》2011年第3期。

② 聂绀弩：《彭燕郊的〈第一次爱〉》，《彭燕郊诗选》，湖南人民出版社，1984年，第7页。

感觉之中留下更悠远的余韵。虽然是在“画”，但是彭燕郊所用的意象大多是来自自然界的美好事物，如飘逸的烟、流动的水、朦胧的月色、变化的光影，营造了一种轻盈澄澈的意境。

在这份“轻盈澄澈”之中，那些由“我们这些欣赏者给予它的美的自觉和美的自信”的花儿“形成那么一种生动的风致”，而那些“不需要描绘、不需要赞美”的仙人掌们，诗人也没有将其遗忘，他没有仅仅停留在对仙人掌线条、形象的语言刻画上，他更深入地去挖掘了仙人掌背后的精神力量。他于诗歌末尾又一次将视线拉回到这些被忽略但依然自顾自顽强生长的仙人掌们身上。这一株株仙人掌，纵使没有长出美丽的花，但无论其遭逢何种境遇，依然保持着顽强生命力，坚守着这生命的“绿意”，傲然挺立着。仙人掌们这一份对生命尊严的坚守与其背后轻盈澄澈的意境相互映衬，相互交织，彭燕郊以其诗人丰富的想象力将凝聚的、静态的画作变得灵动起来。正是“在这自由的想象中，画像剪裁得自然似乎饱满而形象，繁复流动而多元变幻，诗人带领我们又走近了‘自然’的真实。放飞想象，再现自然远远不仅仅是诗人的审美旨归，同样历经劫难与痛苦的洗礼的诗人，当然更容易捕捉明丽素净画面“漏”出的点滴宗教般的悲悯。”①

彭燕郊也用诗歌的语言去语译音乐，通过由听觉带来的延伸想象再具象为一个个词语、一行行诗句，从而形成一篇从词汇、韵律、节奏、结构都充满着音乐性、节奏性的诗歌，给读者带来的是更丰富、更无限的想象空间，他巧妙地用诗歌语言将摸不着、看不见的音乐可视化了。陈太胜认为在他看来，彭燕郊是“循着某种音乐的曲调和旋律来写他的许多诗歌的”②，去品读彭燕郊晚期写作中关于音乐的那些诗歌，很难不被他精准的词汇表达和精心的诗歌结构所“牵引”，音乐那种独有的只能通过听觉去捕捉的似漂浮悬游的艺术特性给彭燕郊的诗歌增添了一丝又一丝轻盈之

① 谭琰：《思考的画卷》，中南大学学位论文，2011年。
② 陈太胜：《诗与音乐——彭燕郊晚期诗作读解之一》，《文化与诗学》2012年第1期。

感，他笔下的这些诗歌文字仿佛变成一个个音乐音符，漂浮于五线谱之间。

彭燕郊的散文诗《德彪西〈月光〉语译》是晚期诗歌创作中与音乐相关的典型的代表作品。整首散文诗所选核心意象并不是如歌曲名“月光”这般，彭燕郊反而是选择了另一个核心意象——水，开篇即强烈地表达着：我需要、需要水的抚摸。诗歌在营造“月光”的氛围时多次出现“水”“海”这样的轻盈、流动的液体姿态，借此来写出月光的温润、轻柔。我们常说，月光似水，彭燕郊也以诗人的敏锐准确地抓住了两者的相似性。将原本是存在于乐曲中只能通过听觉去感受但摸不着、看不见的月光写出了丰富的感觉。整篇散文诗所营造的意境也是如徜徉在这寂寂的夜色中，夜色似水，宁静、清冽，彭燕郊以诗歌语言将音乐艺术的美更具象化了，阅读者将乐曲和诗歌的双重体验融为一体，更是打开其想象空间的多种感知维度。

但诗歌中一个个具体的词汇和句子、跌宕起伏的诗歌谋篇布局、层层递进的蓄势欲发的诗歌语势，还有诗歌背后所隐含的那份诗人丰沛的情感，都给诗歌添上了厚重而深刻的一笔。这份厚重比音乐本身来得更有画面感，更有指向性，它被诗人具象化、故事化了，在诗歌所营造的轻盈、清冽、流动的意境美中增添了来自诗人思想与情感的厚度与力量。

也许是因为彭燕郊对绘画艺术的喜爱和他那诗人独有的目光，导致其对大自然和生活中的意象与色彩捕捉十分敏感，在他的诗作中我们还常常能在不同时期看到各种典型而多彩的色调。比如他早期的作品中，“红色”的意象特别突出，比如那青春年少时如火的激情、投身革命时“营火是火红的，战旗是火红的，血液是火红的。热爱诗歌的彭燕郊用自己炽热的画笔描绘着这一切”[①]。而当他看到了激荡时代下，底层百姓们的被压迫与被欺辱的现实后，他笔下那些浓厚的“黑色”“灰色”也出现于诗作之中，更为其诗歌增添一种厚重与坚实。还有在这黑灰之外，彭燕郊一直倾心的

① 谭琰：《思考的画卷》，中南大学学位论文，2011年。

"绿色"意象，这一抹绿是冲破枷锁与黑暗之后重新绽放生命光彩，顽强追求生命自由的力量，是一抹令人振奋的绿。但在这丰富而多彩的色调之外，笔者想谈的是在经历过人生漫长而苦痛的历练之后，彭燕郊在其诗作中所留下的最本质的底色，这是一种至真至纯的透明无色的底调。

彭燕郊在《透明无色的下午》一诗中这样写道："无色中有最丰富的色彩，透明才能映现深沉。"这透明的、无色的底调是一种极具包容性和创造性的底色，任何色调都能在其之上展现自己的绚丽与夺目，也可以进行各种混合、交错，不断演变出一种又一种新的颜色。如何说彭燕郊诗歌中不同的色彩意象是与不同时期的生命体验、创作状态的映照，那么无色透明的底调也许是他经历过人生磨砺之后，洗刷了种种凡俗琐事的纷扰、回归本心的生命状态。当激情与愤怒、痛苦与折磨渐渐成为往事，彭燕郊诗歌的情感抒发不只是囿于个人精神创伤的疗伤，其生命体验逐渐进入一种审美的、生命哲学的境界之中。所有的喧哗终将回归平静，曾经那些绚丽斑斓的色彩也终将归于无色透明，返璞归真，这是彭燕郊诗境的升华。

而在这回归质朴的无色透明的底调之中，并不是空无一物的，不是只余下空洞与虚无的。光是这其中重要的存在者，光是救赎者。彭燕郊在《无色透明的下午》一诗中一开始就直接指出——"是你在我身边走着吗？我知道是的，我的光"。这光在他的笔下变得如何亲切、可感，彭燕郊以十分细腻而稠密的文字层层地描述着、铺染着这光的存在，以痛感的手法调动着读者的感官体验，使读者在阅读这文字之时能感受到这具象的、真切的光的存在。这光是"从看不见的淡薄里显示的"，到处都是光，光的"弥漫不是一阵阵渗透过来的，一点一滴泻过来的"，光"反射的泛滥使这个世界没有一件多余的东西，都溶解在无色透明里，都要从无色透明里升华了"。是光给予这世界澄净与光明，是光"使湖水澄清之后没有沉淀，你使雾散之后没有留下一滴雨点"，这份光让世界呈现着本该有的姿态，它"没有把世界重新组合"，而是世界万物在光的"照射下重新从这个敞开的世界里找到自己的位置"。

彭燕郊在这首诗中洋洋洒洒地、尽情地吐露着自己对这份光的礼赞，光与透明无色的底调互相辉映，互相成就。这清脆、嘹亮的光，是“已近于无形，无保留的无色透明的语言近于难以言传的无言”，这份光早已降服了诗人所有最雄辩的幻想，诗人在这明亮澄澈的光中，已“拥有了它的洁白和幽美”，在这个无色透明的下午，已“被净化了”。不仅是诗人被净化了，在阅读彭燕郊晚年诗歌创作时，读者也常被其笔下这深厚笔力下举重若轻的轻盈澄澈、透明如空气的意境所净化了。

结　语

阅读彭燕郊的大多诗作，常常能看到一个将自己的目光投放于底层人民身上，悲悯与同情着劳苦大众的知识分子之身影。彭燕郊继承着中国传统知识分子这份关怀天下、心系底层的情怀，在他的笔下刻画出一个个被压迫的、沉重的底层人民的形象。彭燕郊诗歌的“重”是他身为一个知识分子拥有的那份良知与人道关怀的体现，是一个有着人文关怀的知识分子对现实、对受压迫的底层人民的处境的反省与思考，故而彭燕郊笔下的这份“重”有一种“思考的重量”所在。而他诗歌中所体现的这份“轻”也是其身上那份敏锐感知力和艺术天赋的体现，也是他在历经时代的波澜和种种桎梏后对人生的一种深度的思索，一种对自由纯粹的艺术美的追求，在诗歌艺术中燕彭燕郊体现出他沉淀了厚重人生经验之后的艺术思维的轻盈，飘飘羽化。彭燕郊诗歌中的这份“重”与“轻”是他内心所怀揣的良知与天赋、对生命的沉思与其心灵的净化在诗歌中所体现的诗人特质。

历史的无奈，亦或个人的悲哀？

——对彭燕郊诗歌《无题》的汇校研究

□段振江[①]

内容摘要：彭燕郊作为“七月派”诗人的身份显为人知，但其对自己作品进行长达数年的精心修改行为却少人注意。因此从汇校角度对其作品进行深入解读十分重要。以彭燕郊新时期之后的作品《无题》为例，该诗共有五个版本，异文多集中于前三个版本。修改思路先是在文本语言衍化、标点符号改动、词语替换等较为零碎的方面，后集中为对诗歌字词替换、句子内容的补充或改写。总体来看，修改后的版本字词更加精致，感情更加饱满，但也存在一些修改不善的问题。

关键词：文献学；版本汇校；彭燕郊；《无题》

彭燕郊作为一个有着近七十年写作历史的作家，创作内容丰富，创作风格多变，然而从其研究现状来看，研究思路却主要集中于以下三个方面：“七月派”诗人，湖湘文学，创作论。因而从不同角度对彭燕郊展开研究还存在广阔空间。通过详细对比阅读彭燕郊不同版本的诗歌作品，我

---

① 段振江（1995—），男，甘肃宁县人，长沙理工大学文学与新闻传播学院中文系中国现当代文学专业研究生。基金项目：本文为2021年湖南省研究生科研创新项目“跨阶段作家与新时期文学发展之研究”（项目编号：CX20210836）阶段性成果。

们发现其诗歌有着大量的修改事实，学者龚旭东认为彭燕郊是将诗歌视为“最高境界和价值意义上的艺术品”进行“虔诚的打磨”，“不惜数年、十数年、甚至数十年，几遍、十几遍甚至几十遍地修改一首诗”①。同时，学界对彭燕郊文化身份的确认又与文献的整理密切关联，因此，对其进行文献学视角下的研究是十分必要的。

本文选择了彭燕郊新时期以来的诗歌《无题》，并对不同版本进行详细的汇校分析。《无题》最早发表于1987年的《清明》第5期，全诗如下：

空荡荡的剧场
舞台空荡荡的
观众厅也是空荡荡的
空荡荡的深处
某一排的某一个座位上坐着我

忽然，舞台上出现了一个人
好象很不自然，很不应该
好象那里不可能有人活动
而且他不是演员
原来是一个清洁工人，手拿扫帚
这似乎还合适些

忽然，他发现了我
——也感到不自然吧
除了观众，我还能是什么人
不需要观众了，我还坐在这里做什么
我有点坐立不安了

① 龚旭东：《一朵充满奇迹的火焰——彭燕郊综论》，《理论与创作》2004年第5期。

我不是无缘无故坐在这里的
我忘记了我还坐在这里了

87年4月重改

如同河海的潮起潮落，作者一生经历了起潮落潮，再起潮再落潮，此刻此日的心情复归于平缓和深思，他的这首诗作也呈现出这样一种燥热之后的冷静和深沉，凝练而浑厚。如“空荡荡的剧场/舞台空荡荡的/观众厅也是空荡荡的/空荡荡的深处/某一排的某一个座位上坐着我”显得冷静而寂寥，如同历史和人生高潮过后的“人走茶凉”，透露出一种荒谬感，不真实感。诗歌两个转折之后，最终以荒诞而又凄清的表达结尾，仿佛隐现着历史的无奈，又荡漾着个人的悲哀，整首诗都氤氲出一股浓烈的沧桑感。

就版本来看，初刊本之后，《无题》还有四个版本，为：

《当代湖南作家作品选·彭燕郊卷》，湖南文艺出版社，1997年
《芭蕉叶上诗》，自印，2004年
《黄河文学》，2005年第1期
《彭燕郊诗文集·诗卷（下）》，湖南文艺出版社，2006年

《清明》版《无题》全诗18行，若以此版为底本，则其他四个版本共计39处异文。《芭蕉叶上诗》版作出较大改动后，其后版本大致沿袭该版本而较少改动，因此本文将集中于前三个时期的版本进行异文比较。

一、从《清明》版到《作品选》版

相较于1987年《清明》版，十年后的《作品选》版产生了12处异文，具体来看，有语言衍化2处，诗句改写6处，标点符号改动3处，时间尾注改动1处。整体来看，改动前后意义影响不大。下面将就一些具体异文

进行分析：

（一）语言衍化

1987 年《清明》版第二节内容中存在两处“好象”的用法，但是到了 1997 年《作品选》版，作者将“好象”改为了“好像”，也就是改为我们当下的“正确”用法。值得特别注意的是，彭燕郊一系列诗中都存在这样先后将“象”改为“像”的现象。为什么会出现这样的文字“失误”？根据笔者仔细考察发现，造成这一现象的原因是国家 1956 年公布了《汉字简化方案》，方案将“像”作为“象”的繁体字处理，从而停止了“像”的使用，仅保留了“象”。直到 1986 年国家语委发表新的《简化字总表》，“像”字才得以重新启用。而彭燕郊的诗歌书写与修改时间恰好处在这项政策法规的一前一后。

由此可见，版本的汇校研究不仅局限于文本之内，还有可能体现国家语言政策的更迭变化。

（二）句子补充或改写

章节/版本	《清明》版	《作品选》版
第二节	而且他不是演员	那么他……是不是演员？
第三节	忽然，他发现了我	忽然，他也发现了我
第三节	我有点坐立不安了 我不是无缘无故坐在这里的	我有点坐立不安了 我不是无缘无故坐在这里的 戏已散了……我还沉醉在戏里 难道还想看下去——

表格中的第二节举例，《作品选》版相较于《清明》版，更加完善。第一处修改将陈述句改为疑问句，而且增加了“……”和“？”，结合上下文分析，这样的修改使得诗歌逻辑衔接更加合理自然，因为对于舞台上人员的身份作者必然要有一个观察推测的过程，不可能那么武断；第三节第一处举例，增加了“也”，与上文达成逻辑顺承，诗中的“我”由“观察”变成了“被观察”。第三节第二处举例，增加了两行内容，对上文的“不是无缘无故”和下文的为何“忘记”作出了具体的解答，是因为“我还沉

醉在戏里”，修改后诗歌内容更加完整具体，读者更好理解诗歌的表达。然而笔者以为，增加的这两行内容不是更佳，修改前的句子可以激发读者更深入更宽宏的想象，修改后作者反倒局限了读者对于这首诗更丰富的可能性解读。作文尤其是作诗，还是尽量有留白空间比较好，比如文学家梁实秋就认为文学创作必须讲究“理性”与“节制”，作家不能把话说尽，否则读者就会少去很多参与其中的思考与乐趣。

（三）标点调整

章节/版本	《清明》版	《作品选》版
第二节	原来是一个清洁工人	原来——是一个清洁工人
第三节	不需要观众了，我还坐在这里做什么	不需要观众了，我还坐在这里做什么？

第二节第一处举例《作品选》版增加了“——”，“——”在这里起到一个停顿和大转折的作用，这样更具有戏剧性效果；第三节异文，相较于《清明》版比较平和的叙述语气，《作品选》版增加“？”后，一下子加强了疑问语气，情感也更充沛，细心的读者也更能被打动。

（四）时间尾注修改

有意思的是，作者不仅会精心改动文本内容，还会改动文本末尾的时间尾注，比如 1987 年《清明》版时间尾注为“87 年 4 月重改”，1997 年《作品选》版时间尾注却变为“1987.5.”。改动后的《作品选》版时间格式更标准，同时月份也从四月变成五月，至于为何，可能只有作者知道。特别明显的是《作品选》版去掉了“重改”二字，可能一方面彰显着作者比较认可当时“重改”后的版本为初始版本，同时作者的诗歌又不断处于“重改”之中，不妨去掉这略显多余的解释。

除此之外，这首诗初版本亦存在诗行调整异文，如 1987 年《清明》版，“手拿扫帚”与上一行同行，1997 年《作品选》版却将其放到下一行，这样的改动前后意义变化不大，只起到延缓诗歌节奏的作用。

二、从《作品选》版到《芭蕉叶上诗》版

相较于之前的《清明》版与《作品选》版，以及最后的两个修改版本，修订本《芭蕉叶上诗》可以说具有里程碑式的作用。因为相较于之前版本，《芭蕉叶上诗》版做出了较大幅度改动，而之后的版本也基本沿袭该本，很少改动。因此，《芭蕉叶上诗》版值得特别关注与分析。《芭蕉叶上诗》版相较于《作品选》版产生了多达23处异文，大致来看，异文基本上都集中于诗歌的字词替换以及诗句内容的改动，改动后整首诗歌可谓有“脱胎换骨”的艺术效果。

（一）题目改写

这首诗《清明》版和《作品选》版皆取题为《无题》，但是《芭蕉叶上诗》版、《黄河文学》版、《彭燕郊诗文集》版，却将“无题”改为“最后一个”。结合全诗看有一种鲁迅于“五四”退潮后的失落情感：“寂寞新文苑，平安旧战场。两间余一卒，荷戟独彷徨。”这其中可能隐含了诗人复杂的历史情绪。细读全诗，整体氛围充满了时过境迁的荒凉，斯人独憔悴的寂寥和生命无可奈何的莫名荒诞，改成“最后一个”主旨更加贴合诗歌内容的深刻，艺术表现上也充满悬念，而“无题”古今中外用人无数，有滥俗之嫌，且与诗歌本身并不十分贴切。其实，改动题目在彭燕郊作品修改中并非孤例，类似改动题目的诗歌还有诗选版的《叫喊的石块》，在《彭燕郊诗文集》中标题改成了《叫嚣的石块》。

（二）词语替换

章节/版本	《作品选》版	《芭蕉叶上诗》版
第一节/第三节	空荡荡的剧场	空荡荡的剧院
第二节	好像那里不可能有人活动	好像那里不应该有人活动
第二节	原来——是一个清洁工人	原来——是一个清洁工
第三节	忽然，他也发现了我	终于，他发现了我

《芭蕉叶上诗》版将“剧场”改为“剧院”，也类似于一种语言衍化，毕竟后者更符合当下人的语言习惯；而《芭蕉叶上诗》版将《作品选》版“不可能”改为“不应该”却明显不应该了，为何？因为此句上一行已经有了“不应该”三字表达了相应的意思，下句再出现就语句重复了，而且就算用“不应该”，也不如“不可能”恰当，“不可能”起到推进和加强诗歌语气和情感的作用，而这结合原文也正好是需要的；将“清洁工人”改为“清洁工”，更加简洁；第三节将“忽然”改为“终于”，句意从原先的急促转折转变为顺承递进的关系，因而打破原先的二重并列转折结构，也破坏了前后两个“忽然”之间的呼应关系，仔细体味发现，修改之后诗意的情感坡度大大减缓降低，原先诗句的跳跃感也变成一种“老实”的平静递进逻辑，诗歌的戏剧性大大减弱。这样，诗歌的形式整饬美与诗意戏剧美都不如前，因而结合全诗来说，笔者以为初版本更佳。

（三）句子改写或补充

章节/版本	《作品选》版	《芭蕉叶上诗》版
第一节	空荡荡的剧场 舞台空荡荡的 观众厅也是空荡荡的	空荡荡的剧院 空荡荡的舞台 空荡荡的观众席里
第一节	空荡荡的深处 某一排的某一个座位上坐着我	某一个角落 第几排第几座上坐着我
第三节	除了观众，我还能是什么人 不需要观众了，我还坐在这里做什么？	除了观众，我还能是个什么人 他的惊讶的眼光好像在说： 已经不需要观众了，还坐在这里做什么？
第三节	戏已散了……我还沉醉在戏里	戏已散了……却还停留在戏里，沉醉着
第三节	我忘记了我坐在空了的剧场里了	我忘记了我是坐在空荡荡的剧院里

《作品选》版开头前置定语与后置定语交叉前进，句式活泼，而《芭蕉叶上诗》版统一改成三行连续的前置定语，这样造成的效果是形式整饬节奏感强，但也显得有些形式刻板，而这样的改动也一直延续到其后版本；第一节第二处举例，结合全诗来看，《作品选》版句子与整首诗更加

和谐融洽，从内容上看，整首诗都突出一种人物的时过境迁之感，也即人物的渺小感，所以用“某”字表达这种状况非常适宜。此外，笔者以为，若从形式与内容双重来看，将“坐着我”写作“坐着一个我”可能更有味道，不仅在形式上与前面的“一排”“一个”相呼应，而且内容上也可以表现出诗中主体的历史落寞与孤独感；第三节第一处举例，“个”的增添增加了诗歌轻佻的语气，亦有一种口语化的生动活泼，改动较好。同时，补充了中间一句，实现了一种以自我视角为中心到他者视角为中心的视向转变，结合上下文，修改后语意更加连贯，没有那么突兀；第三节第二处举例，修改后诗句重点更突出，情感更饱满，突出了“沉醉”的状态，从而大幅延长了读者的审美快感与想象；第三节第三处举例，修改之后该诗句与诗歌首句形成一个闭合式的呼应，诗歌结构因而更严密完整。

（四）诗节调整

章节/版本	《作品选》版	《芭蕉叶上诗》版
第二节	忽然，舞台上出现了一个人 好像很不自然，很不应该 好像那里不可能有人活动 那么他……是不是演员？ 原来——是一个清洁工人 手拿扫帚，这，似乎还合适些	忽然，舞台上出现一个人 好像很不自然，很不应该 好像此刻那里不应该有人活动 那么他……是不是演员？ 原来——是一个清洁工 手里拿着扫帚，这好像还合适 终于，他发现了我 ——也感到不自然吧 除了观众，我还能是个什么人 他的惊讶的眼光好像在说： 已经不需要观众了，还坐在这里做什么？
第三节	忽然，他也发现了我 ——也感到不自然吧 除了观众，我还能是什么人 不需要观众了，我还坐在这里做什么？ 我有点坐立不安了 我不是无缘无故坐在这里的 戏已散了……我还沉醉在戏里 难道还想看下去—— 我忘记了我坐在空了的剧场里了	我有点坐立不安了 我不是无缘无故坐在这里的 戏已散了……却还停留在戏里，沉醉着 难道还想看下去—— 我忘记了我是坐在空荡荡的剧院里

由上表可以发现，《芭蕉叶上诗》版大致将《作品选》版的第二节与第三节的前四句合并为一节，又将剩下的内容单独成节，从总体修改效果来看，合并不如不合并，单独成节的部分从逻辑层次和整体章节布局来看却更错落有致。因而，笔者以为，全诗安排为四个章节或许更加合理漂亮。

总体来看，本诗波折陡生，戏剧化强，荒谬与虚无并存，具有独特的吸引力，而《芭蕉叶上诗》版使诗歌整体节奏放缓，更加地细致入微，戏剧性更强，更经得起咀嚼回味，也更像“诗”，值得人们反复推敲与体味。

三、修改行为评价

彭燕郊诸多诗歌都历时多年的修改，其中跨度长达数年甚至几十年，可见作者对自己作品的一丝不苟。通过对这首诗三个版本的汇校研究，我们发现彭燕郊诗歌的字句修改十分普遍，诸多异文仅是标点或个别字的变动，有的则是词语、诗行、章节的精进。总体而言，修改效果的确越来越好，用字用词更加精确与完善，标点与章节等形式上的改动也往往更加合理，内容与情感的表达也更加的充实与厚重。然而，彭燕郊诗歌某些内容的修改或增加也存在不够合理之处：比如《无题》第二章节的修改，便是以内容的删减调整打破了诗歌整体的和谐与完整。因此，作家的修改行为带来的诸多版本也并非总是朝着“历史进化论”的方向前进，有时候也会陷入“历史倒退论”的泥沼之中。

进一步而言，应该如何看待作家对于作品在不同时期和处境下的修改行为衍生的多个作品版本呢？在这里借用学者易彬的看法或许可以很好地予以评价：“对写作本身而言，修改原本是写作行为背后的那种看不见的构成要素，尽管读者所看到的、作者所认可的多半是‘最终定稿’，但借助各种版本的比照——借助文本的演变史，那些‘看不见的要素’浮现于外，写作背后的种种秘密得以更为清晰的凸显，写作行为的历史脉络或内在谱系往往也能得到更为透彻的检视。”[①] 对于普通文学读者而言，一般不太重视或者根本没有注意到一部作品的不同版本之间的区别，往往只是单纯地追求阅读的快感而“饥不择食”。事实上，一部作品的不同版本看似相差无几，其实有时候往往会带来巨大的审美感知差异。对于文学的研究者来说，作品的不同版本更是需要重点把握和研究的内容。通过不同版本的差异性研究，我们不仅可以更加全面地了解作家的创作心理变迁以及作家形象，对作品的内容主题等拥有更加深入的理解，还可以保存文学史现实，展示作品的版本衍变，便于后续研究工作开展。同时，通过不同的版本批评性阅读，我们还能够超越作品本身，总结出更加完善的文学理论以反哺接下来的后代文学创作。因此，透过彭燕郊作品的版本分析，我们发现，文本的版本演变应该引起我们足够的重视。

① 易彬：《诗艺、时代与自我形象的演进——编年汇校视域下的穆旦前期诗歌研究》，《中国现代文学研究丛刊》2020年第4期。

重庆诗人研究

审视现实、体悟时间与观照生命

——李元胜诗歌对日常生活的超越

□黄波　向天渊[①]

内容摘要：日常生活成为诗歌叙事的主要对象与审美范畴，固然使诗歌在某种程度上避免了凌空与虚妄，但如何从一地鸡毛的生活琐碎中挣脱出来，呈现超越日常的诗意，成为凸显诗歌质地的关键。李元胜的诗歌，正如诗评家吕进所言，其题材通常不大，但善于从平常生活中抓出诗意，他的诗歌有这个时代所期待的东西，在成熟的心智前提下，借助生活的丰富素材，传达出城市的基因[②]。的确，浮光掠影的生活片段，在李元胜的诗作中频繁可见，但诗人并不囿于日常生活的简单罗列与模式化呈现，而是通过对现实的冷峻审视，对时间的深层思考以及对生命的深切观照，在突破日常书写的混乱与无序状态的同时，抵达超越日常的诗化审美世界。

关键词：李元胜；审视现实；体悟时间；观照生命；日常生活

---

① 黄波（1987—），西南大学中国新诗研究所博士研究生，主要研究方向为比较文学与文化。向天渊（1966—），西南大学中国新诗研究所教授，博士生导师，主要研究方向为比较诗学。基金项目：本文为中央高校基本科研业务费专项创新团队项目“中外诗歌发展问题研究”（项目编号：SWU2009110）阶段性成果。

② 吕进：《获奖是实至名归》，《重庆日报》2014年8月12日。

一、审视现实："我怀疑盲目奔走的价值"

诗歌，既非简单的语言文字游戏，也非纯粹的哲学思想表达，更不是空洞的意象堆砌与说教。李元胜的诸多诗作中，《关于诗》一直以来都被评论家视为体现其诗学旨意之作，它既指向诗歌的艺术审美与价值尺度，也包括对诗歌内容与形式的探讨，其中更暗含"关注现实"这一滥觞于《诗经》的传统诗学主题。相异之处在于，当代诗歌对现实的关注，更离不开日常生活这一生动而又庞杂的诗歌现场。身处其中的当代诗人，若是想要被时代倾听、熟稔与铭记，在李元胜看来，就必须"保持独立的判断，而不是人云亦云，更不能把才华浪费于附和诗坛的时尚"[①]。因此，就李元胜的诗作而言，诗人关注现实，却不为现实所遮蔽，诗人力图在对现实的怀疑、推敲与判断中，构建出一个广阔而又极具张力的诗歌世界，正如他自己所言，"多数时候，我的写作并没源于我的热爱，而恰恰是源于我的怀疑，恰恰是那些日常生活无法进行判断无法将其过滤的东西，为我提供了提笔写作的欲望"[②]。

李元胜曾言及对这个世界的印象，"它有着钢筋水泥般的坚硬和亘古不变的内容，我们每天都只能接触到它的同一部分表面，很难在日常生活中找到某条秘密的小径深入到它的内部"[③]。审视自我，是李元胜抵达"现实内部"的"秘密小径"。诗人久居重庆，偶遇极端天气，狂风骤雨，裹挟而至，破门而入（《4 月 4 日夜，重庆大风》），外部环境的剧烈变化，使诗人直视其内心，"为什么/只有在特别剧烈的环境里/我的心里才会特别安静"。对内心的审视，使李元胜的诗作即便取材于日常，也随处可见一份隐秘而真实的生命体验。寻常暮色中一次对楼下小路的普通观望，让诗人质疑自己的"三十七年"人生，"它并没有摸到过任何东西"（《一条分

---

① 李元胜：《重庆生活》，重庆出版社，2002 年，第 203 页。

② 李元胜：《重庆生活》，重庆出版社，2002 年，第 205 页。

③ 李元胜：《李元胜诗选》，重庆出版社，1994 年，第 198 页。

岔的路》)。同样地，诗人目睹风中“沉睡”的桑树，料想其根深扎大地，春日一到，必定复苏的景象，随即宕开一笔，暴露出“我”的存在之境：“我”的心跳没有回声，“我”与大地的联系被剪断（《桑树在北风中熟睡》)。当诗歌借助日常细小来探寻生活的真相与意义，稍有不慎，便会因审美泛化而流于无关痛痒的陈述。李元胜的诗歌，正是通过对自我的审视，发现并捕捉生命的哲思，在主客体的对比中，“坦承了对生命本真状态的追寻、探问及渴慕”①。寥寥诗行，物我互照中，诗人内心世界的敏感、真挚，都得以明朗呈现。

“诗人的工作是探测存在。”② 诗，便是李元胜探测存在的工具。所为“审视”，并非对现实生活的攻讦与抱怨，也非对诗坛时尚的话语附和，而是作为当代诗人对存在的诗意探测与理性反思。它由审视自我出发，还关涉爱情、婚姻、家庭以及更为广袤的社会生活。世间诸事，唯有爱情最难让人言说。李元胜写爱情，不着力渲染局中之人的悲欢离合，而是冷眼旁观，将爱情的另类模样理性呈现于读者面前。它沉重、易碎，让人孤独又绝望（《关于爱情》)。但即便如此，爱情仍是普罗大众“生活需要继续下去的理由”。写婚姻，李元胜依然理性、冷峻，将视点放置在即将进入婚姻之门的人：他犹豫不决，想进入婚姻之门又欲越栏而逃（《对婚姻的判断》)。他的犹豫，是当代人对婚姻的普遍焦虑。诗人不提家长里短的窠臼，直面物化时代婚姻关系的本质，绵里藏针的叩问中，内藏其意欲探寻生活真相的精神向度。家，作为爱情与婚姻的延续，是亲密关系的生发地，也是人类温暖的港湾，但当激情褪去，它便与褪色的爱情、发福的朋友以及不再年轻的诗人自己一样，沦为了枯燥中年生活中“遗址”般的存在（《遗址》)。因此，爱情、婚姻与家庭，既是李元胜的日常生活，更是诗人探究存在关系的场域，诗人由此将笔触伸向了更为广阔的都市生活。

若将地球上的存在简单归类，可分为自然界与人类社会。人类社会的

① 李元胜：《重庆生活》，重庆出版社，2002年，第206页。

② 李元胜：《重庆生活》，重庆出版社，2002年，第202页。

生产生活方式波及自然；反之，自然又决定人类社会发展的可能性及其界限。工业文明带来了城市扩张，随之而来的高效、便捷的生产生活方式，人类深受其益。与此同时，人与自然的矛盾也更为突出。“面对城市文明与工业发展，当代诗人或反抗、或否定的主体意识，相比之前的诗人更为积极与自觉。”[①] 李元胜对现代都市生活，始终保持一份距离。《章鱼形的城市》中，城市建设惊飞鸟群，穿越屋顶，渡过河流。目睹树木在建筑前倒下，乡村被迫卷入城市，诗人痛心疾首却又无能为力。“工业文明的确是以罪恶、异化为前提的，在此基础上科学技术的发展是以人的自由、人的幸福沦丧为其结果的。”[②] 当城市如章鱼般向乡村扩张，作为人类最初出发地与精神家园的乡村，必然走向消亡。乡村的消亡，使现代人的心灵空间受到挤压，精神上更无家可归。人的意义的丧失，作为一种必然结果而出现。李元胜的诸多诗作，便是这样直击现代人的生存现场。现代人在都市中奋力拼搏，所得不过是如司机般“仅仅载着一轮夜色回家”（《怀疑》）。夜色难以捉摸，意味着拼搏无所获，李元胜因此质疑，“一个人究竟，应该走多远/在这个遥远的城市/我开始怀疑/盲目奔走的价值”。故土与远方，拼搏与放弃，作为这个时代之人最难调和的矛盾，人类其实早已泥足深陷。作为个体，现代人内心的拉扯与分裂，是其必然要面对的宿命。作为群体，他们像雾，盲目、模糊而又含混（《雾》）；他们沉闷、笨拙，却又不停地挣扎（《风景：西院的下午》）。他们，因此成了李元胜所说的，“多数时候，我们深陷人群中，成为滔滔不绝的失语者：我们说着相同的话，脸上露出相同的微笑，甚至做着国外电视剧教会的某个手势，——像一面镜子一样互相复制着影像，以此忘却自己的空洞”[③]。

白昼和黑夜，本是自然现象，也是李元胜诗歌中关于现实世界与幻想

---

① 毛丹丹：《“在寺庙边上写作”——论雷平阳的“旷野书写”》，《当代作家评论》2020年第5期。

② 张西平：《工业文明中人的困境——卢卡奇浪漫主义哲学述评》，《中国社会科学》1998年第1期。

③ 李元胜：《重庆生活》，重庆出版社，2002年，第206页。

世界的隐喻。李元胜有意将他的世界一分为二，“一个是我的身体行动其中的世界，另一个则是把前者交给我的东西打碎，按照自己的需要重新拼接、变形而创造出的世界”[①]。前者，即“现实世界”；后者，即“幻想世界”。黑夜安静、圣洁、让人清醒，它是想象世界的象征，是诗人休息的港湾，“只要把它展开，它就会暂时把我带离现实的大地，在云朵间越飞越高”[②]。与此相反，诗人审视下的白昼，却以多幅面孔出现。悲观如诗人者，偶然顺着楼梯向下观看，楼梯尽头的黑暗，被诗人喻为“新的一天”的“深不见底的喉咙”（《新的一天》）。楼上之人，必会下楼，这意味着黑夜中的自在与舒适，定会被白昼吞噬。白昼，因而是可怖的。当诗人再度翻检白昼的忙碌，结果不言而喻，仍是“一颗心/穿过拥挤的人群/却始终没能触碰到任何东西”（《害怕》）。白昼，因而是徒劳的。除此之外，白昼还是陡峭的、空洞的、停滞的，是连续的黑暗中偶尔出现的无关紧要的断裂。李元胜对于白昼的陈述与表达，实质上是其对现实的审视与反思：当白昼沦为黑夜的注脚，它所隐喻的由无数因果链接而成的“现实世界”，在诗人的审视下，注定只能千疮百孔，成为诗人“幻想世界”的陪衬。

二、体悟时间：“我想和你虚度光阴”

时间意识，贯穿中西文学发展始终。从孔子站在河边感叹“逝者如斯，不舍昼夜”，到陈子昂独登蓟北楼，“念天地之悠悠，独怆然而涕下”，再到苏东坡泛舟赤壁，“哀吾生之须臾，羡长江之无穷”，及至近代以来，西方哲学对存在与时间的关注，无不折射出他们对于人生意义的思考。从某种程度上讲，时间才是生命的主体，人生不过是其“在每一个替身上不断地开展自己。所以，它必然也是诗的主题”[③]。对时间不同程度的感受，

---

① 李元胜：《李元胜诗选》，重庆出版社，1994 年，第 198 页。

② 李元胜：《李元胜诗选》，重庆出版社，1994 年，第 199 页。

③ 转引自张光昕：《肖像·游移·风湿病——西渡诗歌论》，《江汉大学学报〈人文科学版〉》2012 年第 3 期。

构成了诗人作为“主体”而存在的自我与作为“现象”而存在的自我之间的区别。

李元胜是聪明的，在庞大的时间面前，与其一味追逐或逃离，不如原地静候并沉浸其中，静静体悟时间的流逝。春夏秋冬，岁月流转，李元胜总能从变幻的光阴里，撷取一份生命的闲适。春日河水，由寒变暖，诗人趟过时，“脚步不由放轻”（《春天的河水》）；深秋时节，诗人漫步红叶之中，“有如久别归来打开家门”（《这个秋天》）。行走在时间中的李元胜，淡然、从容，不伤春悲秋，亦不刻意与时间赛跑。因此，即便是怡然自得的日常漫步中，也溢满了对生命的热忱与感动。这样的感动，在其诗作中，随处可见。冬日闲居，为了成全“我”与山色的互相浸润，时光似乎有意停顿（《闲居》）。诗人沉浸其中，闭门不出，一如旅人游览山水世界，流连忘返。《湖畔偶得》里的夏夜、湖水、垂柳以及地下闭目吮吸的幼蝉，经诗人的语言剪裁，拼贴成动人婉转的诗意画面。时光如海，李元胜便是那一叶飘荡在世间的扁舟，无比自在、闲适，“时有靠岸之心，时有银辉满舱”，看似无能为力故作潇洒，实则是经历世事后的随遇而安。

“虚度”光阴，是李元胜诗歌中反复吟唱的浪漫主题。所谓“虚度”，并非是无所事事，浪费时间，是李元胜在“生命的‘大与小’‘重与轻’‘快与慢’中，他择小而安，择轻而处，择慢而乐，坦然地面对世界，看轻利禄枷锁”①，是诗人深思熟虑后的价值选择。的确，李元胜的诗歌，不追求宏大的历史叙事，也不渲染诗歌的教化功能，而是在对时间的深层体验中，直达生命的智慧之境。在诗人看来，人生数载，似乎唯“虚度”光阴，才是其对抗时间的良药。因此，李元胜幻想，要用一生的时间，去看云的聚散不定，看天的无边的明亮（《用一生的时间看天》）。对“虚度”光阴的吟唱，在其名作《我想和你虚度时光》中达到高潮。人生百事，诸如低头看鱼，抬头看天，坐在走廊里发呆，观看落日与满天星光，直至消

---

① 梁笑梅：《出轨的诗意：微信时代的流行时尚——以〈我想和你虚度时光〉为阐释中心》，《当代文坛》2017 年第 2 期。

磨精致而苍老的宇宙，皆是心安理得的“虚度”。时空浩渺，力图与浩瀚宇宙一争朝夕，从而抵达生命的永恒，是一种价值选择；认识到人类的渺小，在其短暂的一生中，尊重无用的快乐，也是一种价值选择。毫无疑问，反复吟唱着要“虚度”光阴的李元胜，属于后者。对光阴的“虚度”，既是其对都市生活的理性反思，也是诗人逃出都市藩篱后的豁然开朗，更昭示着诗人对生命的另一种存在方式的价值肯定。

谈及往事，李元胜认为，“我们有过的生活，并没有在不断来临的日子里消失，它们仅仅改变了存在的形式，如同折叠翅膀的蝴蝶群，安静地栖息在离我们不远的地方”[①]。因此，李元胜常从缤纷的日常中，剪开一个缺口，并由此进入到回忆中的世界。《家居》《从日子断开的地方》《对雪》等诸多诗作中，旧事或斑驳，或生动如初，诗人回忆但不深陷其中，而是用温暖的笔调、理性的思考，传递出平淡往事中的安静与美好。往事固然不可重来，但李元胜却不断通过诗歌来探寻过去对现在的意义。有时，往事因远离历史现场，反而为当下现实注入了一份安全感与力量感，使“我继承了日子中纯洁的部分/并感到安心，不再轻视自己（《我时常想起过去的习惯》）；有时，往事沉淀在岁月中，直到“夏天来了/它足够写出新的诗行”（《曼陀罗花》）；更多的时候，从前的烟、雨、云、歌，以及从前的所有事物，都在阳光下闪烁，成了我目之所及的点滴（《叙事》）。物质世界是绝对运动与相对静止的统一。物质世界中的生命，都是在从过去到现在的持续运动中，不断生长、发展与壮大。过去构成现在，赋予现在完整性；当下的时间，也都是在对过去的总结中结痂成新的历史。因此，往事看似无意义，但它却实实在在地影响并发展成了现在的“我”，正如诗人自己所说，它“在变换的光阴里一直伴随我们向前飞行，并在许多年之后对我们产生越来越大的作用。这就好像毕加索早年接触过的非洲黑人雕塑，直到他的晚年才对他施加至关重要的影响一样”[②]。而这些，在李元胜

① 李元胜：《李元胜诗选》，重庆出版社，1994 年，第 200 页。

② 李元胜：《李元胜诗选》，重庆出版社，1994 年，第 201—202 页。

看来，都并不是偶然，是“生命一直在用我们尚未理解的方式表达着，它有自己的流动方向，只要我们没有让生活中的尘土和石块将它堵塞，它就会清澈如初，一切带进更遥远的日子里”①。

李元胜的诗作，因对时间的深切体验，自然地流露出一种超越日常的通透与豁达。诗人曾以一页空白薄纸和一节摇晃车厢自喻：作为白纸，他不想写下任何文字；作为车厢，生着锈仍在奔驰，却不问终点在何处（《听西叶吹陶笛》）。在众人都追求“确定”之时，诗人通过简单而形象的比喻，对“确定”进行了一次浪漫解构。承认人类的渺小，并不与时间为敌，大抵是李元胜时空观的内核。以此内核观李元胜的诗，诗人并不贪恋世俗意义上的功成名就，而是沉浸在边缘磨损的书，无人光顾的小溪和林中空地等诸多无用事物之中（《雨林笔记》）。快节奏的都市生活中，使这一切远离意义场域，但它们也因“无用”，反而令诗人欣然着迷。对自然风景如此，对艺术与人生更是如此。对于艺术作品而言，李元胜认为“好的小说须有基本的枯燥/好的电影，须有适当的闷”；对于人生，诗人恐惧“过于精彩的故事”以及“完美的爱情及完满人生”（《墓志铭》）。当代人深陷于“满”的追求，人人都力图成为“人生赢家”，但对于“满”的追求，非但没能获得“赢家”的“荣誉称号”，反而指向某种疲累、徒劳与虚假，“闲”因而成为忙碌人生中必要的停顿，成为体悟时间后的顺以受命。

三、观照生命：“好在这凌乱也是美的”

《庄子·齐物论》有言，“天地与我并生，万物与我为一”，即“是指将‘人’的生命意识融入到‘天’（自然）之中，从而消弭主体与客体之间的对立甚至对应关系，让整个宇宙都笼罩上绵密的生命意识”②。李元胜

---

① 李元胜：《李元胜诗选》，重庆出版社，1994 年，第 202 页。

② 向天渊：《逐点点燃的世界——中西比较诗学发展史论》，文心出版社，2009 年，第 137 页。

对生命的观照，正是对“天人合一”的当代注解。在其诗作《无限事》的序中，诗人曾提及一件小事：春雨过后，家中阳台繁花盛开，春风拂来，致使落花满地，凌乱不堪。但诗人却觉“好在这凌乱也是美的”。寻常落花，经由诗人的审美观照与言说，呈现出“凌乱亦美”的生命状态。诗人对花的喜爱，由此可见。因“他在造化面前必须永远诚实和谦虚”①，即便是观赏一朵无名野花，诗人也俯下身，谦卑地贴近。野花似乎能知人意，也因人的贴近而变得壮观起来（《低些，再低些》）。李元胜诗歌中的花虽然小，却自有其生命能量，人类不可暴力征服，不可肆意蹂躏。心存敬畏并与之和平相处，是李元胜力图通过诗歌传达的生命旨意。名作《紫色喇叭花》中，喇叭花开，花美四溢，诗人沉醉于紫色的花瓣中，想拍下来，但却发现即使是现代化的相机，也力不从心。因为喇叭花的下面，蕴藏了另一个世界。相机固然能拍出花的美丽，却拍不出生命的奥秘。与花一样，草木也是李元胜诗歌中极具生命力的景观。芦草、青草、香草，柳树、榕树、榆树等各类植物，在其诗作中相继出现。一方面，它们传递着诗人的审美体验；另一方面，植物本身也言说着生命的伟大奥秘。当诗人以具体的形象将其呈现出来，生命的奥秘虽未被直接提及与阐释，读者却“集中精神地接近在场或不在场的事物，敬重在场或不在场的事物所无言传达的东西”②。诗人对生命的敬畏，跃然纸上。

成长于乡村的李元胜，不仅热爱植物，还在其诗歌世界中，建有一个动物王国。蜻蜓、乌鸦、蝉、猫、鲸鱼等都是李元胜抒情的生命对象。李元胜诗歌中的动物，固然不可言语，却有着人类的生命意识。《笼子》中的鸟通过挣扎，诱骗主人打开鸟笼，获得自由。人类却因训诫，与规则背后的栅栏保持着距离，故而受困。鸟的出场不过是一个讽喻，真正被困的，其实是自诩聪明的人类自己。猫是极具灵性之物，但在其诗作《一定有……》中，猫不能理解人类，正如人分不清楚猫。人和猫，以及其他更

① 李元胜：《重庆生活》，重庆出版社，2002 年，第 202 页。

② ［意大利］伊塔洛·卡尔维诺：《新千年文学备忘录》，黄灿然译，译林出版社，2009 年，第 78 页。

微弱的生命一样，肉身雷同，生命的奥秘却难以言说开来。“一定有”是李元胜对生命的某种笃信，但“有”的背后却是未知。因此，猫和人一样，都是具有生命意识的探索者。21世纪初，李元胜迷恋上了野外考察。时常穿梭在森林与河流之间的诗人，因与大自然的亲密接触，愈发热爱各种微小生命，尤其是蝴蝶。蝴蝶灵动、轻盈，是变幻的光阴里载满诗人沉思的意象。它时而将人拉进遥远的回忆（《我常常突然安静下来》），时而又将诗人载回眼前的现实。美国学者爱莲心曾释“庄周梦蝶”的典故，“这是一个强有力的形象比喻，因为它预示着《庄子》的中心思想：你必须脱去陈旧的自我的观念，然后你才能获得一个新的自我。事实上，脱去旧的自我的过程，也就是取得新的自我的过程”[①]。庞大的时空面前，展翅绕膝之蝶，就如同每一个独立的个体生命，在从过去到现在的蜕变中，闪耀着生命的夺目光芒。

生命的玄机，李元胜也试图通过无生命之物呈现出来。人到中年，不停地在感性和理性、身体与心灵，“永恒的沉寂”和“眼前可爱的起伏”之间穿梭、平衡（《尘埃之想》）。中年之人，不过一粒尘埃。当尘埃与尘埃相拥，巨大的行星也因此而放慢行动。细如尘埃者，因被尊重与接纳，散发出巨大的生命能量，诗人因而参悟：中年，仍是“最有意思的年龄”。空气遇冷，凝结成露珠，露珠圆润、晶莹、渺小。但这渺小的存在中，却“有着想象不到的/巨大空间，很多层的透明雕刻/无穷多的窗户”（《露珠》）。露珠透过内部的“无穷多的窗户”，窥见了“比芥子还小的沧桑”；诗人化作露珠，窥探到了路过的生命的奇迹；读者被诗人引领，一步一步迈进诗意的世界。不同形态的生命，于一滴微小的液体中汇合、交融，当它被诗人逐层剥开，浮现出来的便是“教堂”，是“沧桑”，是生命的庄严。李元胜的诗歌，正是通过人与万物的交流，才在某种程度上揭示了世界的复杂性和人性的真相，从而超越了日常生活，抵达他自己所说的“好

---

① ［美］爱莲心：《向往心灵转化的庄子：内篇分析》，周炽成译，江苏人民出版社，2004年，第83页。

的诗歌就应该像松香一样，给人以清晰、敏锐的刺激”[1]。

对生命的注目不仅停留在自然界上，诗人对人类童年亦心存敬羡之心。阳光下蹒跚学步的孩子，内心简单、澄澈，张开双臂，便是整个世界（《孩子张开的小手臂》）。与之相对的成年人，受困于世俗，或许唯有让渡规则，内省恶行，方能回归纯净。《我的儿子声音嘶哑》中，诗人目睹儿子大哭，双脚朝天，声音嘶哑，既不安慰亦不阻止，唯有微笑羡慕。诗人自己哭的理由充足，却不敢痛哭一场。孩子与成人，是两个不同的世界。前者稚嫩，后者成熟。因对一切生命的敬畏，李元胜敢以稚嫩观成熟，揭示出成年人的辛酸与无奈；更以成熟观稚嫩，对孩子的世界亦心存敬畏。

李元胜对生命的观照，在对自我的“注目”上得以延续。与其说是一种“注目”，不如说是其对自我主体性的刻意消解。因为在李元胜看来，人类，与万物一样，是极其普通的存在；人类，既不比万物低贱，也不比万物高贵。因此，李元胜对自我的“注目”，并不强调人对万物的主宰，反是将其置于万物之中，并由此建构出一个更为庞大的世界，即：人与万物共生，与天地和谐。置于万物之中的人类，意识到自己微如草叶，如蚂蚁，如奔跑的马匹，在由万物组成的生命形态中，“我没有其他的线明亮/也并不比他们重要”（《透过云层的阳光》）。认识到人的渺小，是进入到“更为庞大的世界”的前提；进入到这个“更为庞大的世界”，便进入了李元胜诗歌中辽阔而深厚的抒情空间：将人与万物平等而视，非但没有消解人作为万物之灵的主体性，反是在更为辽阔的天地中表达出对作为个体生命的人与万物的尊重。因此，李元胜诗歌中那些看似信手拈来的日常表达，便自然地沉淀着诗人独特的生命意识，并在个人的情感体验与生命体悟中，达到与宇宙的交融统一。《对湖》中，诗人写湖上之人，“一座废墟夕阳中镀金/仅仅一个傍晚/他便放下了万顷芦苇和湖水”，宛如佛家经典一般，字里行间自带禅意。《白哈巴速写》中，诗人写雪原之景，景中人不留脚印，“我的足迹可以忽略，我的加入/不会增加画面的重量”。人的

① 李元胜：《重庆生活》，重庆出版社，2002 年，第 194 页。

退场使画面空旷、和谐；自然的登场使画面静穆、圣洁。在这些关于生命的画卷中，整个人类，都只是无关紧要的闲笔。

李元胜诗歌时间意识初论

□蒋雨珊　蒋登科[①]

内容摘要：在四十年的诗歌创作生涯中，时间是李元胜最为深刻的写作动机和主题之一。李元胜多次在诗歌中明确提出诗歌时间的独立性和失序特质，在打破单一线性时间观的同时，也创造了更为丰富的诗意体验。经由“打破”“重构”“超越”三重机制，李元胜建立起以自身心理节点作为标尺的私人化诗歌时间观，更为重要的是，“虚度”的时间方法论不仅是李元胜诗歌世界成熟、自觉、从容的智性沉思高度凝集的结晶，也体现出一个诗人对生命的终极关怀。

关键词：李元胜；时间意识；失序时间；心理时间；“虚度”

如同博尔赫斯所言，“时间是一个根本的谜”[②]。自人类主体意识觉醒起，时间便成为一个动态的永恒话题，面对“时间之流”本质与价值追问的科学、哲学等诸多命题纠缠不休。2014 年，李元胜凭诗集《无限事》获

---

① 蒋雨珊（1994—），西南大学中国新诗研究所硕士研究生，主要研究方向为中国现代诗学。蒋登科（1965—），西南大学中国新诗研究所教授，主要研究方向为中国现代诗学。基金项目：本文为重庆市研究生科研创新项目“重庆新诗中的城市形象建构研究”（项目编号：CYS19097）阶段性成果。

② ［美］巴恩斯通：《博尔赫斯八十忆旧》，西川译，作家出版社，2004 年，第 121 页。

得鲁迅文学奖诗歌奖，但为其建立辨识度的却是集外《我想和你虚度时光》一诗，这首作品随后被演绎为民谣歌曲，引起大众广泛共鸣。除单篇作品外，李元胜《时光笔迹》《纸质的时间》《天色将晚》等多部诗集以时间概念为名，时间主题在其创作中的重要意义不言自喻。

一、反叛线性的失序美学

（一）非匀速诗意体验

子在川上曰："逝者如斯夫，不舍昼夜。"古代昼夜的分界点以日出日落为标志，现代科学则将时间的划分精确至秒。科学将时间的流逝切割成均匀的段落，心理时间却并不遵循这一规则，人们"记得（而非预见过去）、预见（而非记得）未来"的"心理学箭头"①，解释了时间不对称感受。西方计时、历法普及后，现代人默认接受了时间的匀速、单向的说法，诗歌时间的不均匀冲击了人们在庸常生活中的神经，在这个缝隙里，诗美诞生了。

李元胜多次在诗歌中明确提出诗歌时间的独立性和失序特质——"至少，时光不应该是匀速的/有些年可以快进，有些天可以一过再过"（《略有悔》），《给》一诗也言明梦境中创造的世界是悬空于时间之外的，现实时间为主轨，梦境是悬置其上的平行轨道，而诗歌时间是断续镶嵌于主轨的千万条旁支，共同构建起血管状庞大的体系。错过的时光并未消逝，"仅仅拐了个弯，在岁月另外的层面上/和我们一起前行""无数昔日之我，无数张纸片一样叠出今日之我"（《习惯在余烬中继续》），诗人对于时间与"我"的关系有相当清晰的界定，也就意味着其主体有着高度的时间自觉意识。

李元胜诗歌世界的非匀速诗意体验的基本构成，是由快镜头、慢镜

---

① ［美］阿德里安·巴登：《解码时间——时间哲学简史》，胡萌琦译，中信出版社，2019年，第126页。

头、瞬时、停滞、永恒、脱离等艺术手法共同构建的。在具体文本中，一个下午，可以“无数日出日落交替”（《嵩山之巅》）；一个春天，可能“需要几十万年的缓慢”（《无花果》）。

时间会出错吗？我们说的“时间错了”，往往是计时器具的故障，也就是人类工具在自然时间面前的败北。而李元胜说的“时间错了”，是一天中“开始”与“结束”的交叠错位，在“两个白昼尖锐的摩擦声”中开启一个“脱轨的黄昏”（《茶楼的秋天——给吴岩松》），是时间自身的混乱状态。人在时间之中，却无法抓住时间，也无法为它定义，更不知其始终。对于这种难以测度的关系，有时，李元胜在诗歌中把这种距离具象化——“正午，阳光，和我/还隔着一个车间的距离”，两个抽象自然概念与两个实体概念的关系链接，反而使得诗歌内部的秩序新鲜生动；而又有《迟滞》一诗，将个体与时间剥离，火车仍载着我们的肉体，而“月份紧挨着，摇晃着，行驶/但已不载着你”（《你错过的全在这里》），列车行进中看到的画面一闪即逝，如人生中难以记取的经历，这也是列车往往用来比作时间流逝的缘由。李元胜将月份看作一节节向前飞驶的车厢，所谓“错过”的感伤是人与时间脱轨的空寂感。

诗歌时间的操控，让人在虚拟世界体验了造物主的权力，同时也作为摄影师的李元胜，在照片中更早地领会“我”可以让照片瞬时发黄，或是回到彩色，“可以随意控制/一张照片里的时光/让它倒退，或迅疾地奔跑”（《上帝是寂寞的》），但他并没有沉浸于这种“神力”，诗人深谙神也是寂寞的，神的人性，让空虚的普遍存在意义彰显。

诗意的体验，在变动的不均衡中消长。快进、慢放、停滞、脱离，都是时间力量的聚合分子，凝结了个体的意愿，尤其是冲破生活定势的渴望。在多重节奏的协调下，诗歌得以显露出电影般的松弛有度，能够“让我们的手穿过生活的碎片/触摸到永恒”（《对话》）。

（二）折叠的时间：裂罅之美

《时间与自由意志》中，柏格森提出曲线比断线优美的缘由在于，曲线“每个新方向都被前一个方向指示出来。这样就发生了一种转变：原先我们在运动中看见；一转变，我们掌握了时间的川流，在现时中把握住了未来，因而感觉愉快”①，这种心理预期的满足带来的完整而绵延的美感体验，顺理成章地为大众喜爱，而断线的所呈现的破碎与非秩序状态则并不符合常态的审美预期，这也是传统诗学讲求“行云流水”与圆融美学的缘由。李元胜反其道而行之，对普遍的审美心理进行突破，摸索出新的诗歌美学——裂罅美学。所谓裂罅美，是对完美整一的反抗，李元胜诗中随处可见伤口、创口、裂缝等意象，在其沉静文字的水面下情感的波澜就从这里涌动，如同瓷器釉面形态不一的龟裂，诗人正是用这些伤口构建出诗中之“我”的灵魂。

早在创作初期，这种生命的裂痕就投射在诗歌中，1990 年《乌鸦》一诗有对夏季“最简单的伤口”的画面模拟——“哭泣的孩子穿过田野/想着一个名字/一只乌鸦在他的前面飞着”。随着写作与人生经验的丰富，“伤口”褪去了青春感伤式的氛围，逐渐变成李元胜诗歌的一个标志。

李元胜的诗中，伤口似乎是一个万能喻体。“一首未写完的诗，像一个缺口”（《丁山湖的早晨》），拥有黑洞一般神秘而强大的力量。诗人也将自己看作是一条裂缝——“我知道自己的狭窄/像一条深深的裂缝”，但缝隙并不意味着空洞，而是透过写诗之人的这点裂缝，向世俗洒下一些光亮。而裂罅的产生，注定是滋长怀疑的温床：“白天忽略的/夜晚必定和我同床而眠”“我用平静的小诗/把自己的怀疑遮掩”（《我》），正是因为怀疑，才使得伤口无法愈合，也使得读者通过“伤口”窥见一个左右互搏的自我。

这种自我冲突的意识，在面对久别的故乡时出现：“当我试图重新穿上故乡/值得说出就只有撕裂”，“因此我写出的/都有着看不见的伤和缝合”（《疼痛的琴》）。伤口破开的两面，在诗中更为具体地成为“一个”与“另一个”，“我”与“我”的摩擦，“像一把刀紧紧逼住另一把刀/刀刃溅出幽蓝的火花”“我不停地/在自己的外面/建造着另一个我”（《另一个

① ［法］柏格森：《时间与自由意志》，吴士栋译，商务印书馆，1958 年，第 9 页。

我》)；“我的回忆是一个房间/我的遗忘是另一个”（《眼前》)；“我”在现实中扎根，却一直在“在接近着/另有一个相同伤口的我”（《春天的插枝》)……“一个”与“另一个”，看似处于孤立甚至对立关系，其实是诗思飞行的双翼。

李元胜诗歌因而体现了一种另类观察世界的方式——创口即“窗口”，依靠这扇窗口清醒而理性地认知世界，也从疲于奔命的现实状态中获得喘息。《颜色很深的回想》中诗人直言“我已经习惯于/通过伤口/把另一个世界观看”；《缺口》一诗里直立的“我”被世界几乎压成一个圆；在《夜晚》中，夜是装满梦的大花篮，花篮与花篮之间的缝隙是白天，“我在缝隙里/紧张地上班下班”。然而一如《身体里泄露出来的光》泄露的秘语，正是“新鲜的伤口”和与之相随的疼痛，“在帮助我/看到更多的东西”，伤口就像是“一根点燃的灯草”，一端“浸泡在被我忘却的存在中”，一端被点亮，照亮并指引。因此，诗人说“依靠推开创口——这唯一的窗/才能清醒地来到新的一天”（《我与湖》)。

《自述》一诗，是李元胜裂罅美学的一次综合：

我只是一个低凹处
低于自然，也低于人间
低到深处养鱼，浅处由人涉水而过

历经劫波，我获得一个如此低的自己
万物倒映于一个古老的伤口
并用它们的阴影喂养我
……
多少年了，我就这样下降着
在越来越深的创口里
直到这永不愈合的一切
成为绝不公开的艺术

题名《自述》，道出了自己的来处、定位、未来所向。在这首诗中，李元胜将人置于低处，并且位置仍在不断地下降，一直沉到内心深处漆黑的缝隙。古老的伤口喂养“我”，乃是暗喻了艺术的母体。谈到里尔克“伟大作品与日常生活之间的古老的敌意”这一说法时，李元胜曾表明赞同好友“文学来源于生活并低于生活”[①] 一说，结合《自述》，可以见得李元胜对自身状态和艺术追求都是寻求沉淀式的清醒、理性之美。

（三）时空交错的通道：古典话语

魏天无曾经谈道：“‘中年写作’最富戏剧性的，既不是‘限量’也不是‘重复’，而是‘怀旧’，是摇摆不定的‘现在’向更可靠、更稳固的过去——文学传统和精神传统——皈依的心理。”[②] 李元胜诗歌虽然多以自然之想与心理体验为主，但唐诗宋词是其文学的启蒙，翻看李元胜近年作品，可以明显感受到古典文学话语越发瞩目。当诗人已察觉到自己处于衰老的命题下，也就更向源头处回归寻求支点。此外，在全球化日益深入的当下，文化同质性危机已经引发诸多担忧，因此越来越多的创作者重回古典文化的怀抱，以寻求传统之力[③]。

李元胜的一些诗作题目，如《终身误》《巴山夜曲》《静夜思》《良宵引》等，就直观显露出古诗词文化对其作品的给养。诗中还可以看到直接对古诗化用的痕迹，如“啊啊，我的春风，你的玉门关”（《东风令》），“而一行白鹭，守着我，也忘了上当年的青天”（《题古香樟》）等作品。更重要的是，李元胜诗歌通过古典话语的插入，造成一种时空交汇、既幻又真的体验。但在 80 年代的创作早期，李元胜写城市生活的经验还较少，他设定的两大规划性的写作主题，首先即是“试图连通中国古典文化传统的

---

① 申红梅、朱茂瑜：《千江有水千江月———重庆诗人李元胜访谈录》，收入吕进，熊辉主编《诗学》（第 2 辑），巴蜀书社，2010 年，第 329—339 页。

② 魏天无：《“中年写作”：怀旧与新生》，《暨南学报（哲学社会科学版）》2010 年第 6 期。

③ 何言宏：《二十一世纪以来中国诗歌的地方性问题》，《扬子江评论》2016 年第 5 期。

写作，也可以说是向遥远的田园文化和文士生活致敬”①。

李元胜诗中的古典身姿，两种元素尤为醒目，一为李白，二为《红楼梦》。作为“光焰万丈长”的“诗仙”，李白对后世诗人的影响之深远无需多言。以第一视角与李白对话的诗人不在少数。因有“捉月骑鲸”而逝的传说，闻一多长诗《李白之死》借醉后李青莲自己的口来塑他狂放浪漫的“诗人底人格”；闻一多以“我本楚狂人，狂歌笑孔丘”作引；余光中就借杜甫“痛饮狂歌空度日，飞扬跋扈为谁雄”去《寻李白》；洛夫六行小诗《独饮》，现代手法拆解“举杯邀明月，对影成三人”，李白去了长安留“我”独饮，在花生米与烟灰中，寂寞当此夜，将诗人与李白的关系拉得最近。1986 年，李元胜也捉酒与月写作了一首《醉李白》：

出没于无数山水之间
骑白鹿的可爱流浪人
酒便是你的家

酒是一扇半开半闭的门
后面有什么等着你
你走进去便有了一段传奇

你在酒下面看月亮
月亮里传出的鸟叫遥远而清晰

你喝光长安的酒
醉倒的也只能是长安
而你清醒
清醒得难以忍受

---

① 李元胜：《我的八十年代诗歌写作》，《沙哑》，重庆大学出版社，2019 年，序言。

想起水一样流过去的故人们
和你一样流浪的故人们
你的剑默默划过夜空

直到今天
还有月光掉下来

比起闻一多等人的奇崛想象，李元胜这首诗难免青涩，将李白看作“骑白鹿的可爱流浪人”透露出青年人的纯真之心。但闻一多在捞月处戛然而止，余光中诗末把李白送回了传说中去，李元胜“你的剑默默划过夜空//直到今天/还有月光掉下来”，体现出诗人对古今接驳的注重。

近年来，“曹氏的涟漪”在李元胜创作中愈发显著。夜读《红楼梦》，能徘徊于“市声如织”的旧梦（《命有繁花》）；“每个人各取所需/灯下各自抱得美人归”（《傍晚的剧场》）；故事宛如“一张虚空中的网/拽着不同时代的失意人”（《终身误》）。李元胜将不同时代的人牵连在同一张网上重新去经历、感知，用古人的扫帚焕新现代的诗意，成就了其诗歌陌生化的美感与隔离感、厚重感。

综上看来，如同余华将时间看作世界的框架——“时间的意义在于它随时都可以重新结构世界，也就是说世界在时间的每一次重新结构之后，都将出现新的姿态。”[①] 李元胜的“时间意识”在诗歌中首先明确为对既定秩序的破坏意识，这种诗歌时间的独立性和失序性，是诗对生活定势的突破。反抗完美整一并通过“创口”观察世界的“裂罅美学”，以及古典话语的插入营造的时空错置的阅读体验，共同构成了饱含冲突感、矛盾意识的美学张力，体现了诗人主体时间意识的高度自觉带来的创造力与革新力。被重新结构的世界，是对经验的拆解、重组，变化，当过去连接现在

① 余华：《余华研究资料》，洪治纲编，天津人民出版社，2007 年，第 56 页。

并不可逆地直通未来的逻辑链条断裂，为人们存在的目的、意义、价值提供了新的思考契机，时间的无限可能也因而在诗歌中得到确认。

二、心理重构的时光笔记

（一）生命体验为标尺

真实世界的时间并没有永恒统一的度量衡，而诗歌宇宙的时间秩序却由创作者一己裁定。在这个世界中，诗人的心理时间是唯一准绳，个人的经验是搭建世界的材料，正如李元胜自己所认识到的——“正是我看到的，听到的/堆积起来，构成了我的心灵”（《给》）。

“诗是经验”是诗论的老生常谈，这一提法是针对传统的“诗是情感”观点而言。早在新诗诞生初期，胡适就在《梦与诗》中提出“诗的经验主义”，表明“做梦需要经验做底子，何况做诗”，批评“现在人的大毛病就在爱做没有经验做底子的诗”[①]。“诗的经验主义”更为著名的倡导、践行者当属奥地利诗人里尔克，在小说《马尔特·劳利得·布里格随笔》中，里尔克提出：“诗并不像大众所想象，徒是情感（这是我们很早就有了的），而是经验。”[②] 梁宗岱、冯至、徐迟、穆旦、绿原等众多中国诗人都曾深受这一经典诗学主张的影响。

李元胜的诗歌之路，也是从接触里尔克的作品后开始的。里尔克的《秋日》震撼了当时还是大学生的李元胜，据诗人回忆，自己将冯至译版《秋日》抄下来仔细推敲品味，随后激发了模仿创作的念头。不只是诗歌创作，作为源头性的影响者，里尔克的经验主义也潜移默化着李元胜的诗歌理念。在李元胜为数不多的论诗文章中，“经验”是其理论的核心元素。《诗歌是一种资源性的写作》一文中诗人提出诗歌区别于小说、散文的文体特质：“它依靠语言的复杂性，来表达出某个时代的幽微和独特经验”，

① 胡适：《尝试集》，人民文学出版社，2000 年，第 68 页。

② 转引自黄建华主编：《宗岱的世界·诗文》，广东人民出版社，2003 年，第 109—110 页。

足见得李元胜诗歌的“血与肉”，一是语言，二是经验。随后他又指明“有限的文字中，要表达全新的经验，必须有与之适应的全新言说方式”，“清醒于寻找线索时的警觉，沉醉于所有素材——那些经验的复杂性。在这个过程中，我们使用了语言的工具 ，用它来撬开已有的窗甚至凿出全新的”[①]。语言为适应经验而存在，为经验服务，一切生活经验都可能进入诗歌，诗歌来源于生活却低于生活，由此形成了“生活—经验—诗歌语言”的层级模式。在现实生活和形而上艺术之间，“经验”是转换和生成的机制，暗含的是对人主体性的极大肯定。回忆重组后再现的人生经验，要求诗人要将自己所感知的一切存在与自身融为一体，体现的也是一种冷静、沉着的创作态度。

李元胜正是抱着这样的态度来抒写自己的时间之书，将生命体验作为标尺来剪裁诗句。父亲住院的时候，“时间会在住院部 24 楼突然收窄”（《病房》），孤独时又感叹“世纪运转得真慢啊”（《一生》）；名字不仅仅是代号，而是与这个人的记忆——“一个名字，意味着整整五年时光”（《给——为你的优雅》）；文化宫带着“80 年代的反光”（《文化宫的话剧》）；在博物馆感到“心存畏惧”，是因为与“遥远时代的遗留物”相隔时光浩渺的长廊；爱可以在瞬间与永恒中找到入口：“我爱过，多少年了，还在原地”（《我与湖》），也可以让未来充满期待：“只要你还在爱着/便能指望某个时辰/我生动得与众不同”（《冬天我只能这样》）。正是因为个人的生命体验掌握了时间的话语权，诗歌才能从日常的疲乏之困中得救。

李元胜诗歌质感之源来自生命体验和体悟萃取的双轨交织，行走生活，体察万物，并将一切纳入自我的审视与衡量。20 世纪 80 年代，李元胜诗歌的城市生活经验表现较少，对语言把玩和试验的痕迹较为明显；进入 20 世纪 90 年代，他的写作题材向更广阔的范畴打开，开始注重个人经验的表达，尤其是城市生活经验，由此确立了独特的个人风格；2000 年后，诗歌更加注重个人经验中触及重要命题的部分；最近十年的创作呈现

---

① 李元胜：《诗歌是一种资源性的写作》，《诗刊》2015 年第 21 期。

出“忘机之年”的敞开、自如，古典话语回归趋势显著。这说明随着经验的积累与刷新，诗人处理经验的方式也在进化，“不会再像年轻时那样强行进入下半场，或强行结尾。我会从这个未完成的建筑工地退出来，重新审视，重新等待。退下来，对陌生的经验重新把握，直到真正与之匹配的诗歌写作”①。李元胜一直强调对“朴素的诗意”的追求，返璞归真，蜕的是语言机巧的痂壳，归的是诗心的纯粹。

（二）个人化的时间意象

成熟的诗人大多拥有自身独特的意象系统与标志性的意象，屈原有“香草”“美人”，穆旦有“野兽”“肉体”，海子有“麦子”“水”“太阳”等代表意象，这些典型意象在整个文本背景中综合被赋予的个性特质，传递出诗人的内心结构和审美理想。李元胜诗歌丰富的时间象征之中，虽然有诸如“时光就像一架巨大的钢琴”（《我需要》），“如果时间穿过我们/好比流沙穿过沙漏”（《某个夜深人静时刻》）。这类意象，但更多的是充满田野气息的意象：“白昼是上升的树”《昼夜之间》；过去的一切是“被遗弃的蝉蜕”（《黄昏》）；“剩下的时光，就像一根旧绳子/还来得及，让我们扎好一切/让他们具有稻草垛的秩序和形状”（《六月醉书》）。在此之中，“蝴蝶”与“花”，李元胜又尤为偏爱。

细阅李元胜的诗集，仿佛一座纸上花园，“花”在他的眼里，不是颜色各异但身份模糊的无名小角，他以博物家的姿态，让贝母花、菊科，香青属的香青花、鱼草花等一一登场。除了爱写花、拍花，李元胜还在重庆南坪创办了一家文化咖啡馆，名为“少数花园”，顾名思义为少数人的精神花园。这家咖啡馆同时也是一家文化沙龙，常举办一些诗歌交流活动，以诗会友。李元胜还创作有一首同名诗《少数花园》，讲述这座“花园”的神奇，能够“让经过它的时光/变得弯曲”，“我们一起阅读/一起弯曲，一起/在万物中放下我们拧紧的闹钟”。

李元胜诗歌诸多“时间之诗”中，常有蝶影重重。这是由于除了诗人

---

① 李元胜：《天色将晚》，中国青年出版社，2018年，第1页。

身份以外，他还是一名生态摄影师，并且对蝴蝶有着近乎迷恋的情感，有许多作品直接以蝴蝶为题。2000 年开始，李元胜对蝴蝶产生了浓厚的兴趣，裳凤蝶、燕凤蝶、丝带凤蝶……李元胜为这美丽的生物着魔，甚至会“我激动着，为偶遇的蝴蝶/以至睡觉前忘了关好身体的栅栏”（《巴山夜曲》）。他将充满惊奇变化的一生比作蝴蝶振翅的一瞬间（《观蝶》），也继承“庄周梦蝶”的传统，将蝴蝶作为造梦的纽结：“整整十年，她爱着。爱着的她住在一只蝴蝶结里/世间万物死去活来，有如一场大梦”（《蝴蝶》）。

蝴蝶是唯美的，比其他所有事物更唯美
还是抽象的，它拥有的肉身
似乎不属于这个世界
……
我爱蝴蝶，它们看不见
鲜花与污泥之间的鸿沟
而人们却被一分为二
终身不相往来

这首《好吧，我们聊聊蝴蝶》，诗题的语气便像是要将心中对蝴蝶最真切的看法和盘托出。诗人眼中“蝴蝶是唯美的，比其他所有事物更唯美”，它是抽象“美”的实体化身，代表着朝露中的轻盈、真理与黑暗中的坚持的双向美学，而这一点一直贯穿李元胜的创作历程之中。

文学中的时间可以是固态实体意象，也可以化作气态的过眼云烟，但更多时候它以液态出现，在胡塞尔的内时间意识现象学中，将其解读为一种同一的延续性进程的统一，为“河流”“水”作为典型时间意象提供了合法性。

每个个体的客体（每个在河流中被构造的统一，无论是内在的还是超越的）都在延续着并且必然在延续着，就是说，它连续地存在于时间中，并且是在这个连续存在中的同一之物，这个连续存在同时也可以被看作是进程；反之，在时间中存在的当下，是在时间中连续的并且是进程的统一，这个进程在其前行中不可分离地带着这个延续者的统一①。

虽隔千年时间，“逝川与流光，飘忽不相待”（李白《古风五十九首》）与“岁月易逝，一滴不剩，水滴中有一匹马儿一命归天”（海子《祖国，或以梦为马》）所感相通，李元胜《镂空之湖》“没有一成不变，它只是/液体的时光，时间的短暂形体/像我们的一生”坦露得更为直白。

对于时间之河中的自处之道，李元胜在1999年《垂钓者说》中给出的定义是“每一个日子/都是一段值得搜索的河流”，时间在会场是打着旋涡的洪水，而在公园会放慢它的脚步，诗中从奋力掷出鱼叉者向垂钓者转换，身份的更改其实是生活心态的沉淀。虽然赫拉克利特断言“人不能两次踏入同一河流”，但在空间被不断割裂，即时性娱乐抢占大众注意力的今日，要打破对“碎片化”的迷恋，文学中的时间之河不失为疗救的良方，李元胜诗中一贯注重的时间意识也帮助诗人在时代乱流之中“江流石不转”②。

（三）“中年之河”

面对“青春写作”“中年写作”的划分，李元胜并不太赞同按照生理年龄的代际分区，“我的写作，多数时候并非出自规划，而是一种无意识写作，写作所需要的理性偶然和无意识一起跳了一曲探戈，这首诗就完成了。那么这个过程，究竟是青春的激情，还是中年的沉思在起作用，我还真没有系统地作过比较和分析”③。中年写作当然并不局限于中年时期的作品，在李元胜早前的一些作品就已经显露出“对激情的控制”，以及依靠

① ［德］埃德蒙德·胡塞尔：《内时间意识现象学》，倪梁康译，商务印书馆，2017年，第120页。

② 出自杜甫诗《八阵图》，原诗如下“功盖三分国，名成八阵图。江流石不转，遗恨失吞吴。”

③ 申红梅，朱茂瑜：《千江有水千江月——重庆诗人李元胜访谈录》，收入吕进、熊辉主编《诗学》，巴蜀书社，2010年，第329—339页。

"综合的有效才能""理性所包含的知识"和"写作积累的经验"① 的集合特质。

虽然作品没有年龄的楚河汉界，但李元胜本人却早早就看到中年之河上的灯塔。早在1999年作品《当一个人还很年轻》中，李元胜就提出了青年写作和中年写作不同的要求——年轻的诗是豹子一样的诗，而"年老"时，"写的东西，变得安静/像一面不说话的镜子/只用微弱的光/照着周围人的空洞"。20年后审视李元胜的作品，诗人的确按照预想的质感不断自我打磨，诗歌中几乎没有激情喷发的时刻，或陡峭丛生的句段。

诗到中年的时间三大命题，无非追忆过去的青春、经受当下的衰老、面向未来的死亡。日本学者松浦友久认为，"诗歌抒情最主要的源泉来自回顾人生历程时升华起的时间意识"②。一人独思时"我"感叹青春的列车疾驰而去，只留额角白霜，"多好的朝阳啊/镀亮我经历过的一切"，追怀朝阳一般的青春，热爱赞美之心是人人都有的常见情感，但在《极北之地》的末句，李元胜态度突转，"并不想回到任何一个年龄/爱过的人/我并不想以任何方式再见"，这样决绝的清醒，将读者从前文的感伤中一把拉出。在处理这一部分经验的时候，李元胜并未沉湎于"流光容易把人抛"的感伤和无奈，而是呈现一种从容的智性，如2015年所作《谈话》，在诗人眼里"青春只是一首好诗的结尾/它不是结束，而是门被猛然推开/走廊尽头，一条小路/通往你未曾知晓的旷野"。

死亡不仅是人类不可逃避的话题，也是诗歌的永恒话题，宛如一盏亮镜子，站在人生不同阶段打量它时的心态，拼凑成了人一生的成长。1991年，诗人眼中的死亡是形成所谓"生活的内容"的"最好的纸条"（《上下翻飞的纸条》），《折多山以西》中青春恣意的诗人说"……只要骑在马上/像我这样贴着草叶飞驰/死亡也就追赶不上"。同年，李元胜还创作了《一本书就能使我飞过死亡》一诗，诗中不仅有对知识的热爱，对文字力量的

① 孙文波语，见王家新、孙文波编《中国诗歌：九十年代备忘录》，人民文学出版社2000年，第398页。

② （日）松浦友久：《中国古典诗中的"春秋"与"夏冬"》，《诗探索》1984年第2期。

崇信，还散发出青年人的单纯坚定。然而，意识到衰老正在发生，死亡就不再是一道哲学命题，而是一道前方的站牌。2010 年《想起》一诗，“我记得有一个人说过/人死了，身体无限大//透明，有很多山和河流/很多很多的野花/说得挺好玩的//现在想起，那样其实不错/真的，很不错”，“想起”并非偶然，诗人翻检经历的事与人，感慨人生远比小说复杂，因此死后化解为最纯粹的自然，符合一位诗人的浪漫主义。

四十岁时，李元胜写下《遥望李元胜之八十岁》，幻想着打趣自己老去的模样，说还欠下世界三首诗，分别献给自然、生活、自己。“欠下”即是未完成的任务，在李元胜的作品中，最爱使用的诗题是《给》，在“转身已是百年人”之前，这些献诗缀成了生之素帛上的“命有繁花”。

三、时间困境与诗性超越

（一）“纸质的时间”：作为介质

李元胜诗歌的时间意识最大的意义所在，即是消解崇高，破坏近代以来进化论塑造的时间神话，为被“物竞天择，适者生存”劫持已久的现代人松绑。

时间在形而上学的意义越神秘崇高，越是诱惑诗人们把它装在一个有形的笼子里。博尔赫斯说“时间是我的构成实体。时间是一条令我沉迷的河流，但我就是河流；时间是一只使我粉身碎骨的虎，但我就是虎；时间是一团吞噬我的烈火，但我就是烈火。世界，很不幸，是真实的；我，很不幸，是博尔赫斯”[1]。河流、虎、烈火的象征，是诗人对时间与存在之间不可割裂的关系的转换，诸如废名《无题》“在赴死之前得到解脱，于是世间是时间，时间如明镜，微笑死生”，以及昌耀《旷原之野》“一切是时间。/时间是具象：可雕刻。可冻结封存。可翻检传阅诵读。……时间是

① 博尔赫斯：《时间的新辩驳》，《博尔赫斯全集·散文卷·上》，王永年、徐鹤林等译，浙江文艺出版社，1999 年，第 508 页。

镶嵌画”，时间具象的差异，乃是诗人思想与想象多元的碰撞的结晶。

时间可以幻化成世间万物，但在李元胜的诗意世界里，它的特性是由“纸质”彰显的。李元胜的纸质时间并非指向其轻、薄的特性，如《致读者》中所言——“光阴教会我的东西/对于纸张永远不会太轻……那么这就成为可能/我在秋天无意的落叶/正好可以用来/解释你们的春天”，以“纸”为介质构建的文字时间，将文本、阅读、写作视为与时光、历史的沟通方式，达成了化无形为有形之效。李元胜说自己偏爱开放式的写作，“生活中所有的经验都可能进入我的诗歌”[①]，然而人生活的视野和长度毕竟有限，纸质的时间乃是对个人经验局限性的突破，写诗的意义不单在于揭露普通的事物的光芒，还能“同古老的手无意相触”（《每年都应该写一首关于春天的诗》），相触的手实质上超越了“我”的人生，进入他人的时间领域。同样的观点在《阅读的时候》中也有体现，“我”可以变成任何一个人，去经历他的经历，甚至直接摘取他思想的果实。《每首诗都是井口》更进一步说明了纸质时间对接的方式，即我们望向不同的井口，亲近的是“身体中有相同火焰的人”，内心深处脉脉相通的东西吸引着两条时间轨迹重合。

1998 年，李元胜作《纸质的时间》，20 年后，又将这首诗敲定为新诗集的名字出版。诗中将书架上的世界写得宏大深远，纸质的建筑中汹涌的时间，是历朝历代、中外各国创作者时间的集合，打开书时铺面而来的风雪，是作者与读者生命以一张薄纸接续的仪式，一如沈从文所言，“生命本身不能凝固，凝固即近于死亡或真正死亡。惟转化为文字，为形象，为音符，为节奏，可望将生命某一种形式，某一种状态，凝固下来，形成生命另外一种存在和延续，通过长长的时间，通过遥遥的空间，让另外一时另一地生存的人，彼此生命流注，无有阻隔。文学艺术的可贵在此。文学艺术的形成，本身也可说即充满了一种生命延长扩大的愿望”[②]。

---

① 李元胜《创作谈：写作所必须承担的》，《诗刊》2000 年第 12 期。

② 沈从文：《抽象的抒情》，《沈从文谈艺术》，江苏人民出版社，2019 年，第 2 页。

中国一向被称为诗的国度，普罗大众“不会吟诗也会吟”，在诗人的眼中，诗歌本身更作为一种精神符号存在。对海子来说，诗是幽暗中的教义，“我必将失败/但诗歌本身以太阳必将胜利”（《祖国，或以梦为马》），对李元胜来说，诗歌没有凸显出绝境的救赎意义，更像是生活的一根杠杆。这根杠杆有时候横在自我与生活之间，“写作没能挽救我/但它防止了/我的生活过分戏剧化”（《写作时卸下的黑暗》）。纸质的时光，从某种意义上还是现实时光的一面镜子。清早读唐诗的所得，不仅限于诗歌有了注释像是体面的人有了仆从这样的趣思，更深层次上，“我们现在是在汉语的背面生活/说出的话，其实有着完全相反的意思”（《一个人清早读满页注释》）。对于语言和现实的关系的毒辣发现，须得在纸上与人间都费工夫，李元胜说正是书本“以某种顽固的秩序/让我和越来越辽阔的流逝/维持着平衡”（《平衡》）。

这根纸质的杠杆有时候也立在某个神秘的支点，被诗人赋予无穷的神力。或如《中国人如何看待诗》中，作为“古老精致的马车”，可以越过时间穿行，“车轮总碾着人类的痛处”；或如《给》一诗，“一个人读到海阔天空/遂依稀想起，我也曾/在另一个星球放牧过羊群”，唤醒不可能却潜藏于心的可能记忆。在数十年的诗篇中，书是时光里的沉船，书写是奇迹，书可以穿过人的身体，使事物的速度变慢，一本书就能使人飞过死亡……诗人不断抬高文字的力量，塑纸为刃，乃是无声地强调人的力量，也就于无形间解构了时间的权威。

（二）循环时间：消解崇拜与恐惧

中国的时间意识在向着西方“进化”以括入现代性的同时，文学中的循环时间呈现出这一历程中摩擦产生的复杂沟壑，“如果说，线性时间意识是中国主流作家之于社会历史的进化一发展观的确认，是对现代中国思想观念文化与阶级制度文化的发展图式的清晰确认；那么，循环时间意识则是对中国现代社会的人格样态及其精神文化的‘古今杂糅’‘新旧并呈’

的现代文化复杂性的存在性感知与独到性体悟”①。

李元胜是诗歌循环时间的拥护者，诸如“我在青春里跋涉得太久/每过几年，都会重新趟过那个沼泽”（《若有所得》）；“早已顺从尘埃般的生存/像扬起的微粒，满载自己的宿命/万物循环，我们知道结局，却又永不甘心”（《微粒之心》）；“我们终将搭乘下一次轮回，各奔东西”（《紫藤》）……高频出现的“轮回”“循环”让诗歌中的情感延宕深远。在这样的诗句中，诗人的口吻往往带有某种宿命感，仿如得窥天机的智者。

何谓轮回？作为佛教道德形上学的重要理论，轮回观认为，“人的生命不是一期生死，而是循环无穷，轮回的直接原因在于业，更深层的原因在于无明，在业报的基础上，生命在三世的时世的时间中从过去走向将来，又在六道的不同生命类型中升沉，灵魂或我是轮回的主体”②。佛教的轮回说继承了印度早期婆罗门教、耆那教等宗派的理念，自汉代传入中国以来，又与本土的鬼神传说等民间信仰融合，通过法事法会等形式布道弘教，中国人对于死生大事的观念产生了深远影响。但显然，李元胜诗歌中的轮回无意承载“无我”“业报”等庞大的宗教议题，而是化为诗意时间的莫比乌斯环，以概念符号嵌入诗歌精神的传达。

李元胜诗歌中呈现的“我”与循环时间的互动机制，多是逝去事物向“我”回归，或是一种冥冥之中的重逢机缘，而不是主体的奋力追赶。就重逢的形式而言，“那些带着我们体温的日子”，诗人预言它们会“会悄悄回来”（《夏季的短歌》）；《夜语》中那些“忽视已久的过失”是被“准确地塞回”；而在《观蝶》“忽略的事物”的回归方式又是“慢慢回到我的四周”。这样的意识在《塞罕坝》的梦境之中获得集中的体现，梦中的“我”化作“一根空心的茎”：

我并不知道，睡着的自己

① 李俊国：《时间意识与中国现代写实小说的叙事类型》，《文学评论》2007年第2期。
② 董群：《佛教轮回观的道德形上学意义》，《东南大学学报（哲学社会科学版）》2007年第6期。

只是短暂搁浅在原地，而时间之水继续
它并没有向前，他只是转了一个好看的弯
等着我醒来时重逢
我还记得，你说过
死亡也是这样，搁浅在一个名字里
而时间之水继续
它会拐上一个多大的弯呢
好多年了，你有没有和它重逢
如果重逢，会是在哪一个湖面上

前章提到的《给》一诗，李元胜已表明梦境世界悬浮于时间之外，在《塞罕坝》中诗人交代了肉体的状态——搁浅，肉体搁浅后时间之流并未向前，而是拐了一个弯在等待“我”，从梦境搁浅上升到死亡是生命的搁浅，将思索推进更深入的层面，人与时间脱离的觳觫被温柔化解，这正是李元胜诗中的循环时间意识的现世意义，即古老时间观的现代疗救作用。

《一个生病的人解放了自己》也是以同样的方式来达成开解的超脱。这种生命的“解放”被李元胜描绘得静谧美好，身体变成空房间，死亡仿佛赴一场“轮回”的旅行，主人暂时不在，“也许，要经历一次轮回/一切才会回来”。无始无终的环形时间支起精神的避难所，对终点和起点的双重否定，才能从“形谢神灭”的现世苦痛中解脱出来。虽然轮回说“旨归终在现实社会的伦理教化和宗教实践”[①]，在历代因有劝善警恶之效获得统治者推崇，但实质上也为现世苦痛者指引了解脱的法门。

如同《给》一诗的末尾，“此生的永不再见，不像结局/在茫茫无边的轮回中，更像/我们故事中的序曲”，因此哪怕失之交臂也值得去爱，生命中的不完美如同玫瑰的刺，在时间的莫比乌斯环中被循环消融为另一种“玫瑰”，这才是“温柔又残酷的人间”的迷人之处。在环形时间朦胧的面

① 陈兵：《佛教生死学》，中央编译出版社，2012 年，第 137 页。

纱后，正因为逝去有归日，人世有轮回，无声瓦解了时间权威的根源——不可逆性。

（三）“虚度时光”：抵抗时间暴力

秦似《谈时间》里说“西洋人有一句话，‘How goes the enemy’，意思是‘几点钟了’，用enemy（敌人）来譬喻时间，可见他们那种对光阴的惕励精神”[①]。工业社会语境下，“少壮不努力，老大徒伤悲”的劝言远不如“时间就是金钱”的价值等式冲击感直观。李欧梵认为近现代以来对“中国最大的冲击是对于时间观念的改变，从古代的循环变成近代西方式的时间直接前进”，从过去经由现在而走向未来的线性时间观念迅速成为一种“新的历史观”“新的意识形态”，从而对中国社会各方面产生“惊天动地”的影响[②]。而时间暴政就狡猾地隐匿于这种“新的意识形态”之后，使人难以觉察更难以还击。

时间就是权力，时间规则的制定即是权力的体现。汉武帝创“建元”年号以后，古代以统治者年号与在位时长纪年，如“贞观元年”“永和九年”等，直到辛亥革命之后，民国政府强制推行公历，但在纪年方法上采用民国纪年。而到了技术时代，“所有的人都丧失了时间的垄断权——钟表自己行走，越走越精确。工业时代创造了一个人工的世界，它的时间体制被独立出来，成为一个异在的力量。……不再是某些人支配着另一些人的时间，而是时间体制支配着所有的人。时间开始显示它的暴政(tyranny)”[③]。在社会通行时间外，学校、公司、医院逐渐发展出不同的时间制度，这些时间规则被称之为纪律，通过“规定节奏、安排活动、调节重复周期”[④] 三种主要形式完成对肉体的规训。无孔不入的时间规则伴随着现代人的成长与生活，越是严格遵守规则去符合社会机器的运转机

---

① 秦似：《随谈两则》，见《感觉的音响》，文献出版社，1941年，第35页。

② 李欧梵：《现代性的追求》，生活·读书·新知三联书店，2000年，第146页。

③ 吴国盛：《时间的观念》，中国社会科学出版社，1996年，第122—123页。

④ ［法］米歇尔·福柯：《规训与惩罚》，刘北成、杨远婴译，生活·读书·新知三联书店，2012年，第169页。

制，机器运转愈流畅进化愈迅速，愈催促着每一颗“螺丝钉”不断适应其速度。

这个全速前进的时代被李元胜戏称为“肥胖的时代”（《在肥胖的时代》），他的诗歌中刻画的群像面孔常是现代生活中被时间挤压得变形的“悬空的人”，“我来不及，给他们准备好下来的梯子//每一天都过得不像自己，但加起来/还真是他们的一生”（《丽江》）；“走得太快的人/有时会走到自己前面去/他的脸庞会模糊”（《走得太快的人》）。因此他偏要写“清瘦”的诗：

时代越大，诗越小
时代越傲慢，诗越谦卑
每读一次，它就缩短数行
它从森林，缩小到树枝
还在不断缩小
直到变成坚硬的刺

“虚度”是李元胜诗歌时间意识中方法论的主调，也是他意识到时间暴力后的自处之道。《广雅》中释义为“虚”字，“空也”[①]。《道德经》提出“致虚极，守静笃”的“虚静之妙”，史成芳将庄子“虚者，心斋也”的基本特征概括为，“一曰虚，二曰静，或总之为虚静”[②]。沿着道家的思想路径，“虚”常被用来指陈空明澄净的心境，无为自然的修养之“道”。在《雨林笔记》中，李元胜曾表达喜欢阅读自然中的“闲笔”，如“无人光顾的小溪，林中空地”“雨后，群峰寂静无声”的静谧画面，“时光因为无用而令人欣喜”的态度显示了诗人务“虚”的追求。

具体到生活中，“虚度”是与“一生悬命”相对的闲与空，卸除企图

① 洪成玉：《古汉语常用同义词疏证》，商务印书馆，2018年，第316页。
② 史成芳：《诗学中的时间概念》，湖南教育出版社，2000年，第12页。

与机心，无挣扎感的生命状态。布尔迪厄在讨论时间与权力关系时认为“期待是体验权力与时间和权力之间联系的特殊方式之一”，因为“期待包含一种服从：作为对极度渴望的一种东西的相关企图，期待持续地，也就是说在期望持续的整个时间内改变着一个人的行为，这个人，如同人们所说的，被悬置在被期待的决定面前”①。这也就是李元胜刻画中“悬空的人”被架到半空中的原因，如果本身没有期待，也就摆脱了枷锁。

也许是因为人到中年，终于体会到“陶然共忘机”（李白《下终南山过斛斯山人宿置酒》）的惬意，李元胜为诗集取名《忘机之年》。《缺口》一诗更直观地表露了这种现代隐逸姿态，被世界几乎压成一个圆后，诗人还能找到一个心灵的缺口——“这就是我的终南山/我隐居于此”。自姜子牙隐居终南的传说起，汉初有张良，唐以来王维三次隐居终南，王重阳于终南山开创全真道，兼有李白《望终南山寄紫阁隐者》等诗词加持，终南山逐渐成为隐居的代名词，也成为文人理想中的精神归宿。美国汉学家比尔·波特曾亲身探寻终南的现代隐士，“希望它能像鼓励西方读者那样，鼓励中国读者追寻并找到生活中‘独处’的乐趣——不是离群索居，而是因为更深的觉悟和仁慈，与大家更为和谐地共处”②。这种独守寸心的现代隐逸，正是李元胜在诗歌中追求的一种境界。

《我想和你虚度时光》是李元胜的诗作中最广为流传的一首，诗的中心动作是“浪费”“消磨”“虚度”，人的状态是发呆、疲倦、沉默，但李元胜的“虚度”“浪费”并不是传统认知上的彻底荒废，而是从汲汲营营的生存状态中剥离，专注于自我的无用之用。即使是“我想和你虚度时光”，也是与任何一个读者愿代之“你”互相浪费，在琐碎的生活片段中无意义的陪伴更重于一切意义。因此在虚度后，我们会别有收获，譬如浪费了落日，迎来漫天星光；浪费风起的时候，乌云被吹走；所有被虚度的

---

① ［法］皮埃尔·布尔迪厄：《帕斯卡尔式的沉思》，生活·读书·新知三联书店，2009年，第269页。

② ［美］比尔·波特：《空谷幽兰：寻访现代中国隐士》，明洁译，南海出版公司，2009年，第8页。

事物，都被隐形了一双“薄薄的翅膀”。生活应该像花草一样，“一样美好/一样无意义”。此诗的共鸣声巨大，也是因为应和了时间暴力下渴求疗救的现代需求，这也正是一个诗人对世人的终极关怀。

结　语

蒋寅曾提出最能代表中国人时间意识的诗人是李白、杜甫、苏轼，认为“他们分别代表着中国人时间感觉和表达的三种模式……反抗时间、顺从时间、超越时间三种透过时间观念表现出的人生姿态”①。李元胜的“虚度”与“浪费”可以说是三种模式的现代综合，在反抗中完成自我复位达成内在超越。相较于古典诗歌，新诗中的时间意识的“新”不仅体现于时间意象与附着情感、意义的更新，更为重要的是，在商潮滚滚，“娱乐至死”的加速度时代里对处于隐形暴力下的人的生存命运的关注与关怀。李元胜“纸质的时间”与“虚度时光”，都是在此意识下抵御时间暴力与慰藉精神困境的路径。

访谈中李元胜说自己写作的方向是“用不同的方式去探测存在”，诗歌是一种特别的日记，希望“通过写诗找到生活的意义，通过写诗来理解生存，理解生与死”②。四十年的创作生涯中，李元胜的时间意识并不是围绕某个核心观念一成不变，而是在怀疑、分裂、混乱中逐渐摸索何为好的人生、好的时光。

---

① 蒋寅：《中国诗学的思路与实践》，广西师范大学出版社，2001年，第177页。

② 李元胜：《重庆生活》，重庆出版社，2002年，第194—196页。

音乐文学研究

论歌词的交流叙述动力构成

□陆正兰[1]

内容摘要：歌曲是人类情感的一种交流叙述方式，“我对你说”是歌曲最基本的表意模式，也构成了歌词交流的“情境”，此“情境”不仅是交流主体存在或成立前提、条件和环境，还生成了交流叙述的意义，并内化为或交流主体的结构、秩序及规范。本文从歌词的表意模式，歌词叙述的三层主体，以及歌词的人称关系三个方面，分析歌词叙述动力的构成。

关键词：歌词；叙述；人称

叙述，是人类组织个人生存经验和社会文化经验的普遍方式。清代叶燮指出：“盈天地间万有不齐之数，总不出理、事、情三者。……六经者，理、事、情之权舆也。”在不同的文化体裁中，“理”“事”“情”在每个符号文本中都有体现，只不过在不同的体裁中，各有侧重。歌曲是人类情感的一种最直接的交流方式，其中也包含了强烈的叙述因素，“我对你说”是歌曲最基本的表意模式，也是歌曲最直接的叙述动力。歌曲构成了一种交流“情境”，此“情境”不仅是交流主体存在或成立前提、条件和环境，

① 陆正兰（1967—），四川大学文学与新闻学院教授，博士生导师，主要研究方向为诗词及艺术学理论。

更构成交流的意义，并内化为或交流主体的结构、秩序及规范。

一、当歌被歌时：歌词叙述的基本模式

歌曲作为一种特殊的文化体裁，在其短小的篇幅中，“我对你说”这一表达模式成了两个主体之间的对话和交流。

歌曲的外向语意，是从发送者到接受者的情感呼应，也就是“我”对“你”的情感呼应。歌曲中歌词的自反性较少，而表现为情绪性较多（例如情歌），或意动性较强（例如鼓动歌、仪式歌）。贯穿这二者的，是信息的发送与到达。因此，歌词中歌唱主体的诉求，决定了交流的基本势态。

这和当代诗很不相同，诗和歌的这种差异相当容易验证。学者翁颖萍曾做了个统计研究，得出：“1. 从人称代词的分布情况看：现代诗中第三人称代词的使用频率比歌词语言要高得多。2. 从搭配情况看，“我”←→“你”的搭配情况比歌词语言中要少，只占 37%。可见在现代诗中，人称代词的搭配方式不占优势。3. 现代始终人称代词的搭配要比歌词语言中的复杂。”①

同样，我们也可以随机地选择一百首已谱上曲传唱的当代汉语歌词，和一百首不入乐的当代汉语诗对照，很快就发现明显的区别：一百首歌词中，95%的歌词包含着“我对你说”这个基本格局，都有“我”“你”或稍微隐蔽变形的“我”和“你”出场，而一百首当代诗中只有三分之一左右的诗具有类似呼应诉求结构。通常诗的文本往往由一个或一组意象的呈现，其叙述主体和“听者”通常隐没，文本多为“第三人称式呈现”。关于歌词，即使是第三人称开场，甚至贯穿全歌，最后也常常会出现“我”对“你”的诉求，回到“我对你说”的模式中。当代歌词，很少有仅仅是纯粹客观地写景，或一个场面的描写。

例如，《在太行山上》这首歌的开始几句，宏伟地描写出抗日根据地

---

① 翁颖萍：《非自足性语言研究——以现代歌词为例》，浙江大学出版社，2011 年，188 页。

的崇高形象，但不久就发出“看吧”“听吧”这样的第二人称诉求语，而结段归为“我们在太行山上，山高林密，兵强马又壮。”这是向全体民众发出的参加战斗的吁求。再例如《鼓浪屿之波》，几乎全都是写景，是意象的客观呈现，到最后，“快快回到你，美丽的基隆港”。把看似第三人称的“基隆港”，变成了诉求对象的“你”。

同样的例子很多，《弹起我心爱的土琵琶》是电影《铁道游击队》的插曲，写景开局，明显推出了第一人称主体：“弹起了我心爱的土琵琶，唱起那动人的歌谣。”极端的“唯你我而排他”的句子，也多出于歌词，例如，陶喆演唱的“你爱的是我还是他”，李宇春演唱的“我的眼中只有你而没有他”，景岗山演唱的“我的眼里只有你”，徐小凤演唱的《心恋》（方忭作词，梁龄选作曲）：“我想偷偷和他说句话，只奈他的身边有个她。”都希望将“第三者”推出歌之外，从而推出交流之外。这恐怕是爱情本质上唯我论之结果。

由此，“我对你说”作为歌词最根本的情感发送方式，也是歌曲作为“被唱出来的”的先在的体裁框架，即使在这样明显的没有人称指示的歌曲中，也隐藏着这样一个外在的言说框架。比如这首李叔同作词的《送别》：

长亭外，古道边，青草碧连天，
晚风吹落笛声残，
天之涯，地之角，知交半零落。
一壶浊酒尽余欢，夕阳山外山。

在歌词中，我们似乎找不到任何一个人称代词，言说主体也就似乎不可捉摸，但一旦我们把它作为歌词来理解（也就是作为歌唱出来的歌），它的体裁的规约性，它的现场演示性，就进入了“我对你说”的模式，也就是提醒我们：这是一个“我”在对“你”讲述朋友之间依依惜别之情，歌唱主体“我”隐藏在背后。

乌利·玛戈林（Uri Magolin）在讨论小说叙述者时提出，文本叙述者可以从三个方面寻找：语言上指明（linguistically indicated），文本上投射（textually projected），读者重建（readerly constructed）。对于歌曲这类演示性言说文本，赵毅衡指出玛戈林说的"语言上指明"，应当泛化为"体裁上规定"。

《梦回唐朝》是唐朝乐队的成名歌曲。歌词中古典意象的繁丰、精美和昔日唐朝盛世的辉煌一脉相承：

菊花古剑和酒，被咖啡泡入喧嚣的亭院。
异族在日坛膜拜古人的月亮，开元盛世令人神往。
风吹不散长恨，花染不透乡仇。
雪映不出山河，月圆不了古梦。

同样，歌中却没有出现任何人称代词，但我们依然感受到歌曲的发送者传递给接受者，一个中国同胞能分享的对往日中华辉煌的追忆。这种感受，是"我对你说"这个歌曲模式的情感询唤的基础，否则，它就成为一堆华丽复古词藻的堆砌。

二、歌词中的三层言说主体

既然歌曲的基本表意模式是"我对你说"，所有的歌曲都体现了"我对你说"的基本言说模式及其在此基础上的变形。"我"就是言说主体，似乎一目了然。但实际上歌曲的人称结构复杂得多：这"我"到底是不是言说主体？"我"似乎在说话，但说的是谁的话？为谁说话？只有当言说主体真正控制发言权，成为"我"的实际主体性控制者，这才称为"言说主体"。换句话说，歌唱主体，就是歌众听到的是"谁在对我说话"中的"谁"。

"言说主体"比较复杂，在这里必须把这个问题仔细剥开，层层分析。

托多洛夫对“主体”有个有趣的例解。他说，在“我跑”这简短语句中有三个主体：陈述主体、被陈述主体和被陈述的陈述主体。“跑的我与说的我两者不同，一旦陈述出来，‘我’不是把两个‘我’压缩成一个我，而是把两个‘我’变成三个‘我’”①。歌词的基本表意模式“我对你说”，也就是说，歌词一旦唱出来，就出现了三层主体“我”。

隐含言说者为第一层主体，歌曲的最外层的言说主体，即上文所说的歌词先在言说框架中的主体，也就是歌曲必有的“我对你说”构筑模式中的“我”。这个主体非常复杂，有点类似于美国芝加哥学派学者韦恩·布斯在《小说修辞学》中提出的“隐含作者”（implied author）的主体。“隐含言说主体”即隐含在文本中的拟人格形象，它不一定对应作者的真实身份，也就是不一定是作者本人，也不一定依据某种真实情感事件，而是依托文本期盼被接受者构筑的拟人格作者形象，是作品价值观的拟人格体现。

在歌词中，歌词的“隐含言说者”，也不一定是词作家本人，从歌曲接受角度来看，同一词作者可以写出的不同歌词作品，往往会有不同的隐含作者形象，就像歌词作者给不同的歌手写歌一样，其中隐含演说者并不相同，甚至包含性别上的更换。比如，林夕创作的歌词，很多是“拟女性”口吻。请看这首《女人心》：

你说我有一颗神秘的心，是你一片未曾到达的森林。
你翻山越岭历尽千辛，只为梦里迷人的风景。

歌词文本已经鲜明地点出，这个“你”是男性指称，所以此歌的“隐含言说者”，不可能和词作者林夕的性别一致。这个女性“我”，不管是否为演唱此歌的演唱者女歌手梅艳芳定制，但歌词中已经出现了词作者主体与歌曲演唱主体的人格分裂。而浮克作词、作曲，陈明原唱的《快乐老

① Tzvetan Todorov, *Poetics of Prose*, Cornell University Press, 1977, p. 121.

家》却表现出不同：

有一个地方，是快乐老家，它近在心灵，却远在天涯，

我所有一切都只为找到它，哪怕付出忧伤代价。

这首歌是歌曲发送者“我”给接受者“你”的誓言，表达“我”不惜一切代价要寻找“快乐老家”的决心。这是一首象征性很强的歌曲，歌中的“它”代表的可能是一个物质的家，也可以是人类一直在寻找的精神家园。但一旦唱出，我们便感受到“我对你说”的模式：发送者“我”在告诉“你”：不管付出怎样代价，“我”都要找到心中的“它”。在这里发送主体隐含的“我”，和歌中的第二层主体“我”几乎重叠。

再比如方文山作词的歌曲《胡同里有只猫》，温岚原唱：

胡同里有只猫志气高他想到外头走一遭

听说外头世界啥都好没人啃鱼骨全吃汉堡

胡同里有只猫往外跑离开他那群姊妹淘

来到繁华的大街上寻找传说夹著牛肉的面包

歌曲故事中的“人物”不是人，而是一只具有“人格”的猫，它是推动情节的一个重要角色。然而，歌曲的隐含作者的意图，并不是让歌众停留在“猫”的故事中，而是通过这个故事，邀请歌众提出自己的阐释，在更高的层次上，进行思想和情感交流。这首歌曲隐藏起来的言说者，只有歌众通过重建这故事的情感价值才能感受到。

每一首歌都有一个言说者，看上去，这个“我”无处不在的，或者以言说者的身份，或者以主人公的身份，或者以参与者的身份，或者干脆自称歌唱者本人，但这些都不是真正的言说主体。真正的言说主体是隐含言说者，它对整个歌曲文本的价值观负责，因此是文本接受时重建出来的。

叙述主体为歌曲的第二层主体，歌词中的言说主体，即把歌曲的“我

对你说”这个模式言说出来的主体“我”，这也就是歌词的源头，我们称之为歌词的叙述者。比如陈光荣创作的这首《挥着翅膀的女孩》（容祖儿原唱）中的“我”：

我已不是那个懵懂的女孩，遇到爱用力爱，仍信真爱
风雨来不避开，谦虚把头低下来，像沙鸥来去天地只为一个奇迹

叙述主体是比较明显的，是对歌曲负责的言说源头（illucutionary source），当有歌手演唱时，歌手就自然成为“叙述者”。

行动主体即歌曲的第三层言说主体，也就是最内层的被言说的主体的行动主体，即故事和情感中的人物主体。方文山作词的《爱在西元前》（周杰伦原唱），清楚地区分出三层主体。

我给你的爱写在西元前，深埋在美索不达米亚平原
用楔形文字刻下了永远，那已风化千年的誓言，一切又重演
我感到很疲倦离家乡还是很远，害怕再也不能回到你身边

在这首歌中，歌词后面隐藏着第一层“我”是隐含作者（姑且把这个拟主体看成写歌时的执行作者），即情感与价值判断的承担者。把第二层“我”，言说行为的“我”，即言说歌词故事的“我”。那么第三层“我”，也就是参与并实施被歌词叙事出来的事件的“我”，即“穿越到西元前”的行动主体“我”。不难看出这“三我差”的矛盾：第一层“我”站在现在，向着未来，感动你，意图求得你的爱心。第二层“我”讲一个遥远时光的爱情；第三层“我”从现在穿越到过去，怀着“西元前”的爱，而这种“爱”（第三层“我”携带的）能否被未来的“你”（与第一层“我”对称的）接受？这份“过去式”（第三层“我”拥有的）的爱能否在现实中与“你”（与第二层“我”对称的）重演？

歌曲在三个时间向度上展开的三种主体，将过去、现在和将来三种意

图时间交织在一起，完成了一个对“爱的焦虑”的复杂言说。歌曲不仅体现出一段情感的迂回曲折效果，更重要的是把个人的情感表意，通过另类时空对比，上升到了一个超越歌词本身的文化思考：为什么“我”和“你”更向往辽远的曾经发生的爱情？“我们”的爱情如何才能超越如此悠远的时空？

“我对你说”，是歌曲作为一种文类的基本表意模式，也就是说，我们所听到的歌，即歌词的内容，都是一个被唱出来的带引号的文本，都在“我对你说”这个表达模式的框架中，这个“我”和“你”都是潜在的，它有时会和歌词文本中的“我”和“你”有一定的重合关系，有时有会发生某种变形。考虑到歌词中主体的剧烈分化，我们在捕捉“谁在说话？说的是谁的故事？”时，需要仔细分辨其中有多个不同的“我”。

三、歌词中的人称符号

“我对你说”的表达模式在歌曲中最明显的体现，就是人称代词的使用。当代歌曲人称代词的使用变化多端，和古典诗词传统有较大的差异。词作家方文山就将当代歌曲的人称作为歌词的一个基本要素和重要创作方法，传授给初学词者：“歌词中，人称一定要明确。”[①] 他的意思是，作歌词，一定要学会怎样充分使用人称代词。符号学创始人皮尔斯认为，人称代词是一种重要的指示符号，其最主要特点是引起接受者的注意。不同的人称关系，带来不同的叙述动力。

第一种人称关系，即“我与你”。这是最合乎歌曲表达模式的一种人称关系，也是歌曲最常用的表意格局。本来歌的基本功能就是用来表达并

---

① 参见《方文山：作词如同写电影》，《渤海早报》2008 年 9 月 5 日。人称代词是现代歌词中不可缺少的因素，已经被很多词作家接受。有一次在阅读音乐系学生的歌词作品时指出：“这首歌词整篇的意境很美，但里面少了你、我、他这样的人称代词，这样就会让唱歌的人不晓得这首歌是在唱谁的心情。流行歌词不是古诗词，它是现代人对情感的寄托和情绪的宣泄。情绪宣泄一定要有对象，而对象一定要明确，所以歌词中的人称也需要明确。”

交流情感的，第一人称“我”的使用，应该是最符合歌的“我对你的倾诉诉求”的，而“你”这个称谓，也具有极大的包容和摄威性，任何一种声音指向“你”的时候，就会询唤出无数个“你”来聆听，“你”是词作者预设的最大范围的聆听对象。尤其在商业化时代，当歌曲力图追求最大可能的流行度时，这种“我”和“你”的人称模式是最理想的：“你”带领歌曲走向大众，反过来说，大众这个集体中的每个人，都由“你”覆盖了。

“我”和“你”的人称关系模式之所以普遍，是因为它可以涵盖各种主题的歌：颂歌、情歌、友谊之歌等。比如2008年北京奥运会的主题歌《我和你》，就是一首超越性别意指的歌。“我”和“你”的关系模式，用在颂歌中，是当代颂歌的一大特色。比如，这首任志萍作词、施光南作曲的《多情的土地》（关牧村原唱）：

我深深地爱着你，这片多情的土地，
我踏过的路径上阵阵花香鸟语；
我耕耘过的田野上，一层层金黄翠绿，
我怎能离开这河汉山脊，这河汉山脊。

这是发送者向我们传送的一首颂歌。歌中的“你”是“土地”，在这里，不只是拟人化的使用，而是歌适应“我对你说”这个基本表达模式所作的变化。“土地”这个象征指称，因为用“你”表达时被激活了。这一“你”和“我”模式一直是颂歌的偏爱。此时的代词“我”和“你”是一种集体模式，完全可以被“我们”和“你们”所替代。

“我对你说”的基本模式下，因为有“我”和“你”这样具体的人称代词，歌曲就可能通过下一层的表现（其中包括歌星表演、文本表现，甚至音乐风格），而取得歌众的呼应。

第二种人称关系，即“我”或“你”。如果歌中只出现“我”，而不见“你”的踪影，毫无疑问，歌就多了一份“独白”的意味。然而，这些歌曲依然是“我对你说”的变体，只是“你”更为隐蔽，似乎只是独白“我”的某种心情。例如陈涛作词，张宏光作曲的《精忠报国》（屠洪纲原唱）：

忍叹惜更无语血泪满眶马蹄南去人北望
人北望草青黄尘飞扬我愿守土复开疆
堂堂中国要让四方来贺

歌曲通过前面的大段情感铺垫，最后出现“我”，进一步强调了歌唱主体的精忠报国的决心，但这个我显然是男性的。而反过来，琼瑶作词，刘家昌作曲，邓丽君原唱的《一帘幽梦》，这里的“我”就有了明显的女性特征：

我有一帘幽梦不知与谁能共
多少秘密在其中欲诉无人能懂
窗外更深露重今夜落花成冢
春来春去俱无踪徒留一帘幽梦

“我对你说”，是歌曲作为特殊门类与生俱来的表意方式，脱离这个方式，歌就失去了其存在的意义，歌曲的目的是获得一种与接收者意动性的交流。这类看似“独白式”的歌，实际上就如同观众在台下观看演员的独白式的心理活动一样。换句话说，不管这个“你”是否出现，作为歌唱主体的“我”，都有一个潜在的接受者“你”存在。

与上面只有第一人称“我”相对的，是这种只有第二人称“你”的歌。这类歌也就完全凸显了“我对你说”的基本模式，让接受者成为主人公，更强调了接受者的“你”。比如小虫作词作曲的《心太软》（任贤齐原唱）：

你总是心太软心太软把所有问题都自己扛
相爱总是简单相处太难不是你的就别再勉强

我们既可以将此歌看成一种自我反省式的独白，也可以看成是对他者“你”的责备。

按照小说叙述学的看法，第二人称“你”在小说中是一种不自然的人称，通常会使小说的叙述变得怪异。因为一般叙述，包括小说，是让你安安静静听我讲关于第三人称的故事。让受述者“你”作为主人公出现在叙述中，就破坏了叙述的一般化格局，很难把小说家的叙述潜能发挥出来。法国新小说派的代表作家米歇尔·布托尔的小说《变》，采用了第二人称叙述，但这种带有实验性质的叙述，被不少评论家认为因为受到小说常规叙述的限制而显单调。

在所有的依靠语言表意的艺术门类中，戏剧是与歌曲的现场表演性最接近的，都需要“你”作为受召主体，必须参与进来，这个受召主体“你”对歌更为重要。窦唯作词作曲的歌曲《黄昏》（窦唯原唱），是一个奇特的文本，歌曲故意营造的节奏和陌生意象，前面都是无人称、自叙式描写，最后一句，忽然转向，一个“你”字，把听者拉入歌曲语境。

晚来声香　脸雾云床晨慌河光　目作风空蓝性忘
红无酒伤时进话跑　笑飘广唱雨吻追忘
躲亮惑撞桌摇　放　湖春痛
开烟　哭床　想你　嘘

歌曲中的人称“你”，不可能如小说受述者那样，是个不必显身的人格，“你”在歌的传达格局中占有重要地位，这是歌曲作为“意动性文本”最重要的特征。

第三种人称关系，即Ta（他，她，它）。在各种人称关系模式中，只出现第三人称“Ta”的歌，似乎和歌曲的基本表达模式距离最远，仿佛故事和“你”“我”都无关。

“第三人称”，即我们通常所说的全知视角的叙述，这是一个叙述者“我”对我们讲述的关于“她”的故事。但一旦我们考虑它作为歌的特殊性，第三人称就使歌的抒情性有所降低，而叙述性更为强烈、清晰。讲故事的歌其实很多，远远超出一般人的估计。纯粹的第三人称叙述比较少见，为什么歌曲作者要选择这种人称叙述？这实际上是要回答，为什么“我要对你唱关于她的歌”？作为潜在的歌众，依然被控制在“我对你说”的表意模式下。因为“我”作为声音的源头，无可置疑。在美国电影《诺丁山》中有一首广为传唱的插曲“She ”，歌词每段都从重复“She/Maybe”开始，听上去是一组抒情式的排比，但在电影语境中，实际上是电影男主人心目中的“她”的形象，正是通过歌的第三人称的讲述，才加强了此形象的个性和故事性。

歌曲中一旦出现“我”与“Ta”（它，他，她）这样复杂的人称关系，并不意味着歌曲改变了基本表达模式，人称关系的变化，只是为歌曲的表达增添层次和技巧。因为叙述对象与叙述主体的分离，“你”的隐藏或“她”的缺场，让“我”的言说出现了对象的分化。

黄舒骏作词作曲并原唱的《马不停蹄的忧伤》似乎是演述改写台湾诗人郑愁予的著名诗句“我达达的马蹄是美丽的错误”的故事①，但此歌把“你”改成来了“她”，歌就成了一种有距离的回忆，尽管歌曲中出现了一个人物名字，并加入了一句对话转述，但整首歌并没有偏离歌曲“我对你说”的基本模式。

我永远记得少年的时候在薇薇家的后门

祈求一个永恒的约定喔！令我心碎的记忆

---

① 参见郑愁予的名诗《错误》：“我打江南走过/那等在季节里的容颜如莲花的开落/东风不来，三月的柳絮不飞/你的心如小小的寂寞的城/恰若青石的街道向晚/蛩音不响，三月的春帏不揭/你的心是小小的窗扉紧掩//我达达的马蹄是美丽的错误/我不是归人，是个过客……”

她那凄迷的眼睛温暖的小手轻柔的声音
怜悯着我的心意说着她最后的话语

在相当少歌曲中，“你与 Ta”同时出现，这时候会有一种戏剧性的人称冲突，它也成为歌曲基本表意模式的变体形式之一。歌曲中的“你和Ta”一起出现，但重点明显在“你”。

在某些歌中，人称关系可以更进一步复杂化，构成一种“多人称组合”，例如方忭作词，梁龄选作曲，徐小凤演唱的《心恋》，“我”“你”“她”三中人称同时出场，歌曲也明显地唱出了三人之间非常微妙的情感关系：

我想偷偷望呀望一望他，假装欣赏欣赏一瓶花
只能偷偷看呀看一看他，就好象要浏览一幅画
只怕给他知道笑我傻，我的眼光只好回避他
虽然也想和他说一说话，怎奈他的身旁有个她

俄国形式主义理论家什克罗夫斯基曾经说过：“艺术的技巧就是使对象陌生化，使形式变得困难，增加感觉的难度和时间的长度，因为感觉本身就是审美目的，必须设法延长。”① 这种通过陌生化的途径延长并加深审美的感受，对歌曲来说，并不容易。但在这一首歌中，通过人称代词的变体，而产生的一种“陌生化”的张力，应该说是一个很成功的实践。

不难发现，歌曲中多种人称的使用，不仅和歌曲表达的复杂性有关，也和现代生活及人的思维的复杂性契合。歌曲这些通过多种人称关系的变体表达，更好地体现出当代文化中复杂的情感和价值观念。

第四种人称关系，即“我们”及无人称。“我们”这样的复合第一人称，在常见的集体性质的颂歌、宣传及一些励志歌中，最为多见。比如

① 赵毅衡、傅其林、张怡：《现代西方批评理论》，重庆大学出版社，2010 年，125 页。

《亚洲雄风》(徐沛东作曲，张藜作词，原唱韦唯、刘欢)：

我们亚洲，山是高昂的头。我们亚洲，河象热血流。
我们亚洲，树都根连根，我们亚洲，云也手握手。

“我们”作为一种言说主体，代表的是一种集体情感，它可以豪放奋进，也可以温柔劝说，比如罗大佑作词作曲并原唱的《摇篮曲》：

让我们的孩子睡在母亲的怀里让母亲的希望寄托在孩子的梦里
当流水悠悠飘来花香的醉意春雨也滋润了绿叶萌芽的奇迹
让孩子们留下一些尘封的记忆让他们将来懂得去辛酸地回忆
母亲的怀中有多少乳香的甜蜜睡梦里伴有多少轻柔的细语
草色帘青

和传统的《摇篮曲》不同，这首歌因为“我们”这个复合人称的使用，重写了“摇篮曲”的意义，使歌增强了呼吁歌众的认同和文化意义。

“我们”作为歌曲人称还可以衍生另一种变体，即无人称歌曲。在上文举出的李叔同的《送别》和罗大佑的《童年》，歌曲中都没有出现人称代词。无人称代词的歌曲在古代诗词很多，像被今人配曲演唱的李白的《窗前明月光》。“由于受到诗歌的体格、声调的限制，在多数情况下，作者只能以潜隐的状态叙述。叙事诗的视角变化和叙事表层结构并不清晰，其原因在于个人化叙事特点和传统叙事诗创作观念的影响。”①

而当代歌曲中“我们”被省略，往往是表达的感情应该被大家分享，“我们”应成为不言而喻的人称代词。

Beyond的《大地》是一首粤语歌曲，依然采取了简省“我们”的无人称方式。表面上看，这首歌是一种客观描写，实际上在呼唤“你”和

① 陈中伟：《中国古代叙述诗的隐藏作者》，《东岳论丛》2008年第6期。

“我”对如父亲般历经沧桑和艰辛的大地的强烈情怀。

在那些苍翠的路上历遍了多少创伤在那张苍老的面上亦记载了风霜
秋风秋雨的度日是青春少年时迫不得已的话别没说再见
回望昨日在异乡那门前唏嘘的感慨一年年但日落日出永没变迁
这刻在望着父亲笑容时竟不知不觉的无言让日落暮色渗满泪眼

而窦唯作词作曲的《高级动物》，如果没有歌曲“我对你说”这个基本表意模式的指称，如果没有最后一句隐藏着逼迫卷入被召主体“你”卷入，我们无法就把其作为歌来阅读，这只是一连串形容词的堆砌：

矛盾虚伪贪婪欺骗幻想疑惑简单善变
好强无奈孤独脆弱忍让气忿复杂讨厌
嫉妒阴险争夺埋怨自私无聊变态冒险
好色善良博爱诡辨能说空虚真诚金钱
幸福在哪里幸福在哪里

但一旦此文本进入歌的语境，这些形容词很快就被重构出事物的主语，歌众也就会自然理解了言说主体的意图：这个“我们”没有出现，却有着强大的指称能力。

总结以上四种人称关系的变体，我们可以发现，歌曲的基本表意格局依然是“我对你说”。在这些变体中，很容易做出一个代词使用方式顺序：

第一类：歌曲中“我”与“你”人称同时，出现得最多，它是最自然也是最直接的交流方式。

第二类：“我”或“你”只出现一个，隐含另一个，人称关系出现了曲折。

第三类：第三人称或多人称组合的出现，这是人称关系进一步复杂化的表现，这在当代歌曲使用频率上有上升化的趋势。相对于前两种，它们表现出特殊色彩。

第四类："我们"或"无人称"，在流行音乐中，尤其是情歌为主题的歌曲中，用得最少。而在主流歌曲中凸显出歌曲作为一种"公共体裁"（communalgenre）的品质。

歌词是一种交流性的叙述。歌词的情感动力正来自这种交流叙述的力量。这种交流之所以格外动人，是因为它配合乐音调动了人称代词所指示的交流主体的情感，激发出一种与个体经验、时代经验相结合情境，在交流主体之间，形成双向互动式的情感叙述动力。在此意义上，哪怕最纯粹的抒情歌曲也算是一种故事独白，是"我"用声音给"你"叙述的一个动情故事。因此，打动人的歌曲不是"我"讲给"你"的情感，而是情感在推动我们，因为其间包含着一股交流叙述动力，这是歌词这种文化艺术体裁所独具的。用一个唯妙的比喻，不是我们在唱歌曲，而是歌曲在唱我们，这就是歌词的声音叙述魅力。

论歌词对诗歌的改编

——以赵元任《新诗歌集》为中心的考察

□童龙超[①]

内容摘要：歌词对诗歌的改编，跨越了现代诗乐之间的门类界限，是现代诗乐结合中的一个关键环节。歌词对诗歌的改编，可分为社会干预型改编、反讽性改编、时代性改编、传播性改编、文学性改编、音乐性改编等几种类型。通过考察不同因素在推动诗歌向歌词转化过程中，“为什么改编”“怎样改编”“改编结果如何”等问题，可以说明中国现代诗乐结合的可能性和可行性。当然，改编也涉及诗乐之间的门类冲突。化解原创与改编之间的矛盾，办法是实施著作权与改编权的分离。

关键词：歌词；诗歌；改编；赵元任；《新诗歌集》

引　言

在现代诗乐分离以后，诗歌与歌词开始了各自的独立发展[②]，所谓“诗是诗，歌是歌”，诗歌逐渐发展成为诗人围着案头阅读的纯文学创作，

---

① 童龙超（1973—），男，重庆黔江人，文学博士，西南大学中国新诗研究所副教授，主要从事新诗和歌词研究。基金项目：本文为中央高校基本科研业务费专项创新团队项目“中外诗歌发展问题研究”（项目编号：SWU2009110）阶段性成果。

② 本文诗歌与歌词是相对而言的概念，指现代诗乐分离以后，把为入乐而作的称为歌词，不为入乐而作的称为诗歌。

歌词则发展成为由专门的词作家创作为着入乐歌唱的音乐文学。基于这种状况，在历年来有关中国现代诗乐关系重建的讨论中，无论是歌词界还是新诗界，反对新诗入乐、反对诗乐结合的声音都很大。

现代诗乐结合有没有依据，是否有违历史经验和艺术规律，这是主张现代诗乐结合者需要回答的基本问题。通常的理由是：（1）诗歌与歌词都是语言艺术；（2）歌词诗性与诗歌音乐性相互交叉；（3）诗歌与歌词在历史上的一体化关系；等等。本文支持“结合论”，但却不认为这些理由具有充分的说服力。因为反结合论者，其立论基础是新诗与歌词的差异性。上述理由的缺陷，在于只讲诗歌与歌词的相通性，而回避了现代新诗与歌词事实上的巨大差异。问题的实质是，即便在诗乐分离的大环境下，当诗歌与歌词走向两极化，但为什么它们也不是相互绝缘，而常见到音乐吸收诗歌把诗歌变成歌词的情况？

其实，诗乐结合通常是有条件的。诗乐之间存在一个关键性环节，决定了诗歌与歌词在对立之外还有诗乐结合的可能性，即通过歌词对诗歌的改编，跨越了现代诗乐分离的门类界限。苏珊·朗格谈及作曲家巴赫，说他“有时忠实地追求朗诵中的口语形式，有时在已经配乐的诗句上创作……有时又将诗句拆开，重复某些句子或几个单独的词，把这些语言片段编织成极为精妙的有声的赋格……”① 有关“拆开”“重复”“编织”等说法，其实都道出了在诗歌谱曲中歌词“改编”诗歌的事实。改编，作为音乐创作中处理词曲关系的基本的艺术手段，揭示了诗乐具体怎么结合、诗歌具体怎么入乐的中间过程，是讨论现代诗乐结合问题不能回避的一个话题。

在国内，最早尝试吸收新诗入乐并取得重要成就的音乐家是赵元任。他于1928年出版的《新诗歌集》是这方面实践、探索的集中代表。其中，他不仅进行了歌词对新诗改编的丰富实践，还结合实践，在序言中对“诗

---

① ［美］苏珊·朗格：《情感与形式》，刘大基等译，中国社会科学出版社，1986年，第171页。

跟歌”的关系及转换问题进行了专门讨论。显然，赵元任已经认识到“改编”对诗乐结合的特殊作用，并试图给予某种合理化的解释。然而，序言为了说明创作，赵元任的论述基于创作经验，大致还属于创作谈的范畴。他对诗乐关系论述得多，但对“改编”问题阐释很少，在改编这一点上理论的聚焦度不够。更为遗憾的是，在赵元任之后，近百年来尽管不乏吸收新诗入乐者，也常见歌词对诗歌的改编，但一直缺乏对这个问题的必要关注和继续研究。虽然，当代学术界已注意现代诗歌向歌词转化的问题，如公木《歌诗与诵诗——兼论诗歌与音乐的关系》（《文学评论》1980 年第 6 期）论及“歌诗”与“诵诗”转化、黄丹纳《新声诗初探》（《文学评论》2004 年第 3 期）论及“新声诗”与“新徒诗”转化、刘东方《中国现代歌诗概念初探》（《文学评论》2010 年第 6 期）论及“现代歌诗”吸收“新诗”等情况，但无一例外，都忽略了在吸收和转化中关键性的改编问题。改编的价值被包括诗学和音乐学在内的研究界低估，甚至被无视。

归纳诗歌入乐的情况，大概分为四种：一是原封不动照搬入乐，可称为移借。其中有变诗为词的文类转换，但不存在对原诗的语言修改。如赵元任对胡适诗作《他》《小诗》《也是微云》等的作曲，贺绿汀对端木蕻良诗作《嘉陵江上》的作曲等，属于此类。二是进行局部的语言、形式修改然后入乐，可称为改编。这一种在诗歌到歌词的转换中，伴随着歌词对原诗语言文本上的修改，因为具有跨门类转换问题的集中性，也最能体现歌词对诗歌的“改编”内涵，以下予以重点讨论。三是在沿袭原诗的主题、题材或诗意基础上，进行语言表达上的再创作，含有改编与创作两种成分，可称为编创。如刘天华（小）作曲的《雨巷》，歌词来自对戴望舒诗作《雨巷》的再创作；古月作曲的《海韵》，歌词来自庄奴对徐志摩诗作《海韵》的再创作。四是引用原诗的个别诗句或化用原诗个别诗句的意思，可称为引用。这一种在现代歌词对古典诗词的借鉴中较为多见。如黄安《新鸳鸯蝴蝶梦》对李白《宣州谢朓楼饯别校书叔云》诗句“抽刀断水水更流，举杯销愁愁更愁”的引用；陈小奇《涛声依旧》中“月落乌啼总是千年的风霜”等词句对张继《枫桥夜泊》中“月落乌啼霜满天”等诗句的化用。因为属于“断章取义”或“移花接木”的片段性运用，这一种不具有诗歌与歌词门类转换的完整意义和典型性。

不同于诗人对诗歌的修改和词作家对歌词的修改，歌词对诗歌的改编的主要内涵，是把本来用以书面阅读的诗歌变成能够入乐歌唱的歌词。它是在诗人完成创作，诗歌作品能够独立发挥文学功能之后，在另一个音乐生产传播过程中，由其他音乐创作主体在各个环节中参与实施的加工修改行为。这个行为的实施者，即是改编者，主要是作曲家。另外也包括诗人自己改诗为词、其他词作家的改编、编曲者的改编、歌手的改编、歌众在传唱中的改编等情况。

歌词对诗歌的改编，落脚点在语言文本上，直观的表现是语言文本的改变。因为如此，一般人的观察只是注意到这一点，把歌词对诗歌的改编简单视为语言文字的修改，以单纯对其进行语言文字的分析为止。不过，化诗为词的转化不仅是语言问题，而且涉及文学问题，更重要的是涉及音乐问题，不仅涉及语言文本的内部问题，而且涉及语言文本的外部问题。歌词对诗歌的改编，是在化解诗歌与歌词门类差异、推动诗歌向歌词转化过程中，由各个因素作用在语言文字修改加工上的混合协作。考虑到改编的多种情况，以下以赵元任的《新诗歌集》为中心，根据改编的不同动机、目的和效果，划分改编的几种基本类型，具体剖析“为什么改编”“怎样改编”“改编结果如何”等有关改编的核心问题，以此重新审视中国现代诗乐结合的可能性和可行性。

一、社会干预型改编

一般不认为纯音乐具有意识形态功能，但是对歌曲艺术来说，因为语言文学要素的融入，因而产生了社会性、功利性。音乐家吸收诗歌进行歌曲创作，选择不选择什么作品，对语言文本如何加工、是否修改，除了艺术方面的考虑，也是他借助语言媒介表达社会态度包括意识形态观念的一种方式。尽管原诗已经发表、存在或已经产生影响，但对原诗的谱曲是创造另一种艺术品，它将以新的艺术面貌、新的流通方式和新的艺术功能作用于人。如刘半农抒写“三·一八”惨案的诗篇《呜呼！三月一十八》，赵元任选择该诗作曲，即体现了对刘半农反抗精神的支持，也同样表达了对军阀政府暴行的控诉。在当时惨案发生后，这首哀歌即唱遍京城。

文艺作为审美的意识形态，与一定阶级、阶层，特别是与统治阶级的意识形态相适应。来自政治、法律、道德、舆论等方面的社会力量，可能对诗歌的音乐创作进行干预，要求诗歌的语言文本转化、优化为某种功利目的服务，遵从某些社会的条文规范而进行必要的修改。如歌曲《马儿啊，你慢些走》，李鉴尧的原诗描绘了具有浓郁西双版纳色彩的景致和生活，但是在生茂作曲的歌词里，西双版纳的地域痕迹消失殆尽，被改成了当时全国性的“社会主义建设”的火热景象。“社会主义建设开宽了天地，劳动歌声响遍了田野，响彻了山头”，直接反映了20世纪60年代的主旋律和社会意识形态。当然，这种修改是与其他目的的修改相交织的。如赵元任对白话新诗的谱曲，既是为了创造现代艺术歌曲，也包含了对“五四”新思想、新文学和新文化运动的支持。在《劳动歌》中，赵元任把原诗“他造砖瓦盖房子”改为“他盖房子给人住”，这样既使意义表达的指向更加明确，也更加突出了对工人阶级奉献精神的赞诵。至于将军诗人肖华将其《长征组诗》变成《长征组歌》的过程，其中篇章及其词句经历了多次修改，究其根源来说，就是适应当时政治形势的需要，得到了很多国家领导人关怀和指导的结果。

比较小众化的诗歌易于受到忽视和容忍，歌曲艺术因为广泛的普及性、传播的迅捷性，历来成为一个时代中各种社会力量意识形态交锋的焦点。诗歌与歌词在意识形态功能上的联系和差异，使得歌词对诗歌的意识形态改编，从诗歌的方面来说，是诗人、诗歌介入当下意识形态活动的途径，从歌词的方面来说，则反映了歌词作为某种社会力量管控大众文化的关口特征。

二、反讽性改编

一首歌曲具有反讽特征，并不限于歌词运用反讽形式，或者表达反讽内容。一首以严肃形式表达严肃内容的诗歌，也可能通过歌词化的改编而产生反讽效果。

具体来说，一是由音乐的赋予引起。诗歌与音乐结合，本应是相辅相成、相得益彰。但是，如果诗歌的形式或内涵没有得到恰当的音乐演绎，如词曲关系不协调、作曲偏离诗歌原意、音乐风格不匹配、歌手演唱不到位等，那么，不管无意还是有意、是否存在文字修改，结果不仅带来歌曲缺乏表现力，艺术上不成功，而且会造成诗歌与音乐之间的别扭、乖张，破坏原诗艺术趣味和美学蕴含的严肃性，从而产生滑稽、怪异的反讽效果。在唱古诗现象中，常见一些唐诗宋词的经典用某种简单的曲调唱出来，使其本来诗情画意的意境带上了顺口溜的滑稽。甚至有猎新猎奇者，用流行、娱乐、世俗的心态，用变声、嘻哈、说唱等唱法演绎古诗，让人感觉怪异。如梅艳芳演唱、李安修编词的《床前明月光》，许嵩改编、演唱的《静夜思》，比较李白《静夜思》原诗来说，尽管可以为之辩称是艺术创新，但总缺少了应有的庄重严肃，具有反讽意味。

二则由诗歌的歌词化改写引起。一些经典诗作或许不容侵犯，其内容与形式有机统一，结构上具有稳定性。但为了创造另一种艺术形式，歌词从语言的改写开始，破坏诗歌文本的完整性，打破作为诗人作品的权威，其中无论是否有意而为，往往隐含了后现代意义上的解构思想。特别一些编创型改编，以变形甚至扭曲的方式，大幅偏离诗歌的原始风貌和原始意图，造成其审美效应的变质、变味。如徐志摩的《海韵》《再别康桥》等经典诗作，在庄奴编词的《海韵》和文雅编词的《再别康桥》中，除了原诗的基本事件保留外，其余无论在篇幅、语言、结构上，还是在主题、蕴涵、风格上都发生了巨变。如“女郎，我是多么希望围绕你身旁/女郎，和你去看大海，去看那风浪”；“谁的衣袖带走那片云彩的来到/离别笙箫那样沉默像一种凭吊”，其艺术形态和审美风貌都发生了改变，经典的瓦解带来了潜在的反讽效果。

当然，如果对原诗的改编保留甚至提升了原诗的艺术品质，对原诗的音乐演绎符合甚至发扬了原诗的艺术旨趣，那么，该诗乐结合的作品对原诗表现出严肃和尊重，构成正向、积极的美化和完善，因而不形成反讽。根据这一原则，很多歌词通过改编诗歌自觉不自觉地走向了两极分化：或将原诗带向艺术更高层次，或对原诗进行解构达到了反讽目的。

三、时代性改编

诗歌创作与音乐创作在时间上可能不同步。如果歌曲是对同时代诗歌的作曲，即不存在时代性改编的问题。不过，如果某一诗歌已经在特定时代语境下创作完成，而该作品具有恒久的魅力，穿越时空传达了另一个时代语境下的心声；一些诗歌的价值在历史上曾经被忽略、淹没，在后来的历史语境中得到重新发现和阐释等。歌曲创作并不总是选择同时代的语言文本，而完全可能选择历史上这类诗歌作品运用新时代的音乐形式作曲，推陈出新。今天出现的大量古诗词谱新曲现象即是例证。但是，一个时代的诗歌总打下一个时代的烙印，为了清除语言障碍，避免时代隔膜，便于诗意蕴含的理解和传播，以适应当前时代语境下受众的审美需要，歌曲创作中便可能对原诗作进行改编。中国台湾女词人琼瑶擅长对古典诗歌的借用改编，她不仅是寻章摘句或者意境化用，还有很多对古诗词的今译编创。她的处理除了对诗意的继承、音乐性的适应之外，也包含着对歌词消除历史生疏感以更好具有当下可接受性的时代性考虑。她的词句“青青河边草”引自《古诗十九首》中的“青青河畔草”，以今语“河边”改古语“河畔”。其作词的《在水一方》几乎是《诗经·蒹葭》的今译，原诗表现人性之美，具有超越时代的艺术魅力，歌词很好地保留了原诗的人物、主题、情绪、意境及用韵等。不过，原诗生僻拗口的语句难以理解，影响在当下的诗意传达，于是歌词以通俗易懂的现代汉语进行改写，同时添加少许辅助句，使它适应了当下，并得以广泛传唱。现代歌词对新诗的改编也存在时代性改编的问题，尽管诗乐之间的时间跨度最大值有限。胡适写于“五四”时期的白话诗《希望》，反映了新旧过渡时代的语言特点，尚残留有文言词汇的“汝”之类，但其思想是新生的，蕴含了朝气蓬勃、面向未来的一种现代意识。20 世纪 70 年代，为了反拨当时台湾地区政治的高压和文化上的沉闷，台湾地区校园民歌运动蓬勃兴起。胡适《希望》所表现的“希望”主题适应了当时岛内的民众心理，其清新单纯的风格也与校园民歌的音乐风格契合。于是，通过对原诗的音乐性改编包括个别文言词语的处理，一首“五四”时期的诗歌《希望》变成为一首新时代语境下的流行曲，即校园歌曲的《兰花草》。歌曲艺术的时代性促使歌词对诗歌的时代性改编成为必要。歌词对诗歌的时代性改编，既是诗歌适应时代发展发挥当下实效性的方式，也是歌词吸纳历史诗意以实现当下审美趣味的怀旧需要。

四、传播性改编

音乐既是一种艺术形式，也是一种传播载体。一首诗歌名作通过自身的文字阅读方式就可以广泛传播，或许不需要他种传播途径，有时，其作曲的音乐化传播还可能损伤它的价值。但是，把诗歌变成歌词，利用愉悦的听觉传播方式，一首名不见经传的诗歌可能因为插上音乐的翅膀，变得脍炙人口、家喻户晓。一首歌曲为了寻求歌曲流行的成功，或为了传播诗歌中的思想意识，它可以借用一首已在读者群中产生一定影响的诗作为歌词进行谱曲传唱。作为一种传播渠道，非音乐的艺术和非艺术的内容都可以利用音乐进行宣传推广。当然反过来，音乐也对承载的传播内容和形式产生某种制约和要求，即一方面诗歌利用音乐进行音乐化传播，另一方面音乐也以歌词的方式对诗歌提出要求。于是，歌曲在歌词上可能对那些不适应这种音乐化传播的诗歌进行改编。如女歌手叶蓓作曲演唱的《相逢》，吸收徐志摩的原诗《怨得》为词，原诗在文学阅读上语言精练且意蕴无穷，其诗艺价值不容否认，诗作借重徐志摩的诗名本身已获得了较好的书面传播。但是，从音乐传播的角度看，原诗诗意含蓄、诗行跳跃在歌唱中会让人听不懂，为何“怨”，“怨”什么，“怨”的状态是什么。于是，歌词《相逢》增加了“忘了忘了，或许没有……”一大段文字，以内心独白的笔法对“怨”的情绪予以补充说明、铺展渲染，这样，一首通过静默体悟才能读懂的诗歌，变成为一首可以直接听懂的歌词、一首能够直接理解和欣赏的通俗歌曲。当然，该歌词的改编也包含了后述文学性、音乐性改编的成分，但是明显融入了以音乐化传播的视角对反映文字阅读传播方式的原诗的改编。此外，还有一种翻译现象也体现了歌词对诗歌的传播性改编。一首特定语种写作的诗歌，必定对非习得语言的接受者形成传播阻碍，虽然音乐可以跨过民族国家、语言文化的界限，但是语言障碍既影响受众对诗乐意蕴的理解，也不利于歌众感受其他语音系统的声乐魅力，更不利于记忆和口耳相传的传唱，结果都会对原诗及歌曲的传播造成消极影响。英国女诗人克里斯蒂娜·罗赛蒂的著名诗作“When I Am Dead, My Dearest”经徐志摩翻译成为《歌》，后由罗大佑作曲；海涅作诗、舒曼作曲的《诗人之死》由严宝瑜翻译为汉语；刘半农翻译的《茶花女中的饮酒歌》由赵元任谱曲；赵元任把《教我如何不想他》的标题创造性地译为“How Can I Help Thinking of You”等，这些翻译都扩大了原诗歌在国际间的音乐化传播。

歌词对诗歌的传播性改编，从诗歌方面说，拓展了诗歌的传播渠道，使精英、小众的诗歌获得广泛传播和普及；从歌词方面说，使歌词发挥了传媒的人文精神担当，提升了传播的艺术内涵和品位。

五、文学性改编

文学性改编是歌词对诗歌改编中的基本形式。如前所述，各种改编虽然可以区分，但最终都落实在语言文本上，而这个语言文本是作为语言艺术的文学作品。文学性改编便是直接面向语言文本，且与语言文本一体的改编。当然，在语言文本的载体上，各种改编都不可能脱离与文学性改编的关系，尤其是与音乐性改编相互交融，难以分割。

歌词从诗歌变成歌曲艺术的成分，具有音乐性和文学性的双重属性。如果诗歌的文学性和音乐性都满足歌词的要求，那么它在文学性上便无需修改可以直接谱曲入乐，这是前述诗歌之所以有原封不动照搬入乐的情况。如果诗歌的文学性满足歌词的要求而音乐性达不到成为歌词的条件，那么其文学性受到音乐性的影响被迫随着音乐性的修改而修改。徐志摩的《再别康桥》和戴望舒的《雨巷》曾有原诗未加改动而照搬入乐的情况，但是音乐创作的结果不够理想。不难发现，这两首诗作在音乐性形式上较之一般歌词尚有差距，直接谱曲具有很大的难度。一种有效途径是从词体上予以音乐性改编使其利于音乐转化，同时反映在该语言文本上，其文学性的变形亦在所难免。前者如黄磊演唱、曾晶晶与徐世珍作词的《再别再别康桥》和文雅填词、袁惟仁制作的《再别康桥》；后者如刘天华（小）袭用原意的改写《雨巷》和汤松波再创作的改写《丁香姑娘》等，在诗歌词体化的转换中都存在对原诗不同程度的文学性改变。当然，如果本身是一首普通甚至有缺陷的诗，音乐家进行音乐创作时，为了取得尽可能完美的文学性，自然可以拿出自己的文学眼光对其进行文学上的修改完善。如赵元任作曲的《劳动歌》，原诗中多次出现“八点钟”，或许赵元任认为其写得“太实”“太死”，为了突出工人的劳动、休息、教育各方面都需要得到保障，也为了增加诗意韵味，他便改其为“几点钟”。在对《上山》的作曲中，胡适原诗是“两条腿都软了”，赵元任注意到有人听到这里会笑，便加了两条“攀藤”的胳膊，改成“四肢都觉软了”，这样表达符合实际，也更表现上山之苦。

还有一种情况，即从诗艺上看，无论其诗意还是形式都是一首非常完美的诗，但是从歌曲艺术对歌词文学性的要求看，原诗的文学性尚不适合，如存在跳跃的思维、陌生化的语言、繁复的描写、象征隐喻的技巧、哲理的沉思、多元隐晦的内涵等问题，与歌词在文学性上倾向于抒情性、情绪化、语言口头性、叙述简洁、思路连贯、主题集中、内容通俗易懂等要求相冲突，歌词讲究“寓深刻于浅显，寓隐约于明朗，寓曲折于直白，寓文于野，寓雅于俗”①，于是也可能产生歌词对诗歌的文学性修改。如刘半农的《织布》，初稿中诗末有“吁嗟辛苦”一句，在《扬鞭集》中大约根据诗艺简练含蓄的要求，诗人删除了此句，然而赵元任在作曲中为了突出诗中辛苦的主题、愁苦感叹的情感又重新加上了该句。刘大白的《卖布谣》原诗为两段，赵元任的作曲删去了后一段，即铺陈哥哥嫂嫂辛苦卖布类似于白居易《卖炭翁》的内容，不排除赵元任有从音乐方面对篇幅过长、音韵不一等问题的考虑，但该段主题游离、内容另起，描写过于细致，内涵多元繁杂，应该说主要还是他根据歌词的要求而做出的文学性修改。与此类似，李泰祥作曲、凤飞飞演唱的歌曲《我不知道风是在哪个方向吹》，将徐志摩原诗中的首尾两节删除，只保留了中间几节加以反复渲染，以使歌词的主题、情感、内容更加集中。

在歌词为音乐服务的观念下，歌词对诗歌的文学性改编还可以走得更远、更大胆。既可以对原诗进行重新组织拼接，也可以依据原诗进行文本再创作。前者如歌曲《在那东山顶上》，歌词为仓央嘉措两首不同情诗的组合，而且还新增了副歌部分的一些内容。后者如庄奴的歌词《海韵》依据徐志摩的诗歌《海韵》进行改编，虽然整体、主体内容因袭原诗，但对原诗情节推进中的局部细节删减很大。甚至说，无论面对一首优秀或低劣的诗，一首适合音乐或不适合音乐的诗，歌词都可以以它作为素材或由头，自由剪裁加工，创造自己所需要的任何文本。如DISH组合演唱，由张晋豪作词、胡波作曲的《偶然》，几乎是对徐志摩诗歌《偶然》若有若无、若即若离的全新再造，“泰晤士静得像你表情，让人舍不得去动静”，诗歌的经典可能遭遇歌词的严重颠覆。

诗词两者在文学性上的联系，使得歌词对诗歌的文学性改编，从诗歌方面来说是一种诗意的转移或者变异，是诗歌文体的一种扩张活动；从歌

---

① 乔羽：《歌词创作美学·序言》，载许自强：《歌词创作美学》，首都师范大学出版社，2000年，第2页。

词方面来说是以音乐创作的目的对诗歌权威的瓦解，也反映文学性建构的灵活变通和多种可能。

六、音乐性改编

歌词虽也是语言艺术，但其语言文本用以入乐歌唱，其中文学的写作受到可唱性的根本制约。音乐以声音艺术的规范操控文本，它不仅是制约歌词文学性问题的内在力量，也是影响歌词社会属性、艺术趣味、时代特征、传播效应等的最终因素。乔羽说，“音乐这种诉诸听觉的时间艺术严格地制约着它的歌词，使歌词这种文学体裁区别于任何其他文学体裁，即它不是看的而是听的，不是读的而是唱的”①。在歌词对诗歌的改编中，隐藏在语言文本背后、在深层次上的是音乐性改编。根据不同的表现特征，音乐性改编具体分为：

音响化改编。因为音响潜在的音乐价值，因此歌词强调语言的音响效果。较之诗歌，歌词不仅把被文字屏蔽的语音释放出来，而且发挥主动性，以语言的听觉要求挑战诗歌的书面符号，以歌唱的标准对诗歌语言予以重新审视。一些诗句在书面阅读中感觉不到任何问题，一旦谱曲歌唱却可能发生某种奇怪的音变现象。某些书面语的语助词在歌唱中得到凸显，某些应该重读的音节却变得低回细微，还有声、韵母的正常拼读随着咬字吐音的要求发生改变，尤其在声调方面，调值规则被打乱，让人听不懂，甚至引发歧义。赵元任曾解释说，“在声调方面，无论作曲者怎末样想法子把工尺跟平仄配得好，但是唱歌总是定音（definite pitch）多，滑音（sliding pitch）少，不能像天然语调那末定音少、滑音多，因此就使字音难懂些，就是懂了也不能像用天然语调那末直接达意”②。在《劳动歌》的歌曲中，赵元任说，“听惯了这个的，初听见我现在的唱法觉得很奇怪，

---

① 乔羽：《歌词创作美学·序言》，载许自强：《歌词创作美学》，首都师范大学出版社，2000年，第2页。

② 赵元任：《新诗歌集》，《赵元任全集》（第11卷），商务印书馆，2005年，第10页。

并且还有点失望，他说‘怎么是这个声音’”[①]。解决问题的办法：一是以音乐设计使发音清晰，避免歧义倒字。赵元任谈对《劳动歌》中“动”字的处理，“每首末尾‘动’字占两拍半，这半拍不是随便加的，是要把‘动’字唱作 do—ō— ōnq，ō 是延长，ōnq 是收尾，有那重音上半拍的收尾才收得干脆”[②]。在《海韵》的作曲中，为了避免“声影”跟“声音”相混，他“竭力用‘$\underline{\underset{\cdot}{5}\,\underset{\cdot}{6}}\,1$’（第三音）跟‘$\underline{\dot{2}\,\dot{1}}\,\underline{3}\,5.$’（第五音）的唱法把‘影’字的上声唱出来，或者不至于听错”[③]。二则是通过歌词对原诗的语言修改来完成。对《海韵》原诗中的“急旋”，赵元任改其为“旋转”，“因为两字的时间里来不及唱明白‘急’跟‘旋’两个观念出来”[④]，使人听不懂。而且笔者认为，“旋转”的双音节词及“叠韵词”的特点，在音响上也比原诗“急旋”优越得多。除此之外，《海韵》中另有几处修改，赵元任指出也是从听觉上所进行的处理。他在歌注中说，“这个歌词，因为要听者容易听懂的缘故，三处略有改动”[⑤]。为了获得良好的音响效果，歌词还可以对诗歌进行音节的重复、声音语的添加等。赵元任谈对《上山》原诗的改写，“‘我头也不回’后添一个接音的‘呀’字。‘小心点！努力！’比原文重复的遍数多”[⑥]。另如黑鸭子组合和童丽演唱的《月之故乡》，原诗的一些句段在旋律、声部上进行了多次反复，在各个乐段的过渡中还加入了“呜啦啦”等声音语。当然，无论是音乐的处理还是语言上的修改，都需要较高的艺术才能，并不容易把握好，赵元任谈及《海韵》中的“星辉”，“也有人说过听不懂，但是我一时没有想出好的办法，所以仍旧”[⑦]。

口头化改编。对诗歌而言，歌词不仅用语音把诗歌的书面符号转换过来，而且因为声乐的需要，它由歌手脱口说出仿佛变成歌手的口头话语，

---

① 赵元任：《新诗歌集》，《赵元任全集》（第 11 卷），商务印书馆，2005 年，第 10 页。
② 赵元任：《新诗歌集》，《赵元任全集》（第 11 卷），商务印书馆，2005 年，第 48 页。
③ 赵元任：《新诗歌集》，《赵元任全集》（第 11 卷），商务印书馆，2005 年，第 112 页。
④ 赵元任：《新诗歌集》，《赵元任全集》（第 11 卷），商务印书馆，2005 年，第 112 页。
⑤ 赵元任：《新诗歌集》，《赵元任全集》（第 11 卷），商务印书馆，2005 年，第 112 页。
⑥ 赵元任：《新诗歌集》，《赵元任全集》（第 11 卷），商务印书馆，2005 年，第 59 页。
⑦ 赵元任：《新诗歌集》，《赵元任全集》（第 11 卷），商务印书馆，2005 年，第 112 页。

反映在语言表达上，便形成歌词文本对口头化表达的特定要求。在诗歌到歌词的转换中，可见歌词的口头语对诗歌书面语的改编。如赵元任对《海韵》的作曲，原诗“暮霭”的书面化气息太重，改其为较为口语化的“暮色”；原诗“在海沫里”符合书面语的简练原则，但改词“在浪花的白沫里”更适宜口头的表达交流。还有书面表达运用标点符号、文体形式、平面分布等特定手段，口头表达使用音高、音长、音强、音质等声音要素以及声音语、语调语气等特定手段，两者的不同也促使改编实行。如，前述歌词《相逢》对诗歌《怨得》的改编，原诗用破折号、逗号、分号等把一个本来完整的句子切割得很零碎，也采用惯常的分节跨行等手法把上下文的意义变得很跳跃。而《相逢》去除了原诗那些细小的间歇，变成为典型的流畅连贯的口头表达，诗行间的语义跳跃也不复存在，而且为了避免诗意理解的困难，歌词还添加了语气词的“哦”予以辅助表达。试比较，原诗“怨得这相逢；/谁作的主？——风。//也就一半句话，/露水润了枯芽”，歌词“怨得这相逢，谁作的主/哦风，也就一半句话，/露水润了枯芽”。

格律化改编。因为音乐作品的结构性，诗歌入乐必须具备一个可以歌唱的音响模式以适应音乐的要求。这个音响模式实际上是歌词的特定格律。尽管音乐的包容性强，词曲配合具有较大的灵活性，一些自由体诗歌也可以入乐，不过，音乐的包容性不能逾越音乐逻辑的最低限度，自由诗的入乐必定保持在音乐结构的弹性以内，且往往要经过艰苦的作曲过程。如端木蕻良的《嘉陵江上》是一首散体诗，据说贺绿汀的作曲曾经六易其稿，最后才得以完成。因而歌词对诗歌文体上的格律化改编成为必要。这种改编受制于节奏、旋律、和声等音乐要素和以乐句、乐段为基础的曲式结构，从段式、句式、节奏、押韵、平仄、语调、附加语、声音性修辞等方面入手，以建构一个语言文本的可唱性格律为目标。如戴望舒的诗歌《雨巷》，从歌词的要求看，其文学性的表现足以入乐；从歌词文体角度看，虽具有节奏、押韵、复沓、叠句等方面的音韵美，但其跨行分节自由化，句式、段式没有章法，建立一个歌曲作品赖以成立的曲式结构很困难。于是，在刘天华（小）作词的《雨巷》、汤松波作词的《丁香姑娘》中，都对原诗进行了格律化的改写。如原诗："撑着油纸伞，独自/彷徨在悠长、悠长/又寂寥的雨巷，/我希望逢着/一个丁香一样地/结着愁怨的姑娘。"刘天华（小）的《雨巷》改为："独自撑着雨伞，徘徊在悠长的雨巷/多希望遇见一个，结着愁怨的姑娘。"汤松波的《丁香姑娘》改为："丁香一样的姑娘/走进江南的雨巷/美丽的油纸伞/撑着春天的梦想"。

反复性改编。在诗歌入乐过程中，时常遇到这样的矛盾：既要顾及原诗的原创性，又要遵从音乐的逻辑，顾及乐曲结构的完整性。如何化解矛盾而兼顾两者，高明的音乐家往往通过对原诗的反复来解决。一些诗歌入乐不便于对原诗进行增减，或许没有做文字上的任何改动，通常被认为是原封不动照搬入乐。其实很多时候不是真正的原封不动，从一个平面的静态文本，变成为一个活动的话语序列，这个过程蕴含着语言上的重要变化。为了顺从乐曲的逻辑发展，其中往往有依从乐句、乐段的组织，从诗行、诗节、诗篇等各个层级上对原诗的反复性改编，形成常说的"反复""复沓""重章叠句"之类的形态。这种改编促成了乐曲结构的建立，具有音乐意义，也形成了对诗意的深化和渲染，具有文学意义。陆在易作曲的《我爱这土地》未曾修改艾青诗歌的原始语言，但是在原诗中间及结尾进行了反复，这不仅让一首自由诗变成为一首具有一定形式规范的歌词，而且强化了对原诗悲愤、深沉情感的抒发。又如万晓利演唱的《墓床》对顾城的原诗没做文字上的修改，但是歌词对原诗进行了整篇反复，实际上延长了原诗的长度一倍，这种处理既建构了歌曲结构的完整性，也扩充了歌曲作品文学和音乐两方面的容量。

表演化改编。此外，声乐展演中的各个要素，也对诗歌入乐提出要求。于是有适应歌手唱腔特色对原诗音韵的改写。如王海玲演唱《雪花的快乐》，将徐志摩原诗"她身上有朱砂梅的清香"中的"砂"字去除，避免了"sha"音的突兀，而增加了唱腔的自然过渡和柔婉韵味；李锦怡演唱《五月的鲜花》，为了突出其女声柔弱、低沉略带沙哑的特点，也为了符合整首歌曲悲诉、哀怨的情感基调，唱词将原诗气势雄壮的爆发性结尾予以删除——“震天的吼声惊起这不幸的一群，被压迫者一齐挥动拳头!”有适应不同演唱方式对原诗句段的改写。如歌曲《月之故乡》，在各个版本的独唱、重唱、对唱演绎中，歌词对原诗进行句段反复的处理各有不同；又如歌曲《五月的鲜花》，各个独唱本、齐唱本、合唱本对原诗章节的取舍和句段反复也有不同，中央交响合唱团的合唱为协调男女声的对唱、合唱，将原诗第二节的乐段予以删除。又有适应器乐伴奏的要求对诗歌章节的伸缩调整。如原诗《送元二使安西》是王维的送别诗，因为单纯吟唱在音乐上显得单调，后来它被编入琴曲，为配合琴乐的演奏进行了多种改编：在篇幅上反复以便叠唱，在句式上伸缩剪裁以合伴奏，还添加了一些辅助性过渡句以便诗乐相和，形成了历代《阳关三叠》的各个琴曲版本。还有受舞台时空的制约对诗歌篇幅的增减等。如北岛的原诗《回答》篇幅较长，在尹吾作曲演唱的歌曲《我不相信》中，歌词仅选择了原诗的几个段落；而彭邦桢的原诗《月之故乡》篇幅较短，为了保证一般声乐演唱的正常时长，在刘庄、延生的作曲中，歌词对原诗句段进行了多处重复。

歌词对诗歌的音乐性改编，从诗歌方面来说，是诗歌超越纯文学功能而获得音乐价值的途径；从歌词方面来说，是歌词激发音乐创造力和创新性，以诗性品质创造歌曲艺术精品的方式。

结　论

作为纯文学的诗歌，是诗人业已完成的作品。诗人拥有对诗歌的所有权和支配权，尽管他人可以赏析，包括批评，但一般非经许可，不得随意修改作品。同时，诗歌是一种短小精悍、高度浓缩的文体，是在各方面都经过精心加工的一个语言形式化的文本，文本的形式与内容、语言与意义有机统一、密不可分。常言“形式是内容的形式，内容是形式的内容”，语言是注入意义的语言，意义是语言化的意义，相互不可随意拆解、简单替换。一般进入公共文化空间的那些成熟、优秀的诗作，往往具有文本上的定型结构和不可再动摇加工的稳固性。

不过，因为歌词与诗歌的门类不同，受不同艺术符号和艺术规则的制约，艺术跨界必须在目标艺术指导下进行再创作。

歌词对诗歌的改编，意味着对诗歌规则的破坏和对诗人权威的冒犯。首先，诗人被纳入一个集体创作中，诗人、词人、作曲家、编创人、歌手等都成为一个艺术作品的创作人员，诗人受其他人员、创作环节的制约，并最终接受作为创作成果的歌曲作品的裁判和评价。然后，诗歌文本变得开放自如，有关“有机统一”“结构主义”“有意味的形式”等观念被打破，由多重主体介入其中，在语言上进行拆分、重建、更换、修饰、剪裁等处理，不断衍生出它的各种新形态。其中最突出的，是基于语言音乐化的预定目标，音乐通过对语言声音层的作用力，解构诗歌文本，促使文本的形式与内容、结构与意义发生裂变，造成诗意的内容、意义与原定形式、结构脱离。然后前者以一种基本完整、基本准确的大概方式向歌词迁移，后者则经过变通、变形乃至以旧换新处理，以一种替代性方式重新出现。结果是以新的语言音乐化形式承载旧的诗歌文学性蕴含，成为歌词。通过这个过程，于是跨越了诗乐之间的门类界限，诗歌入乐或诗乐结合得以实现。

歌词对诗歌的改编，当然也引发了诗乐之间的门类冲突。一方面强调对诗人原创精神和知识产权的保护，树立对诗歌文本权威性和经典性的尊重，另一方面也强调音乐家的主观能动性和艺术再创作的正当性，创造优秀的诗乐艺术是受众的期待，也是艺术的本质使然。基于原创立场对改编的质疑，基于改编立场对原创的颠覆，都具有合理性。由此，似乎形成“悖论”。但其实诗歌本身不是歌词，不是可以直接入乐，而诗乐之间不能隔绝往来，诗歌入乐在任何时候都有理由出现，原创与改编的矛盾或许永远存在，而原创和改编两者都不可偏废。对这个问题，在诗歌入乐过程中，一个需要明确的基本点是不能把原诗简单等同于歌词。原诗文本就是歌词、歌词文本就是原诗的认识，在现实中往往是错误的。而长期以来两者的区别被模糊了，关系被简单化了，由此引发并人为扩大了诗乐之间的矛盾性。在从诗歌到歌词的转换中，一个既尊重诗歌原创性又维护改编合理性、既顾及诗乐各自诉求又遵循艺术规律的办法，是实施著作权和改编权的分离，明确原创者和改编者各自的权责，使诗歌的纯文学文本和诗歌的音乐作品兼容并包，并行不悖。从实践上说，所有诗乐歌曲的创作都应注明诗人原著，所有改编行为都应注明改编者谁。这样打通壁垒之后，诗歌与音乐的结合、诗人与音乐家的合作才会更加顺畅。

海子诗歌的音乐化路径

□吴卓[①]

内容摘要：自20世纪90年代起，海子的部分诗作被谱曲传唱，海子的诗歌作品以歌曲作品的形态呈现。海子的诗歌借助诗歌文本之外的因子延展了诗歌表现的版图。海子诗歌的音乐化是对海子诗歌音乐性的承认与改造，音乐化的转换方式丰富了海子诗歌的阐释空间，同时使海子诗歌以另一种艺术样态进入文化流通领域。

关键词：海子；诗歌；音乐化；歌曲作品

改革开放后，文艺大环境趋于开放，对各类题材作品的包容度进一步提升，诗歌进入了一个常态化的时代。诗歌的跨界传播是诗歌与当代艺术观念的有机融合。诗歌的文学性与艺术的新鲜感、创造力共建的表现空间增强了诗歌的审美表现力，使诗歌打破受限的传播形态，线上线下都活跃在公众视野中，这为海子诗歌音乐化提供了外围的环境支持。在中国当代诗坛，海子代表着一种精神氛围。海子的诗歌世界是非常复杂的，诗歌观念是史诗、抒情诗、浪漫主义诗歌和现代主义诗歌理念的综合。海子的诗

① 吴卓（1995—），女，甘肃嘉峪关人，西南大学中国新诗研究所2018级学术型硕士，研究方向为音乐文学历史与理论。

篇清新晓畅，具有天然的“歌唱性”特征，社会外围开放的环境和海子诗歌内部的有机结合促成了海子“歌者”的诞生。20 世纪 90 年代末起，海子的诗歌被谱曲演唱，据不完全统计，已有 66 首海子诗歌入乐，这在当代诗坛并不多见，一方面体现了海子诗歌创作的音乐性追求，另一方面是现当代诗歌在新传播语境下的艺术尝试。海子诗歌形态的变化折射着当代诗歌发展的可能方向，海子诗歌的音乐化是 21 世纪诗歌文艺生态的一个缩影。

从案头读本的诗歌到多元文本性、功能性的歌曲，从诗歌的内倾性向歌曲的外倾性转变，海子诗歌通过由诗到词的直接转换、据诗写词的间接转换实现了诗到歌的身份转变。

一、由诗到词的直接转换

每一首诗作都有自身适合的音乐性。但由诗到歌词的直接转换，对诗歌有着更多元的要求，诗歌不仅要兼具文学性与音乐性，还要求其本身能基本完成歌词的使命，入乐而歌。按诗谱乐，是诗歌与音乐结合顺向的自然过程，音乐和文学的完美融合是入乐的海子诗歌最显著的特征，也是海子诗歌音乐化的根基。

1905 年，沈心工将杨度的《黄河》谱成了歌曲，“从而开启了我国近现代歌曲中依词谱曲的先河”[①]。不论是古典诗词，还是近现代歌曲“学堂乐歌”，依词谱曲依旧是歌曲创作最直接、重要的方式。依词谱曲的直接转换在拓展文学空间的同时，也开拓了音乐的表现空间。学堂乐歌的助力展现了特定社会历史语境下创作者的内心悸动。海子的诗到歌的直接转换依赖于海子诗歌自身的魅力，以及其诗歌对音乐的召唤能力。

（一）情思与乐思的契合

诗歌对音乐的召唤，情感共鸣是最先使音乐创作者与诗歌建立通道的

---

① 晨枫：《既是诗歌的，更是音乐的》，《词刊》2017 年第 1 期。

桥梁，其次是诗人透过诗歌向音乐人传达的情思，最后是音乐创作者基于诗歌情感意蕴的艺术输出，是音乐人情思到乐思的释放。情思到乐思的扩散会促使音乐创作者的乐思不断向外吐露，乐思也会跟随诗人的思维道路不断向前。音乐创作者具有专业的艺术素养，选择让他们内心产生悸动的诗作，并谱曲入乐，而这创作冲动正是诗歌所触发的，这也是海子的大部分诗歌能够被谱曲入乐的原因。

李泽厚在其《论语今译》中说过这样一段话：子曰："诗三百，一言以蔽之，曰思无邪。"① 简单概括，诗歌创作最重要的原则就是真实。海子诗歌，就是基于个人的生命体悟迸发的字符，正是他基于生存现实的观照，才能创作出"村庄""土地""麦子"等兼具现实性和诗性的意象，同时展现出他内心深处对乡土的怀恋。海子的创作情愫也毫无保留地在诗歌中绽放，让有着同样乡土情结的读者感受着那份情怀，纵然看不见、摸不着，但却可以深切感受到海子与乡土间的对话。"诗应是一种主体和实体间面对面的解体和重新诞生，诗应该是实体强烈的呼唤和一种微微的颤抖。"② 海子强调真正的诗的核心是实体，是实体的倾诉，当主体由内发出声音时，诗才能成为走动着、歌唱着的语言，才真正具备生命力。也是他具备生命力的诗作深深打动谱曲者，使谱曲者产生创作冲动，使得海子部分诗作以歌曲作品的形态呈现。

"音乐创作的心理因素主要有感知、记忆、想象、情感及灵感等，这些因素在音乐创作中并不是孤立地起作用，它们相互影响、相互交织，表现为一种动态的结合。"③ 以张慧生谱曲、周云蓬演唱版的海子诗歌《九月》为例，来探讨音乐创作者是如何在诗歌情思的触发下，将诗歌转换为歌曲作品的。

---

① 李泽厚：《论语今译》，生活·读书·新知三联书店，2008 年，第 32 页。

② 海子著、燎原编：《神的故乡鹰在言语·海子诗文选》，广西师范大学出版社，2018 年，第 665 页。

③ 龚妮丽：《音乐美学论纲》，中国社会科学出版社，2002 年，第 77 页。

目击众神死亡的草原上野花一片，远在远方的风比远方更远
我的琴声呜咽 我的泪水全无，我把远方的远归还草原
一个叫木头，一个叫马尾
一个叫木头，一个叫马尾
……

在诗作中，海子受存在主义哲学的影响，他对于世界、生存、死亡、时间等已经构建了一套属于自己的认识框架，而存在主义哲学与传统诗思的融通是其魅力所在。“风”是海子喜欢歌咏的事物，风的飘忽不定、来去无踪就如同虚无的时间、空洞的空间一样，游离在视线、感觉之外，诗人在诗歌中阐发着关于人生这一终极命题的思考。草原野花一片，生机勃勃，风四处游离，生死交错，空旷、寂静的意境与海子的生命体悟融为一体，仿佛茫茫戈壁上是海子乘风歌唱着生死的奥秘，散发着朦胧又灿烂的光芒。作为谱曲者，张慧生被诗歌中的情思深深撼动，他读懂了这首诗，也读懂了海子，他为《九月》谱的曲是至今为止传唱度最高的版本。张慧生以艺术家的“嗅觉”挖掘海子诗作中的意象、精髓，将诗歌文本的阅读体验和自身感受相结合，形成符合海子诗歌内容的音乐创作方向，才达到诗作情思到创作乐思的过渡。歌手周云蓬的演唱使得情思和乐思进一步融合，基于诗歌创作者的情思和谱曲者的乐思，演唱者将诗与歌更好地结合，以真挚的情感去歌唱，更容易引起读者和听众的共鸣。

高辉作曲引用海子诗作《远方》，歌词如下：

远方除了遥远一无所有
遥远的青稞地
除了青稞一无所有
更远的地方更加孤独
远方啊除了遥远一无所有
……

在诗作中，诗人的抒情对象是“远方”，“远方”所指代的不再是空间意义上的遥远，而是抒情主人公青春、理想的宣言，是一种青年远行的情怀。在海子的笔下，远方兼具幸福、痛苦的色彩，他运用虚实结合的手法，在如泣如诉的矛盾基调当中反复吟唱远方，表达了青年的浪子情怀。而在作曲家领略诗歌文本深意后，青年诗人与青年音乐人的碰撞激起了更绚烂的火花，精神上的共鸣会给予音乐创作者灵感，使得作曲家充分运用敏锐的艺术感受力，创作与该诗相符的乐曲，歌者声音维度的“远方”赋予了诗歌文本中“远方”新的生命力。

（二）诗乐复合的催化

海子诗歌不仅具有一般文学性诗歌的特征，诗歌内在的节奏性也使其具备一定的音乐性。诗歌文学性、音乐性的结合使诗歌具有诗乐复合性的审美色彩，也使诗歌更容易向歌曲作品转换。

“诗是语言的艺术，乐是声音的艺术。诗以文字作为记录的符号，乐以音符作为记录的符号。文字、音符是构成诗、乐这两种艺术最基础的符号形式。”① 而在海子的诗歌当中，在文字、音符的基础上，其诗歌内部建立了沟通、交流的关系，从诗歌的“音乐性”来看，由诗成词的海子诗歌是诗乐融合的典型表现。以蒋山谱曲并演唱的歌曲《面朝大海，春暖花开》为例，展现海子诗歌是如何通过结合诗乐走向音乐之路的。

从明天起，做一个幸福的人
喂马、劈柴，周游世界
从明天起，关心粮食和蔬菜
我有一所房子，面朝大海，春暖花开
……

① 童龙超：《诗歌与音乐跨界视野中的歌词研究》，人民出版社，2016年，第70页。

诗乐的良性互动主要体现在诗乐复合性，海子诗作音乐性和诗性的内部相通就如同催化剂一般，催生诗歌到歌词、歌词到声乐作品的转换，海子诗歌内部的特殊变异打通了诗歌、音乐间的隔膜，实现了诗乐歌曲的文学、艺术价值。诗乐相通会增强其作为声乐作品的艺术表现力，也是诗歌与音乐跨界结合的重要前提。

在诗歌到歌词、再到声乐作品的转变中，诗歌内在的情思、诗乐复合性是发生转变的重要前提。原诗音响、音乐潜质的充分显现，会增强诗歌本身的音乐感、诗性，会促成以诗歌直接为歌词的音乐转换，也会增强声乐作品的歌唱效果，使转换更为成功。比如以海子原诗作为歌词的歌曲作品《九月》《日记》《面朝大海，春暖花开》《西藏》《秋》《晨雨时光》《葡萄园之西的话语》《房屋》等，诗歌内部诗意与音乐性都是高度契合的。从外在节奏的起伏到内在诗情的消长，海子诗歌整体的节奏感赋予其音乐美，诗乐复合性如同催化剂，使诗歌本身与音乐创作者、音乐高度契合，从而直接发生音乐转换。再经由谱曲者乐思与诗歌创作者情思的巧妙结合，通过演唱者的用心演绎使诗歌完成了新的蜕变。

（三）诗歌与歌曲体制的匹配

音乐表达不同于诗歌，它需要利用灵巧性、变化性的元素展现独特的音乐面貌，并非是单一的音响效果，而是一种文学语言向音乐语言的转化，是语言在情感、艺术层面的音乐化创作。不同于诗歌的审美功能，音乐艺术注重与受众感官层面的交汇，目的是满足受众瞬时性的娱乐性需求，相较诗歌的深刻性和延展性，歌曲的欣赏更为直观、短促，因而大部分歌曲作品的演唱时间都不会超过 5 分钟。“尽管现代的复制技术使歌曲的反复聆听成为可能，但歌曲内蕴的释放依然具有‘不可重复’的特点，一个乐音的诞生过程也即是消亡过程。”[①] 所以入乐演唱的现当代诗歌基本都篇幅短小，像徐志摩的《偶然》、木心的《从前慢》、顾城的《墓床》等。如果是篇幅较长的诗歌，音乐创作者也会经过剪裁使其符合音乐艺术的表

① 傅宗洪：《试论歌词在歌曲中的地位》，《人民音乐》2008 年第 3 期。

达要求，如赵元任谱曲的《卖布谣》（刘大白诗），就是只保留了诗歌第一节。苗菁曾提到，“入乐的诗歌，一般都是不很长的。或者说，凡是过于冗长的诗歌，一般是不会被音乐家选作歌词的”[①]。所以，海子诗歌改编为歌曲作品的诗歌大都篇幅短小，多为抒情短诗。

海子的抒情短诗大都自然晓畅，外在形式和内在诗情节奏相统一，可直接谱曲演唱。大部分入乐的海子诗歌字数都不超过300字符，体制方整、短小。像《秋》《夜色》两首诗更是不足100字，诗歌内部结构比较简单。

在夜色中
我有三次受难：流浪 爱情 生存
我有三种幸福：诗歌 王位 太阳

以上是海子诗歌《夜色》，这首诗体式简单，全文34字，语言简洁流畅，伴随着舒缓的钢琴前奏，曲作者西辞用吉他伴奏反复吟唱，采用歌曲中最常用的二段体结构，虽然第二、三句的句式结构相同，但前后两段的音乐情绪完全不同，一方面存在对比，另一方面也有所呼应。第二段的重复演唱，将诗歌内涵的诠释更加到位，同时也使得歌词段式与曲式更好结合，同时提供音乐驰骋的空间。如李如春作曲的《面朝大海，春暖花开》，全诗分为三节，体式规范、适中，曲式结构为A＋B式，歌曲第一段较为抒情，较为平易、恬淡。歌曲第二段的音符排列相较于第一段紧凑很多，用连续排列的音符表达了高亢激昂的情绪，符合歌词（诗歌）里表达的温暖祝愿的情绪。海子诗歌篇幅和体制的特点迎合了声乐作品创作的外在需求，海子诗歌更易与音乐“牵手”，从而使诗歌向音乐直接转换。

① 苗菁：《入乐的新诗：体现双重特质的歌同——现代歌词形态浅析（二》，《词刊》2006年第3期。

二、据诗写词的间接转换

诗、歌词并不是共时互生的关系，并不是所有的诗歌都能直接转换为歌词，只有二者达到某种程度的契合才能发生直接的音乐转换，这对诗歌文本、音乐创作者均有极高的要求。直接转换在存储诗歌深度、文学价值的同时，文学性的进入使最终的歌曲审美性不断增强，一定程度上也保障了歌曲作品的音乐品质。而根据海子诗歌来写歌词的间接转换，是音乐创作者基于海子诗歌本身的风格、意象及意境做出的改编和创新，是具备海子原诗风貌的。那些以海子原诗为基础的歌词创作，在歌曲内容、命名方面都与海子诗歌原作有着密不可分的联系，一方面保有诗歌原本的基调，另一方面也展现了词作者的才华。据诗写词的间接转换进一步彰显了海子诗歌音乐化的多重可能性。根据海子原诗的风格进行歌词创作的歌曲，大致分为以下三种情况：

（一）典型意象的重组

典型意象符号的重组是一种经过变通的替代性方式，以新的作用力解构海子的诗歌文本。诗意的形式、内容看似与原本的结构、内容发生裂变，经过重组的语言形式一方面承载了海子诗歌文学性的深刻内蕴，另一方面改变了文本的定型结构，使诗歌向歌词转换的空间变得延展、开放，促进了文本变迁。赵元任说："所选的诗材，也不是专挑好诗来作谱，是选好谱的诗来作谱的。"[①] 由此可见，一首诗能否入乐，并不完全取决于诗歌的质量，这也是海子诗作并未全部转换为歌曲作品的原因。海子诗歌典型意象的重组是诗歌从音乐化走向音乐的重要转变，是音乐创作者基于文学、音乐的筛选和处置，是在文学性、音乐性双重形式上的吸收和改造。

《日记》是海子抒情诗中的代表作，采用了典型的情景交融型的抒情方式，戈壁上荒凉的"德令哈"也因此走红。《日记》原诗共三节，第一、

① 赵元任：《新诗歌集》，《赵元任全集》（第 11 卷），商务印书馆，2005 年，第 11 页。

二节写出了在戈壁上远游青年人的孤独，抒发了自己的空无感、忧伤，第三节以一种咏叹式的呼唤表达对“姐姐”的思念，触碰了无数人的心弦。原诗如下：

姐姐，今夜我在德令哈，夜色笼罩
姐姐，我今夜只有戈壁
草原尽头我两手空空
悲痛时握不住一颗泪滴
姐姐，今夜我在德令哈
这是雨水中一座荒凉的城
……

黄金刚作词、作曲的《姐姐，今夜我在德令哈》，并未直接引用海子原诗，而是抽取其中“德令哈”“戈壁”“姐姐”等典型意象，根据原诗的意境、情感基调改写，在很大程度上还是具有海子诗歌的色彩——

我问晚风哪里是你的家
我问流水在路上你怕不怕
我问这里从前有过多少人家
我问戈壁有没有开过红花
姐姐，今夜我在德令哈
暮色笼罩着我想起你的长发①

歌词改变了原诗的内容，但保留了重要的意象，不同于原诗戈壁的荒凉、孤独，但都注重以“姐姐”为对象的情感倾泻，伴随柔和的伴奏、演唱者赋予了这首诗新的情感内涵。黄金刚加上了“晚风”“流水”“红花”

① 黄金刚：《吟唱生涯》中第七首，专辑类别：录音室版，独立发行，1995年5月1日。

等原诗中没有的温暖元素，或许是创作者对海子的一种精神抚慰。孙劲飞也翻唱了黄金刚谱曲的这个版本，收录在专辑《我想给你讲些故事》[①]。由傅贤生作词，姜原乾、陶洪强作曲的《走进德令哈》[②] 也是《日记》的改编，歌词内容与诗歌相似度不是很高，虽然沿用了“姐姐”意象，但更多是作为读者对海子诗歌的想象。歌曲高潮反复吟唱藏传佛教的“六字大明咒”[③] 是对诗人海子的一种致敬，但是与原诗相比，歌曲中少了些戈壁的荒凉感，失去了原诗的韵味，因而传唱度不是很高。海格作词、作曲的《南风吹过德令哈》[④] 是由言和演唱的中文原创歌曲，是为悼念海子逝世 29 周年制作的，歌曲呈现一种清冷、孤寂的风格。歌词托海子口吻而作，多处化用《日记》中的诗句，MV 中使用了大量的高原实拍素材，与苍凉的词曲一同渲染了强烈的悲壮气氛，但是演唱者并未将二者充分演绎，歌众评价演唱没有感情色彩，所以这首歌的知名度也很低。TANX 作词、作曲的《远方的德令哈》[⑤] 将“青稞”“德令哈”“戈壁”等意象拆分重组，歌词结构比较简单，多表现的是远方悠远的况味，马头琴柔和的伴奏使歌曲整体具备强烈的感染力。

《面朝大海，春暖花开》是海子广为流传的诗作，是诗人极富渲染力的抒情性独白，也有不少的音乐人为该诗插上音乐翅膀，通过原诗中意象、意境的重新排列组合，产生新的艺术张力。由海格 P 作词、作曲的《暖春将至》[⑥] 是为纪念海子离世 30 年，是基于诗人的角度对自身生命的一种审视，歌词内容呈现如下：

暖风过境拨开所有阴霾

---

① 孙劲飞：《我想给你讲些故事》，专辑类别：录音室版，独立发行，2019 年 4 月 29 日。

② 陶洪强：《走进德令哈》，专辑类别：Demo 及其他，独立发行，2019 年 8 月 14 日。

③ 六字大明咒：又称六字大明咒、六字真言，是佛教里最常见的真言。

④ 海格 P：《南风吹过德令哈》（纪念诗人海子逝世 29 周年），专辑类别：现场版，2018 年 3 月 2 日。

⑤ TANX：《远方的德令哈》，专辑类别：录音室版，独立发行，2018 年 2 月 15 日。

⑥ 海格 P：《暖春将至》，专辑类别：Remix 版，独立发行（纪念海子逝世 30 周年），2019 年 3 月 36 日。

化作春雨冲洗我的骨骸
谁的执意描绘谁的挚爱
埋我的人 在原地徘徊
季风吹过的路铺满尘埃
黑色翅羽仅有孤独满载
幸福闪电击中哪座山脉
这片土地的安宁不再
……

这首歌算不上是成功的改编，歌曲中虽然出现了“幸福的闪电”“春暖花开”等原诗的温暖性诗句，但是在歌曲中“骨骸”“尘埃”“黑色翅羽”等元素的出现，使歌曲体现出一种绝望、颓废的悲壮美，与原诗朴素、明朗的尘世幸福形成反差，将诗人诗中隐含的忧伤置于歌曲中，更像是海子的自述，“歌”的意味则少一些。

谁不曾向往 诗里的自由
喂马劈柴 周游世界
我也曾向往 诗里的房子
面朝大海 春暖花开
……

这是张峰、邱玥作词，邱玥作曲的《向往》[①] 中节选的歌词，也是将《面朝大海，春暖花开》中的重要意象“喂马”“劈柴”“大海”等重新组合放在歌词当中，借意象抒发了歌者对于远方、阳光的向往，延展了诗意。汪晨晨作词、作曲的《越过海角，驶向天涯》[②] 则是模仿原诗的语言

① 邱玥：《初来乍到》中的第二首，专辑类别：Demo 及其他，独立发行，2018 年 6 月 21 日。

② 汪晨晨：《你好，再也不见》，专辑类别：现场版，独立发行，2018 年 8 月 13 日。

结构改写的，汪不懂作词、作曲的《面朝沙海，那里花儿又开》[①] 与《越过海角，驶向天涯》都是以《面朝大海，春暖花开》的框架为基础。基于诗歌中的意境，歌曲对生活的那份希冀和美好也是相似的，歌者也是带着诗人的精神追求演绎的，在形式、精神上都再现了原诗的风采，这次据诗写词的转换无疑是成功的。

（二）诗句的移借

以《面朝大海，春暖花开》为例，由拾壹 Eleven 编曲的《及春》[②]，其中音乐人将中英文相结合，先通过极具渲染色彩的前奏融合世界各地关于疫情的报道，后通过海子的诗句“从明天起，做一个幸福的人/喂马，劈柴，周游世界/从明天起，关心粮食和蔬菜/我有一所房子，面朝大海，春暖花开”表达歌者对于希望的企盼。歌曲当中也融合了朱自清的散文名篇《春》，诗与散文在音乐中的创意性组合提升了歌曲的艺术魅力。任丁一作词、作曲的《社交恐惧》[③] 中引用的就是《面朝大海，春暖花开》的第一节，采用朗诵的形式，与歌词整体呈现的消极情绪形成鲜明对比，节选的诗歌内容与歌曲整体风格不搭，可以说是海子诗歌的一种艺术化误用。金颖博作词、作曲的《德令哈》[④] 也是移借原诗中的第二节及第三节的两句，将海子诗歌原诗句融入在新的歌词文本，将原诗的内涵进行续写和拓展，歌词第一段使用海子诗歌创设德令哈的意境，“德令哈”的循环反复建立了在歌众心理层面的熟悉感，同时词作者也建构了新的景观，将主题升华到生命终极价值的追寻。吉他很好地围绕人声旋律作伴奏，使音质悠扬、饱满。杨牧作曲的《三月，烧毁一切的悲歌》[⑤] 中移用了海子诗作《西藏》《九月》《黑夜的献诗》《秋》《四姐妹》中的诗句，歌词节选

① 汪不懂：《我想我不再是那个海子》，专辑类别：Remix 版，独立发行，2017 年 12 月 2 日。

② 拾壹 Eleven：《乱七八糟随手瞎搞的编曲》，专辑类别：Demo 及其他，独立发行，2020 年 3 月 14 日。

③ 任丁一：《社交恐惧》，专辑类别：录音室版，独立发行，2019 年 8 月 16 日。

④ 金小金：《德令哈》，专辑类别：录音室版，独立发行，2017 年 4 月 18 日。

⑤ 杨牧：《爱情》中的第三首，专辑类别：Demo 及其他，独立发行，2014 年 8 月 30 日。

如下：

没有任何夜晚能让我沉睡　　　　（出自《西藏》）
没有任何黎明能让我醒来　　　　（出自《西藏》）
远在远方的风比远方更远　　　　（出自《九月》）
黑夜一无所有　　　　　　　　　（出自《黑夜的献诗》）
如何给我安慰　　　　　　　　　（出自《黑夜的献诗》）
该得到的尚未得到　　　　　　　（出自《秋》）
该丧失的早已丧失　　　　　　　（出自《秋》）
……

音乐创作者将海子诗歌中的经典诗句拼接、重组，形成新的歌词文本，将海子诗歌熟悉的形象语言置于新的文本结构中，使歌词文本落入全新的情感语境，使不同诗句巧妙结合，让歌众对歌曲产生应有的期待效果。恰当移用大量诗句，在一定程度上可以扩展歌曲作品内部的情感容量，不同情感的叠加会使歌曲有更丰富的表达效果。由马尾少年作词、作曲的《你是我的太阳》[①] 中移借了《九月》的诗句“我要把远方的远/归还草原”，但歌词结构与曲式结构匹配度不高，歌曲整体平缓，演唱有一种低迷、无力感，是一次失败的尝试。沈逸丹作词、作曲的《远方的风》[②] 移借了诗句“远在远方的风/比远方更远”，婉转悠扬的女声演绎使远方多了些温暖的音响效果。胡今尘作词、作曲的《三月的风语者》[③] 更是在歌曲中将“远在远方的风/比远方更远”重复了五遍，让乐思进一步延续，增强了节奏感的修辞效果。反复吟唱使欣赏者更容易进入歌曲的情感空

① 马尾少年：《你是我的太阳》，专辑类别：Demo及其他，独立发行，2020年7月20日。

② 沈逸丹：《远方的风》，专辑类别：录音室版，墨枫文化传播有限公司，2020年3月4日。

③ 城客漫步：《Tbang2017·皂》，专辑类别：录音室版，华语世博发行公司，2018年2月7日。

间，相得益彰的旋律使情感进一步被渲染，使乐曲情感上升到最饱满的位置，深化了音乐人的艺术表达。陈小宇创作的《海子》[①] 移借了《日记》中的八句诗句，并将顺序打乱，其中诗句“这是唯一的/最后的抒情/草原尽头/我两手空空”重复了两遍，原诗意境与歌词表达相契合，混音、和音的配合达到了很好的音响效果，增强了音乐作品的情感色彩。海子原诗句的借用一方面表现了音乐创作者对海子诗歌的欣赏，另一方面也是为了吸引歌众，推动歌曲作品的流行。

（三）“海子”的符号化使用

海子在诗歌、思想领域的经典化已然成为一种文化现象，在消费主义文化席卷全国的年代，海子成了一种镜像。不同的人群在海子身上塑造各异的文化形象，满足当下青年人的精神需求。在各种镜像和角力的作用下，海子成为特定时代的文化表征。“海子被神话”也是历史、时代合力产生的效应，一方面海子诗歌的价值、阐释空间不断被开拓，另一方面海子也被流行文化、消费文化所裹挟，被当作文化符号带入不同的领域。海子、海子诗歌在公共文化空间产生了市场价值，特殊的时代背景推动了海子诗歌、文化市场的契合，使得海子获得持续关注的同时，也被过度解读和消费。任何文化的流行都来源于符号的表达，当海子在文化空间呈现出颜色各异的面貌时，他个人也被赋予了不同的标记，成为新领域约定俗成的符号，用来体现某种特定的文化作用。就如同海子作为一种文化元素进入歌曲作品，部分音乐创作者采用这样的方式旨在增强歌词的深度，利用海子这个身份的携带意义，实现艺术、市场的双赢。

吾人文化的《海子》[②] 是由中国说唱歌手董宝石演唱的，曾组建吾人族。他开创了“东北蒸气波”[③] 说唱方式，具有浓烈的后现代赛博朋客风

---

① 陈小宇：《今夜我在德令哈》中的第一首，专辑类别：录音室版，独立发行，2020年12月31日。

② 吾人文化：《十年》中的第三首，专辑类别：录音室版，独立发行，2016年7月20日。

③ “东北蒸气波”说唱的鼻祖是董宝石，这种说唱方式是一种既复古又暧昧的方式。蒸气波是对原有音乐的一种解构。再加上东北方言自带押韵和幽默感，董宝石的蒸气波充满了20世纪90年代的缩影，像一部东北回忆录。

格，后凭借《野狼 disco》爆红。红遍全国的董宝石将其爆红归功于海子口中的“三种幸福”——诗歌、王位、太阳。董宝石将海子的诗歌《夜色》纹在手臂上，写《海子》这首歌长达两年时间，歌词当中带有典型的海子元素。这首歌是董宝石几年前的作品，据一个微博音乐人的分享，董宝石在创作《海子》时屡屡落泪。这首歌是献给诗人海子的，既有致敬，也有自己对诗歌与生命的探索与感悟。歌词中涉及海子的诗歌有：《九月》《村庄》《以梦为马》《阿尔的太阳》《夜色》《春天，十个海子全部复活》，并未使用诗歌中的原句，而是对原诗的概括或是原诗句的改写，给听众一种既熟悉，又新鲜的感觉。《海子》是具有强烈诗人色彩的说唱型歌曲，与大部分以海子诗歌为词的歌曲作品不同。《海子》这首歌以说唱为主，咬字实、落音重，歌者的创作是基于对海子、海子诗歌的深刻认识，兼具说唱的不羁性。这首富于人文气质的歌曲，歌手用东北社会摇唱着海子的诗歌生涯，呈现出浪漫和悲怆并存的电影画面。

陈小宇创作的《海子》① 也是以海子为歌曲名，歌词中引用了《日记》中的原诗句，音乐创作者借海子、海子诗歌延展歌曲的诗意及深意。陈小宇细腻的嗓音迎合了歌曲的感情基调，用海子自身的诗性无限接近音乐，演唱多了些悲壮美，少了些情感的流露，使得海子、海子诗歌与创作者之间的连接不够自然，略显单调、无力。还有很多歌曲作品都是以海子为题，或是将海子作为歌中的意象，比如少田嘉措作词作曲的《海子》②，据创作者自己分享，他说自己写的是太阳，也是海子。值得一提的是词作者的小名也叫海子，在歌曲简介中引用了海子的诗歌《夜色》。姜铭杨作词、作曲的《海子》③ 用反差感极强的嗓音配合着动人的歌词，极具画面感的声线和真挚朴实的民谣底色，给听众留下一定的想象空间。歌词中并未使用海子的诗句，但网易云音乐上的听众评论多达 1226 条（不完全统计），

① 陈小宇：《今夜我在德令哈》中的第一首，专辑类别：录音室版，独立发行，2020 年 12 月 31 日。

② 少田嘉措：《海子》，专辑类别：录音室版，独立发行，2019 年 9 月 7 日。

③ 姜铭杨：《海子》，专辑类别：录音室版，独立发行，2020 年 7 月 10 日。

全是对于海子的致敬和怀念，可见海子的召唤力。Jaco 的《海子》[①]，创作者说写这首歌是三月份，而海子是三月份在山海关卧轨自杀的，歌词中反复出现山和海，是为了纪念海子，所以歌名为《海子》。

不再只是海子的诗句，而是海子作为音乐创作的元素被引入歌曲，成为音乐人用来增强艺术表现力的强大内核。这一方式让音乐作品具备诗性的灵魂，一定程度上透视了歌曲的意境，这是海子自身的诗性和音乐的完美契合，是海子作为艺术符号与音乐的良好互动。当然，也不乏歌曲作品利用海子诗人身份，借其知名度制造音乐宣传的噱头，进而推动歌曲的传播与流行。音乐，是与心灵发生碰撞的艺术形式，是基于生命体验和情感的表达，而不论是海子入乐，还是海子诗歌入乐，都应该是诗歌与音乐的自然、动态的交互。

诗和歌各有各的兴味，也各有各的价值。海子原诗入乐、海子诗句入乐、海子诗歌意象入乐、海子入乐等都是诗乐融合的体现，海子诗歌与音乐的碰撞、互动及转换带来了新的审美体验。

海子诗歌自带的歌谣性、语义的复杂性与民谣诗性的艺术价值追求形成了某种层面的相互观照，同时也满足了当下受众个性化的精神需求。海子诗歌的音乐化也是诗歌在时代语境下的文化自觉，是诗歌自身与外界多种因素的合力，也是诗歌、音乐的共同蜕变，打破了诗歌精英层面解读的封闭性，以诗歌为词的歌曲作品成为语词意义、诗意内涵、声乐、器乐的融合载体。声乐艺术在保持诗歌基本幻象的同时，也利用音乐的声音符号构建自足的音乐形态。海子诗歌的音乐化并不是诗歌、音乐的简单叠加，是立足于各自艺术规则的艺术创造，而当前以海子诗歌为词的歌曲作品，艺术质量参差不齐，这是艺术创作者需要重视的，那么如何让海子诗歌与音乐更好地结合，仍是一个值得关注和探讨的课题。

① Jaco：《Jaco 的 Demo》中的第七首，专辑类别：Demo 及其他，独立发行，2014 年 1 月 1 日。

文化诗学

生意与启蒙

——《新少年》杂志研究（1936—1937）

□刘鹏宇①

内容摘要：作为开明书店旗下的少儿刊物，《新少年》以指导少年们“认识社会、欣赏文艺、了解自然”为宗旨，致力于对少年的政治、艺术与科学启蒙。《新少年》建基于“生意”。创刊背景是国民政府黄金十年，基础教育获得较大发展的时期。在出版业，“杂志年”的出现，少儿读物的大量出版，则是行业形势。以青少年读者为目标的开明书店，适时创刊了《新少年》。“生意”的另一面是“启蒙”。开明人继承了清末以来中国知识分子对“新”的追求，以帮助少年能够真正取得“新少年”的资格为目的，对少年读者展开丰富的教育，以希望其能早日承担解救国家危亡之重任。少年读者通过参与相关栏目，其主体性得到进一步确立。在此过程中，《新少年》的“启蒙”价值得以彰显。

关键词：《新少年》；生意；启蒙；“新少年”

上海作为中国近现代出版业的中心，是众多大型出版机构和重要刊物的发源地。在当时，以印售中小学教科书数量之多寡为排列次序，被称为

① 刘鹏宇（1994—），重庆人，文学硕士，现就职于重庆市大渡口司法局。

“商中世大开”[①]。开明书店[②]于1926年成立，排名第五。“以青少年学生读物为出版重点”，开明致力于对少儿群体的启蒙与教育。在出版过程中，无论是教科书还是期刊，开明人都始终保持着认真负责的工作态度和以读者为本位的出版理念。《新少年》作为开明旗下的少年杂志，继承与沿袭着开明书店的一贯作风，成为辅助中小学教育发展的综合性知识刊物，广受读者赞誉。

《新少年》（半月刊）创刊于1936年1月，是开明书店在成立十周年之际发行的重要刊物，以高小学生和初中学生为主要阅读对象。1937年，由于“八一三”事变的爆发，国内形势愈发严峻。上海出版业损失惨重，《新少年》也因此被迫停刊。从发刊到停刊，《新少年》历时仅短短一年零七个月，共出版38期。直至1945年7月，《新少年》才在青少年的期盼与开明人的筹备中，得以在重庆复刊，改名为《开明少年》（月刊）。据开明人唐锡光表示，“《新少年》这个刊名，被人家用去了，就改名《开明少年》，一是表示它是开明书店出版的少年杂志。一是希望少年读者做个又‘开明’又‘明白’的人”[③]。1952年3月，该刊与《进步青年》合并为《中学生》，共出版76期。

一、黄金十年：《新少年》的创刊

1927年4月18日，南京国民政府正式成立。此后，国民政府便积极采取了重建社会和恢复经济的一系列措施，主要体现在财政、工业、农业、交通、教育、文化等诸多方面。其中，最初十年间（即1927—1937年），国民政府在政治、经济、社会、军事、教育、交通与文化等方面的

---

① 朱联保：《漫谈旧上海图书出版业》，《出版与发行》1986年第5期。

② 开明书店由章锡琛创办，于1926年8月1日在上海宝山路宝山里60号正式成立。该书店有夏丏尊、叶圣陶、顾均正、唐锡光等一批优秀的作家和编辑人员，出版了大量的刊物、古籍、少年读物、教科书等。1953年与青年出版社合并为中国青年出版社。

③ 唐锡光：《开明的历程》，《我与开明》（中国出版工作者协会编），中国青年出版社，1985年，第308页。

建设，“实远逾过去二十五年数倍有余，而其效率之宏大更为历史所仅见”[1]，为众多中外学者所赞誉，素有“黄金十年”[2] 之称。在此期间，国民经济的发展、社会政治的稳定，社会基础建设的日益完善，都为教育与出版业营造出良好的发展空间。中国的教育文化与出版事业，也因此呈现出繁荣的发展态势。

“黄金十年”间，国民政府为巩固其统治，推行了一系列教育政策。即是国民政府发展教育的初衷，是为了以思想巩固自己的统治，但其产生的有利影响及最终成就也不可忽视。“它使教育有法可依、有章可循、起到了规范教育、严格管理的作用，从而有利于教育事业的有序发展和教育质量的逐步提高。”[3] 从资本的大量投入，到教育政策的不断变革，十年间初、中、高等教育皆有所发展，尤以中小学教育最为突出。学校、学生数量的快速增长，也刺激了出版行业的发展与繁荣。

这一时期出版业的繁荣，一方面体现在原有大型出版机构的日益壮大与现代出版机构的不断涌现；另一方面，在众多书局的共同努力下，无论在种类还是在数量上，报纸、图书、期刊/杂志在此十年间都呈现出较快的发展趋势，呈现出出版业的繁荣景象。20 世纪 30 年代，由于受到世界经济危机的影响，国民购买力下降，出版业一度陷入低谷。作为资本主义快速发展的经济都市和中国出版事业发展的文化重镇，在“一・二八”事变发生后，上海受到日军的严重摧残，出版业损失极为惨重。其中，单行本（按：指图书）的出版受到很大程度的影响。与之相反，杂志却如雨后春笋般不断发展。1934 年也素有“杂志年”之称。

这一时期出版的众多杂志中，少儿刊物占据主要地位。少儿杂志的出版，在国民政府成立之前，便已有之。国民政府时期，随着“杂志年”的

① 中国文化建设协会编：《序》，《十年来的中国（上册）》，商务印书馆，第 1 页。

② 驻华美军指挥官阿尔伯特・科蒂・魏德迈将军在 1951 年 9 月 19 日出席美国会做证时，盛称这十年为中国现代史上的“黄金十年”。有研究者认为，这是对“黄金十年”的最早提出。并且，此说法一经提出，便受到社会各界地广泛使用。

③ 李华兴主编：《民国教育史》，上海教育出版社，1997 年，第 12 页。

盛行，少儿杂志的发展较此前更为突出。不仅原有出版机构日益壮大，一些新兴的出版机构也不断涌现，致力于对少儿刊物的创办。除商务印书馆和中华书局外，开明书店也相继创刊了《中学生》《中学生文艺》《新少年》等，作为研究对象的《新少年》，也由此应运而生。

《新少年》（半月刊）于1936年1月1日创刊，每月10日、25日出版。1935年12月，开明于《中学生》杂志上颁布发刊预告，具体如下：

《中学生》的兄弟刊物《新少年》

一九三六年给全国少年

带来一位忠实的新朋友

本志是《中学生》杂志的兄弟刊物。我们从口头、从书面接到许多中学生读者报告说："《中学生》杂志上所登的材料还不够浅，我们只能看懂一半，希望你们把程度再降低些。"

可是我们的杂志叫做《中学生》，这《中学生》照学制系统所规定，包含着六个年级；所以我们只能把各学级所需要的材料平均分配于每一期的杂志中，而不使偏颇。要是我们真的把程度降低了，不也会有许多读者来责备我们所登载的材料太浅吗？这考虑，使我们觉得有另办一个程度较低的杂志的必要。现在出版的杂志，它们的读者不是儿童、小朋友，就是一般的知识阶级，其中适于高级小学及初中一二年级的少年们阅读的，却一种也没有。有这需要，有这环境，我们的《中学生》就自然而然派生出这个小弟弟《新少年》来了。①

由发刊预告可知，开明书店决定创办《新少年》，除纪念开明书店创办十周年外，另一个原因是《中学生》杂志只能为初、高中学生提供阅读，不能为更小的读者提供较为浅显的知识。目前众多的少儿杂志中，也并无适合高小学生和初中学生阅读的刊物。因此，考虑到读者的需求和中

---

① 《中学生》，1935年第60期。

小学生的发展，开明书店创办了“全国少年唯一的良友”——《新少年》。

20世纪30年代的出版机构与杂志出版，大多具有一定的“生意”性质。以往对期刊、杂志的研究，往往过分关注其对文化的积极影响，从而忽视其营利取向和商业性质。罗伯特·达恩顿曾在《启蒙运动的生意——〈百科全书〉出版史（1775—1800）》一书中写道：“启蒙运动存在于别处。它首先存在于哲学家的沉思中，其次则存在于出版商的投机中。”① 由此指出出版并不仅仅是文化传播的载体，更是经济利益的产物，具有一定的商业性质。但如果仔细考察，可以发现在杂志的创作、编辑、印刷、出版过程中，无论是印刷成本、作者稿费，还是编辑薪水，都需要一定的经济支持。因此，出版的商业化在所难免。倘若出版家不追求经济利润，那么在没有外来资金的支持与帮助下，出版事业将难以继续维持。

作为20世纪30年代的杂志，《新少年》在启蒙读者的同时，也具有一定的商业性质，这一点不可忽视，也难以避免。首先，就刊物性质而言：

> 期刊与报纸不同，一份期刊通常对于读者有所限定，基本上不会有一种期刊希望自己大小通吃，期刊的预设读者也许不会被明说出来，但仍可从其内文、广告、读者来函等地方窥得一二；……换句话说，我们不能寄望一份杂志忽有上百万的销售量，而是要看他在于他的预设读者群中，是否占有优势，具有影响力。②

即是说，期刊的目标读者具有针对性。明确刊物的读者群体，编辑者可以根据读者的实际需求组织稿件，使刊物更具独特性格。至于期刊的成功与否，则主要取决于其在目标读者群中的影响力。这不仅影响着期刊的命运与发展，还关乎出版社的商业利益。《新少年》以中小学生为目标读

① 罗伯特·达恩顿：《启蒙运动的生意——〈百科全书〉出版史（1775—1800）》，生活·读书·新知三联书店，2005年，第3页。

② 王飞仙：《期刊、出版与社会文化变迁——五四前后的商务印书馆与〈学生杂志〉》，政治大学史学丛书，（台北）政治大学历史学系2004年，第67页。

者，如何迎合中小学生的阅读需求是其成功的关键因素。由此看来，开明编辑们调查、了解读者喜好，也是出版社用以迎合读者需求的做法，不免有扩大商业利益，赢得市场竞争力的嫌疑。但如果仔细考察《新少年》的销售价格（详见表1—5），就会发现该杂志价格低廉，能够获得的商业利润可想而知。加之出版期刊需要耗费大量的人力、物力、财力，除却基本的印刷费用、稿费支出、编辑薪水等，其能获取的商业利润更是微乎其微。

表1—1　《新少年》定价表①

定价表	
零售	每月二册每册八分邮费一分
	特号每册大洋一角邮费一分
预定	全年二十四册一元八角半年不定

表1—2　开明书店出版杂志定价表②

民国廿六年一月重订

杂志名称		《新少年》	《中学生》	《中学生文艺季刊》	《月报》	《词学季刊》
全年册数		二十四	十	四	十二	四
零本售价	书价	八分	普通号一角八分 倍大号三角	三角	二角五分	四角
	邮费	一分	二分/三分	三分	三分	三分
预订价	全年	一元五角	一元五角	一元	二元五角	一元六角
	半年	八角	不定	不定	一元三角	不定
国外预定应加邮费（全年计算）	二元二角	二元二角	二元二角	一元二角	三元六角	一元二角

① 《新少年》1936年第1卷第4期。
② 《新少年》1937年第3卷第1期。

续表

杂志名称	《新少年》	《中学生》	《中学生文艺季刊》	《月报》	《词学季刊》
出版期	每月十日、二十五日 特刊无定期	每月一日出版 七、八两月休刊 一、六两月倍大	每年三、六、九、十二月	每月十六日	每年三、六、九、十二月

实际上，开明书店旗下的杂志均价格低廉，利润微薄（具体参见表1—6），比较观之，《新少年》定价最低。那么，开明如何在利润如此微薄的情况下得以生存，《新少年》又从何获取自己的经济来源。概言之，在杂志中刊登大量的图书广告和开展优惠活动，不仅能够扩大杂志的影响力，以此带动图书市场，还能为开明收获广大的读者群体，是开明书店营销策略的体现。其中，《新少年》杂志广告价目表如下：

表1—3 《新少年》杂志广告价目表①

广告价目表				
等第	地位	全面	半面	四分之一
甲等	底封面之外面	七十元		
乙等	封面底面之内面及对面 正文首篇之对面	六十五元	三十二元	
丙等	图画中及首篇以外正文前后之对面	四十八元	二十八元	十七元
丁等	其他	三十八元	二十四元	十五元
广告概用白纸黑字如用色纸或彩印价目另议绘图刻图工价另议连登多期价目从廉 欲知详情请至上海梧州路第三九　号开明书店推广部接洽远地函询即复				

若将《新少年》定价表与广告价目表比较观之，会发现杂志的定价和广告的价格存在着巨大差距。这意味着，杂志的销售利润并非出版社的主要利益来源。在杂志收入微乎其微的情况下，出版家往往以广告收益来补贴运营成本。是以，借由期刊加强对图书的推广与宣传，广告产生的经济

① 《新少年》1936年第1卷第4期。

效益及其附加值才是支撑开明书店持续创刊《新少年》的主要驱力。

1937 年 8 月，“八一三”事变爆发。日军对上海发动大规模进攻，使上海出版业毁于一旦。开明书店损失惨重，《新少年》也被迫停刊。从创刊到停刊，《新少年》共历时一年零七个月。然而在这段短暂的时间内，《新少年》凭借着其丰富的科学知识、文化内容以及编辑们认真负责、踏实稳重的工作作风，备受读者欢迎，对读者产生了深远影响。1945 年 7 月，《新少年》得以复刊，“改名《开明少年》，一是表示它是开明书店出版的少年杂志，一是希望少年读者做个又‘开明’又‘明白’的人”①。

二、“新少年”的想象与建构

作为《新少年》的主编，叶圣陶在第一卷第二期开篇发表了《怎样才是“新少年”》② 一文，署名编者。具体内容如下：

用一个“新”字加在“少年”上面，成为“新少年”。这个名称指示无其数的十多岁的人，可是并不包括尽所有十多岁的人。那些够不上称为“新少年”的，就得被挤到这个名称以外去。

……

“新少年”是不肯死记书本的……

“新少年”是不怕劳动的。……

“新少年”是不会糊里糊涂过生活的。……③

关于怎样才是“新少年”的问题，叶圣陶在杂志创刊之初就发表了自

---

① 唐锡光：《开明的历程》，《我与开明》（中国出版工作者协会编），中国青年出版社，1985 年，第 308 页。

② 商金林撰著的《叶圣陶年谱长编》中曾记载，叶圣陶于 1936 年发表《怎样才是“新少年”?》，《新少年》第 1 卷 2 期，署名编者。

③ 叶圣陶：《怎样才是“新少年”》，《新少年》1936 年第 1 卷第 2 期。

己的见解，强调并非所有的“少年”都能够被称为“新少年”。他认为，“新少年”在学习、劳动、生活的方式和态度上是有别于“少年”的。二者虽只有一字之差，“新少年”却包含了更多的要求和责任。叶圣陶所提出的“新”，更多地存在于教育家与出版家的想象之中，被赋予了多重内涵。其中，不仅蕴含着他们对少年们“新”的想象，也寄托了他们对少年未来发展的深切厚望。

与之相同的是，陈独秀在《新青年》第二卷第一期中曾发表《新青年》一文，明确指出了“新青年”与“旧青年”的区别：

青年何为而云新青年乎？以别夫旧青年也。同一青年也，而新旧之别安在？自年龄言之，新旧青年固无以异；然生理上、心理上，新青年与旧青年，固有绝对之鸿沟，是不可不指陈其大别，以促吾青年之警觉。慎勿以年龄在青年时代，遂妄自以为取得青年之资格也。①

在陈独秀看来，“新青年”与“旧青年”相对应，二者之间存在着巨大差距，不仅存在着生理上、心理上的差别，思想观念及其精神品质也有所不同。所以，对于青年“新”与“旧”的区分，不能仅仅以年龄为依据。同样，少年的“新”与“旧”也并非年龄即可界定，需要从多个方面进行考察，看其是否具备一名“新”少年的资格。

实际上，自晚清以降，“新”字便被赋予了想象的乌托邦色彩。早在1902年，梁启超发表的“政治幻想”小说《新中国未来记》中，开篇即向读者展示了“新”中国的面貌，构建了中国未来的理想蓝图，表达出对“新”中国的民族想象。1902—1906年间，他又以“中国之新民”为笔名出版了《新民说》，想象和塑造了“新”中国的理想国民。并认为，要建设“新”中国，则必须要先培养“新”的国民。由此不难看出，梁启超构建“新”中国的目标与内在逻辑。继《新中国未来记》之后，蔡元培的

① 陈独秀：《新青年》，《新青年》1916年第2卷第1期。

《新年梦》、陆士谔的《新中国》、碧荷馆主人的《新纪元》等小说也有陆续以“新”命名，展开关于未来图景的想象与构建。《新青年》与《新少年》，正是继承了晚清以来中国知识分子对“新”的追求，在杂志中蕴含着对青少年“新”的群体想象。

《新少年》于20世纪30年代出版，以“少年”为杂志的预设读者与启蒙对象。在中国，直到晚清以降，“儿童”才作为一个独立人格逐渐被纳入到人们的视野之中，开始了对“儿童”的关注与思考。在此之前，儿童虽然一直存在着，但中国并没有“儿童”的概念。少年、儿童作为不满十八岁的未成年人，最初并不为国民所重视，这是不争的事实。儿童居于成人的附属地位，其个人意志一直被忽视。不仅如此，在中华民族的传统文化中，存在着重视老人，轻视幼者的思想倾向，且这种观念直至晚清才得以被打破。

1900年2月，梁启超发表《少年中国说》一文，较早地发现了“少年”的重要性，使其能够逐渐进入国民的视野范围之内。一方面，梁启超对“少年”予以高度的肯定和关注，使其能够摆脱成人的附庸，具有与之抗衡的力量。另一方面，他将“少年”与自己的民族想象联系起来，视其为国家民族未来的希望，赋予其重大的责任与使命。由此，作为“国家未来主人翁”“中华民族的继承者”，少年们在备受关注的同时，也被赋予了重大意义与未来想象。

作为20世纪30年代的杂志，《新少年》也包含着当时教育出版家改造年轻一代的想法，开明人之所以将其命名为“新少年”，是基于对战时少年的丰富想象。在国家危难之际，“新少年”被赋予了更多的国族想象与社会责任，承担着拯救国家命运的重大责任与历史使命。正是如此，并非所有的少年都能够被称之为“新少年”。是以，“叶圣陶和编辑同人创办《新少年》，就是要使高小五六年级和初中一二年级的学生，真正取得‘新少年’的资格”①。

---

① 商金林：《中国出版家叶圣陶》，柳斌杰主编，人民出版社，2017年，第207页。

以希望中小学生能够真正取得“新少年”的资格为目的，叶圣陶等同人编辑竭力创作，精心编辑，使《新少年》内容丰富，图文并茂。编辑介于作者与读者之间，是联结在作者与读者之间的“桥梁”。无论教科书还是杂志，开明同人都能始终站在作者、读者的角度上，保持着认真负责、务实严谨的工作作风。这种精神与理念在开明书店挂牌成立以来一以贯之，被称为“开明风”。同时，秉承着这一出版理念的诸多开明同人，则被称为“开明人”。

《新少年》作为开明书店旗下的刊物，其编辑理念与工作作风沿袭着开明的优良传统。该刊主要由夏丏尊、叶圣陶、丰子恺、顾均正、宋易等人负责编辑，章锡琛负责发行。仅仅依靠开明的编辑同人，还不足以支撑《新少年》的繁重工作。由于编辑人员数量有限，“向外约稿、拉稿就成为出版社书刊稿件的主要来源”[①]。正因如此，开明人才能向一批优秀作家约稿，以维持《新少年》的正常出版。这些作家主要包括茅盾、宋云彬、傅彬然、张天翼、余在学、陶秉珍、王峻岑等，他们分别负责不同栏目，多署真名。当然也不乏一些作者使用笔名，有如YK、S[②]、C，具体作者难以考察。除此之外，《新少年》的创作群体还包括一批喜爱该刊物的读者。但，开明人对读者群体的了解主要依赖于读者的来信，参与创作的读者身份、年龄、真实姓名等实在难以考察。

作为期刊、杂志，《新少年》的主要特点在于较强的时间性，这一点编者也有所强调。一般而言，杂志作为定期刊物，本身即具有时间性。那么，为何编者要特别指出《新少年》的时间性，作为区别于其他读物的特征呢？其原因有二，“今日学校课程最不能满人意的是完全忽视了社会当前发生的一切时间，使基本上所学的不能同当前活鲜鲜的一切时间相联系。这一方面是教科书的编制不善，一方面是教员的机械的教法，留声机

① 杨承芳：《出版社·作者·读者》，中国出版工作者协会编：《我与开明》，中国青年出版社，1985年，第221页。

② 商金林编纂的《叶圣陶年谱》中提到，“S”是叶圣陶的笔名，但《叶圣陶年谱》中未记录署名“S”的文章，故《新少年》中署名“S”的作者是否为叶圣陶，这一点仍有待讨论。

似的敷衍”[①]，此其一。第二，“尽多专家们编的杂志，却不是定期刊物，如果把版权上的时间改一改，同样一册杂志可以在去年六月出版，也可以在今年十二月里发行，因为书里没有与时事配合的文字”[②]。甚至有一些刊物，徒有虚名，空喊救国，却没有实质性的内容。因此，《新少年》的时间性便成为其吸引读者的重要因素。这一点在“少年阅报室”中体现得最为明显。以时间为线索，“少年阅报室”定期向读者介绍半个月内的国际事件，具有实时性。对于《新少年》的时间性，读者也表示“我同意这一个意见。但最主要的，使我最欢喜的，是能和当前的救亡运动相配合”[③]。的确如此，在紧张复杂的国际局势下，《新少年》能够反映社会现实，积极号召读者反抗侵略，不断增强读者的救亡意识。如若将这一年半内的文章汇总起来，亦有助于读者对国际间的形势进行整体的了解和把握。

除时间性特征外，杂志内容还具有通俗易懂的特点。事实上，在《新少年》创刊之前，开明人就将“通俗易懂”设定为主要编辑方针，并突出强调“懂”的目的。究其原因，编者表示：

少年们的经验很缺乏，求知心虽然极切，可是究竟太年青，太无经验，也太天真。凡是看不出兴趣的文字，决不勉强自己看下去。编者和作者必须有一个觉悟。倘使自己介绍某种知识的文章，写得不能使读者看懂时，应该好不怜惜地扯毁那些文章，重写又重写，写到满意为止，这是一宗神圣的事业。[④]

考虑到读者自身的求知心理与阅读性格，编辑们将“必须使读者看得懂”作为本刊的编辑理念与基本要求。他们认为，《新少年》不仅“是社

---

① 柳湜：《我们并不忘记在校学生的读书与生活》，《柳湜教育文集》，教育科学出版社，1991年，第4页。

② 编者：《我们自己的集体批评》，《新少年》1937年第3卷第1期。

③ 《编者的话》，《新少年》1936年第2卷第2期。

④ 编者：《我们自己的集体批评》，《新少年》1937年第3卷第1期。

会的、自然的、文艺的，还是少年的”[①]。作为《新少年》的宗旨与目标，这三个方面并非相互孤立，互不干扰。反之，他们之间具有一定的内在联结性，是出版家对“新少年”群体想象的综合体现。他们相辅相成，相互促进，共同作用于读者的思想认知与个人发展，不断促进少年群体向“新少年”的转变。

三、沟通交流平台：“新少年谈座”与“新少年信箱”

“如果说办刊宗旨是期刊的灵魂，那么栏目就是期刊的骨架。期刊的品味、特色与风格主要通过它的栏目体现出来。”[②]《新少年》所设栏目众多，诸如“新少年谈座”“新少年信箱”“少年习作展览会”等，都是少年读者书写自我、抒发苦闷的交流互动平台。《新少年》甫一出版，编辑便广泛向读者征稿，希望建立一个属于读者自己的栏目。其中，《新少年》第一卷第一期《编辑后记》中，发布了这样一则报告：

在下期起，我们打算增开“新少年谈座”一栏，欢迎读者投寄关于个人的家庭状况、学校生活，故乡的名胜、特产、教育、交通、工艺等有意义的稿件。文章要短，最好在千字左右。[③]

自广告发布后，读者的来稿数量日益增多，呈现出不断上升的态势，具体情况从栏目刊登文章数量的变化可以窥知。“新少年谈座”的文章，从创刊初期的两篇，增至后来的九篇。随着杂志销量和影响力的扩大，《新少年》也逐渐为少年们所熟知，读者的来稿数量也日渐增多。

所录稿件中，作者大部分是中小学生，其中也不乏教师与失学成人。

---

① 编者：《我们自己的集体批评》，《新少年》1937 年第 3 卷第 1 期。

② 徐晖：《策划出一片天地——浅谈中学生期刊的栏目设置与专题策划》，《教育报刊研究文集》，黑龙江人民出版社，2006 年，第 157—158 页。

③ 《编辑后记》，《新少年》1936 年第 1 卷第 1 期。

通过该栏目，他们向读者介绍了自己所熟知的事物，表达了自己对社会、自然、科学、人文的认识。根据来稿信息可知，读者分属全国各地。不同地方的读者来稿，一方面，可以反映出《新少年》的影响范围之广，另一方面也打破了经济与交通的限制，加深了读者对全国各地的了解和认识。

然而，少年与其读者之间并非单向的传播与接受，更呈现出双向的互动关系。由于该栏目的“通讯”性质，编者、作者、读者三者之间形成了良好的互动与对话关系，体现出交互性特征。这种对话是以文章的形式呈现出来的，有明确的标题。如第一卷第五期的“新少年谈座”中发表了徐锡奎的《学校是专为有钱人设立的》，他指出“有许多高小毕了业，抱负伟大的有为的少年们，因了经济的阻碍，就失学了；这是再痛心没有的事了”[①]。此后，黄从礼在第一卷第七期中发表《读〈学校是专为有钱人设立的〉后》一文，就少年们的失学问题做出回应。与此相同，《伤痛》与《读〈伤痛〉后》也是读者与读者之间交流对话的体现。因此，该栏目不仅打破了时间与空间的限制，促进读者之间的良好互动，还使读者在社会现实与个人问题方面，产生了同情与共鸣。

由于经济、交通的限制，中国各地的少年处于相对孤立、封闭的状态之中，难以相互沟通，偏远地区的读者更是如此。杂志的发行则打破了这种相对独立与区隔的状态，使读者能够与同自身相同的其他人联系起来，产生对少年读者的共同体想象。基于这种群体想象，读者形成了一定的群体认知，将自己以及同时代的少年儿童与国家命运联系起来，定位为“中国的小主人”“国家未来的主人翁”。那么，高喊着“我们要做国家未来的主人翁”的少年群体，能否担负起拯救国家的重任，又需要如何做准备，都是亟待思考与解决的问题。对此，读者有较为清晰的认识，明确指出“没有别的话，只有读书；因为书中包括一切的知识技能，是征服自然，改造社会的主要工具。所以要想‘救国’，只有‘读书’”[②]。

---

① 徐锡奎：《学校是专为有钱人设立的》，《新少年》1936年第1第5期。
② 仲明：《给南国小朋友们的信》，《新少年》1936年第1卷第10期。

这种共同体想象，用本尼迪克特·安德森的理论来解释，即是“印刷资本主义使得迅速增加的越来越多的人得以用深刻的新方式对他们自身进行思考，并将它们自身与他人联系起来”①。但知识分子的群体认同和想象，也区别于安德森所构建的民族共同体的想象，是“一个相对于最高层次想象共同体（民族）的次级共同体”②。这个次级共同体即是指“在大的民族群体之下而存在的，认为自己是大的民族群体中，有别于其他人的特殊的一群”③。处于都市空间中的现代知识分子，通过不同的社会交往途径以及场域、资本、惯习等，形成了不同的知识分子共同体，且“每一个知识分子的团体认同、交往空间和身份归属不是单一的，而是呈复数状态，可以按照不同层次的价值和身份取向，有多种团体认同和身份归属，这形成了知识分子个体身份的复杂性和多元性”④。

除“新少年谈座”外，开明同人还为读者开辟了“新少年信箱”一栏。自栏目创建之初，编者即撰《新少年信箱寄的信》一文，对栏目性质做出说明：

> “新少年信箱”是《新少年》读者的“问讯处”。我们希望能多多帮助少年们解除点小困难。这些小困难是课程表上排不到的，或是失学的少年们感到苦闷的。“新少年信箱”是各地小友的“俱乐部”。我们希望中国的少年们携起手来大家像亲兄弟一般彼此问讯，成为文字上的好友。⑤

其中，“问讯处”与“俱乐部”是编者给该栏目的自身定位，旨在帮助读者解决问题，排解苦闷，加强读者之间、编读之间的沟通与互动。

---

① ［美］本尼迪克特·安德森：《想象的共同体》，上海人民出版社，2011 年，第 33 页。

② 王飞仙：《期刊、出版与社会文化变迁——五四前后的商务印书馆与〈学生杂志〉》，政治大学史学丛书，2004 年，第 66 页。

③ 王飞仙：《期刊、出版与社会文化变迁——五四前后的商务印书馆与〈学生杂志〉》，政治大学史学丛书，2004 年，第 66 页。

④ 许纪霖：《总序》，《宽容与理性：〈东方杂志〉的公共舆论研究（1904—1932）》，上海人民出版社，2006 年，第 13 页。

⑤ 《新少年信箱寄的信》，《新少年》1937 年第 3 卷第 6 期。

实际上，自《新少年》出版以来，开明人便陆续收到读者来信，一部分为读者创作的文章，一部分为读者对《新少年》杂志提出的建议与意见。“新少年信箱”则弥补了这一不足，它将读者的问题整理并刊登出来，独立出一个模块，由编辑做出回应，为读者答疑解惑。对此，有如下统计：

表 3—1　《新少年》第 1 卷至第 4 卷“新少年信箱”问题与内容统计表①

卷/期数	“新少年信箱”内容与问题				
	学习与写作	科学与实验	社会与国家	贫困与失学	其他
第 3 卷第 6 期	1				3
第 3 卷第 7 期	2		1	1	1
第 3 卷第 8 期	2	1			2
第 3 卷第 9 期	3		1		1
第 3 卷第 10 期	4		2		3
第 3 卷第 11 期	2			1	1
第 3 卷第 12 期	5			3	2
第 4 卷第 1 期	5	1	1		1
第 4 卷第 2 期			2	3	
总计	24	2	7	8	14

由以上统计数据可以发现，读者广泛关注与讨论的是“学习与写作”问题，表现出自己在“写作”上的苦闷情绪。读者产生苦闷的原因，往往由于写作上不得要领。国文老师传授的知识少而空泛，缺乏具体写作指导，设置的作文题目晦涩艰深，题目形式枯燥单一，都是读者苦于写作的原因。当时的中小学教育，仍然存在着与时代、社会脱节的现象。正值抗日战争之际，华北地区的学校却新设了“经书”这门功课，因此读者认为这是“亡国教育”，用以麻醉青年的神经，将使青年们忘记国家危亡与帝国主义的蛮横。与此同时，对于初小学生而言，教育部指定的教科书内容

① 以上数据来源于对《新少年》杂志中“新少年邮箱”一栏内容的统计。

过于枯燥乏味，缺乏实用性。其通俗性、趣味性也皆不如课外读物。虽然初小学生的求知欲极强，但对枯燥难懂的课内知识，少年们明显缺乏一定的耐心。因此，对于当时的教学内容和教育原则，读者的确存在一定的不满。基于此，读者不得不借助课外读物进行学习，增加自己的知识储备，寻找写作文章的技巧和方法。而中小读者需要的是一份丰富有趣、通俗易懂，能够提供知识、指导写作的综合性刊物。

这一时期，市场上充斥着大量的少儿刊物，但质量良莠不齐。因此，对课外读物的选择，也是少年们难以避免的问题。但是，少年们在选择课外读物时较为盲目，缺乏一定的辨别力。因此，教师的推荐和指导便显得至关重要。虽然不乏有敬职敬业的国文老师，将好的阅读刊物推荐给学生，但实际上，教师并非是学生认识与接触课外读物的主要媒介与渠道。一些国文老师对学生的写作学习尚不能尽心尽力，更遑论对学生们的课外阅读指导呢？在无法从学校获取大量知识的情况下，读者开始寻求自己教育自己的可能性。有读者表示，“我们要靠人家来改善我们，是没有这样容易的事，那么我们就开始应用我们青年所应有的坚强的毅力，坚定的自信心和百折不挠的精神从事改造吧！”① 他们主动接触课外读物，学习课外知识，并相互交流与传播。《新少年》杂志能够被读者所熟知，极大程度上也是读者之间相互介绍与传播的结果。

继学习与写作问题之后，读者讨论较多的便是贫困与失学问题。由于家庭经济贫困，多数少年小学毕业甚至未毕业便已失学。本就贫困的家庭，难以为他们谋求更好的职业，失学少年的去向，也因此多为学徒、练习生、伙计、工人等。这些职业也成为被剥削者的代名词，颠覆了少年们对于“职业”的传统认知，最终被他们定义为“一群无期徒刑的奴隶”②“人家的奴隶”③ 等。这种“奴隶”式的职业生活，给少年们带来了无尽的痛苦，日益消磨着他们对未来的希望和斗志。他们不仅失去了继续学习的

① 尹文：《我所领略到的中学教育》，《新少年》1937 年第 3 卷第 8 期。

② 《练习生和新少年》，《新少年》1937 年第 4 卷第 2 期。

③ 《车童和新少年》，《新少年》1937 年第 4 卷第 2 期。

机会，承受着失学的痛苦，还在机械化、高强度的工作中，忍受着无尽的剥削和压迫。甚至一些“受污染的大人”也在用自己的经验“告诫”少年们要安于现状，“现在的社会已充满了这种瘴气，你必须受他的同化，不然，你将被他弃掉摧残呢!”① 但即便如此，少年们并未屈服于社会环境，仍保持着积极向上的热情与信心，避免被社会所吞噬。

四、思想与行动：战火中的“新少年”

《新少年》的传播与影响，从其“两万五千余户之多”的销售数量、广泛的传播范围中不难想象。从读者的交流与反馈中，亦可对杂志的启蒙效果加以考察，进而讨论《新少年》对战时少年的积极意义与影响。

思想上，这一时期少年们的自我意识不断觉醒。一方面，在校学生逐渐认识到学校教育制度的弊病与不足，开始阅读大量的课外读物，以获取救国所需的科学知识。另一方面，失学少年长期处于压榨和剥削的学徒生活中，也开始对当下的社会制度进行审视与反思。有失学少年表示，“人们为什么要永远的在这种不合理的社会制度下苟延残喘呢？难道我们就不能将这个不合理的社会改造一下吗？为什么要苟延下去，社会是我们的，我们改造社会是替我们自己求幸福。”② 面对社会制度的普遍问题，成人们往往选择沉默、屈服与将就。失学少年们对于当下的社会现状，则更具有强烈的批判意识与反抗精神，敢于向权威发出挑战，由此形成鲜明的对比。仅从这一点来看，在国家危难之际，少年们也将比成人更具有危机意识与救亡精神，更愿意主动承担抗战救国的时代责任。

且事实证明，这一时期的少年们的确具有较强的家国情怀与救亡意识。一方面，读者对国际形势有着较为清醒的认识，认为以中国的民族性格来看，激进的大陆政策似乎更为有利，“因为如果我们受到了激进的策

---

① 《练习生和新少年》，《新少年》1937 年第 4 卷第 2 期。

② 胡启敏：《我要说个痛快》，《新少年》1937 年第 4 卷第 2 期。

略，那么强烈的刺激，在无路可走时，也许会加以反抗；反之，如果采取了缓慢的政策，我们的国土会在不知觉中，断送干净的。”① 另一方面，他们也痛斥日本帝国主义的罪行，表达自己的愤懑之情，呼吁号召人民反抗，“我们的政府虽然对日的方针不能使我们满意，但我们做人民的人，应该有绝大的决心，来一个强有力的抵抗，用血来洗净我们的耻辱！用肉来填补我们地图的缺处，到那时再来问他一下，对我们还敢有侮辱否？”② 正如编辑们所期望的，少年读者对“大局”有着较高的关注与重视，具有强烈的家国情怀与民族意识。

在《新少年》创刊之初，考虑到中小学生普遍的阅读兴趣，叶圣陶曾为读者撰写童话故事。但这一内容不久之后便从刊物中消失，不再刊登。其原因在于，经过调查与统计发现，童话是读者较不喜欢的内容。与之相反，他们更喜爱新闻时事类文章，认为“国难严重，我们需要知道救亡道理和军事知识”③，因此希望刊物能够积极报道国际新闻。其间不难看出少年们对国家命运的关注与重视，但也从侧面反映出，本该阅读童话故事的少年儿童，在这一时期却保持着与自身年纪不相符的成熟与理性。学者徐兰君曾指出，“在这个时期，儿童要与成人同等地承受战争创伤，更重要的是儿童承担着与成人类似的抗战责任”④。这种抗战责任，使他们在紧张的国际形势下，被迫以更快的速度成长，以拯救国家危亡为己任，自觉承担着时代重任。但也应注意到，“彼时儿童作为这些战时文化产品的消费者和接受者，并不一定有直接的战场体验，更多的也许只是借用这些与抗战相关的宣传品产生对战争的集体想象”⑤。由于缺乏具体的实践，少年们对战争与救亡仍缺乏深刻的理解与认识。就《新少年》杂志而言，少年们反映个人问题的文章多深入具体，而与之相反，他们讨论时事政治的内容

---

① 家桂：《日本政变与我国的关系》，《新少年》1936 年第 1 卷第 7 期。

② 民光：《中国是匪国吗》，《新少年》1936 年第 1 卷第 9 期。

③ 编者：《我们自己的集体批评》，《新少年》1937 年第 3 卷第 1 期。

④ 徐兰君：《儿童与战争：国族、教育及大众文化》，北京大学出版社，2015 年，第 9 页。

⑤ 徐兰君：《儿童与战争：国族、教育及大众文化》，北京大学出版社，2015 年，第 29 页。

则大多较为空泛，缺乏实质性，存在着空喊救国口号的现象。

行动上，这一时期的儿童逐渐离开了父母与家庭的庇护，开始广泛地参与社会实践。作为“小先生”①，少年们在学习之余，积极进行抗战与国难教育宣传，主动承担起教育他人的责任。抗战期间，他们一方面将自己接受到的教育知识广泛传递给身边的人，另一方面也自发组织了一系列抗战少儿团体，如新安旅行团、广州儿童剧团、宁夏少年战地服务团、育英儿童抗战工作团等等，为战时宣传与教育做出了重要贡献。其中，在“新少年谈座”一栏中，张傑的《我参加新安旅行团的目的和经过》一文即向全国范围内的读者报告自己参加新安旅行团的过程，并道出其中含义：

我加入新安旅行团有三点意义：第一，想要和全国的朋友们认识。在这个交通不发达的中国，往往不能够大家见面，于是就隔膜起来，既隔膜了，当然就不能发生感情，没有感情，就不能大家一致的团结起来，所以外国人说中国是一盘散沙，因此我们应该负起冲破这种老死不相往来的历史性。第二，是普及国难教育。在目前，许多内地的人们，因为受不到什么教育，他们不知道国家，只知道一家的生存，和一个村庄的存在；……三是要探求真理。我觉得一个人在一种死的狭小的环境中，决不能得到很丰富的经验和广博的知识，一切的问题，只有向着伟大的宇宙去追问，所以一个人应该足迹遍四海的。②

新安旅行团由少年学生自主成立，从最初的 14 人不断扩大到 600 多人，其中多为十三四岁的孩子。他们“以普及教育、宣传国难、抗日救国，争取民主中国的胜利为宗旨，以旅行修学的方式进行工作，以社会为

① “小先生制”是教育家陶行知为实现教育普及所提出的，指将自己学到的知识随时随地传授给他人，由十六岁以下的儿童为主要承担者，遵守“即知即传”的原则，获得广泛认同与普遍推行。

② 张傑：《我参加新安旅行团的目的和经过》，《新少年》1936 年第 1 卷第 11 期。

学校，实践陶行知的‘生活教育’学说，唤起民众，共赴国难，抗日救国”[①]。

除此之外，失学、失业的少年也逐渐转变着其行为方式。前文述及，他们的就业去向多为学徒、练习生、伙计等。然而，地狱式的学徒生活日复一日地摧残着他们的身心健康，使他们的斗志逐渐被消耗殆尽。继续忍受着社会的荼毒还是勇于摆脱现状，另谋出路？选择离开这个充满瘴气的城市的青少年，又该去向何处？面对这一系列问题，有些少年决定回到农村。“回到乡下一定要饿死的么？怕什么？我有二只手，我可以靠这二只手吃饭，而且还要同这种不景气的社会奋斗！”[②] 还有少年继而走上当兵的道路。

一个阴灰的残冬的早晨，我终于不顾一切的离开了那坟墓似的冷酷惨痛的学徒生活。

走出店门，往那儿去呢？家中是穷，自己知道；回去决定不会讨好，反而要受邻里亲朋的不齿。但是这么挨饿着肚子是很需要解决的问题，怎办呢！

没办法；当兵去！命运决定了我要当兵，整整地在军营里充了六年多的兵士。[③]

在“新少年信箱”中，徐涤阀的《小兵与新少年》讲述了自己从钟表学徒到士兵的身份转换过程。这一转变，既为国家命运与发展贡献出自己的力量，也完成了对自我精神与心灵的救赎。然而，无论少年们做出何种选择，《新少年》杂志都给予他们一定的精神陪伴与知识慰藉，成为他们

① 罗存康：《少年儿童与抗日战争》，“抗日战争与中华民族复兴”丛书，团结出版社，2015年，第123页。

② 唐祖芳：《失业》，《新少年》1936年第1卷第3期。

③ 徐涤阀：《小兵与新少年》，《新少年》1937年第4卷第2期。

“精神上的唯一的好同志”①。

以上，无论思想还是行动上，战时少年都在不断地学习与成长，逐渐完成向“新少年”的过渡与转变。这一转变，也是“新少年”逐步完成从思想到行为、从理论到实践的过程。在此过程中，《新少年》凭借着丰富的内容、通俗的语言、精良的制作，赢得了众多读者的认可与肯定，深刻影响着战时少年的精神思想与行为方式。一方面，秉承着认真负责、求真务实的工作作风与编辑理念，开明人为少年们提供了自然、人文、社会等多方面的知识，以弥补学校教育之不足。另一方面，由于自身所具有的通俗性与时间性，《新少年》能够积极与国家时事相配合，不仅激发了少年们的爱国热情与家国情怀，也使其积极参与社会实践，主动承担救亡重任。与此同时，作为少年儿童的良师益友，《新少年》在为少年们提供丰富的课外知识之余，还给予少年们以精神陪伴与心灵慰藉，促进其个人的健康成长与发展。基于此，《新少年》对战时少年的启蒙，实则已远超其创刊之初的自我期许与角色定位，其对“新少年”的想象与建构，也逐步由想象过渡到现实，在少年读者身上得到展现。

综上，在充满战争与硝烟的国难时期，《新少年》杂志以文本与图片的形式传递知识、启蒙读者，致力于为国家培养出一批具有爱国情怀、勇担大义的“新少年”。作为战时少儿文化刊物，《新少年》不仅打破了时间与空间的阻隔，将全国范围内的少年儿童联结起来，构建出少年们的共同体想象，更唤起战时少年的责任意识与国族情怀，成为个人成长与发展的“指路人”。开明人对《新少年》的创办，不仅树立起优秀模范标杆，为战时刊物提供了方法论意义，使其跻身于出版界的文化前沿，对现今出版界的发展，亦有可资借鉴之处。

结　语

从晚清到“五四”，随着儿童概念的不断深入，少年、儿童越来越为

---

① 徐涤阏：《小兵与新少年》，《新少年》1937 年第 4 卷第 2 期。

中国人，特别是中国知识分子所重视。国家与社会各界的广泛关注，亦使少年群体逐渐被赋予“国家未来的主人翁”“中华民族的继承者”“复兴中华民族的主力军”等诸多主体定位，从而改变了少年对自我的主体性认知。20世纪30年代，随着新启蒙运动的不断展开，处于战争与国难时代下的少年，也肩负着拯救国家命运的历史重任。在此之前，与时代社会脱节的学校教育、经济的落后与地域的闭塞，加之自身年龄的限制，使少年群体对战争知之甚少，缺乏深入的了解与认知。因此，启蒙与教育儿童，加强政治救亡宣传，增强战时少年的爱国意识，使其深刻认识与主动承担自身所肩负的救亡责任，也成为这一时期中国知识分子的重要任务。

依托《新少年》杂志，开明人完成了对“新少年”的想象与建构，绘制出抗战背景下一代“新少年”的理想蓝图。正如叶圣陶先生在《怎样才是“新少年”》中所描述的，“新少年是不肯死记书本的、不怕劳动的、不糊里糊涂过生活的……”[①] 在创刊之初，叶圣陶便列举了一系列“新少年”应该具备的思想与品质。他对战时少年的想象与建构并非仅限于此，可以说，经过层层筛选后组织起来的《新少年》，从撰稿、选稿、编辑、版面设计到印刷出版的过程，都体现出叶圣陶及其同人编辑对“新少年”的启蒙与想象，代表了这一代知识分子的思想意志。开明人对青少年的寄予与期望，也以期刊的方式得以呈现，最终内化为这一代青少年的精神意志与内在品格。通过文本和图片方式，《新少年》在短短一年半之内，不仅作用于读者的思想与行为意志，促进少年的个人成长与发展，也为抗战事业的发展做出了重要贡献。

① 叶圣陶：《怎样才是“新少年”》，《新少年》1936年第1卷第2期。

作家失格与书写变易
——由开明书店毁版探沈从文的改业动因

□叶奕杉[①]

内容摘要：开明书店焚毁书版的事件历来被认为是沈从文告别文坛的重要原因。本文重提此事，目的并非落实毁版之责，也无意将作家的失落简单归因于政治变革，而是希望通过对照沈从文对毁版一事的不同书写，理清其中的变动与参差，从而观照沈从文在此一时期的精神流变，呈现新中国出版体制化的历史图景，洞悉两岸刊禁政策的内在互动。

关键词：沈从文；开明书店；焚书；文学书写

1953年，沈从文接到开明书店焚毁他所有书版的通知。此后，沈从文在书信、检讨、回忆录、演讲中多次提及毁版一事，并认为这是他文学创作前功尽弃的关键因素，使他受到极大打击。关于开明焚毁书版对沈从文创作的影响，评论界说法不一。绝大多数论者认为此事是沈从文终止文学创作的原因之一，但就开明书店此举到底担了“作家之死”多大的责任，则有不同的估量。诚然，沈从文改业有一系列的缘由，然而书版毁于一旦所造成的后果是否真的就导致了作家的失格？换言之，“作家沈从文”在毁版前是否就已“死亡”？

---

① 叶奕杉（1997—），女，重庆人。西南大学文学院中国现当代文学专业硕士研究生。

对此，学界形成了两种看法。一些学者认为，沈从文因此丧失写作信心，而放弃了文学事业。需要注意的是，这些学者在看待此事的打击程度时，略有差异。甚至同一位评论者做出的阐释也有分别。凌宇早先在《从边城走向世界》述至此事，说“沈从文在创作方面尚存的一点火星，几至熄灭”①，到1988年出版的《沈从文传》中则变为“至此已完全熄灭”②。与凌宇相似，李扬认为沈从文新作的碰壁和旧作的烧毁使他“前怕狼后怕虎”，“最终决定了沈从文1949年后文学创作的失败”③。卢军也认为此事导致沈从文重返文坛的热情“打消殆尽”④。也就是说，他们承认毁版是沈从文转业的巨大推力。另一些学者则将沈从文作家生涯的终结上溯至中华人民共和国成立前，因而焚书一事断送他写作生命的论断，就无从言起。如沈从文1948年11月在北大围绕“红绿灯”的发言，就成为张新颖、金介甫等人确立沈从文改业时间的材料。有单刀直入者甚至说发生毁版的时候，“作为作家的沈从文已经死去了”⑤。

不单是评论界无法达成共识，更重要的是，沈从文自身在为事件定位时也含糊不清，变动不居。他每个阶段对事件的重写都映现出新的体认和评价。那么开明书店毁版在沈从文的书写中呈现出怎样的面貌，其中的变迁与转化又能通往哪些潜藏的视域?

一、毁版书写：转变与失实

沈从文自1953年收到开明书店焚毁书版的通知，就不时会在个人的信件文章中提及此事。如果按照时间划分，他看待焚版事件的态度大致能分为三个阶段。

---

① 凌宇：《看云者：从边城走向世界》，湖南文艺出版社，2018年，第98—99页。
② 凌宇：《沈从文传》，十月文艺出版社，1988年，第442页。
③ 李扬：《跛者不忘履——沈从文建国后的文学写作生涯》，《新文学史料》2005年第4期。
④ 卢军：《从书信管窥沈从文撰写张鼎和传记始末》，《文学评论》2011年第6期。
⑤ 吴斌役：《关于沈从文的书》，《四川文学》2008年第2期。

1.20 世纪 50 年代，他的文字倾吐着痛苦和惋惜，言语中透露出不甘与失落。1954 年一封未寄出的信显示出他对出版审查标准的不解，认为《西厢记》《白蛇传》《空城计》内容“荒唐”，是“莫名其妙的作品”。自身“对于工作认识和希望，完全错了”，丧失了写作的信心①。他在给大哥沈云麓的信中表示，他本期盼以现阶段工作上的努力换取新社会对旧时写作的宽恕。然而书籍和版型被烧一事证明了他工作的无效，因此沮丧到要把家中现存的小说也一并烧掉②。重蹈覆辙的焦虑和不安由此生发，他“更怕事了”。与此同时，又羡慕他人“陈旧十分的作品”被顺利印出③。在“坏书”流行的日子里，沈从文引以为豪的那些思想先锋、意义深透，对现政权有利无害的好书却被付之一炬，使他“受到极大挫折”，“再也无勇气写什么”。后来竟然到了提笔伤怀的境地，只好作罢，不再尝试写作④。由此可知，毁版一事是沈从文在中华人民共和国成立初期一再拒绝写作的关键原因。

2.“文化大革命”期间，他的写作姿态主要是检讨和反思。审视以往的写作经历，“赎罪”“补过”等字眼在他的书面检讨和报告中频频出现。不过，在反复咀嚼焚版事件时，他的认识有了小小的转变：其一是从决绝地否定写作成绩，承认工作失败，纠正为“即无任何一个集子肯定意义，总也不会是完全否定意义”⑤ 的自辩。其二是淡化开明书店焚版的打击，有意提及台湾文艺政策下旧作的遭遇⑥。50 年代台湾方面不仅将他当时的作品全部焚毁，还禁止他重印和发表作品，造成他在台湾的失语。

---

① 沈从文：《复道愚》，《沈从文全集》（第 19 卷），北岳文艺出版社，2002 年，第 379 页。

② 沈从文：《复沈云麓》，《沈从文全集》（第 19 卷），北岳文艺出版社，2002 年，第 376 页。

③ 沈从文：《复沈云麓》，《沈从文全集》（第 19 卷），北岳文艺出版社，2002 年，第 456 页。

④ 沈从文：《“反右运动”后的思想检查》，《沈从文全集》（第 27 卷），北岳文艺出版社，2002 年，第 157 页。

⑤ 沈从文：《我为什么始终不离开历史博物馆》，《沈从文全集》（第 27 卷），北岳文艺出版社，2002 年，第 249 页。

⑥ 沈从文：《陈述检讨到或不到处》，《沈从文全集》（第 27 卷），北岳文艺出版社，2002 年，第 259 页。

3. “文化大革命”后，沈从文逐渐校正眼光，接受“过时”为焚毁书版的理由。一旦提及书版被开明焚毁一事，他总不忘对台湾的禁令嘲讽一番。相较之下，开明书店此举虽只使他“死去了一半”，但台湾“一烧完事”[①] 带来的伤害依旧难以治愈。在一封指导文学青年的信中他写道：“一切积累，早均付之一炬”，除禁毁外，“手边存书，亦在来去不定之风雨中，散失殆尽”[②]，字间透露出颓唐的老境。据目前公开的材料来看，沈从文自 80 年代初给柯原、施蛰存的信中提及书版焚毁后，就没再书写过此事。与此同时，在美国圣若望大学和湖南吉首大学的演讲中都说自己的作品“过时了”[③]，也以较轻松的语言提到书被烧掉和禁出[④]。他耿耿于怀的毁版一事在晚年得到释放。

当然，在不同的形式和体裁下，沈从文述及此事时的姿态亦有分别。书信能够满足情感安全和情感理解的强烈需要。在中华人民共和国成立初期，由于沈从文几乎只在私密的写作空间提及毁版一事，因此他传播思想，袒露情感的自由度较大，也不免有失实之处。而检讨和报告因为受到上级意志的牵制，所以写作者往往更加理性，甚至有着天然的自贬倾向。在作为政治任务的文字中，沈从文部分地遮蔽了主观情感，尽可能与特定阅读对象的意志靠近。演讲注重互动性，为了获得观众的良好的反馈，所以沈从文采用了较轻松的讲述方式。

毁版事件的面貌不仅随时间的流逝而发生变动，还因形式的转换而被改造。因此，在沈从文的书写中，存在着许多意义的缝隙。这也是造成论者们度量毁版事件影响大小时观点不一的主要原因。因此对沈从文的说法，我们不能盲目采信，而需要细细甄别。

首先，他列举的“荒唐”“莫名其妙”的读物，不只能反映沈从文个

---

① 沈从文：《致王矛》，《沈从文全集》（第 25 卷），北岳文艺出版社，2002 年，第 142 页。

② 王焕林：《书法史论丛稿》，中国文联出版社，2006 年，第 160 页。

③ 沈从文：《从新文学转到历史文物》，《沈从文全集》（第 12 卷），北岳文艺出版社，2002 年，第 389 页。

④ 沈从文：《在湖南吉首大学的讲演》，《沈从文全集》（第 12 卷），北岳文艺出版社，2002 年，第 399 页。

人的审美趣味，更是检验沈从文是否适应和理解新文艺政策的有效途径。在此之前，沈从文有在华北人民革命大学学习，以及参加“土改”、“三反五反”的经历，自然对新的文学规范有一定的体悟。沈从文提到的《西厢记》《白蛇传》《啼笑因缘》的故事主体为爱情，甚至夹杂神鬼传说。它们不仅在创作方法上与辩证唯物主义抵牾，在内容上也与政治毫不相干。另外，像《空城计》《封神演义》这样携带旧文学基因的作品，和反帝反封建背道而驰。译自英国的《福尔摩斯侦探案》更是与人民大众的生活相差甚远。而事实却是，1952 年重庆文化局收缴《西游记》《西厢记》等“民族文学遗产”的旧书处理方式遭到中共中央文艺宣传部的严厉批评[①]。《桃花扇》《牡丹亭》《聊斋志异》等可以列入沈从文“荒唐”书单的文学作品，在 1954 年和大批古籍一起得到重刊[②]。这些作品幸免于难，甚至大量印行，都说明基于以上文艺政策的审视不是定夺书刊存亡的重点。而沈从文的“荒唐”一语中包含的评价和怨怼，显示出他对新政权认识的不足，判断的失误。

但不可否认，到沈从文得知书版被焚毁的 1953 年，市面上的确还存在大量毒害、腐蚀人民思想意识的反动的、淫秽的、荒诞的图书。尽管从中华人民共和国成立初起，文化界就将处理书刊当做一项任务做了不少努力。但到 1955 年初，一贯开风气之先的上海市才开始准备对坏书“予以查禁、处理，以巩固社会治安，保障社会主义经济建设和文化建设”[③]。

其次，他感到的“离奇”，还暗含对同辈作家的旧作能够顺利刊出的疑惑。然而，开明书店对旧稿并没有区别对待。虽然老舍、巴金、茅盾、冰心等人的作品在中华人民共和国成立后继续印行，但他们在开明书店出

---

① 《出版总署关于重庆市文化局收缴旧书问题致文化教育委员会的报告》，中国出版科学研究所，中央档案馆编《中华人民共和国出版史料（1953 年）》，中国书籍出版社，1999 年，第 344 页。

② 《大批古籍今年重刊》，《大公报》（香港）1954 年 5 月 16 日。

③ 《1955—1956 年处理反动、淫秽、荒诞书刊工作及对私营书摊铺的安排改造》，朱庆祚主编，《上海图书馆事业志》编纂委员会编《上海图书馆事业志》，上海社会科学院出版社，1996 年，第 500 页。

版的书籍在开明书店转变经营方向后都未再版。据巴金写给妻子的书信："'开明'改组后许多书都不能再版（里面也有茅盾的和我的。因性质不合)。"[①] 巴金这里所说的改组指的是由出版总署牵头，推动开明书店的公私合营以及并入青年出版社的进程。也就是说，只要开明书店改组，那么它的经营方向和出版书籍的性质便受到规约，不仅像沈从文这样被排除在文代会名单之外的中间立场作家无法在开明书店继续出书，即使是左翼作家们的书也不能享受特殊待遇。那么开明书店为何要放弃独立经营的路子，踏上这条退出历史舞台的"不归路"呢？沈从文的书版被焚毁究竟是何原因？考察开明书店在焚毁沈从文书版前后的境遇，或许能寻到些线索。

二、书店内外：无可挽回的旧作

实际上，开明书店烧去沈从文书稿的举动并不简单。对此，我们可以从书店内部和外部分别入手。从内部来看，首先，开明书店内部的人事调动和纠纷，导致出版社无法正常运转。中华人民共和国成立后，开明书店为了争取在出版总署的领导下进行公私合营，把总店迁到北京，位高权重的主事者们也随之离开。叶圣陶脱离"开明""从香港转到北平，参加新政协"[②]。章雪村携眷北上，在出版总署任职。徐调孚是 1940 年沈从文与开明书店签订出版《沈从文著作集》的保证人[③]，在开明书店和中青社合并后调到了古籍出版社，对原先负责的书籍也是鞭长莫及。

不仅老一辈的编辑大多被调往出版总署工作，在编辑部和校对科工作的青年人也纷纷出走。"有的参加了南下工作队，跟着先头部队去接收新

① 巴金：《巴金全集》（第 23 卷），人民文学出版社，1993 年，第 305 页。

② 邱雪松、熊娇、唐丹丹：《从"新知"到"开明"——访欧阳文彬》，《新文学史料》2016 年第 2 期。

③ 邱雪松：《略谈"开明书店版税版权表"》，《新文学史料》2018 年第 2 期。

解放的城市；有的去了北平，新建的许多行政机构都缺少人手。”[①] 除此之外，留下来的人员也日渐分裂。开明书店的创立者章雪村（章锡琛）和管理者范洗人、朱达君等矛盾重重。朱达君苦于章雪村将出版社视作家族事业，卷土重来，挑拨离间，同侪范洗人庸懦无能。替换朱达君的傅彬然则指责章雪村等不进步[②]，章雪村也大骂范洗人。开明书店的前辈们个个心怀不甘，彼此挤对。后来，总经理范洗人因癌症去世，王伯祥孤立无援，只好请邵力子暂管经理事务。

而新一代的领导者则激进地要求改革，试图打破前人构建的工作模式。开明书店的董事会代表傅彬然“政治敏感性最强”[③]，但在工作中有些冒进。除在开明书店外还在国家出版总署出版组任职的他，1952 年参与了陈克寒组织的对查禁书籍采取“销毁、公私合营书店一律禁售、封存停售、劝告停止发行”的行动，名列“发生的错误最多”的负责人名单中[④]。除他之外，顾均正也免不了被诟病一番。股东郑振铎甚至在章雪村女儿的结婚酒宴上揶揄顾均正、傅彬然争权夺利。他把开明书店拒绝印行古典文艺丛书的原因，归为傅彬然，也对顾均正以“开明拟专出中学生读物”为由反对出版历史丛书一事十分不满[⑤]。不过，即便接替者们缺乏经验且不懂变通，冲撞了不少供稿人，但他们也无法扭转要求知识分子改造的大势。这样一来，先前交付给开明书店的书稿，便成为众矢之的，遭到冷落和销毁[⑥]。

其次，开明书店还面临着资金和财政上的困难。如果再版沈从文的作

---

① 叶至善：《父亲长长的一生》，四川文艺出版社，2015 年，第 314 页。

② 宋云彬：《红尘冷眼》，山西人民出版社，2002 年，第 200—201 页。

③ 王知伊：《回忆战时〈中学生〉》，宋原放主编《中国出版史料 现代部分 补卷 1919 年 5 月—1937 年 7 月 中》，山东教育出版社、湖北教育出版社，2006 年，第 629 页。

④ 《出版总署党组书记陈克寒关于查禁书籍错误向刘少奇并党中央的检讨报告》中国出版科学研究所，中央档案馆编《中华人民共和国出版史料（1952 年）》，中国书籍出版社，1998 年，第 162 页。

⑤ 宋云彬：《红尘冷眼》，山西人民出版社，2002 年，第 213 页。

⑥ 关于开明书店在中华人民共和国成立前后内部人事变动的讨论，参见邱雪松《大势与人事：1949 年后的开明书店》（《中国现代文学研究丛刊》2018 年第 4 期）。

品，不仅不会盈利，反而可能面临亏损。一方面，国营出版发行机构的成立使民营出版社的生存十分艰难。按理说，国营书店与民营书店是同业的关系，但新华书店就曾遭到大中国书局查账[①]。但根据胡愈之 1949 年“国营要领导其他出版业”[②] 的设想，国营书店这样的做法无可厚非。开明书店的机构庞大，人员待遇比国营出版社高，因此工资开支大，出书成本高。但通过中国图书发行公司和新华书店发行的图书售价是一致的，同样一本书，开明书店的图书利润就远低于国营出版社，甚至亏本。中华人民共和国成立的头两年，开明书店还不需要经济帮助，只在三名出版总署代表和三名劳资双方推举的代表组成的业务委员会领导下，承担一定的编辑出版任务。学校教科书都由各地新华书店和联合出版社供应后，上海的私营大书店“只有开明书店因中学教科书一部分仍可行销，经济上可自给自足”[③]，然而随着出版总署决定统一压低教科书售价，开明书店营业额大幅滑坡。“因为其他的书买不买是读者的自由，教科书则是每个学生必须买的。因此出教科书自然不应赚钱。所以教科书迟早是由国家来做。”[④] 另一方面，开明书店的发行力量有限，新华书店又不能向私营书店大量定货推销[⑤]，即使后来可以在中国图书公司发行，也不能避免来自新华书店的竞争和压力。为了维持生意，书店会根据销售额调整出版计划，先印销路好的出版物。像《语文学习》就“很受读者欢迎”[⑥]，《语法修词讲话》也影

---

① 顾颉刚：《顾颉刚日记》（第 7 卷），联经出版事业公司，2007 年，第 185 页。

② 胡愈之：《全国出版事业概况》，中国出版科学研究所，中央档案馆编《中华人民共和国出版史料（1949 年）》，中国书籍出版社，1995 年，第 258 页。

③ 《出版总署党组关于全国出版情况向中共中央的报告（节录）》，中国出版科学研究所，中央档案馆编《中华人民共和国出版史料（1950 年）》，中国书籍出版社，1996 年，第 844 页。有关中华人民共和国成立初期开明书店教科书的讨论，参见邱雪松《从“生意”到“政治”——以建国初开明书店教科书为中心的讨论》（《中国现代文学研究丛刊》2017 年第 4 期）。

④ 《胡署长在开明书店第一次各单位负责干会议开式上的话》，中国出版科学研究所，中央档案馆编《中华人民共和国出版史料（1950 年）》，中国书籍出版社，1996 年，第 350 页。

⑤ 胡愈之：《出版总署工作综合报告》中国出版科学研究所，中央档案馆编《中华人民共和国出版史料（1950 年）》，中国书籍出版社，1996 年，第 301 页。

⑥ 王久安：《博学严谨的语文专家张志公》，《我与开明 我与中青》，中国青年出版社，2012 年，第 120—121 页。

响了一大批青年人。不难想见，沈从文的书稿被排除在计划之外也是情理之中。然而，此时的出版领导机构严格控制银行对民营出版社贷款，发行机构也将支付出版社的款项改为股款，导致开明书店资金链断裂，无法偿付作者的版税。1952 年初，开明书店就“因中图欠款未付，银行也借不到款，所以很穷”[①]。顾均正就曾致信巴金：“开明因书籍印数增大（《语文学习》杂志十万册，《语法修词讲话》印四十万册），资金积压太多，致经济奇窘”[②]，遗憾地向巴金征求分期支付版税的意见。可以说，开明书店提高畅销书印数的自救方式是杯水车薪，更造成开明内部资金周转不畅。这样一来，如果沈从文未印的书籍付印或旧书再版，那么开明便无力承担作家的版税，形成恶性循环。

从外部来看，作为民营出版社的开明书店在从新民主主义社会向社会主义社会的过渡中，早已失去了存在的政治基础和合法性。新的出版秩序的建立使得诸如开明书店这样的民营文学出版社不得不变更经营模式，陷入内忧外患的局面，最终被青年出版社吞并。沈从文的稿件和书版身在开明书店中，风雨飘摇，唇亡齿寒。

中华人民共和国成立后，国家尤其重视掌握文学出版事业的权力。新成立的政府敦促出版总署“尽可能协助私营的大出版社确定专业的出版方向”，避免“盲目竞争和重复浪费现象”[③]。出版总署落实该项事务，倡导“根据各出版社今年预备再版的书目，进行研究，减少一些不必要的再版书”[④]，并将私营出版社的文学业务转至新建立的专业出版机构（如：人民文学出版社）。过去由开明出版的一大批畅销书籍，如《边城》《子夜》

---

① 巴金：《一九五二年二月十二日》，《巴金全集》（第 23 卷），人民文学出版社，1986 年，第 292 页。

② 《顾均正致巴金（之二）》，陈建功编著：《中国现代文学馆馆藏珍品大系 信函卷 第 1 辑》，文化艺术出版社，2009 年，第 96 页。

③ 《中央人民政府政务院关于改进和发展全国出版事业的指示》，中国出版科学研究所，中央档案馆编：《中华人民共和国出版史料（1950 年）》，中国书籍出版社，1996 年，第 643 页。

④ 《出版总署对上海市新闻出版处 1951 年 11 月份书刊处理报告的意见的通知》，《中华人民共和国出版史料（1952 年）》，中国书籍出版社，1998 年，第 15 页。

《家》等一律停印。茅盾的《子夜》1951 年 12 月在开明书店印行 28 版之后转往人民文学出版社[①]。据开明书店版税版权表，《霜叶红似二月花》即使在 1950 年由徐调孚担保与开明书店订约，终未印出[②]。巴金的《家》“改了一处地方就付印”[③]，1950 年 11 月面世的《草原集》成为他在开明书店出版的最后一本书。连为民主运动呼号的正义典范闻一多，他的文集也不再重印。当然，发生业务变更不只是开明书店一家，顾颉刚的《屈原赋校注》就因为商务印书馆业务变更，“不能继续印行，所以要另谋出版处”[④]。正如郑振铎所说：“旧的公司，过去所出版的书大都已等于废纸。都得重新做起（他们均等于新开张的）。”[⑤] 同样的，沈从文已出版的书籍也无法在开明书店再版。

到 9 月第一次全国出版会议时，胡愈之就当时的出版形势做出判断：“社会科学书籍销行册数一般都比文艺书籍多。由于汹涌全国的学习运动的高潮，一般干部和新解放区的读者，对于政治理论书的要求要比对于文艺读物的需要迫切得多。”[⑥] 因此在这个层面上，就如沈从文认为的那样，自己那些属于文艺书籍的书和稿件是“和‘人民’脱离”[⑦]，对“人民革命无贡献”[⑧] 的。比起人民急切需要的书籍而言，毫无竞争优势。再加之，胡愈之早在 1950 年 6 月开明书店的干部会议开幕式上就提出开明应在分工后“出版中学生课外读物”[⑨]，这就意味着开明的主营方向和国营的青年出

① 陈思广：《〈子夜〉的版本流变与修改述论（一）》，《现代中文学刊》2020 年第 1 期。

② 邱雪松：《略谈“开明书店版税版权表”》，《新文学史料》2018 年第 2 期。

③ 《顾均正致巴金（之一）》，陈建功编著：《中国现代文学馆馆藏珍品大系 信函卷 第 1 辑》，文化艺术出版社，2009 年，第 95 页。

④ 顾颉刚：《顾颉刚日记》（第 7 卷），联经出版事业公司，2007 年，第 396 页。。

⑤ 郑振铎：《郑振铎全集》（第 16 卷），花山文艺出版社，1998 年，第 268 页。

⑥ 胡愈之：《论人民出版事业及其发展方向》，中国出版科学研究所，中央档案馆编《中华人民共和国出版史料（1950 年）》，中国书籍出版社，1996 年，第 520 页。

⑦ 沈从文：《复道愚》，《沈从文全集》（第 19 卷），北岳文艺出版社，2002 年，第 379 页。

⑧ 沈从文：《我的检查》，《沈从文全集》（第 27 卷），北岳文艺出版社，2002 年，第 204 页。

⑨ 《胡署长在开明书店第一次各单位负责干部会议开幕式上的讲话》，中国出版科学研究所，中央档案馆编：《中华人民共和国出版史料（1950 年）》，中国书籍出版社，1996 年，第 352 页。

版社有交叉和重合。根据分工合作的原则，开明书店将会逐步并入青年出版社，这成为沈从文书籍印行的另一重障碍。

首先，从性质上看，1950 年成立的青年出版社，由团中央出版委员会直接领导，因为承担着对青少年进行政治教育的人物，所以格外看重出版物的政治思想导向。在酝酿和青年出版社合并的过程中，开明书店的“三反五反”运动都是由团中央领导的。据当时作为团中央出版委员会的办事员王业康回忆：工作组进驻开明书店，“按政府规定的公私合营工作条例，先进行清产核资，并对职工开展政治思想工作”[①]。开明书店在“三反五反”期间暴露出许多问题，特别是极为敏感的资方问题。因为有 29%的股份掌握在反动分子手中，触及政治红线，开明书店内部不敢轻举妄动，“大约因‘三反’关系，业务已经暂停”[②]。如何处置旧有的书籍成为困扰开明书店负责人们的难题。其次，在 1950 年第一次全国出版会议之后，开明书店的年轻一代认为文学类出版物与书店的方向不合，屡次调整编印计划。交付的未印书稿不是被推脱搁置就是面临严格的审查和删改。比如丰子恺 1951 年编好的《笔顺习字帖》就因此被傅彬然回信说出版一事“须延搁若干时决定”[③]。居然《朱自清全集》那样早有计划印出的书稿，也经历删改后定名《朱自清文集》，直到 1953 年才正式出版[④]。朱自清书稿出版的曲折命运被叶圣陶记录在日记中：“开明将与青年出版社合并，以专业方向言，不宜出此类书矣。”[⑤] 由此可知，与青年出版社合并前的开明书店主动调整业务，不会再出版沈从文的作品。沈从文的作品不仅在合并期间无法亮相，在合并后的青年出版社也绝无出场的机会。在十七年时期，中

---

① 王业康：《往事漫忆：中国青年出版社，创立前后》，《出版史料》2010 年第 1 期，第 17—22 页。

② 巴金：《巴金全集》（第 23 卷），人民文学出版社，1986 年，第 301 页。

③ 丰子恺：《丰子恺文集（7）》文学卷（三），浙江文艺出版社、浙江教育出版社，1992 年，第 442 页。

④ 关于开明书店出版《朱自清文集》的讨论，详见邱雪松《“遗产”与“界碑”——〈朱自清文集〉出版论略》，《文学评论》2015 年第 2 期。

⑤ 叶圣陶：《叶圣陶日记（中）》，叶至善整理，商务印书馆，2018 年，第 1368 页。

国青年出版社出版的图书内容大都“和时代和党教育青年的要求结合得很紧”[①]，培养了大批文学新人。沈从文的老作家身份，和相对“过时”的作品内容，与中青社的选题意向不符。对开明和中青社而言，这些书都“无多用处”[②]。因此，不管是在开明书店出版社的内部原因还是在当时出版体制的大背景下，存放沈从文书版的开明书店也是进退两难，只得将其焚毁[③]。

三、两份通知：焚毁与禁制

沈从文晚年提及开明书店毁版时总将海峡两岸的处理方式并置。针对海峡两岸同中有异的处理方式，沈从文有两方面的体认。

首先，沈从文在中国内地因开明书店所受的打击，似通过此种比较得以代偿。书版被焚的心酸在台湾“一刀切”的彻底干预下被淡化和抹除。这体现了他主动融入新中国话语体系的真诚姿态，以及经历思想改造后自觉以新的眼光看待书版被焚一事。就像他在1980年给柯原的信中说的那样，这些打击不能激起他最初的愤慨与伤心，也不会使他“因此恶骂，及减少对于国家的热爱”[④]。无论如何，开明书店焚毁他出版及未出的书籍一事，都不是沈从文最终选择文物研究的主要原因。

台湾方面延续了在民国时期的图书检查制度，几乎所有禁书都有对应的查禁原因记录在案，且有国民政府针对禁书颁布的条文可供参考（如《通俗书刊审查标准》[⑤]《南京特别市教育局民众读物审查规则》[⑥]《战时出

---

① 王秀涛：《中国当代文学生产与传播制度研究》，文化艺术出版社，2013年，第67页。

② 沈从文：《“反右运动”后的思想检查》，《沈从文全集》（第27卷），北岳文艺出版社，2002年，第157页。

③ 以上关于开明书店公私合营以及并入青年出版社的讨论，参考邱雪松的博士论文《开明书店、“开明人”与“开明风”：中国现代知识分子与出版的一种关系》“第四章：1949年后的开明书店”。

④ 沈从文：《复柯原》，《沈从文全集》（第26卷），北岳文艺出版社，2002年，第14页。

⑤ 汪耀华编著：《中国近现代出版法规章则大全》，上海书店，2018年，第190—191页。

⑥ 汪耀华编著：《中国近现代出版法规章则大全》，上海书店，2018年，第155—156页。

版品禁载标准解释事项》[1]）。1949年台湾公布了《反动思想书籍名称一览表》，1951年《台湾省各县市违禁书刊检查小组及检查工作补充规定》对"附匪作家"的书刊进行查禁。沈从文的书在台全面被禁极有可能属于因人废文，他的部分书籍也被准确地列进了《查禁图书目录》，被禁原因俱可查实。台湾的禁书政策直到80年代才开始松动，期间持续性的严密控制，造成中国现代文学在台湾的脱节与隔膜。反观中国内地的禁书政策，因图书出版审查体制尚未建立，且鲜少有对应的禁书条文公之于众，文艺的禁制和清理呈现出间歇性的特点。因此，沈从文旧作的命运会因评价标准的滑动而改变。正是这种不曾道明的查禁方式，给沈从文这样的文人留存了缝隙，作品尚有回旋余地，作家也有机会归队。然而，含混的查禁标准形成的延宕也令许多作家备受折磨。但不可否认的是，两岸的文艺审查在这一时期都出现了泛政治化、泛道德化的现象。即或是台湾有据可依，但查禁用语依旧十分暧昧，执行时漏洞百出。

其次，按照沈从文的说法，1953年开明书店通知他"所有拟印、已印各书案，及存书纸型，因已过时，代为全部焚毁"[2]，而其他作家却没有这样的遭遇。他列举的老舍、巴金、茅盾、冰心是在中华人民共和国成立后平稳过渡的作家典范，且在新政权中的认可度较高，在文艺界保持着影响力。他们的作品理应受到出版机构的重视。此言不虚，到1954年，茅盾还在托楼适夷去旧开明书店寻找开明版的《茅盾短篇小说第二集》[3]，这说明他不曾得到开明书店焚毁他书稿的通知，否则不可能想到去开明书店寻找样书。但若沿着这条以作家与新政权的远近来决定是否焚毁书稿的原则，同样不在第一次文代会名单内部的朱光潜在多年后想到开明书店还"总是怀着感激的心情"[4]，说明无论开明书店是否给予他毁版通知，他都不似沈从文般将旧作看得如此重要，甚至给以后的创作带来致命打击。不过，就

---

① 汪耀华编著：《中国近现代出版法规章则大全》，上海书店，2018年，第197—199页。
② 师陀：《师陀全集》（第5卷），河南大学出版社，2003年，第584页。
③ 茅盾：《致楼适夷》，《茅盾全集》（第37卷），黄山书社，2012年，第339页。
④ 朱光潜：《朱光潜全集》（第10卷），安徽教育出版社，1993年，第523页。

沈、朱两位作家的旧作而言，朱光潜作品命运之惨则是有过之无不及。开明书店出版过的《谈美》和《给青年的十二封信》没能进入1957年人民文学出版社计划编订的老作家选集中。要知道，同是京派文人的废名都进入了人民文学出版社的视线，在1957年成功出版了《废名小说选》。而风靡全国的畅销书《给青年的十二封信》在60年代还被认为"是颇有问题的"①，直到1986年朱光潜病逝也没能再版。与此同时，曾在开明书店出书的丰子恺、周作人等政治身份敏感的作家也不似沈从文一般书写开明书店焚稿一事。因此，沈从文收到书店毁版通知，甚至认为此事断送了他文学前途的遭遇，实属离奇②。

在台湾当局对他作品不近人情的处理上，沈从文认为"老舍、巴金、茅盾、冰心等人作品，似即并不闻有同样遭遇！"③ 也就是说，沈从文再次将自己和其他老作家撇开。

至于沈从文一而再再而三地标榜自己的特殊，按照他当时的心境来看，原因大致有三：其一，为凸显改业的万不得已，有意将外部原因推为终止写作的主要缘由。其二，写作中对同辈作家流露出的艳羡和嫉妒之情，体现了他在选择文学事业和博物研究工作时的纠结与矛盾。其三，他终其一生都在追寻的纯净自然之审美，不仅成为他靠拢和适应文学历史现实题材的宏大主题的巨大障碍，也使他不惜将过去熟友划入他类，踽踽独行。

四、余论

毋庸置疑，毁版确实在一段时期内扼杀了沈从文的创作热情，"因此

---

① 宋云彬：《开明旧事——我所知道的开明书店》，中国人民政治协商会议全国委员会文史资料研究委员会编：《文史资料选辑》（第31辑），文史资料出版社，1962年，第29页。

② 至于其他作家的书版是否真的在开明以同样的方式焚毁，随着开明书店的档案被中国青年出版社以废纸处理成为了一个谜团。

③ 沈从文：《陈述检讨到或不到处》，《沈从文全集》（第27卷），北岳文艺出版社，2002年，第259页。

写作信心丧失无余”[①]，再无勇气写什么了。有两个事实可以证明毁版对沈从文打击的沉重：一是他在1953年至1956年期间多次拒绝写作。二是在1952年到1956年间的书信中，没有体现出书写新作的意图和表明创作计划的文字。可以说，在这三年之内，他已决心放弃写作。不过，毁版打击的效力是有限的。待写作环境利好，他便在向人民文学靠齐的路上做出了不少努力。一方面，他确实写成过文学作品，甚至幸运地得到了发表的机会。例如，文艺界领导周扬和《人民文学》主编严文井在1957年，就促成了《跑龙套》一文在《人民文学》的刊登。《财主宋人瑞和他的儿子》《死者长已矣，存者且偷生!》等小说虽然没能发表，但显示他并未封笔，而是有着靠拢新的意识形态的主观诚意。另一方面，沈从文多次透过信件向亲友诉说自己的创作计划，这表明他的写作热情不灭，出书愿望尚存：整理材料写了以四哥张鼎和为原型的革命历史小说，续写《长河》，写新《湘行散记》……不可否认，开明书店焚书是这些跃动的人物和故事没能出现在他笔下的原因之一。至少我们可以确认，前期长时间的脱离创作状态使他用笔生疏，创作起来力不从心。

然而，此后沈从文放弃文学应是多方因素综合作用的结果。只是相较之下，毁版事件本身的爆发力更强，一时间引起的震撼更大。就远期效果而言，文物研究事业一直以来对沈从文的拉力或许才是沈从文转业的最主要原因。

首先，新政权虽然给沈从文的创作造成了不可磨灭的影响，但他在中华人民共和国成立后没有佳作问世不能完全归咎于外界的政治打压。自1957年10月他的旧作由人民文学出版社结集出版后，他跻身中国作协会员，官方也在此期间给他提供了足够的便利和宽松的环境，一些领导也鼓励他重返文学创作安排，因此他写作宏图的落空并不完全是毁版事件带来的深远影响。然而那时的沈从文选择继续留在博物馆。不仅如此，1956年

① 沈从文：《“反右运动”后的思想检查》，《沈从文全集》(第27卷)，北岳文艺出版社，2002年，第157—158页。

元月，沈从文被选为全国政协委员，即是部分认可他的工作和接受他的政治背景。其次，作家深刻的内在危机将他与文学推得越来越远。一方面，沈从文对新的文艺始终是陌生的，即使在创作中做出了极大的努力，也还是游离于当时主流的文学之外。这就正如沈从文自己承认的，他不仅把握不住新的作品要求①，且实在不懂“艺术”，因此“不能再写文章”②。另一方面，沈从文敏感多虑的个人性格，也使他在复杂政治形势下再三思量，最终做出不得已的选择③。与此相对，文物事业的拉力，促成了沈从文由作家到学者的转型。从沈从文的个人趣味来看，他对文物的酷爱和钻研不下于文学。这也在他整个生命中形成了文学与文物协行的局面。即便是在他转型后的研究中，文学与文物也时时交织，屡有创获④。

开明书店焚书事件在沈从文的书写中变换着多副面孔，其间有着大量的参差与缝隙。通过对照不同时期的书写，能够发掘差异背后沈从文的姿态调换、精神流变，也可以呈现此一时期新中国出版体制化的历史图景，洞悉两岸刊禁政策的内在互动。

---

① 沈从文：《文学创作方面检查》，《沈从文全集》（第27卷），北岳文艺出版社，2002年，第213页。

② 沈从文：《沈从文全集》（第20卷），北岳文艺出版社，2002年，第112页。

③ 参见洪耀辉：《沈从文转业原因探析》，《江西社会科学》2002年第10期。

④ 参见李青果：《论沈从文的文物研究与文学活动》，《文艺研究》2020年第4期。

历史、女性与日常

——读贾平凹长篇小说《山本》兼与《红楼梦》的对读

□张立新[①]

内容摘要：贾平凹长篇小说《山本》在历史的悲剧底色中，氤氲着《红楼梦》般的灵魂追问和情致意蕴。在历史日常化叙事中，虚实相生，旁逸斜出，交织着《红楼梦》那样密实的日常生活细节。在天地人交汇的恢宏视界中，那种来自大地的自然草木气，那种叙写自然风物的痴言妄语和物我同一的生命诗意体验，充盈着《红楼梦》般的灵韵和纯粹。在日常人物塑造上，《山本》把美好高洁的品性赋予理想中的女性人物，浸润着《红楼梦》般的至爱深情。

关键词：贾平凹；《山本》；历史；女性；日常

贾平凹在《废都》之后执着于乡土世界的历史和现实，《秦腔》集乡土叙事之大成，为日益远去的乡土中国留存了一份厚重的文学记忆，“故乡从此失去记忆”。在“废都”“废乡”之后，贾平凹把探寻的目光投向历

---

① 张立新（1971—），女，重庆万州人，文学博士，博士后，西南大学副教授，硕士生导师，美国密歇根大学访问学者，研究方向为中国现当代文学与中外文化、电影研究。基金项目：本文为中央高校基本科研重点项目“大众传播时代国产电影的文学性与当下性研究”（项目编号：100030—2120121766）、重庆市社科规划一般项目“学科融合视域下新世纪中国电影的日常生活叙事研究”（项目编号：4311800311）阶段性成果。

史，从时间和空间距离看，《山本》把“故乡”的版图延展到了最中国的“秦岭”，以二三十年代秦岭的历史传奇、人文风物为肌理，《秦腔》里对乡土文化失落的切肤之痛，在《山本》里已经淡化为一种历史之思。陈思和在论析《山本》的“传统性”时，与中国古典小说《水浒传》做了细致的分析比较①，在向古典文学传统致敬上，《山本》遵循的还是中国古典小说《三国》《水浒》由盛到衰、由热闹到寂灭的叙事模式，然而，就其笔墨意趣来看，似乎与非历史叙事的《红楼梦》更契合。在历史的悲剧底色中，《山本》的精神格局，还氤氲着《红楼梦》般的灵魂追问和情致意蕴。在历史的日常化叙事中，虚实相生，旁逸斜出，交织着《红楼梦》那样密实的日常生活细节。在天地人交汇的恢宏视界中，那种来自大地的自然草木气，那种叙写自然风物的痴言妄语和物我同一的生命诗意体验，充盈着《红楼梦》般的灵韵和纯粹。在日常人物塑造上，《山本》把美好高洁的品性赋予理想中的女性人物，浸润着《红楼梦》般的至爱深情。

一、历史的日常化

不同于通常的历史叙事，《山本》是一部着眼于天地万物的大书，一方面是有着灵异色彩的自然人文，飞禽走兽，花鸟虫鱼，大自然神奇诡秘，莽莽苍苍；一方面是兵荒马乱，历史的硝烟弥漫，尘土飞扬，生灵涂炭，谁也抵挡不住滚滚而来的历史汹汹。草莽英雄，乌合之众，各路人马，在历史的舞台上此消彼长，捉对厮杀，老百姓的生命如韭菜被随意收割，传统文化又都在个人和社会层面撕裂崩毁。涡镇上的人为躲避土匪，躲到山洞石窟里，但最终也躲不过历史的宰制，寻求到一方平安。然而，作者倾注巨大的笔墨，仅仅是为了呈现战乱之后的死亡和废墟吗？显然不是，在《山本》后记里，贾平凹说，“虽然到处是枪声和死人，但它并不是写战争

① 陈思和：《试论贾平凹〈山本〉的民间性、传统性和现代性》，《小说评论》2008 年第 4 期。

的书”，“巨大的灾难，一场荒唐，秦岭什么也没改变，依然山高水长，苍苍莽莽，没改变的还有情感，无论在山头或河畔，爱的花朵仍然在开，不禁慨叹万千”。可见，作者关切的是历史过程中那些艰难求生的生灵，那些崩塌的尘土，那些“林中一花，河中一沙”，那些倏忽而来倏忽而去的生命，以及对生命的疼惜和爱恋。

写作是探索世界的重要方式，对于写作历史漫长的作家，写作的伦理在于不断探索和发现，而不是重复自己。贾平凹一直在矛盾困惑中写作，现代化的历史进程不可阻挡，传统的根基在崩毁撕裂，现代化之路究竟要付出什么样的代价，究竟要走向何方？在《秦腔》后记里，贾平凹还在略显焦灼地追问，《山本》在把目光投向更久远的历史、地域更广阔的秦岭大地之后，跳脱出故乡思维、故人情怀，视野更开阔，有了更合适的观照历史的角度，从“故事”到叙述，从宏阔的时空建构、群体的生存样态，到细微的生命体验，其历史叙述似乎平和从容了许多。那么，《山本》大幅度转身，回到过去，截取特殊的历史时段，其虚构的历史场景中又蕴藏着什么需要去追问的历史真实和人性真实？历史烟雾腾腾、晦暗不明，以自身经验当下经验，如何面对历史发言，是带着对当下价值判断来写历史，还是应恪守所谓的历史真实，还原历史的本来面目？打捞历史，历史究竟留给了我们什么？

《山本》旨在探寻秦岭的本原，也是秦岭大地养育出来的人的本原，人存在于天地之间的本性。贾平凹后记里说，本想写秦岭的草木记、动物记，却意外收集到秦岭二三十年代的许许多多的传奇。然而，作家似乎对历史的传奇和真相并不关心，有时刻意把人物的命运发展安排得草率唐突，但对“英雄”人物身上人性的真实一丝不苟，不肯越雷池半步。陆菊人是小说贯穿始终的灵魂人物，她是历史的见证者，代表历史的日常性，因其女性身份，她的社会理想和抱负只能托付一个强有力的男人代为实现，于是井宗秀出现了，陆菊人尽一切可能地成全井宗秀，做一个能出来“主事”的救苦救难的大英雄，代表受苦受难的民间社会对智者和领袖人物的渴求。然而，历史锻造英雄，历史也毁灭英雄，历史“英雄”的悖论也随之展开。英雄只有权势加身才能实现那些社会改造，才能保护良善。然而，权势具有双面性，一方面具有改造社会的力量；另一方面，权势也能奴役人，人在权势的奴役下，善良本真的一面逐渐丧失，或者被迫丧失，这似乎是不能僭越的自然历史法则，这是历史之痛，人性之痛。“蜂有天毒，人也有天毒”，人的毒在一定的历史条件下被释放，也是一个自然过程，“既然人都干净，就没必要长皂角树了”。《后记》里，作家说，“随便进入秦岭走走，或深或浅，永远会惊喜从未见过的云、草木和动物，仍然能看到像《山海经》一样，一些兽长着似乎是人的某一部位，而不同于《山海经》的，也能看到一些人还长着似乎是兽的某一部位”。人也是自然的一部分，人身上有植物性的一面，也有动物性，人固有的良善、残暴、卑微、伟大，也会彼此缠绕、转化。作家在赋予他钟爱的人物诸多善和美好后，不得不回归历史理性，收敛内心深处那一丝古典浪漫的柔情，恪守历史的真实，人性的真实，遵循强弱之间、善恶之间的历史演变和转化，让肩负历史使命的井宗秀在权势和力量的获取中经受人性的考验，在历史和现实的逼仄下打回原形，终点又回到起点，仿佛走不出历史的宿命和怪圈，然而，在这螺旋上升的历史轨迹中，人类社会终究还是在进进退退中前行。

《山本》传奇的外衣下，是高度写实的，依照生活本身的逻辑。诚如作者所言，《山本》“没有包装，也没有面具”，不以人物命运的跌宕起伏、故事情节的诡秘逆转取胜，而是用日常叙事来表现山河历史，借历史思考的，还是现实人生，生存的苦难，生命的脆弱和强韧。因此，《山本》讲述的还是人的故事，人是历史中的人，每个人都是历史长河中的一滴水，历史有时巨浪翻涌，有时风平浪静，人有时会被巨浪吞没、摔打，有时也会被历史推送到一个新的高地。“历史与回忆有许多相通之处，想记得时就记得，想忘却时就忘却。不只是一种呈现，也是一种再塑造，是一种创造性行为。”[①]这场发生在秦岭大地上的历史大戏的主角也并非英雄豪强，

① 李欧梵：《李欧梵自选集》，上海教育出版社，2002年，第289页。

而是历史沉淀下来的日常，是民间的生命哲学、生存智慧，是那些平平常常的日常风景里的生存图景，那些悲凉中带着微温的生命关怀，那些欲说还休的爱的表达和隐藏。贾平凹通过历史的日常化叙事，创造了另外一种走向日常生活的历史叙事的广度和深度，与历史的劈面遭遇，留下来的不是马背上的英雄，而是历史长河中的普通人，是深明大义的陆菊人，是寺庙里给人超度生死的哑巴宽展师傅，是治病救人、洞悉世事人生的瞎子郎中陈先生，正是这些历史暗夜中的微光，代表生生不息的民间良善和智慧的力量，是盛开在民间土壤里的“爱的花朵”。什么是历史，什么是真正的历史英雄?《山本》跳脱出《三国》《水浒》的历史脉络，从《红楼梦》的日常视角和人性视角，给我们提出了思考。

二、自然风物中的灵魂追问

《红楼梦》的叙述直接从灵石开始，“满纸荒唐言”背后却是以贾宝玉为代表的历史“新人”的灵魂追问。《山本》的叙述从一块神秘的“胭脂地”进入历史，题记道：“一道龙脉，横亘在那里，提携了黄河长江，统领着北方南方，它是中国最伟大的一座山，当然它更是最中国的一座山”，昭示了作家写作的雄心和野心。秦岭不仅是《山本》故事发生的背景，甚至它就是小说最重要的主角。从整个中华民族的历史纵深看，秦岭大地，灾难丛生，暴虐的历史图景中，蕴含着大自然的精灵和生命世界的厚重，秦岭大地也是孕育中华文明的摇篮，那些散落在历史深处的自然人文，那些在苦难中长养的民间生存智慧、精神能量，需要以文学的方式传承下去，或者重新去认识和发现，提供我们当下重新理解文化传统、中国精神、中国风骨的方式。贾平凹为最有着“中国”风貌的秦岭立传，打捞历史，执着地为历史招魂，也是为现代人招魂，招性灵之魂，招智慧之魂，从而寻找中国的血肉，中国人的精神面相。

历史是一面镜子，世界也是一面镜子，在满是镜像的世界里，历史写作寻找人类的面相，也是在寻找自己，寻找人的灵魂——生命存在的根基。贾平凹把秦岭大地那些千奇百怪的生灵作为了寄情之地，以细腻温润的笔墨触摸天地万物的动静，通过状写一个地方的风物人情，一个地方的脾性，在绵密的日常叙事中去触摸民心。“涡镇”这个缩小的历史场域，不仅是演绎社会历史的舞台，也是“存在”之家园，历史成为天、地、人共生共存的重要精神场域。在贾平凹笔下，那些自然风物都是有感情有灵魂的，有“涡镇的魂”之称的老皂角树，“树自杀了”，“房子走魂了”，蝴蝶是“行走的花”，那种叙写自然风物的痴言妄语，大有《红楼梦》里黛玉对着花草树木的痴癫和物我同一的生命诗意体验。那些野生状态下的植物、动物，和人一样，都有他自己的存活方式，有自己的性灵。在历史的悲剧底色中，那种对自然风物的凝视，那种来自大地的自然草木气，对灵魂的追问，氤氲着《红楼梦》般的纯粹和深情，这也是《山本》坚硬的历史叙事中最诗意盎然的地方。哪怕写生死，写的是血腥残暴的场景，都物化为一个自然的过程，淡化了生死的戏剧性，生死祸福，真正成了一个生命的过程，如自然界的草木枯荣一样，但又都怀有敬畏之心，以文字缅怀，“祭奠涡镇的亡灵”，告慰秦岭，告慰生灵。

《山本》里还弥散着民间传说中的幽灵神怪，在魔幻和写实中游弋着星星点点的灵异之光。小说中多次提到的民居中的天窗，其物理功能是日常家里的通风透气，而另外一个精神功能，那就是灵魂和天地万物的沟通交流，万物有灵。《山本》后记里说，“不论是瓦房或是草屋，绝对都有天窗，不在房屋顶，装在门上端，问过那里的老乡，全在说平日通风走烟，人死时，神鬼要进来，灵魂要出去。《山本》里，我是一腾出手就想开这样的天窗。”《山本》呈现了秦岭二三十年代的自然生态、社会生态，那是一个兵荒马乱的有故事的年代，但作家的心思显然没在讲故事上面，恪守真实和真诚写作的作家回到历史深处，以民间叙述人的姿态、古典小说的意笔，捕捉秦岭大地的性灵，在乱麻一样的历史素材中寻找那一扇扇沟通天地人的历史的天窗，借助神秘文化的民间土壤，给沉重的历史叙事打开一扇天窗，想要去获取感应天地的神秘和幽深。

《山本》以涡镇为据点，呈现的依然是历史的碎片，在时间的度量衡上，一切都是破碎，犹如《红楼梦》最后“白茫茫大地真干净”，一场大梦，爱恨情仇，转眼成空，仿佛一切都没发生，然而，那种以绝望打底的拼了命来爱一个人，爱这个世界的至爱深情，却影响了一代又一代人，成了一个民族的文学记忆。《山本》里的涡镇最后成为一堆尘土，然而历史的硝烟过后，留下来的还是承受苦难，孕育万物的莽莽苍苍的神州大地，是大地上那些从尘埃中盛开的“爱的花朵”。废墟上屹立的是秦岭的巍峨，还有如秦岭一样坚不可摧的生存的信念和对美好未来的守望。废墟上站立起来的，还是勤勤恳恳在大地上劳作的善良而美好的人们，正是那些沉默的力量，支撑着中华的血脉。

《山本》依然洋溢着作家对养育过自己的乡土世界的深情，叙述话语尽可能地保留着“乡音”，然而，面对历史和现实写作的知识分子作家，不管持有怎样的民间立场，其潜在的知识分子视角，主要人物形象身上那些并不太贴合人物身份的书卷气，那种感知世界的话语方式和行为方式，背后都躲藏着知识分子的心神。一个写作者，最不能隐藏的就是自己，文如其人，作品也是作家主体人格的体现。“贾平凹在创作思想上，整合了农民意识与知识分子意识，力图实现对乡土问题的双向透视，使小说兼具传统性与现代性的双重品格。”① 贾平凹各个时期的乡土文学作品中，那些主要人物骨子里游走着的还是乡村知识分子的老灵魂。《秦腔》里有乡土世界的守护者夏天智、夏天义等，《山本》里除了有明显知识分子意识的井宗秀、陆菊人，还有治病救人、代表民间智慧和良善的陈先生，给人超度生死的宽展师傅，寿材铺的杨掌柜，他们往往做派高贵，代表乡土世界的精魂。乡土世界是一个有情有义的自在世界，有自己的生存意志、生活理想和情操，是一个自足的世界。然而，乡土世界连同土地上生长起来的那些精魂，却因土地的流失和荒芜不可避免地魂飞魄散。因而，贾平凹小说里展现了那些躁动不安的知识分子的老灵魂，那种不安，是传统面对现代的不安，乡村面对世界的不安，那个活色生香的乡土世界日渐远去，他

---

① 刘杨：《追求与困顿——论贾平凹的乡土书写》，《文学评论》2018 年第 6 期。

们惶恐“没日子了”，那种不安在《山本》平和的历史日常化叙事中也还是一不小心就露了马脚。陈思和说，《山本》“在其特色鲜明的法自然现实主义创作方法中，隐含了深刻的现代性”①。《山本》回到历史深处去写作，同时也是面向当下的，是要从源头上寻找通往现代的通途，用自然之道表现人事，然而却又企图以性灵超越，贯穿着作者创作中一脉相承的现实思考和灵魂关切。

贾平凹有很强烈的和读者对话的冲动，每部长篇小说的后记都特别耐人寻味，也体现出作者写作中的困惑和思考，那些关于写作的责任和智慧，写作对于时代的意义、社会的意义。既是寻找知音，也是自我辩诘，流露出了知识分子作家写作寻求与自己、与时代社会、与世界对话和沟通的焦虑，以及写作释放焦虑的冲动。一部作品的真正灵魂，还是作家本人，是作家的胸襟、境界、思想和情怀，这就是作品的生命力，心灵健壮的作家，其作品就不会是苍白孱弱的。《山本》在历史叙事的虚与实、显与隐之间，彰显着严肃的现实主义作家骨子里的古典、浪漫、狭义、深情。

三、历史暗夜中的女性之光

《红楼梦》是言情的，故事因情而始，曹雪芹为情为爱生造了一个“大观园”，大观园的女儿们都是至情至性至爱之人，被贾宝玉敬若神明。贾宝玉说，女儿是水做的骨肉，男人是泥做的骨肉。见了女儿，便觉清爽，见了男子，便觉得浊臭逼人。可见，女性处处是和男性对照来的。贾平凹作品里也塑造了一系列美好的女性形象，总体来说，这些女性人物或多或少有着大观园女儿的某些特质，如秀外慧中、纯真善良，就连名字，也有那般的诗情画意，如《秦腔》里清风街最漂亮的女人白雪，人如其

① 陈思和：《试论贾平凹〈山本〉的民间性、传统性和现代性》，《小说评论》2008 年第 4 期。

名，如白雪那样纯洁，内心也如黛玉那般高洁，让引生爱得如宝玉般痴狂。身为严肃的现实主义作家，贾平凹在毫不手软地状写乡村的萧条和历史的残酷时，却不吝放纵笔墨，把至爱深情、把美好高洁的品性赋予他理想中的女性人物，似乎守护住女儿的纯净纯情，也就守护住了灵魂的高贵。白雪是正在消逝的那个活色生香的美好乡村的精魂，而《山本》里的“白雪”自然是贯穿始终的线索人物陆菊人了。和白雪一样，陆菊人人淡如菊，也是担负着拯救众生的地母般的女性人物，具有秦岭大地生长出来的朴素、善良、宽厚、包容和奉献等品格，女性的生育性似乎也代表大地孕育天地万物的本性，大地的品性就是奉献，承载一切，包容一切，也是中华民族得以生生不息传承下去的灵魂。

《山本》是以童养媳陆菊人的女性视点来展开叙事的，似乎就是为了尽量保持一个客观的历史视点，然而一个纯粹乡村女性的视点，显然担当不了小说探索历史的主旨，于是人物身上便凭空多了许多农家妇女身上少有的“料”，她不但有传统女性的本分端庄，贤良聪慧，坚守着做人的根本，还世事洞明，知天知地，有主见，有担当，深明大义，能辨是非等。陆菊人的视点也代表一个民间智者的视点，一种庸常的人们渴望获得的澄明。横空出世的这么一个人物，没有任何知识文化背景，她的那些似乎先天自带的识见，那些智慧，因为没有根据，就都交给了神明。她的身份因而变得可疑，这也反映出小说内部叙事的分裂。

陆菊人这个复合体的女性叙事视角潜在的也是知识分子的内在视角，这也反映了知识分子作家要想借纯粹的民间叙事表达的困境。贾平凹说，陆菊人和井宗秀是雌雄同体的。很显然，这二人是《山本》的担纲人物，在塑造这男女主角形象时，贾平凹也似乎格外任性，倾注了知识分子般的理想和激情。和涡镇的其他人不一样，两人都是肩负历史使命的，人物的言行、思虑、做派，已经跳脱出了农民的本分，他们是历史“新人”，担负着作家探索世界、探索历史和未来的重任。他们一出场都近乎完美，既有《红楼梦》宝黛那样的性情，也有推动历史的智慧和行动力，显示了作者那压抑不住的寻找历史新人的冲动和努力。这种冲动和努力在《秦腔》

里其实已经初见端倪了，“疯子”引生那种对爱与美不顾一切的执念，那种不见容于世俗的宝玉似的痴癫。借引生的疯言疯语，作家也倾诉了对乡土、乡土文化的眷恋，对纯真美好的人性人情的向往和深情。引生那种断子绝孙似的自我阉割，也暗喻这种精神文化的追求在转型期的乡土现实的无处生根。

那么哪里才是这种美好精神人格栖身的土壤？城市亦或乡村？历史亦或未来？在灾难和苦难面前，美好的传统文化和人性人情如何承续？《山本》情感基调是内敛隐抑的，尤其是在人物情感上用笔克制。陆菊人和井宗秀两个人心心相印又惺惺相惜，男女之间这种没有肉欲的知己似的精神恋爱，也和《红楼梦》宝黛之间的爱情相似。作者让他们彼此倾慕而止于礼，只极简用笔写了陆菊人心里的爱恋涟漪。《山本》为虚写井、陆二人之间的感情，不惜添设花生这个女性人物。花生形象的设置，其实是陆菊人的替身，为了成全陆菊人的精神恋爱，道德上的完满，而让花生替她在身体上完成了与井宗秀的结合。

和《秦腔》里“引生”的自我阉割不同，井宗秀则是被权势“阉割”，被历史“阉割”。一个被推上历史舞台的男人，心思缜密，做事周全，绵里藏针，有谋有略，“从来不说一句硬话，但从没有做过一件软事”。然而，这个马背上的英雄，最初为人低调谦逊，平易近人，不愿意上马，总是牵着，渐渐地在权势和形势的威逼下变得凶残、霸道、荒淫，从精神到身体都伤残了。后来骑着高头大马巡夜，暴毙。上马，落马，上天赋予他的历史使命，终究成了一场涡镇百姓的灾难。如果说，人的人性、神性、魔性是三位一体的，那么井宗秀在历史漩涡中与魔共舞，渐渐走魂了，褪去了人皮，被历史吞噬，一步步变成鬼，只留下了魔性，与历史格斗想改变历史的结果是自身秉性消失，在被迫强硬之后，被迫变得残暴，被迫成为历史恶的一部分，不可避免地走上了自我毁灭的道路，在他的身体死亡之前，他的灵魂早已出窍。在小说中那个蜕变的心理过程被省略了，我们看不到人物内心的撕裂、矛盾和挣扎，一切都那么悄无声息地改变了。可见，在历史面前，无论怎么生猛彪悍，人终究是软弱无力的。

《山本》里的其他日常人物形象安排，也有《红楼梦》的影子，寄予了作家对爱与美的理想追求。栾梅健就以为，《山本》里“安仁堂的陈先生和地藏王菩萨庙的宽展师傅，一瞎一哑，极类于《红楼梦》中的‘一僧一道’，看破红尘、参透世事。在他们通透、玄妙、机警的哲理中，一方面安妥着人们受难的心灵，另一方面也使小说升腾出一股神秘莫测的韵味”[①]。在民间最底层的视点，往往能看明白，活明白。一个瞎子，一个哑巴，他们不能言说，不能看这个世界的真相，但恰恰如此，他们用心聆听，用尽全力去爱，去感知这个世界，他们才最懂得什么是生存，最懂得爱的广大和深沉，最懂得对生命的怜惜和珍重，也最懂得历史的残酷。

在写作过程中为了让自己耐烦，贾平凹挂些字画条幅在室中，其中的“现代性、传统性、民间性”显然是他写作思考的核心命题。贾平凹在《山本》“后记”里夫子自道“承接过中国的古典，承接过苏俄的现实主义，承接过欧美的现代派和后现代派，承接过建国十七年的革命现实主义”。在贾平凹那些看似很“土”的乡土题材里，反倒能感受到作品思想和情感内涵的丰富性和复杂性。在寻求传统与现代的融合上，贾平凹也一直在做各种从形式到内容的尝试和探索，《山本》既具有《水浒》那样历史叙事的宏阔，又具有《红楼梦》那样日常生活叙事的血肉和丰富，同时在历史与日常、知识分子视点与民间视点、理想与现实之间的叙事分裂中体现出了深刻的现代性。

---

① 栾梅健:《俊逸 疏朗 传奇——论贾平凹〈山本〉的艺术特色》,《南方文坛》第 2019 年第 1 期。

迭生的精神荒原

——贾平凹长篇小说《废都》与《暂坐》的对读

□陈锡敏[①]

内容摘要：《暂坐》是贾平凹继《废都》之后再一次专致状写城市故事的艺术成果。作者在《废都》中将城市荒原氛围渲染得极为浓厚，一场场宿命般的故事在颓败而古老的西京城中演绎。乍眼一看，新作《暂坐》中的故事背景西京城的氛围似乎要轻松许多，可通过分析，笔者发现《暂坐》虽是贾平凹为精神荒原现象寻的一剂药，可惜疗救无果，人物依旧不可自拔地陷入精神荒原之中。从《废都》到《暂坐》，城市个体的精神出路到底在哪里或许仍未可知，但贾平凹坚持不懈地在文学世界中进行着试探与追问。

关键词：城市书写；精神荒原；贾平凹

T. S. 艾略特发表于1922年的《荒原》，被评论界看作是20世纪最有影响力的一部诗作，艾略特在此诗中以古代荒原的传说为依托，将一场堕落与拯救的人类悲剧置于一个荒凉、空虚、毫无生气的“伦敦现代荒原”世界中来演绎。从此，在20世纪西方文学中，荒原意象弥漫成笼罩一切的

① 陈锡敏（1996—），女，四川巴中人，西南大学中国新诗研究所中国现当代文学专业在读硕士研究生。

荒原意识。荒原即从一个特指自然风貌的环境定义词语，演变为意指人文精神崩塌的精神象征词[①]。曾有论者将“废都”与“荒原”做比：“《废都》的命意和《荒原》何其相似！两者同样有着对于传统文明断裂后的隐忧和悲剧感，《废都》也许可以称为东方式的《荒原》。”[②] 此论断确实具有一定的概括性。《废都》正是另一场关于堕落与拯救的荒凉故事，在那个古老且颓败的西京城中，人们的精神世界日益荒芜。如果说《废都》中的荒原是一场浩大且带着明显宿命感的境地，那么《暂坐》中的荒原则隐藏得更深一些。乍眼一看，《暂坐》的故事沉浸在一个较为轻松的氛围中，都市女儿们似乎十分潇洒地生活在繁华之中。可细细体察方能发现，《暂坐》是贾平凹为精神荒原寻的一剂药，只可惜疗救无果，人物依旧不可自拔地陷入精神荒原之中。

一、鬼魅浮生的废都

《废都》虽是一部描写城里人、城市生活的城市小说，但有相当一部分批评家否定它的城市性，认为刨去地理因素它实质上依旧是一个乡村文本，此类论断未免有些局限。正如评论家李敬泽所言：“让我们放过城市生活中那些浮云般的符号、时尚和经验表象，直接回到最基本的层面：这里不正是声名、利益、财富、雄心、欲望的集散之地吗?”[③] 确实如此，贾平凹在《废都》之中所言说的恰恰是城市生活最核心的层面，是聚焦于利益与欲望的书写。大体上，《废都》讲的是以一个文人为核心的一场名誉官司事件，最后官司失败，各方人物也风流云散。许多论者将《废都》置于20世纪90年代知识分子群体性失落的历史语境中加以探讨，这是有一定意义的。但贾平凹的《废都》书写实则更凸显着一种“恒常性”和“宿

---

① 张岩：《荒原意象与西方文学的精神流变观》，《同济大学学报（社会科学版）》2007年第5期，第100—104、112页。

② 温儒敏：《温儒敏文学史论集》，吉林人民出版社，2002年，第240页。

③ 李敬泽：《庄之蝶论》，《当代作家评论》2009年第5期，第14—20页。

命感”，因为他不是把历史作为人的注解，而是将角色的人生和命运放在瞬息变化的历史之中。因此，《废都》的故事不仅仅存在于那个特定的文学时空里，它会在时代潮流中反复上演。

《废都》的荒原感并非单纯指精神方面，作者笔下的整个城市都笼罩着一股荒原气氛，首先体现在贾平凹对城市环境与城市声音的营造上。在小说开头，作者接连叙述了庄之蝶与孟云房养的一株四色奇花以及西京城中突然出现的四个太阳此类诡异之事，使整个故事沉浸在一种似真若幻、荒谬诡异的基调中。小说更是将鬼魅之象与动物之思贯穿始终，在这样一个不人不鬼亦不物的西京城中，蔓延开去的精神荒原便不足为奇了。庄之蝶的夫人牛月清的家世不俗，祖父曾是位奇人，能“仰观象于玄表，俯察式于群形”[①]，牛月清的母亲牛老太太则因一场病变得神志糊涂，说着鬼言鬼语的话，做着疯疯癫癫的事。牛老太太只在棺材里睡觉，出门必戴面具，一开始大家都认为她是脑袋糊涂，但随着牛老太太每次的鬼话总是如预言般灵验，庄之蝶给予了重视，并打算将牛老太太的鬼话记录下来。无论是牛老太太对新生儿性别的预判还是对丈夫坟墓新动的察觉，这类毫无根据却又真切符合现实的鬼语使整个文本弥漫着人鬼相间、鬼魅浮生之状，特别是当小说总是出现人话真假不分，鬼话却又真真切切时便显得十分讽刺。鬼话之外还有牛思，庄之蝶有个癖好，喜欢直接从奶牛身上吮吸生奶喝，但这头提供生奶的牛并不是一只普通的牛，而是一只拥有自己思想，能在反刍时思考生命的牛。庄之蝶对牛说的一句玩笑话：“像个哲学家！”[②]使牛开启了思想之路。这头牛在小说中主要思考了两个问题：一个是牛的历史，另一个则是城市到底是什么。牛对这两个问题的思考都陷入了对人类世界的怀疑，甚至把城市比作退化了的人类集合起来的地方。牛思本是幻笔，在文本中却包含着另一种真实。除去鬼话牛思，还有另一些闲笔也带着诡谲之味。譬如孟云房对卜卦的迷恋以至于他的一只眼睛因此

① 贾平凹：《废都》，作家出版社，2009 年，第 31 页。

② 贾平凹：《废都》，作家出版社，2009 年，第 48 页。

失明，庄之蝶宴请宾客时的留影中的人像都若有似无令人骇然，以及城市改造推倒的古旧房子墙缝中的干虫遇血复活等现象。以上种种，皆使整个城市环境带着离奇、超自然的色彩，故事也随之带有荒谬的成分。

比较而言，大部分小说家擅长渲染故事的背景环境。但贾平凹不仅着力构建奇特的城市环境，而且注重对城市声音的刻画。《废都》中，贯穿始末的声音是收破烂老头儿的谣儿和城墙头上的埙声："这肉声每日早晚在街头吼叫，常也有人在城墙头上吹埙，一个如狼嚎，一个呜咽如鬼，两厢呼应。"① 老头儿的谣儿总是带着对现下人世的揶揄，既说世风日下也言政府弊病，市民也乐得传播这顺口讽世的谣儿。城墙头上的埙声是周敏在吹，"声音沉缓悠长，呜呜如夜风临窗，古墓鬼哭"②。庄之蝶喜爱这埙声就同喜爱哀乐一样，因这埙声可将人带进洪荒的境地，那里有怨鬼的啼哭、闪现的鬼火，使人困顿于荒野之中，找不到返回的路线。森寒的埙声弥漫在整个小说之中，仿佛故事的背景音乐一般，它暗示着故事的走向必定也如同这埙声般哀怨。老头的谣儿明白地道出了城市的弊病或者说社会的弊病，城墙头的埙声则婉转地烘托了城市的悲哀，一明一暗萦绕于荒原之上。

在如此波谲云诡的城市之中，本应该是最正常的人物似乎也逃不脱失常的轨迹。整部小说充斥着破碎的时刻，无论是在工作还是生活中，人物们都陷入泥淖之中，无限循环的错误抉择令纵使站在云巅的人到最后也重重跌落下来。最令人唏嘘的是四大名人：以文为生的庄之蝶身败名裂，以字为生的龚靖元吞金自杀，以画为生的汪希眠东躲西藏，以歌舞营生的阮知非被打坏了一只眼。从小说开始的一派热闹繁华到最后的荒寂凄凉，其实不应该怪命运的起伏而是人性贪念作怪。龚靖元的死是由庄之蝶们一手造成，为了装点自家的画廊，庄之蝶伙同赵京五等人诱骗龚靖元的儿子龚小乙拿出自家收藏的毛泽东书法真迹及大部分字画收藏，以至于龚靖元心

---

① 贾平凹：《废都》，作家出版社，2009 年，第 5 页。

② 贾平凹：《废都》，作家出版社，2009 年，第 48 页。

愤气急而自杀。龚靖元何至于因身外之物的离去而吞金自杀，根本也是贪念作祟，于他而言，失去金钱的依傍无异于裸身行进在险恶的江湖之中，毫无安全可言。出身优渥的龚小乙因为在现实生活中无法实现自己的人生价值，转身投入毒品的世界，借由毒品的幻象麻痹自己的神经，他人生中最值得期待的时刻竟然是吸毒之后的幻境时分。文化界尚且如此，商界更是鬼怪横出。以农药发家的黄厂长在面临假药风波之时，想的并不是如何改善农药质量，而是如何在假药上做文章，将消费者的生命安全置之度外。以黄厂长为代表的商人，形象地演绎了商人为逐利而死的现象。如果说商界的趋利尚有自然的成分，政界人物的心机则令人大跌眼镜。现任市长的连任本没有问题，却害怕选举当日如果票数刚过半显得不太好看，便让市府秘书费尽心机发表一篇有利于他名声的稿件，以为他争得选票。一个城市的市长本应该千方百计为这座城市的发展打算，但却只是汲汲于名声，毫不考虑城市的可持续、利百姓的发展道路，而是用最投机的方法去营造城市的虚假繁荣。一个城市的文化界、商界甚至政界皆是这般，这座城市难免走向颓废的境地。

整个社会的精神面貌尚且如此，身为城市中的个体则更加义无反顾地走向荒原之中。庄之蝶书店的帮手洪江为赚取更多利润用尽十八般武艺，先是打着贩卖色情凶杀小册子的主意，被庄之蝶驳回之后则说出卖山寨书的建议：趁着金庸小说销路红火的态势，将普通武侠小说冠上全庸的名号，用潦草的字体刊印以迷惑读者。作为书店的主要经营者，洪江还暗中扣下许多利润，自己腰包丰盈之后便抛弃原来的糟糠之妻，新娶了模特身材般的书店营业员。在这样一个荒谬的世界，投机倒把者赚得盆满钵满，认真勤恳人却得不到公平的待遇。阿灿的妹妹阿兰心劲儿大，毕业后虽只接到一个设计公厕的任务，也极其认真负责地对待。尽管阿兰生活条件艰苦却没有丝毫的抱怨，只想着做好自己的工作，将所学回报社会。但阿兰最后却惨遭上级王主任侮辱，精神受到重创而被关进了疯人院，令人悲叹。这进一步说明，在这样一个颓废之城里，人的精神和生理都最终走向衰废。

贾平凹在《废都》中构建了一个鬼魅浮生的世界，这里人鬼不分。正如牛老太太所言："这满城的鬼倒比满城的人多！这人死了变鬼，鬼却总不死，一个挤一个地扎堆儿。"① 这"鬼"其实是一种隐喻，鬼不分是非、不分好坏、不懂道理，而人是不一样的，但当人逐渐鬼化之后，人类世界则鬼魅横行。在这样一片混沌的城市中，道德的崩塌、精神的荒芜则成为一条逃无可逃之路。小说的本质是虚构，但它的逻辑却又是最真实的。米兰·昆德拉认为："小说家既非历史学家，又非预言家：是存在的探究者。"② 贾平凹在《废都》中恰好就是在探究这样的存在，纵使世纪末是一个令人心生悲观的节点，但同时也处在日常生活的维度，贾平凹通过叙述身处城市之中的市民日常，将那些最龌龊不堪的时刻以及最平常的物质世界表现了出来，纵使小说看似荒诞，但无法否认的是贾平凹对社会的思维方式与认识、人际交往的油滑与真诚、精神层面的思索与探寻都进行了一定程度的还原。《废都》世界虽然百鬼横行，精神荒原虽然蔓延无际，但崩塌之后意味着重建，破旧之后自然会立新，贾平凹寻到重建之法了吗？

二、活佛难俟的霾都

与《废都》相比，《暂坐》的故事显得风平浪静许多，贾平凹在小说的构建中舍弃了精心渲染的痕迹，代之以随手写象、意在其中。《暂坐》是一个发生在当下的故事，这里少有一触即发的时刻，更多的境况是人物心灵的自然选择。《废都》尚不可控，仿佛人物们都被命运这根绳索拉扯着行进，或顺或逆，都在与之缠绕无解。《暂坐》则少了些命定时刻，人物们虽也逃不开自然的规则，但她们的行为是轻盈的、自为的。文本的主要人物是十来个女子，按照贾平凹的说法："她们活力充满，享受时尚，不愿羁绊，永远自我。她们是一个世界。"③ 其中又以一个姐妹——夏自花

① 贾平凹：《废都》，作家出版社，2009 年，第 177 页。
② ［捷克］米兰·昆德拉：《小说的艺术》，董强译，上海译文出版社，2004 年，第 56 页。
③ 贾平凹：《暂坐》，作家出版社，2020 年，第 274 页。

的病情为线索，叙述了众姐妹在照顾夏自花过程中的枝枝节节。相较于《废都》明显的精神荒原之感，《暂坐》乍眼一看鲜少突出荒原之感。实则不然，暂不分析故事的深层意蕴，文本中的人物对城市的议论之词早已透露了这个核心要义："是庞大繁华了，可你不觉得越是庞大人越是小吗，越是繁华精神越荒芜吗？"[①] 虽同样是在书写城市之中人类精神的荒原境遇，但两个文本的侧重点是不一样的。如果说《废都》是将精神荒原这个问题细致显现、烘托出来，那么《暂坐》则在尝试为精神之荒原问题开一剂药方。

《暂坐》中的故事发生的环境看似要清澈明朗一些，以茶庄为核心集聚点，向城市四方扩散开去。但繁华背后，依旧是荒芜的底色。正如海若所言："晚上那些破旧和肮脏的东西都隐藏了，辉煌灯火里是不是觉得都是时尚和繁华啊？"[②] 清澈明朗只是灯光照耀之表象，仔细看去方能体察到破败不堪。《暂坐》是发生在当下的故事，城市化进程势不可挡，城市虽少了颓废之态，但逐渐浮躁、污浊了起来。贾平凹在《暂坐》中大书特书了雾霾现象，雾霾是一种大气污染现象，大部分城市将其作为一种灾害性天气预警预报。在作者笔下，雾霾使天混沌不清，如同噩梦一般，人在雾霾天里行走，宛如妖怪一般缺胳膊少腿，身体的某一部分会被雾霾掩去，是非常可怕的场面：

那个傍晚，空气越发地恶劣，雾霾弥漫在四周，没有前几日见到的这儿成堆那儿成片，而几乎又成了糊状，在浸泡了这个城，淹没了这个城。烦躁，憋闷，昏沉，无处逃遁，只有受，只有挨、慌乱在里边，恐惧在里边，挣扎在里边。黑暗很快就下来了。塞满在街巷里的汽车全都打亮了前灯尾灯，缓缓移动，感觉是进入了泥石流中。闪过的城墙垛台，楼房的一角，那些道旁的树，电杆，广告牌，戴口罩和没戴口罩来来往往的人，全

① 贾平凹：《暂坐》，作家出版社，2020年，第233页。
② 贾平凹：《暂坐》，作家出版社，2020年，第13页。

都模糊不清，又支离破碎。[①]

在雾霾天里，城市是模糊不清的，被四处弥漫的雾霾撕成几片，搅糊了似的。整个城市陷入了悲观消极之中，而支离破碎的人只有忍受这些烦躁与憋闷。这里的雾霾已经从具体的大气污染异化成了笼罩着城市人的心理阴影，每个人的心理阴影或许截然不同，但个体无处逃遁、只有忍耐的状态是一致的。贾平凹十分偏爱埙声，尽管两部小说的气氛大相径庭，但它们的背景音乐却都带着埙曲。当《暂坐》中的人物听到城墙头的呜呜嘟嘟、时断时续的埙声时，感觉到的却是城墙的疼痛。这在一定程度上表明，《暂坐》褪去了《废都》中极强的自我色彩，开始观物察物。纵使该文本依旧有几笔鬼气，比如冯迎如幽灵般漂浮于众姐妹之中、陆以可一再看到酷似已逝父亲的人，但总体而言鬼魅不再是重点。时现时隐的鬼魅，被如鸟类般庞杂的人类替代，或许是如今的城人多若鸟，挤压了鬼魅存活的空间。

如果说《废都》中的人物是在黑暗中爬行，因为没有一点光亮所以总是跌倒，甚至于最后所有人都在精神荒原之中穷途末路。那么《暂坐》中的人物则是在彻底的光明中奔跑，但也正因为太亮了，自信地认为自己掌握了人生顺遂的法门，所以迷失了方向。在小说的开头，故事以外国女孩伊娃的视角环视了精致清净的茶庄二楼，这个布置得像佛堂的地方，海若不仅将其作为接待活佛的暂时场所，并且打算将其长期租用以安放心烦时的自己以及众姐妹。这里本质上不同于庄之蝶的求缺屋，因为求缺屋更类似于一个举办文化沙龙的地方，是人物向外在世界延伸的地方。而茶庄二楼，是人物无限接近内在自我的地方。在这里，海若抛去日常繁忙事物，静下心来思考自己的精神需要，探寻解决之道，其他女子也喜欢在有烦恼和苦闷的时候来这里平心静气。可见，她们对自己以及生活的走向是异常清醒的，因为她们不会任由身体糊里糊涂地行走在社会里，而是会向内进

① 贾平凹：《暂坐》，作家出版社，2020年，第271页。

一步探寻自己，并不时地敲打它，以便护航人生的轨迹。不仅如此，海若还明确地在暂坐员工守则中表明了自己的心意：

一、饮食节制。二、言语审慎。三、行事有度。四、坚毅果敢。五、尚俭助人。六、惜时勤奋。七、真诚可信。八、正直不阿。九、中庸适度。十、居处整洁。十一、内心宁静。十二、节欲养神。十三、谦逊待人。①

这十三条员工守则，其实已经泛化为海若与其结交的众姐妹的人生信条。而这十来个姐妹的相识相知，便并不止步于人际的物质交流，更多的是为了精神世界，当某次众姐妹在二楼喝茶相聚时，海若如是说："是什么力量让我们坐在一起？……是我们每个人有着想解决生活生命中的疑团的想法和力量才聚成的。"② 换句话说，海若与众姐妹的相识以及这十来个姐妹之间建立的深厚情感是源自都想侍奉好精神世界这个心愿。这即是故事中的人物为经营好自己的生活想出来的办法，也同样是贾平凹为解决精神荒原现象寻的一个方子：通过人物对精神世界的自我体察与关照，确保精神世界不再荒芜崩塌。这确实是有一定效果的，《暂坐》中的人物不再只汲汲皇皇于自己的人生，在很多时候她们心中还有比物质利益更重要的事，譬如无私照料患病的姐妹夏自花及其家人、帮助被家暴的女子辛起重新生活以及放生一只乌龟到曲湖这类小事。即便她们已经如此重视侍奉心灵世界，但仍然面临着许多问题，甚至卷入了一些重大事故。纵使都是十姐妹的之一，严念初却联合王院长一同算计应丽后的金钱，使应丽后损失惨重；海若应当算是个清明之人了，却仍然卷进权钱交易之中，最后落得个下落不明。如此种种，都示意着贾平凹未能寻到那个治愈精神之疾的方法，它像是常态一般在大众之中生长繁盛，让一出又一出悲剧迭生。

① 贾平凹：《暂坐》，作家出版社，2020 年，第 14 页。
② 贾平凹：《暂坐》，作家出版社，2020 年，第 50 页。

《暂坐》对精神荒原的拯救，正如一直等不到的活佛和救疗失败的夏自花一样无奈。贾平凹在《暂坐》开篇便提到海若在等待西藏活佛。随着小说的推进，故事里的人物不停地在询问“活佛什么时候到”这个一再重复的问题。先是羿光问：“活佛几时来？”[①] 再是司一楠问：“活佛哪一天到呀？”[②] 后又有小唐、陆以可、希立水等人相继问询：活佛什么时候来。但无论是谁问或者问谁，得到的回答永远模棱两可，甚至到故事的最后，活佛都没有到来。等待活佛就像等待戈多一样成了一种难了的希望，而“希望并非必然包含预设的可实现性”[③]。《暂坐》中的活佛，意味着精神荒原世界中的一股拯救的力量，海若一众人等待着活佛的到来，是为了得到侍奉精神庙宇的能量，生活在繁华又荒芜的城市之中，她们需要一股外力来拯救自己的精神世界，只可惜，外力终不可靠。而串联整个故事的夏自花，也带着些许隐喻。整部小说以夏自花病与逝贯穿始末，在夏自花住院期间，众姐妹悉心照料，不计较人力、物力与财力的损耗，她们到处替夏自花找寻愿意献血小板的人、不分昼夜排班看护夏自花、担起照料夏自花年迈母亲和年幼孩子的重任。在这里，夏自花似乎已经不再只是个患病的姐妹，而是她们精神世界的一个象征。在快节奏的城市生活中，金钱的积累跟不上消费的欲望，灵魂的脚步跟不上身体的奔跑。以至于大多数城中人的物质世界是纷繁的，而精神世界是荒芜的。而海若等人意识到了这个问题，她们不愿意萎缩生命的感觉，也一再尽力抵御从心灵内核中生出的对精神生命本身的罔顾。因此，她们百般救治夏自花，就像在拯救她们生命的意义一般。不过，夏自花以死亡告终，她们的结局也面临分崩离析，情理之外却也意料之中。贾平凹在小说中时时透露疗救失败的原因：越有欲望，身子越重。拖着沉重的身体，灵魂必然难以飞翔。《暂坐》中的每个人都在为升得更高努力着：海若通过与官互助稳定拓展茶庄的收入、羿

---

① 贾平凹：《暂坐》，作家出版社，2020 年，第 46 页。

② 贾平凹：《暂坐》，作家出版社，2020 年，第 75 页。

③ 王珊珊：《〈等待戈多〉的“等待”》，《外国文学研究》2005 年第 4 期，第 88—92、174 页。

光虽有名有钱依旧认为自己求之不得，包括其他角色也都在为了更多的金钱和更广的人脉在各大饭局之中连轴转。如此行径，灵魂必然跟不上身体的脚步，正如荣格对现代性痼疾——物质文明与生命精神并不同步发展的哀叹一样：

我们在自己的周围建设了一个雄伟辉煌的世界，并为之破费了无可比拟的精力。它们之所以如此辉煌，完全是因为我们在外部世界之上耗竭了我们本性中的一切辉煌之物——而当我们审视自身时，我们所发现的必然就只是这些破烂寒碜、捉襟见肘的东西。[①]

《暂坐》中的人物不正是如此？人总是被时代裹挟着走，大部分人并无法以一己之力对抗整个时代的洪流。正如贾平凹借冯迎的读书笔记正视人的欲望一样："没有欲望，就是神、是天使。欲望使自己活得独特，活成各色花，却也是正常人，俗人。"[②] 人人皆有欲望，因为欲望源于自我意识，没有欲望就没有日新月异的世界，没有欲望也没了意义。但人到底是人，就像莎士比亚在《哈姆雷特》中这样赞美人："人类是一件多么了不起的杰作！……宇宙的精华！万物的灵长！"[③] 人类只要没有彻底麻木，总是会被理性、智慧或是心底里的信念唤醒，回头审视自己的灵魂。因此，"海若讨厌了自己身体里还存在着多少龌龊和不良的东西"[④]，无论身外之物如何辉煌华丽，内里的破烂寒碜却令她茫然四顾。

无论是颓废的废都还是迷茫的霾都，里面的人物都面临着精神荒原的困境。《废都》意在呈现，《暂坐》意在疗救。虽然结局都无路可退，但正如作者所言："小说的目的不是让我们活得多好，多有意义。"[⑤] 而是书写

---

① ［瑞士］荣格：《寻求灵魂的现代人》，苏克译，贵州人民出版社，1987 年，第 242 页。

② 贾平凹：《暂坐》，作家出版社，2020 年，第 257 页。

③ ［英］莎士比亚：《莎士比亚全集 第 8 卷》，朱生豪译，人民文学出版社，1992 年，第 49 页。

④ 贾平凹：《暂坐》，作家出版社，2020 年，第 238 页。

⑤ 贾平凹：《暂坐》，作家出版社，2020 年，第 54 页。

凡夫俗子的存在，与这存在中的“生老病死怨憎会爱别离求不得的周而复始的苦恼”[1]。从《废都》到《暂坐》，所有的行进都是一种试探与追问，生命在社会中会如何演绎下去，精神的出路到底在哪里。或许走向仍未可知，但贾平凹的笔触带着我们感受了荒诞化的生活带给生命的细微颤动与纠结挣扎，就像尽管破碎如庄之蝶在生活中虽然找不到存在的意义，但他还会为钟唯贤的爱情费尽力气，虽知无力回天，但仍然处心积虑用自己的方式去营造一个美丽的幻梦。

① 贾平凹：《暂坐》，作家出版社，2020年，第54页。

鲁迅小说《离婚》的叙事内驱力

——以“喷嚏”为中心

□韩一嘉[①]

内容摘要：鲁迅小说《离婚》，整篇小说，不论是节奏，还是结构，都与“喷嚏”的发生机制有着极强的相似性，简言之，《离婚》就是一个“喷嚏”。从阻滞时的安静，到喧哗般的瘙痒，最后都归于一个“喷嚏”而万籁俱静，以上种种“不明白”也在叙事上得到了解决：爱姑就是造成“喷嚏”的原因，众人则是那“小乌龟”里的鼻烟。总之，《离婚》更像是一个关于喷嚏的喷嚏，一个关于叙事的叙事。我们可以看到，鲁迅的写作艺术自觉，可以让文本意义直接呈现在叙事过程中。

关键词：鲁迅；《离婚》；叙事内驱力；阻滞

作为新文化运动当中听将令的鲁迅，自然就很容易担负起启蒙的责任。而这一责任也成为解读其作品人物的一个角度[②]。但是，启蒙的概念过于宏观，仿佛放之“五四”就有皆准的可能，而且并不能很好地体现出

① 韩一嘉（1989—），男，文学硕士，重庆市第一中学校一级教师，主要从事语文教育和中国现当代文学研究。

② 就拿鲁迅的《离婚》来讲，文学史的一贯说法认为它“描写了大胆泼辣的农村妇女爱姑反抗丈夫欺凌而终于失败的悲剧”。（李何林：《鲁迅年谱》（增订本）第2卷，人民文学出版社，2000年，第254页。）

这部作品之所谓为这部作品的特色。文学史惯常的一体化整合，使得很多作品都消隐在宏大的概念之下，不过，也还是有很多学者进行着有益的尝试①。

笔者在操作层面上尝试着运用文本细读的方法来重新解读鲁迅的《离婚》。相对于其他作品，《离婚》的阐释量不多不少，少了缺乏学理上的深度，多了又难有突破。

《离婚》作为鲁迅小说创作喷薄期结束的一个标志，其中所蕴含的丰富的意义向来被既定的政治正确和伦理正确所规定，所以这就构成了作者和读者之间的一个共谋：由于文本题材和作者本人的现实生活过于接近，在理性的叙事和感性的叙述中，作者无疑对“离婚”的态度是极其暧昧、敏感和逃避的，这就使这篇叙事作品形成了极其诡异的叙述风格。在难言之隐与言说之苦当中，“阻滞”的阅读体验就成了蓄意为之的结果。而“阻滞”也将成为本文的关键词。

那么，分析文本前，我们就按照小说中的自然结构划分为两个场景：船舱和慰娓爷家。

一、前“阻滞”的叙事

第一场景船舱中出现了四次沉默。严格说来是三次，第三次和第四次可以算作一次，只是中间有冗长的速写。每一次沉默，都需要新的行动元素加入进来才能产生②。

---

① 比如吴组缃从阶级分析的方法把“爱姑”看成是“辛亥的女儿”（《说〈离婚〉》）。罗华从伦理叙事的角度分析出《离婚》有着鲁迅自我解放的意图（《伦理困境与欲望叙事—审鲁迅的〈离婚〉》）。之所以提出这两篇，是为了说明学者对于《离婚》的阐释研究已经走出了多远。还有从乡村社会的婚姻伦理角度来分析，从女性主义角度来分析，从鲁迅的婚姻观来分析等等，不一而足，当然，大多数的文章都还是不离开国民性的批判。

② 这种行动元素，是作者通过人物或事件来让故事有了新的进展，比如新的人物的增加、新的问题的出现等等。

第一次沉默有着鲜明的目的①，就是为了交代故事背景，而背景又是为船上的人所知道的。唯一不知道背景的是读者，但如果仅为读者而去再交代，那样就浪费了笔墨。所以，如何交代背景成了一件麻烦的事情。于是新的叙事动力就是加入了“七大人”这一新的元素②，新的和旧的夹杂在一起，完成了背景的交代和对“七大人”这一神秘人物的期待③。

第二次沉默④的打破得益于汪得贵的加入。这还有赖于庄木三抽烟，没有抽烟就没有汪得贵。而在之后的叙事中，汪得贵的言说起到了煽风点火的作用，而其实际的意义并没有多少，总是围绕着“读书人是替人讲公道话的”这一核心翻来覆去地说。虽然不错，但也没什么用。当他把话反复说完而要举一个与实际并无多大关系的例子的时候，就被船家打断了，就此下船⑤。与其说是船家打断的，不如说是作者打断的，让他说完反而不能起到他信口开河的反差作用。又，汪得贵所言之意已经达到他所言的弹性极限，当浅薄的意义被汪得贵反复阐释得没有任何弹性的时候，叙事

---

① “合船都沉默了，只是看他们”，人们的沉默，是因为大家都知道爱姑的事情，但在这时，读者和船上的人在行动上出奇一致，因为读者不能直接发问，船上的人又不会问，所以，出现了叙事上和文本中的沉默。之后八三的“质问”也证明了这一点，“也还是为了爱姑的事么?”“也还是”就说明不是一次，而且也表明了八三知道为了爱姑的什么事，这样一种问法，其实是作者虚晃一枪，搪塞过去的策略，从而继续为叙事留足了动力，做好了后来的铺垫。

② 庄木三对八三说：“这回是他家新年会亲，连城里的七大人也在……”首先，“这回”就指明不同于往回，而“连”，则是一种略带惊讶的连词。在此之前，还有一句“这倒没有什么”，潜台词就是说，七大人在，就有了什么。这些值得玩味的话都增加了七大人的神秘。最为露骨的表达就是之后八三睁大了眼睛，震惊说：“七大人？他老人家也出来说话了么?”

③ “七”这个数字在传统价值观里有着神秘的色彩，这一神秘感觉的营造，并不是对于小说里的人物而言的，而是让读者觉得神秘。

④ “船里很寂静”，这次“寂静”的原因，就是爱姑的“誓词”，她既否定了八三劝说的离婚，又无视七大人这一潜在的威胁，可以说她目的在离婚，但更看重的是这婚怎么离，所以她才说：“我是赌气。”

⑤ 汪得贵的话，在面对庄木三的时候总是以“我们”“你老人家”划分队伍。在讲到慰老爷七大人或者施家的时候，又是用“他们”“施家的”来划分，语言的立场是鲜明的，但实际上汪得贵是个“局外人”，于己无关的事情，评说起来最轻松，只要按着既定的道德逻辑推演下去就可以。这既可以说是意识形态话语的显现，也可以说是汪得贵这个人只是为了言说，其背后没有把语言诉之于行动的可能。但是不要小看汪得贵这一番言说，他所起到的作用，是他自己也没有想到的。这个后面论述。

者和读者必将感到忍耐即将破线，所以，作者的打断，就造成了三重的效果。一来解放了就此走下去而进入死胡同的人物与剧情。二来形成反讽，汪得贵看似设身处地地为其谋划与宽慰，其实只是言语上的快感，并不影响他本来就要下船的事实，这不过是他街谈巷议当中不起眼的一个浪花罢了。三是叙事层面上则避免了能指的转移。这里的能指，是在船上谈论爱姑离婚的言语，而汪得贵的加入，虽然推动了言语的叙述，却离题万里，及时终止，又兼顾了前两重效果。

第三次连着第四次沉默[①]，这次基本上没有任何叙事上的演进，只是整艘船里的人物心理活动的描写。这种即将开幕前的固化的心理活动，已经加入了之前所有的可能性，爱姑之后的发酵，也肇始于此，比如汪得贵的劝说，八三的质疑，蟹壳脸的建议。而第四次说到寂静，只是为了强调这种寂静一直在延续，而即将被打破。这就是为什么要在寂静前面加上“继续的”，如果没有后面新的叙事动力加入，就可以接续着之前的人物往下写。但是加上这三个字后，说明这种寂静即将被打破。于是，庄木三也下船了。

小说中如此明显的三个沉默场面，而且一再地使用“继续的”，是作者笔端有意为之，还是生活真实必将如此？在叙事学层面上看，这样的语义重复，在一定程度上说明了一再的沉默所具有的弹性已经失效，无法再用新的元素来激活，旧有的叙事受到了阻滞，故而，从后来的叙事策略上看，场景也该转换了。所以，在庄木三继续的沉思中，作者借船家之口横加一笔：“木叔，你老上岸罢，庞庄到了。”

连接两个场景的是一大段的方位描写，而且是用庄木三的视角。“跳上岸，经过……向……走。走过……转一个弯……早望见……”，如此顺畅的描写其实揭示了庄木三心中的焦灼，在这一路上，“爱姑”只出现了一次，她跟着庄木三，完全没有了任何感情和心理上的表现，暗示着一种

---

① “船便在新的静寂中继续前进”到“船在继续的寂静中继续前进”。要注意的是，两次“静”用了三个“继续”，这三个都有效果，第一个继续是延续前两次的寂静，第二个是指前一个继续的继续，第三个继续是说船的行进。

忐忑，否则，也不会在之前一再地暗示自己“有道理”。

二、“加速”的叙事

第二个场景慰姥爷家中，唯一一次寂静发生在七大人使用鼻烟壶的时候。但是这次的寂静不同于前面是自然而然的无话，而是被强行终止的。之后鲁迅用了大量笔墨，不无激情和才情地用陌生化的手法把七大人用鼻烟壶这一件和“离婚”没有任何关系的事情写得颇费笔墨。而在这叙述中，鲁迅也露出了马脚，或者说是“裂缝”，也就是前面陌生化的场景是在爱姑的视角下进行的，而后来爱姑专注于庄木三数洋钱的时候，她是顾及不到七大人的。在这时，作者也凭其写作的惯性继续把陌生化进行到底[①]。那么，作者为何如此大费周章地写一个喷嚏呢？

其一，无足轻重的喷嚏本来和这件棘手的事情无关，却成了结束这件棘手的事情的主力，这样就造成了反讽的意味。其二，喷嚏的造成是鼻腔由于瘙痒而引起的，这就说明，喷嚏起码有两个要素，一个是造成的瘙痒，二是一定量的积累。从这样一个隐喻结构来看，爱姑的言语行为都构成了一种格格不入：这里不再是船舱，而是慰老爷家，场景的转换导致语境的变化，于是之前的言语行为都应当在这个场合中得到合法转化。但是，爱姑并不理会，不仅破口大骂，还指桑骂槐。心理上引起的是大家的反感[②]，外化为行为动作，就是七大人的喷嚏。作者如此“严肃认真”地描写一个喷嚏的前世今生，显然不是肆意妄为。描写喷嚏的文字，是和喷

---

① 这样的漏洞还有一处，就在爱姑觉得自己是被孤立的时候，作者突然发了一个隐微的议论：“但她在胡里胡涂的脑中，还仿佛决定要做一回最后的奋斗。”如此看来，我们虽然不能否定作者对爱姑饱含着同情，但也能窥测出作者对爱姑的看法。

② 本来因为理亏而不说话的“小畜生”都反抗了起来。

嚏同时进行的[①]，而陌生化的笔调则像是相声中未经抖开的“包袱”（笑料）[②]。这就为叙事找到了内驱的动力[③]，同时暗示着爱姑的结局。

与此前成鲜明对比的是，喷嚏前是一番众声喧哗的场面，慰老爷的劝说、七大人的旁应、爱姑的发狠、庄木三的喏喏；而喷嚏一起，则遁入安静，作者就此迅速收了尾。造成这一结果的主要原因，首先是爱姑并不知道自己要干什么。在其后众人的对话中可以看出，爱姑是无所谓离婚不离婚的，她要的是“赌气”和“家败人亡”。而在其对立面，包括其父亲，都不这样认为，他们都觉得爱姑就是为了离婚，而商榷的是手段，也就是误以为爱姑觉得筹码不够。这样一种错位的对话，注定不会进行下去，而爱姑也在不断讲述苦难史的过程当中瓦解了自己，变成了无意义的言说，对自己没有任何增进，对方也不想理睬。行为的空洞必将导致内部意义的坍塌[④]，这也就是为什么爱姑看到对方突然要打喷嚏的时候就立马开始自我怀疑[⑤]。

三、喷嚏的效果

爱姑从此失声。从之前的叙事来看，爱姑总是有着咄咄逼人气势，而且修辞速度极快，让人应接不暇，一口一个小畜生老畜生逃生子。而在这一喷嚏之后，爱姑经过迅速的心理斗争，非常后悔，而后，“不由的”自己说：“我本来是专听七大人吩咐……”话还没说完，就因底气不足而断

---

① 叙事时间和故事时间在慰老爷家合流。

② 比如，先写爱姑心脏一停，接着便乱突突地乱跳。又写仆人一本正经地垂手挺腰，毛骨悚然般地退了出去。还写全客厅都是鸦雀无声。也写了七大人嘴上在动，却听不到说些什么。最后还不忘补上一笔“爱姑知道意外的事情就要到来，那事情是万料不到，也防不了的”。当然，没谁会料到作者如此大费周章就是为了写一个喷嚏，而其产生的效果，更是“万料不到，也防不了的”。

③ “叙事的内驱力”这一概念，引介自宇文所安的自选集《他山的石头》，当然，他所讲的是《左传》的叙事动力问题。

④ 这与前面汪得贵的言说有关。

⑤ 这是在文本意义上解释了爱姑的处境，而要从叙事层面上解释，则还需要进一步说明，这在后面有论述。

掉。慰老爷借此机会，完成了故事[1]。其实，在最后爱姑还有两句话[2]，但那说话的已不是爱姑，只是一种叙事上的平衡，要赌气的爱姑已经死亡，作为人物的爱姑已不存在，留下的爱姑只是为了完成叙事的角色。

那么，唯一的问题就在于，为何最后压在爱姑身上的那根致命稻草是一个喷嚏？这就要说到汪得贵。前面的论述我们已经看到，汪得贵的话其实没有任何意义，但是它像化学元素一般在爱姑身上起了作用，成了后来所有事情的合谋。正是由于汪得贵“笃信”读书人“专替人家讲公道话”，再加上爱姑自信于理无亏，才在最初的气势上咄咄逼人。但问题就在这里，从叙事的不断行进中我们能看到，爱姑一再思考的是什么？“七大人怎么样？难道和知县大老爷换了贴，就不说人话了吗?”“知书识理的人是讲公道话的”这两句话各出现了两次。一再出现这样的心理活动和口头表述，都说明了爱姑对此事抱有极大希望，但又有很深怀疑。不得不说，这是一种自我安慰。但从叙事上来看，爱姑的所作所为并没有任何意义指向，在其他所有的人都按照既定的方针进行交易的情况下[3]，爱姑我行我素，既阻挡了作为叙事结果的“离婚”一再推迟，又充当了推进故事行进的动力。所以，爱姑是阻隔故事的元凶，也是推进叙述的动力。在文本意义上，爱姑自己行为目的也是暧昧不清的，因为爱姑的诉求在于“说理”，这就说明她要的是一种过程的实现，也就是“不容易”的离婚。而在叙事层面，她确实做到了，我们从前面的一再阻滞的叙事中已能感觉出这婚离得确实不容易。只是在事实层面上，爱姑是失败了，她所求的“理”并没有说清楚。

---

① 所谓故事的完成，就是目的或者意义的实现，从叙事层面上看，这篇小说讲的就是离婚，而慰老爷在最后抓住爱姑示弱的机会，完了两家的调解，也就是完成了故事。虽然后面还有叙述，但并不是在“离婚”题旨下的演进。

② 一句是“我们不喝了。存着，明年再来喝罢”；另一句是“是的，不喝了。谢谢慰老爷”。

③ 也就是“离婚”，从口头上到行为上。而爱姑并不如此，说离婚时，她觉得不能这么容易；而不离婚，则又不可能做到（场面已经无法收拾）。所以，不论是读者还是作者，还是里面的除了爱姑的角色，都知道这婚是要离的，唯一的问题在于，怎么离。最重要的是，这篇小说的题目就叫作《离婚》。

四、谁不懂喷嚏

如此繁复地分析之后我们就会发现，爱姑不会明白为什么会在一个喷嚏后屈服，众人也不想明白为什么一个喷嚏后事情就得到顺利解决，七大人更不会去深想在一个喷嚏后为何万事大吉。因为整篇小说，不论是节奏，还是结构，都与“喷嚏”的发生机制有着极强的相似性，简言之，《离婚》就是一个“喷嚏”[①]。从阻滞时的安静，到喧哗般的瘙痒，最后都归于一个“喷嚏”而万籁俱静，以上种种“不明白”也在叙事上得到了解决：爱姑就是造成“喷嚏”的原因，众人则是那“小乌龟”里的鼻烟，而更为重要的是，喷嚏却由七大人来打。本来是一出启蒙式的乡村爱情故事，在最喜欢启蒙的鲁迅笔下却演绎成了略带荒诞而吊诡的结构主义文本[②]。文本阅读的有效依赖于读者的接受，而爱姑作为一个文本当中的角色，在鲁迅笔下也成了鲁迅的一个有效阅读的对象。爱姑之所以成为爱姑，全然在于她是鲁迅理解的爱姑。如果说叙事的进行是鲁迅的前理解和爱姑的后努力的结果，那么，爱姑之死则是鲁迅强力为之的必然。这在心理学上固然可以有很多说法，而且纳入伦理叙事的范畴中更可以钩玄出鲁迅不为人知的秘密。但在叙事上，我们已然看到如此纠葛的进展当中其实有着鲁迅的努力，否则鲁迅大可不必如此大费周章地去讲一个自己不想讲的故事。只是在讲述的过程中，鲁迅避开了同情与无奈，用一种冷却的声音在玩儿一个精心演绎却繁复诡异的“游戏”。如此，这个文本呈现在我们面前，就有了三重视觉上的重叠。

总之，《离婚》更像是一个关于叙事的叙事。我们可以看到，鲁迅的

---

① 当然，这是一种修辞化的言说方式。

② 此处参考福柯《s/z》当中对巴尔扎克《萨拉辛》的解读策略，就是把严格的现实主义作品放到显微镜下钩玄出某种后现代意味。

艺术自觉[①]，已经可以让意义直接呈现在叙事层面。当我们直逼文本，试图找出字句间的关系时，反讽意义就这样生发出来。这样深层结构上的反讽意味，就不能用“哀其不幸，怒其不争”来解释，而鲁迅在用其艺术直觉所开拓的审美空间里所种下的种子，是需要不断祛魅后才能发芽成长而后才能开花结果。

① 可参考鲁迅在评论自己的短篇小说创作时认为《离婚》“脱离了外国作家的影响，技巧稍为圆熟，刻画也稍加深切”（《且介亭杂文二集·〈中国新文学大系〉小说二集序》）。

“故乡”探寻与文学探险
——论马炜《绕指柔》历史叙事的先锋性

□王传习[①]

内容摘要：马炜的“温水县文村”叙事，是新时期中国文坛“故乡想象”的再续，显示出当代小说家重建精神王国的创造热情与艺术个性，与威廉·福克纳小说中的“约克纳帕塔法县”、加西亚·马尔克斯笔下的“马孔多”同根同源。马炜在历史叙事中凸显爱欲情仇、历史幻变，并以子孙后裔视角冷视烟云而消解崇高。其先锋姿态蕴含着与世界现代主义文学的对话。

关键词：马炜；故乡想象；现代主义；子孙后裔叙事

新时期后的中国文坛万象更迭、思潮奔涌。小说观念变革和形式探索迸发热流。莫言、韩少功等作家的寻根文学已尝试运用现代派手法，莫言《红高粱》《透明的红萝卜》、苏童的《枫杨树故乡》《妻妾成群》等新历史小说纷纷登场，呈现出幡然一新的艺术气象，马原、余华、格非代表的先锋小说也在彼时横空出世。20 世纪 90 年代后，这股思潮风云流散，但余音不绝。莫言、苏童、格非、余华迄今仍长久保持着新异姿态和创作激

---

① 王传习（1979—），男，山东临沂人，绍兴文理学院元培学院讲师，文学博士。本文为浙江省绍兴市“鲁迅故乡作家群研究中心”（项目编号：SZK201729）课题研究成果。

情，陆续推出《蛙》《生死疲劳》《碧奴》《兄弟》《江南三部曲》等近作，显示了强大的文学影响力和统治力。这批生于20世纪50—60年代、成长于“文化大革命”前后的作家，早年颇有“迷惘的一代”的气度。他们不再对政治革命顶礼膜拜，渴望重建精神家园，对西方现代主义文学、拉美魔幻现实主义文学十分着迷，并主动师法马尔克斯、福克纳、卡尔维诺等五六十年代文坛名家，走上了一条反叛、探求之路。从代际特征上看，绍兴作协主席、小说家马炜正是属于中国五六十年代作家中的一员，也是该时期文学新潮的亲历者和参与者，他的创作中保留着曾经时代铁马冰河的痕迹。作为绍兴最具先锋姿态的小说家，他通常把创作当作精神冒险，尝试前卫而刺激的写作方式，文笔纵横捭阖，率野不羁。《绕指柔》《死亡方式》《走泥丸》《最后的枪声》《永远的萨克斯》等作品，一次次将笔锋剑指历史，呈现了风云诡谲、变数丛生、爱恨交织的奇特瞬间，彰显了民间性、未知性、欲望性。就其小说规模与厚度而言，长篇小说《绕指柔》尤具代表性。《绕指柔》是一部讲述家国、故乡和人性的长篇小说，在这部作品中，民族命运与故乡土地浮沉飘摇，沧桑历史与人性欲望相互纠缠，美丽与丑陋、荣耀与苦难复杂交织，闪现着新历史小说、先锋小说的刀光剑影，投射出一代作家心灵探寻的历程与文学活动轨迹。

一、精神“故乡”的寻找与文学想象

文学理论家勒内·韦勒克曾指出：“伟大的小说家们都有一个自己的世界，人们可以从中看出这一世界和经验世界的部分重合，但是从它的自我连贯的可理解性来说它又是一个与经验世界不同的独特的世界。”[①] 创作者的使命就在于尽显文韬才略，笔酣墨饱地表现奇思妙想，将读者带进引人入胜的云中楼台。小说《绕指柔》即围绕弹丸形如大小的小村庄写出一个恢诡奇谲的大世界，其笔法可比肩莫言的“高密东北乡”小说、苏童的

① ［美］勒内·韦勒克：《文学理论》，江苏教育出版社，2005年，第249页。

“枫杨树故乡”作品，彼此形成同根同源的关系。作者都以故乡叙事为起点追逐自我的文学梦，且十分默契地效法威廉·福克纳等大师的故乡小说风尚。

马炜的故事发生于江南村镇——温水县沛霖镇文村，以浙江嵊县为原型。作家在这片方寸之地找到创作灵感，由村落天空俯察民族百年风云。小说描写了晚清以来温水县几代人的生活和命运，隐现了多阶层的人物群影，其中有走街串巷的草根艺人、轰动都市的舞台名伶，也有留洋知识分子、辛亥革命党人、绿林匪首、国共两党军人。故乡，广博的地母怀抱，形形色色、熙来攘往的儿女们。文一呆、锄头柄、文大屁股、白大褂、温团练，以及他们的后辈文九呆、文锦瑟、温沧海、文仲秋、柳小满、胡双梅、温文、文渊、温凉。这些民间三教九流在作者的排兵布阵，粉墨登上历史舞台。他们创造奇迹，又身遭劫难，其人生始终与狼烟遍地的故乡紧紧相连。来来往往，文一呆在闯荡上海、东北流放多年后，重又找回故乡，推开了那扇古老沉重的家门；文锦瑟经历了艺坛成名、都市之恋、怀子被弃后，如鱼得水般隐入故乡山林，摇身变为双枪女侠，最终血洒故土；文九呆在经历了田野耕种、重振歌班、发迹上海、剿匪中被俘、死里逃生、异乡漂泊等重重苦难后，最终返回故乡，与故土百年相守；白大褂在加入革命党、享尽都市风流后，晚年决然抛却家产，叶落归根；文仲秋在上海遇挫后，回乡组建女班，倾心授艺，栽培了柳小满、胡双梅等高徒，对越剧艺术的传承发扬居功至伟。温文流亡异国他乡，多年后不远万里回乡寻母，也正是源于那颗滚烫的乡心。

马炜笔下的“温水县文村”亦真亦幻，贫瘠而富庶，仿若历史文化长河古老的发源地。“故乡”养育了几代人，滋育了传统艺术奇葩越剧，是革命浪潮的席卷地，也是苦难的庇护所、人生的归宿。“故乡”蕴含了世间的聚合与离散、繁华与没落、痴爱与深仇、刚勇与悲壮、荣耀与苦难。与其说它是作家本人的故乡嵊州，不如说它是作家虚构的梦幻故乡，一个令人追逐已久的心灵家园。

实际上，新时期作家所建的“故乡”王国林林总总，马炜所写的“温水县文村”可占一席。莫言笔下的“高密东北乡”、苏童小说的“枫杨树乡村”颇具代表性。莫言对文学故乡的建设起步较早，且坚守最久。从《透明的红萝卜》开始，他在《红高粱》《红蝗》《酒国》《天堂蒜薹之歌》以及《檀香刑》《蛙》等作品中，对“高密东北乡”故事津津乐道，至今已形成一幅蔚为壮观的文学长卷。苏童在《枫杨树山歌》中开始施建了一项庞大的文学工程，把《一九三四年的逃亡》《罂粟之家》等单篇小说进行编队重组，打造出一部具有十章结构（《财主的两个儿子》等）的超级舰队，建立起一座巍然矗立的文学城堡——“枫杨树故乡”。此后，苏童在创作上移情他处，无限期搁置了“故乡”写作计划，其近作《黄雀记》《碧奴》仍未再续前缘。相比而言，马炜的“温水县沛霖镇文村”与“高密东北乡”“枫杨树乡”确有异曲同工之处，唯缺少莫言、苏童“故乡世界”那种庞伟气象。由“家国史”转向“故乡史”的写作，标志着中国五六十年代代表的新一代作家告别传统的历史文学观，独立自主地展开文学想象，释放出巨大的文学能量和艺术开创性。莫言由此圆了自己的“帝王梦”，发现了一个天高地阔、自由自在的文学世界：“当然我就是开国的皇帝，这里的一切都由我主宰，所有的人都是我的臣民，都要听从我的调遣指挥，有胆敢抗令者，斩无赦!”[①] 这段热情洋溢的自白，道出了创作者暗道摸索、终见天日的无限快乐。

莫言、苏童、马炜的“故乡”写作颇具现代主义气息，与现代作家鲁迅的乡土小说、沈从文的“湘西世界”小说不尽相同。论其渊源，主要得益于两位诺贝尔文学奖得主的启发，即 1949 年获奖的美国的威廉·福克纳、1982 年诺奖得主加西亚·马尔克斯。马尔克斯的《百年孤独》以村落“马孔多”为基点，写出传统文明与现代文明的碰撞，揭示出人类文明发展的轨迹。美国作家威廉·福克纳身为南方家族的后裔，他立足于故乡“邮票大小的地方”，通过《押沙龙，押沙龙!》等作品创建了举世闻名的“约克纳帕塔法世系”小说，实现了自己的庄园主之梦。福克纳曾现身说

① 莫言：《说说福克纳这个老头儿》，《当代作家评论》1992 年第 5 期。

法："打从写《杀多里斯》开始，我发现我家乡的那块邮票般大小的地方倒也值得一写，只怕我一辈子也写它不完，我只要化实为虚，就可以放手充分发挥我那点小小的才华。"①

莫言、苏童、马炜等人可谓福克纳、马尔克斯的嫡系弟子，他们在创作道路上都曾受到世界文坛大师的启蒙，把他们的文学衣钵传入东方。近年，莫言仍围绕"故乡"笔耕不辍，显现出一路高歌的创作状态，其高密东北乡小说日趋丰硕，这足以说明故乡写作模式迄今远未过时，不失为当代文学的一条希望之路。苏童在建构"枫杨树乡"之后却弃它而去，似乎要努力挣脱大师的怀抱，另辟蹊径。但苏童另起炉灶后需重找创作方位，也须谨防创作迷途，《黄雀记》《碧奴》证明其创作并不一帆风顺，他的文学想象仍处离散状态，一个新的"故乡"尚未建立起来。马炜重讲故乡故事，正是对新时期当代文学故乡想象的接力，在浙江土地上为"故乡"书写找到新的生长点。

二、故乡史叙事中的冒险与追问

20世纪以来，受西方非理性主义思潮的影响，现代主义文学迅速风行世界。非理性主义认识论认为，世界本身并没有意义，其本质在于人的直觉、欲望、精神意志。新历史主义学家海登·怀特认为："历史文件不比文学批评者所研究的本文更加透明。历史文件所揭示的世界也不是那么易于接近的历史文件和文学本文均不是已知的。"② 马炜在《绕指柔》中像探险者一样重返百年历史密林，用自己的双眸一次次观望，用自己的脚步一步步丈量，去捡拾时间碎片，追寻如烟往事，勾画出一副历史地图。作品透过家国故土的兴衰演变，勾画了一代代人探索前行的足迹，揭示了他们的炽热爱恨与悲剧宿命。

---

① 福克纳：《福克纳谈创作》，李文俊编选《福克纳评论集》，中国社会科学出版社，1980年，第274页。

② 张京媛：《新历史主义与文学批评》，北京大学出版社，1993年，第169页。

从表面上看，《绕指柔》被历史云层所笼罩，其中既有瞬息万变的革命风云，也有飘忽不定的民间生活云朵。一方面，小说反映了晚清以来百年间革命大业的沧桑巨变，先后描绘了辛亥革命、抗日战争、整风与肃反运动、国共内战、镇反运动、“大跃进”与饥荒、“文革”、改革开放等不同时期的历史风貌，字里行间传来历史车轮碾动的声音。另一方面，小说以越剧发展为背景，勾勒了越剧跌宕起伏的发展轨迹，呈现越剧从萌芽走向新兴、从乡土走向都市的曲折历程。小说呈现的落地唱书、草台演出、创办小歌班、开设都市大舞台、扬名沪上，均是越剧发展的真实写照。小说对越剧剧目、演艺班底、演出舞台与道具有着大量着墨，生动描写了“一手鼓签、一手尺板”的草台演出、“妖娆的鲤鱼精在水里游动”的都市商演场面。作者如数家珍地罗列《十件头》《赖婚记》《双珠凤》《八女投江》等经典剧目以及小口、本喉、大嗓等曲艺行话术语，使小说洋溢着浓郁的文化气息。

但是，作品似乎无意讲述恢弘的革命史，或者为越剧树碑立传。他对爱恨情仇的描写显得笔酣墨饱。一些历史真实细节描写则模糊了之（如：白大褂的反清革命活动、九姨太的革命经历与冤死、越剧在上海与东北的社会境遇、女性人物的内心感受）。所以，我们毋宁断言，《绕指柔》所写的是小说人物恩爱情仇的罗曼史，也是作家想象与冒险的心灵史。

小说塑造一系列痴男浪女，讲述了这群精神流浪者的人生壮举及其惨淡命运。文一呆爱戏如命如痴，执迷于“缔造一个戏的王国”。他抛家舍业、走街串巷、足迹不定，四处卖唱学艺，久经磨难而不悔。这位开创草台演出的艺术祖师，始终不愿与发妻长相厮守，令哑女绝望而死，他与艺人小黄鱼一夜情缘后便天各一方。子承父业的文九呆也是一位阅尽罗曼蒂克和人生坎坷的浪荡子，离乡入沪后日渐发迹，让锦瑟大舞台重放异彩。他深陷欲海，难以自拔。文九呆与九姨太的数次交欢，彰显了与生俱来、强不可遏的人性原欲；文九呆与柳小满在咸瓜街小楼一次次午夜幽会，终日贪欢，“沉浸在对柳小满的身体和滚滚而来的银子的迷恋中”，却“真的不想结婚，真的不想要孩子”，在占有欲和嫉妒心驱使下使对方流产、致死；文九杲与胡双梅接触，常常产生力比多冲动，晚年牵手“沉迷于性爱之中”；文九杲在“文革”期间与烧火女人频繁地苟合。胡双梅为了救出落难的文九杲，宁愿色诱温沧海。作品中的官能描写触目皆是，小黄鱼、文锦瑟、柳小满、胡双梅、水月的温软玉体妖娆动人，成为小说惊艳四座的部分。文锦瑟与温沧海、文仲秋、柳小满、文九杲、水月、胡双眉以及温凉、粟抗美、文渊、施雅利之间的爱恨纠葛，充满悲怆意味。文锦瑟率领的悍匪四处追杀负心汉温沧海，并残忍地阉割了情郎，这又导致对方怀恨复仇，俘获并亲手处死文锦瑟。而深爱文锦瑟的文仲秋为了夺爱之恨，伺机报复，在“文革”中煽动造反派温凉、粟抗美将温沧海迫害致死，温凉因此患上心病，与妻子感情破裂，粟抗美变成疯癫女人。同样，文九杲盛怒之下对柳小满大施拳脚，致其流产并坠楼而亡，而水月为柳小满打抱不平，千方百计惩治文九杲，状告失败后又借剿匪运动予以批斗，将其送入大狱。文九杲的养子文渊也遭遇情感不幸，他的恋人粟抗美被温凉夺走，妻子施雅利怀了信用社主任儿子的孩子。文村四代人的男欢女爱最终散落红尘，随着少女小黄鱼被卖以及哑女、九姨太、柳小满、胡双梅的逝去，情爱尽失意义。具有讽刺意味的是，文九杲出狱后和胡双梅竟四处找不到二人世界，当他们终于能够朝夕相守，胡双梅却衰弱不堪。《绕指柔》大胆袒露狂野情欲，颇有《百年孤独》之风，马尔克斯正是描写了“出生时起便沉睡于内心深处的冲动”。文九杲的浪漫艳史，再现了奥雷里亚诺·布恩迪亚与宓拉尔·特尔内拉、阿玛兰妲·乌尔苏拉的沸热欢爱；《绕指柔》以文九杲孑然一身结束全文，与《百年孤独》中生命永逝的主题颇为相似。留存于世的，唯有一副苍老干瘪的躯壳以及无休止的仇恨纷争，一切了无意义。

小说在叙写了人世欢乐的同时，表现惨绝人寰、变幻莫测的场景。柳寡妇难产时的痛苦叫喊响彻四方，柳小满自幼被卖为童养媳，文仲秋授女徒时痛不留痕的教鞭让人不寒而栗。曾烜赫一时的文一杲、文九杲具有惊人相似的宿命，都被流放到东北服刑改造，文九杲入狱尝尽苦头，遭受同类的百般羞辱和虐待。让人不禁想到《红高粱》中的活剥人皮、《檀香刑》

里的凌迟场面以及福克纳《烧马棚》《沃许》中的悲惨场景。与此同时，小说还揭穿历史让人难以捉摸、充满变数的一面。崇高的革命色彩被消解。白大褂通过革命掳人劫财，在上海与十三个姨太太过着妻妾成群、花天酒地的生活，最终开枪自杀，一颗出膛的子弹把墓碑的“白”意外改为“日”。令人称奇的事件还包括，九姨太发生神秘变化，信奉革命思想，蜕变为温东县党组织的党员干部，却在政治运动中死于非命；台步轻盈、风情万种的艺人文锦瑟，摇身变为双枪女侠和抗日武装英雄。漫无边际的苦难几乎包围着每一个人。

文村老房子的坍塌，象征着一个时代的结束。耄耋之年的文九呆全身赤裸抛头露面，渴望弥留之际的到来，透出彻骨的绝望。作者的愤世悲悯之情跃然纸上，作品向无情的历史岁月和人类的悲剧处境提出抗议。从文学史角度观之，《绕指柔》着力渲染历史背景下的人间欢爱与苦难，与莫言的《红高粱》《丰乳肥臀》如同孪生兄弟，《绕指柔》展示历史的阴晴不定，与苏童的《枫杨树山歌》、格非的《褐色鸟群》又有诸多相似之处。这些五六十年代作家离经叛道的文学书写，应和了现代主义精神口号。如同威廉·福克纳的《喧哗与骚动》所包含的寓意，即为莎士比亚所言：“人生不过是一个行走的影子，一个在舞台上指手画脚的拙劣的伶人，登场片刻，就在无声无臭中悄然退下；它是一个愚人所讲的故事，充满着喧哗和骚动，却找不到一点意义。”意大利作家卡尔维诺《树上的男爵》在文尾宣告了“翁布罗萨不复存在”，理想与梦想终归“无意义”。马尔克斯看到历史和人生不过是“蜃景之城”，将“从世人记忆中根除”。与西方现代派不尽相同的是，中国作家激愤的文字中常保留了一线曙光。马炜小说把希望寄托于爱和民间传统文化。敢爱敢恨的文锦瑟、柔情蜜意的柳小满、不离不弃的胡双梅，正是真善美的化身，而戏给文九呆暗无天日的人生找到一条活路，“文村人那根唱戏的神经就像蛇一样”，那正是人性自我救赎的方式。

三、“子孙后裔”的追忆与叙说

新时期伊始，当代文学形式探索变得炙手可热，由于汲取了魔幻现实主义、意识流、黑色幽默、元叙述等世界文学营养，中国小说叙事各出奇招，花样迭出。其中，第一人称叙事是颇受推崇的小说叙事利器，莫言、苏童、余华等诸多作家曾用它出奇制胜，对传统的全知叙事构成有力挑战。21世纪初期出版的《绕指柔》面世虽晚，但仍留下文学形式探索热的尾音，既有威廉·福克纳小说叙事的影子，也效法了加西亚·马尔克斯、卡尔维诺的奇思异想。

《绕指柔》中的“我”是文村最年迈的世纪老人，也担任着小说叙述的首领，他将父辈与自己的一生娓娓道来。小说的一、二章，以婴儿幼童的眼光展示了父辈们平凡而高大的形象。“我”耳目神奇，天赋异禀，尚在母腹中就已开始倾听言语，这堪称小说的神来之笔。他闻见父母有关私藏革命党的密谈，一睹香火堂外歌班云集场景和热火朝天的草台艺演，“等待着适当的时机破茧而出”（第一章）。作者采用儿童视角，实施一项宏大的历史叙述计划。童年的文九呆和文锦瑟喜欢通过“门缝”好奇地张望世界，他们看到了失踪而归、来去不定的父亲文九呆，耳闻辛亥革命的第一声枪响，目睹了父辈兴创越剧艺术的艰辛历程，见证了风云浩荡的历史的开幕，同时也看到黯然等待的母亲和爱恨茫茫的情感世界。儿童文九呆与文锦瑟模仿成人语气，绘声绘色地复述文仲秋和母亲对话，把哑女孤独生活、文仲秋进沪演出等文村事件和盘托出，使小说饶有新意。小说中的“我”以故乡“子孙”的身份出现，高擎文村的旗帜，怀着崇敬之心仰望历史天空，追念父辈的丰功伟绩。

《绕指柔》中的叙述者“我”还是自由遨游的时光老人，天马行空、明察秋毫，谛视着宇宙苍生。他在十三个章节中频频现身，且极具豪气，试图讲完一百年的是是非非，从童年、少年直至中年、晚年。每一章节，均以文九呆的心理独白开篇。尽管身体风蚀不堪、声音低哑，“百岁那年，头发掉得一根不剩，胡子却很长，雪白的一大把”，但是“我”的叙说依然饱含激情，既有对岁月流逝的无尽感怀，也满含着对故乡兴衰和生存困境的悲叹。如第二章中的“一百年后，我死的时候，文村已找不到一棵大树”，第十章“我就像行走在异乡，我的文村到哪里去了?”他胸怀万千孤愤之情，沉思着人之命运：“如果这一百年里包含了十堆狗屎，那么，整个一百年就都会被污染，一百年就成了一百坨狗屎。”这位饱经风霜的流浪者，渴望回乡，但贫瘠的故乡无法安放自己的灵魂。整部作品，深藏着一部沉重的心灵史诗。

马炜的故乡“子孙”叙事，在当代文坛曾风靡一时。莫言、苏童曾以不肖子孙的身份，动情地讲述故乡先辈的过往。莫言的《红高粱》《丰乳肥臀》《枯河》等多部作品以不肖子孙“我”的视角，向美丽多难的土地致敬，追忆“我爷爷”“我奶奶”轰轰烈烈的壮美人生，粗犷的身躯、炽热的爱恨中蕴藏着巨大的生命伟力，而“子孙”却失去先辈的荣光，渺小至极，甚至上官金童还是患有“恋乳症”的白痴，隐喻了人性本能的衰退。苏童在《枫杨树山歌》对祖辈的丰功伟绩深怀憧憬。作品通过“我”的回忆，重温了枫杨树乡一连串往事，回溯家族的变迁，追寻祖父母、父亲、以及老冬爷、牧鹅人扁金等的足迹，字里行间散发着思古幽情。

这些作品中的儿童或家族后裔，大都具有超乎寻常的功能。莫言《红高粱》的黑孩长着神奇的双眼，能看见世间奇妙色彩，病人上官金童神乎其神地通晓古今，对故乡的风吹草动了如指掌。苏童笔下的“我”感觉异常灵敏，对动荡混乱的往昔岁月无所不知，而且能够一五一十地讲给所有读者。

这一写法堪称颇具世界性的叙事实验，是对威廉·福克纳、马尔克斯、卡尔维诺作品的移花接木。威廉·福克纳的《喧哗与骚动》采用白痴班吉、昆丁等南方家族后裔视角，将家族没落后每个人的所思所想一展无余，不同的“我”同时发声，构成多声部的复调叙事。加西亚·马尔克斯《百年孤独》以奥雷里亚诺·布恩迪亚的视角开篇，返回到古老村庄马孔多，回眸了父辈在艰难困苦中追求现代文明的曲折历程，反观了自己的波折人生。奥雷里亚诺·布恩迪亚对家族史和宿命秘密的破解，尽显魔幻现实主义的魅力。意大利小说家卡尔维诺小说中的“我”具有魔术师般的想象力。《树上的男爵》中的“我”讲述了一段 18 世纪的传奇，勾画了哥哥柯希莫的神奇人生，对抱残守缺的贵族社会和冷漠人情予以嘲讽，而他的《寒冬夜行人》《看不见的城市》中的“我”实施了更为刺激的想象实验，从扑克牌等日常事务中自由联想，编织出情节生动的故事，让人浮想联翩。

以“我”为主的追忆叙事，以其极大自由性，受到多位中国作家的青睐。“我”既是小说中人，也是作家的得力助手，为桀骜不驯的思想者提供了言说武器，也为作者排解愁肠提供了可能。告白革命时代的新一代作家，亟待在历史版图上找到自我定位，也迫切需要一种适合自己的情感倾诉方式。“子孙”叙事，正契合了这种时代心理。

综而观之，马炜的写作具有很强的独异色彩，笔下暗生锋芒，与世相争，不时流露出愤然的情绪。他的小说叙事不喜欢循规蹈矩，每一篇作品努力超越自己，与正统小说错峰而行。仅从绍兴地域文学视之，这种写作不免显得孤掌难鸣；但若从中外文学发展的角度看，他的选择并不孤独。莫言、苏童、余华等同龄作家正是马炜的文学伙伴。由于相似的历史背景和代际特征，他们的文学见解和写作方式常常不谋而合，这是一种奇妙的精神相遇。而且，在这代作家身后，还有威廉·福克纳、加西亚马尔克斯、卡尔维诺等世界各地的良师益友。《绕指柔》里，已蕴藏了作者本人与他们之间的跨时空对话。先锋探索姿态，使这一代作家保持了长久的创作激情，成为文坛的中流砥柱。这批先锋作家炽热的情怀和奇诡文笔中间携带激愤绝情，缺少了人间情味和历史情怀。冷然走向河流深处的文九呆，未能为戏坚守，似乎未脱愤青气质。这种愤怒情绪有时候变成一种戾气，损伤了作品的文化中和与艺术美感。这可谓 20 世纪五六十年代作家共有的特点，也是西方现代主义文学带来的某种负面效应，他们或文笔纵横捭阖而言语粗野、内容泥沙俱下，或新解历史却重复表现世间阴暗人心莫测，甚至演化成某种通病，影响了后来的创作水准，这不能不引起重视与反思。

“抬头望见北斗星”

—— 冯小刚电影与王朔创作关系研究

□姜鑫磊[①]

内容摘要：冯小刚电影在风格的形成、人物形象的设定、创作思想的转变三方面与王朔创作有密切关联，从冯小刚与王朔二人的合作的历程和特点，可以探寻到电影与文学的内在联系，对文学元素在电影中的作用和意义的一种解析性探索，为中国电影人创作优秀的电影作品提供借鉴。

关键词：电影；文学；冯小刚；王朔

“电影”“文学”同属于世界“七大艺术”，虽然都有着各自的独立性和魅力，但自从1895年世界第一部电影在法国人卢米埃尔兄弟手中诞生后，年轻的电影与古老的文学关系就逐渐密切，情同手足。文学得益于电影不少，电影受惠于文学更多，二者在思想内容、艺术手段上相互滋补。1983年5月，在国内举行的一次“电影改编学术讨论会”上，与会的学者便重点论述了电影与文学的关系：“文学与电影有着不可分割的血缘关系，文学是电影的血液、营养，缺乏文学性的电影是没有灵魂的。历史上有价

① 姜鑫磊（1987—），男，文学硕士，成都市实验外国语学校中学一级语文教师。基金项目：本文为中央高校基本科研重点项目“大众传播时代国产电影的文学性与当下性研究”（项目编号：100030—2120121766）；重庆市社科规划一般项目“学科融合视域下新世纪中国电影的日常生活叙事研究”（项目编号：4311800311）的阶段性成果。

值的传世之作都富有丰富的文学性。电影离不开文学。"① 某种程度上来说，文学的确可以说是电影的"灵魂"，一方面，文学对生活的观察和表达方法，比如小说的叙事手法、结构样式和表现技巧，诗歌的意境，散文的抒情，都为电影提供了丰富的可供借鉴的方式；另一方面，世界电影史上的许多佳作都是根据文学作品改编的，这些作品中既有经典名作，也包括了许多畅销作品，而被改编的多是叙事性的小说和戏剧。对于中国当代电影与文学来说，电影与文学早已开始了密切的联系，电影人也有意识地从文学作品中改编电影剧本，尤为在 20 世纪 80 年代中后期开始，中国文学繁荣兴旺，佳作不断、名篇迭出丰富了电影的文学来源。导演在对文学作品进行电影改编时，很容易就能找到思想性、艺术性俱佳的作品，如张艺谋影片《红高粱》改自莫言小说《红高粱》《高粱酒》，吴天明的电影《老井》改自郑义的小说《老井》，陈凯歌的电影《孩子王》改自阿城的小说《孩子王》等。这时候的中国电影汲取文学的养料，在文学的滋养下不断壮大、成长。也正如张艺谋所强调的，"我们研究中国当代电影，首先要研究中国当代文学。因为中国电影永远没离开文学这根拐杖。看中国电影繁荣与否，首先要看中国文学繁荣与否。中国有好电影，首先要感谢作家作的好小说为电影提供了再创造的可能性，如果拿掉这些小说，中国电影的大部分作品都不会存在"②。随着经济的发展，市场的壮大，中国电影的市场也日益繁荣，进入 21 世纪后，中国电影产量、制作团队数量、电影票房都已经到跻身世界前列。但数量的增加未必意味着质量的提升，在当下的中国电影界，不少电影一味追求视觉和听觉的效果，而忽略了电影的中讲故事的重要一环，电影缺少了思想性和艺术性，从而让自己的电影道路也越走越窄。因此，如何拍出既有着深刻的思想内涵又受大众喜欢的电影是当下中国电影人很值得思考的问题。

以拍摄"贺岁电影"而闻名的导演冯小刚，在中国电影市场中是一位

---

① 碧欧:《电影改编学术讨论会记》,《电影艺术》, 1983 年第 8 期，第 14 页。

② 李尔葳:《张艺谋说》，春风文艺出版社，1988 年，第 10 页。

少有的可以既赚票房又拿奖杯的电影人，虽然他的部分作品也曾饱受诟病，但他能够成为第一个电影总票房超过20亿的电影导演，也是一个能连续获得四届“金鸡百花奖”的电影人，他的成绩单背后有着许多让中国电影人去探索和学习的地方。

一、风格的承续与转变：从“幽默调侃”到“纠结压抑”

（一）“幽默调侃”式风格的形成

调侃，是用言语去嘲弄或讥笑对象的语言行为[①]。王朔的小说和冯小刚的电影都是以幽默调侃见长，两人分别在文学作品和电影镜头中将北京人特有的幽默感和调侃语言展现得淋漓尽致。王朔在谈及自己的作品何以征服读者时宣称：“我的小说靠两条活路，一路是侃，一路是玩，我写时不是手对着心，而是手对着纸，进入写作状态后，词儿蹭蹭往上冒。”[②] 王朔创作的两种特色一个是“侃”，即调侃；一个是“玩”，即顽主形象（见第二章）。可以说，王朔式的调侃成了他的作品受读者喜爱的重要原因。

冯小刚的贺岁系列电影的创作风格也主要是以幽默调侃为主，其创作源头主要是王朔的文学作品，冯小刚在谈及王朔时说道：“我们这一伙人首先是气味相投，才会合作，彼此影响。我当年看了王朔的小说，非常喜欢，因为我发现他小说里的人说的话，和我在生活中听到的是一样的。那时候我们阅读的文学作品，里面的人大部分都不说人话，都是高于生活的。但是王朔语言里面那种幽默，夹枪带棒地讽刺人，让我觉得非常喜欢，我后来写剧本，跟他小说里的非常像。但这个东西吧，就好比我心里有一个炸药包，他的东西一下子把我点燃了，让我忽然找到了爆发点。”[③]

---

① 王一川：《京味文学第三代：泛媒介场中的20世纪90年代北京文学》，北京大学出版社，2006年，第50页。

② 王朔：《我是王朔》，《王朔最新作品集》，2002年，第165页。

③ 《对话冯小刚：王朔对我最大的影响是语言》，http://www.hinews.cn/news/system/2010/12/31/011786799.shtml

冯小刚在自己的电影作品中找到文学上的靠山，并在文学作品中汲取养料，形成了自己电影的风格。但是，对于将王朔书面上的幽默与调侃运用到镜头中来，冯小刚也并不是要照单全收，电影毕竟不同于文学，电影的拍摄有受众群体、审查制度和市场运营等多方面的影响，所以冯氏贺岁电影也有着异于王朔作品风格的因素。

与通常调侃具有某种精英立场、带着温和与调和的姿态不同，王朔的调侃似乎出自文化程度不高的俗人之口，充满了对于官方化语言和精英权威的反叛。究其原因一方面，从小出身北京大院的王朔，对于他来说，并不像老舍、邓友梅等北京籍作家那样生活在北京胡同里，说着胡同式北京话，而是生活在大院里，与来自不同地域的人交流，再加上小时候还是"红小兵"的王朔是在"文革"的环境中成长起来的，革命话语很是熟悉，所以王朔便把自己日常生活中的故事和革命语言加以糅合，形成了独特的调侃式语言。而且，王朔的作品把主人公的定位、姿态放得很低，是一个略显低俗、低等的人，甩掉了原本十分沉重的道德负担，而变得轻松，无论是面对市井小人物还是面对精英人物都从容不迫，游刃有余。另一方面，出自王朔从事写作的动因，在部队当兵退伍后的王朔，下海经商失败，走投无路才走上了写作的道路，他曾这样说过自己写小说的初衷："我写小说是为我自个，要活人，要闹口饭吃。我太清楚我是怎么回事了，要为别人，为咱们人民，我充其量也就能干点给大伙儿擦擦皮鞋的勾当。别的本事一点没有。长这么大，除了嘴没闲着，别的器官一直闲着，总不能红口白牙骗去吧？那活儿也不是好玩的，不比写小说学问少，还没写小说雅致。"① "不写小说就没什么出路了"是王朔走上写作道路的最直接动因，这在20世纪80年代作家中是很少见的，那时候的作家大多是专业作家，有固定的工资，甚至写不出作品也不会没饭吃，但王朔这样的"写作个体户"却是迫于生计，需要稿费养家的。这样，王朔的作品表面上看上轻松诙谐，大量京味儿语言使文章读起来显得幽默和愉悦，但文章中的幽

① 王朔：《我是王朔》，《王朔最新作品集》，2002年，第135页。

默调侃并不仅仅是语言上的行为，从根本上讲是小说人物的一种空虚、寂寞生活的生存状态，越是看似轻松幽默的调侃，背后越是透着人物内心的空虚和对权威的不屑和反抗。

冯小刚的讽刺在表现尖酸刻薄背后有着一份独有的宽容，影片中的人物即便再猥琐再无聊，也总会有令人怜惜的一面，比如《没完没了》中的人物阮大伟，他并不是一个简单化、脸谱化的反面角色，实际上阮大伟尽管非常世故吝啬，但本质上却恰恰是个“我本善良”的大好人，影片中他的第五场戏是一个人独自看中国女足比赛，就像当年坐在电视机前的中国人一样，他的神态专注而虔诚，女足失败后他泪流满面。这样的人物安排，较之王朔的讽刺显得更为温柔，也使贺岁电影本身的风格更加轻松愉悦。

（二）“纠结压抑”式风格的转变

王朔小说的创作风格对冯小刚贺岁电影品牌的形成起了重要的作用，在“贺岁三部曲”获得成功之后，冯小刚在2000年拍摄了改自王朔小说《过着狼狈不堪的日子》的电影《一声叹息》，2008年二人联合编剧的《非诚勿扰（2)》和2013年末王朔编剧的《私人订制》其电影风格不仅是轻松愉悦的气氛下电影人物的互相调侃逗趣，更多了两个“老男孩”对生活的感慨和内心的纠结。

王朔对自己对小说中的主人公充满了“纠结”的态度，一方面他对小说主人公充满了同情，小说中的人物大都不在编制之内，套上了“个体户”的帽子也难掩他们的无所事事。《顽主》中的于观、杨重、马青等人创立的“三T公司”专门替人做些诸如给伪作家举办颁奖典礼、扮演别人男朋友、给少妇出气的活动。这些在别人看来做着“不正经”职业的于观等人，也正是处于社会边缘化的人物，这与王朔当时的状态有着类似的地方，王朔作为一个非体制内的作家，没有国家的俸禄，靠稿费维持生计，自己的声音只能在小说中得以宣泄，让这些边缘化的人物面对权威、精英拥有了一副伶牙俐齿来武装自己。另一方面，王朔对于自己和小说主人公也充斥着讽刺和厌恶。在小说中各位“顽主”们都会在语言上取得压倒性的胜利，但是，难道语言上的胜利就等于真正的胜利吗？实际上，顽主们的胜利只是靠一时语言上的油嘴滑舌制造出来的，属于一种想象的胜利，是虚无的，这种胜利丝毫改变不了他们是社会边缘人的地位，仍旧被人所不屑，语言上的胜利只是满足了他们精神上的失落和空虚。这一点王朔在《顽主》中，借宝康道来："别看他们一天到晚嘻嘻哈哈，什么都不在乎，其实才不是那么回事。我太了解他们这种人了，心里特苦闷，他想干点什么又干不成什么，志大才疏，只好每天穷开玩笑显出一副什么都看穿的样儿，这种人最没出息!"① 可见王朔自己也对这种每天没个正经的生活是不屑的、无奈的。

冯小刚2013年末上映的《私人订制》，是《一九四二》后冯小刚重新回归喜剧的力作，也是王朔与冯小刚的又一次合作。影片延续了《甲方乙方》的故事脉络和人物设置，四段小品式的故事结构组合成了影片，"司机当清官梦""大款变高雅梦""穷人成富翁梦""向环境道歉"的四个片段并未较以往冯氏喜剧风格有所变化，所获评价也褒贬不一，但冯小刚和王朔在"穷人成富翁梦"的诠释是可圈可点的，影片让宋丹丹饰演的人物由普通人到富人再回归普通人，由情绪低落到兴奋再回归低落，表达了时值中年的王朔和冯小刚对生活的释怀和顿悟，冯小刚电影在嬉笑怒骂之余多了份生活的温度。

王朔对于冯小刚电影风格的形成具有重要的影响，冯小刚对王朔作品中"幽默调侃"和"纠结压抑"风格的继承与融合，表明他在王朔这颗"北斗星"的照耀下，能够找到自己的方向和路途，这对冯小刚今后的电影创作起了基础性的作用。

---

① 王朔：《顽主》，云南人民出版社，2004年，第34页。

二、人物的设定：从“顽主”到“北京爷”

（一）“顽主”式人物的塑造

王一川曾经这样阐释了“顽主”的形象：“都是当代北京都市青年，但很难称得上是那种传统美学所标举的个性中包含共性的典型，更适宜被视为具有如下相同或雷同特征的类型：出身于革命干部或军人家庭，正在京城，有过红小兵时代及其革命记忆，无正经职业，喜欢嬉戏和游荡、无事生非或做非法营生，擅长京味调侃等。”[①] 20世纪八九十年代王朔小说中塑造的“顽主”形象给当代文坛注入了一股新鲜的血液。从表面上看，这些“顽主”们身上很难找到大众百姓的压抑和痛苦，他们自然、真诚、任性地面对社会，甚至会打破人们习以为常的社会价值和生活秩序，在那个似乎孤立了他们的社会中寻求一种存在感，在外人不懂甚至鄙夷他们的所作所为时，他们内心却始终有着坚定的自我认同和价值取向，尽管在行为和语言上他们所表现的是轻松诙谐，有些与周遭环境格格不入，甚至还会对外界发出自己的挑衅和反抗。然而，并不难发现“顽主”们的所作所为也是王朔内心的真实写照，某种意义上来说，王朔就是“顽主”，同样出身于北京的他经历了高考失利、经商不得意，为了讨口饭吃才开始写小说，之后误打误撞走上了写作的道路，所以他眼中的世界和人物都是异于一般作家的作品，他通过自己的笔触向世人宣告，这个社会的角落还有像于观、马青、杨重这样的人，他们游走于大众的边缘，做的每一件事看似“一点正经没有”，说过的每一句话也似乎好不着调，但就是这种人随时都在对这个社会的权威、传统提出挑战和反抗，才构成了这个社会纷繁复杂的景象。

① 王一川：《京味文学第三代：泛媒介场中的20世纪90年代北京文学》，北京大学出版社，2006年，第75页。

（二）冯小刚电影“北京爷”的塑造

从1997年的《甲方乙方》开始，冯小刚电影中的人物大都是以北京人的身份出现，这些角色身上都有“顽主”的性格特点，比如剧中的主要人物也并不是单位机关的人员，他们以“个体户”的身份出现，并依旧酷爱调侃和幽默，对于权威和传统也会进行嘲讽和谩骂，他们内心的孤寂世界依旧少有人能够理解。这种“顽主”式人物特点对于冯小刚电影角色的塑造有着重要作用。但应当意识到的是，冯小刚的贺岁电影最为典型的是以娱乐大众为主旨的商业影片，它无意去揭示人物复杂的性格和命运。相应地，由于制作者安于大众文化的操守，不以精英高雅自居，更不以反精英的姿态示人，也使得所树立的市民形象更接近普通观众的趣味和想象。这样，冯小刚在保存着顽主性格血脉的同时，便在自己的电影王国中打造了新一代的北京男性角色形象——“北京爷”，虽然这些人物身份、性格和处境各异，但冯小刚还是这样总结道：“调皮捣蛋是必须的，这一点首先就赢得了大家的欢心。没有人真正喜欢老实人，都是嘴上说……其次是，对于人性的弱点毫不掩饰，私心杂念也是层出不穷。可贵之处在于能够将心比心，对别人也能向对自己一样宽容。再次才是善良。大是大非面前不含糊，关键时刻友情为重……”[①] 显然，把这种行为心理特征固定在一个当代北京男性市民的身上，并不是随意为之的。从效果上看，由著名演员葛优饰演的“北京爷”形象的确表现得活灵活现，获得了亿万观众的喜爱。从审美风格上看，这种“北京爷”形象也着实在中国电影的人物塑造上是独特的，小人物、普通市民的形象成了荧幕主角，没有跌宕起伏的人物命运和扣人心弦的故事情节，小人物的优点和缺点都流露在观众面前，这样的角色设定显得更为接地气，更为自然。

① 冯小刚：《我把青春献给你》，长江文艺出版社，2010年，第130—131页。

三、创作思想的表达：从“真实残酷”到“民间性情”

（一）王朔作品的真实与残酷

“可以无耻，但不能伪善”[①] 一直是王朔作品所坚持的准则，他的作品是会对生活中最本真和原始的状态进行刻画和披露。首先他的创作立场是平民的，他把自己等同于作品中的人物，作品中的故事也大都是王朔对自己生活状态的反映。王朔曾这样表达过：“原来我一直轻视自己，认为自己的生活无聊、空洞、没意义，我认为应该过那种更有意义的生活，或者乃至在小说中描写更有意义的生活。我现在觉得，我这个生活无比重要，不能轻视，就是我自己过的这个。我就把这个写出来就可以了，我的生活才是我的根基，是我写作的原点，对我来说这么写就是表示我与伪生活的决裂，与那种按某种道理做人的生活的告别。”[②] 王朔的真实首先他是将自己人生的经历、体验融入了作品中：《看上去很美》是描述王朔在幼儿园的时光；《动物凶猛》是他在青少年懵懂状态下的真实写照；《空中小姐》是在军营时期的美好时光；《橡皮人》叙述了他经商的经历；《致女儿书》则是这位人到中年的父亲对女儿的苦口婆心。再次，王朔力图将生活中最真实的面目呈现在作品中，不论是最阳光的还是最黑暗的都可以在他的作品中看到。王朔小说中的顽主，他们每日在城市的角落里酗酒、赌博……不思进取，碌碌无为，以嘲讽和反叛为追求，作者毫不吝啬用大量笔触向读者展示了这一群人的空虚、阴暗的一面。

对人性的探索一直是文学作品所追寻的。王朔曾把自己比喻成当代鲁迅，这话虽然有些自吹自擂的成分，但王朔的作品确实也揭示着人性的丑陋与压抑。在一味追求物质利益最大化的同时，社会矛盾冲突加剧，导致了功利化、感官化和拜金主义、唯我主义的泛滥，人们的价值观也相应发

① 王朔、老侠：《美人赠我蒙汗药》，长江文艺出版社，2000 年，第 65 页。
② 王朔：《写作与伪生活》，长江文艺出版社，2000 年，第 9 页。

生了变化。王朔并不掩盖人们的这些欲望，他都会把笔下的人物贪恋女色、金钱、为富不仁等欲望展示在读者面前。在他的作品中可以看到《顽主》里喊出的“说什么都是假的，掏出银子来才是真的”。《过着狼狈不堪的生活》中男主公在情与欲中的挣扎。

进入21世纪后，王朔的生活状态也发生了变化，在与孙甘露的对话时说，“前辈梁左的去世，哥哥的去世，爸爸的去世，就像迎面给了我三个大耳刮子，基本把我抽颓了，让我陷入生死的思考”①。亲人朋友的离去，让王朔开始重新审视了生命、生活、灵魂、死亡等成了他不得不面临的话题，再加上生活和事业的双重压力，在这种绝望焦灼情绪的感染下，他甚至一度崩溃，“我告诉你我吸过，除了可卡因没碰过，别的我都试了，怎么啦！摇头丸我一闻就知道什么，吗啡我也接触过，病毒我全用过！这些都是我在心理崩溃时干的，我那时心理崩溃，价值观崩溃时，谁来关心过我，我就靠吸K粉、病毒过着呢”②。即便自己的生活方式和性格发生了扭曲，他也毫不掩饰其丑陋和真实的一面。

（二）冯小刚电影的民间性情

冯小刚对于电影的创作思想基本上拒绝了王朔作品中黑暗、空虚的色调，而较多的是表现出一种“民间性情”倾向。这种倾向一方面表现为冯小刚电影基本表现的都是与政府部门及精英层面相对应的市民生活面貌。市民社会往往是大众文化最理想的栖息地，冯小刚电影的表现形式和内容，都是市民社会所热衷的题材和内容，因而冯小刚电影也较为容易释放民众的消费潜能、个体情感体验和娱乐需求。另一方面，作为一名非科班出身的导演，在拍电影之前冯小刚在电视台做过电视剧《编辑部的故事》《北京人在纽约》的编剧工作。编剧的工作经历促使他能够更了解中国观众的情感诉求，对于电影中情感的表达和情节的设置更为“走心”。演员

---

① 王朔：《一辈子不老实，一辈子说瞎话》，《成都商报》2006年9月26日。

② 卢圆媛：《王朔披露私生活，自称吸毒嫖娼还有艾滋病》，《重庆商报》2007年3月28日。

宋丹丹在与冯小刚合作《私人订制》后评价曾冯小刚是一个很有“温度”的导演，这是因为冯小刚的电影无论是悲剧还是喜剧都充满了人文关怀和丰富的情感体验。

冯小刚曾这样概括自己对电影的创作：“我的电影有两样法宝——一个是平民性，这不是指吃喝拉撒，而是人民群众的愿望和想象力；另一个是传奇性，它能把生活变了形，让生活像长了翅膀一样飞起来。再加上我对观众有很好的判断力，这可能是我的优势。”① 对于冯小刚所说的“平民性”和“传奇性”的表达也都是基于冯小刚的民间性情，从《甲方乙方》到《私人订制》的十四部电影，可以看出冯小刚在“平民性”和“传奇性”的创作理念道路上越走越宽。

冯小刚电影所谓的平民性，并不是指叙述人们日常生活的家长里短，而旨在表达出人们在现实生活中的情感诉求及对现实生活的态度和愿景。这种表达在冯小刚的现实主义题材电影中尤为突出。冯小刚至今的十几部电影中，题材大都是现实主义的作品。一方面，在故事选取上，冯小刚电影将镜头投向了平凡小人物的情感，《没完没了》《不见不散》《非诚勿扰》、《非诚勿扰（2）》等作品的主角都是生活中平凡的小人物，他们的生活经历和情感诉求很容易与观众达到共鸣。但正如前文所说的，冯小刚的这些现实主义电影并不是关心人们的吃喝拉撒，电影的故事重点并不会放在人们买房买车、婆媳矛盾、朋友欺骗、家人背叛的事情中去。在他的电影中普通人的情感表达才是最重要的，让观众在电影中得到情感的宣泄和慰藉才是电影需要完成的。因此可以看到《不见不散》中的李元和李青虽然在美国打拼，但电影的主线却是两人的情感脉络走向，至于如何在美国艰苦创业则不是导演所要表达的；《非诚勿扰》虽也是以男主人公相亲的故事为背景，但影片也回避了相亲中有无车房的话题讨论，也是以主人公的情感走向为主线。可以看出，擅长拍摄现实主义题材电影的冯小刚骨子里是个具有浪漫主义情怀的人，他不同于王朔，他的电影无意去表达现实

---

① 《冯小刚眼中的中国电影：越战到底才能有出路》，《青年时报》2003年11月5日。

生活中真正的疼痛，而着力表达的是现实生活中人们的情感体验和生活态度。

冯小刚电影的传奇性首先体现在电影擅于创造“白日梦”，所谓的“白日梦”主要是指小人物在平常生活中想做又不可能去做的事，它往往带来想象与现实感的错位，既可以产生滑稽的效果，也会使观众在欢笑声中领略到普通人获得某种身份资源的可能性。《甲方乙方》作为冯小刚贺岁电影的开篇之作，便是一部普通人做“白日梦”的电影，电影中姚远等人，为他们的顾客提供了实现自己心中梦想的一次机会，而作为好梦的践行者姚远等人则在不同梦想的实践中充当了不同角色，他们也在别人的梦想中找到了属于自己的舞台。电影中的七个“白日梦”反映了当时人们的精神状态，“书贩的巴赫将军梦”“厨子的革命英雄梦”“大男子主义的受气梦”“穷人的与公主的爱情梦”“暴发户的吃苦梦”“美女明星的普通人梦”“绝症患者的房子梦”，不同职业、年龄、地位的人们内心都存有种种看似遥不可及的“白日梦”，他们都在好梦公司“成全别人，陶冶自己”的精神指导下获得了短暂的满足，这种精神上的慰藉和补偿，而观众只能通过电影才能实现。《私人定制》中“司机当清官梦”“大款变高雅梦”“穷人成富翁梦”“向环境道歉”的四个片段延续了《甲方乙方》中普通人实现大梦想的情节设置。只不过梦想的内容和思想意蕴更符合了当下人的精神状态。从上映时间相隔十六年的两部电影中可以看出冯小刚对于不同时代中国人生活状态的把握是十分到位的。

冯小刚电影的传奇性还体现在人物和情节的设置上，《天下无贼》是将贼作为故事的主角，这在中国电影历史中也是罕见的，尽管主角王薄是个贼，但从他出场就不招观众讨厌，原因就在于他为人处世的方式和价值观依旧和普通人一样，甚至为了保护傻根而与其他贼展开搏斗，最终失去了性命。“贼”本来是观众讨厌的角色，但冯小刚却将电影中的贼身上赋予了“英雄主义”情结，让他正义、勇敢、善良，当这种日常生活的体验与电影情景表达发生冲突时，“贼”变成了好人，“贼”消灭了“贼”，也达到了冯小刚电影所要表达的“天下无贼”世界中相信人性善良和淳朴的思想意蕴。除了在《天下无贼》的主角处理上较为特殊，冯小刚电影其他主角同样虽不够完美，有点蔫坏，但导演也都将他们处理得很讨人喜欢，这一点，从电影中的女主角的评价中便可以看出，“我一直对你印象挺好的。你人很乐观，鬼主意也多，就是有点淘气。其实你是个很招女孩子喜欢的人，就是说话有些刻薄。但心地还是很善良，对我也很好。”（《不见不散》）“他就是这样。大多时候像个魔鬼，但有时也像个天使。”（《大腕》）这些大部分由葛优饰演的男主角，虽然长相一般，但电影中都会安排与不同类型的美女产生爱情，这种有意的安排，也只可能在冯小刚的电影梦工厂中才能实现，所以，大众的情感满足最终只能是补偿性的、暂时性的。在电影的情节设置上，不管是喜剧还是悲剧，冯小刚电影的一般都会是以大团圆、温暖感人或是以给人希冀的结局收尾，这种结局的设置不单是电影本身情节的需要，还有冯小刚的性格使然，内心对于美好的向往，所以冯小刚电影一直凝聚着一股温暖、和睦的氛围也就不稀奇了。喜剧类的电影《甲方乙方》的客户们最终都会达成自己的心愿，《不见不散》中男女主人公会有情人终成眷属，《手机》里的严守一最终懂得了生活的真谛。悲剧类电影《集结号》中的谷子地最终给自己吹响了集结号，《唐山大地震》里的李元妮最终和自己的女儿和好如初，《一九四二》中的少东家最终解救了“我”的姥姥。虽然许多电影的原著作品没有这么美满的结局，但冯小刚作为一名电影梦的缔造者，在他的电影中还是给予了对于生活的无限憧憬和向往。

结　语

电影创作日趋成熟的冯小刚从对文学作品中探寻自己电影的思想意蕴，到如今在电影创作方面形成了自己的风格和品牌，十几年间他的电影与中国当代文学的合作，使冯小刚电影无论在叙述内容、人物形象和思想意蕴的表达上都一直在不断地突破和进步。在几位当代作家的帮助和指引下，他的电影不仅是只有笑料和幽默，就近几年的作品来看，冯小刚的电影充满了对人性的考量、历史的思索并极具人文关怀，可见，冯小刚在自己的电影世界中探寻出了一条属于他自己的道路，而且越走越宽广。刘震云曾说，“冯导演对生活和艺术的理解的深入，对结构、对话、语感、情绪、高潮和声音的把握，已经超越了许多专门从事写作的作家”①。因此，也有人将冯小刚纳入了中国电影“大师”的行列中，虽然说所谓的“大师”没有一个标准的门槛和指标，但电影大师的作品则应该是值得人们去反思和品味的，也是经得起时间的沉淀和磨砺的，对电影史的发展有着标志性作用的。但冯小刚的电影究竟能否符合“大师”电影的标准，冯小刚离电影“大师”还有多远的距离，刘震云在冯小刚自传《我的青春献给你》序言中给出了答案：“冯小刚对中国电影有非凡的贡献，现在我想说，他距成为一个对电影有贡献的大导演，仅剩一点七公里。”② 刘震云所说的这一点七公里道路也正是冯小刚在今后的创作道路上需要不断探索的，中国电影需要他更出色的作品，电影大师的门槛也会一直给他留一个专属通道。但古人云“行百里者半九十”，冯小刚的这一点七公里走的应该更加谨慎和平稳才好。

电影作为一门独立的艺术，它的成长和发展需要对各类艺术的精华进行吸收，但同时也是一个融合和改造的过程，在这一过程中，文学的因素更多的是作为一种精神的价值、审美的价值结合在电影文本中，这种有机的结合需要电影人不断地体会和探索。对于中国电影而言，电影也成了考量一个民族文化软实力的重要因素，如果一个民族的电影从不去思考到不会思考，那么这个民族电影的重量是值得怀疑的，中国导演如果要抗住肩上电影的重量，不妨同冯小刚一样，多去文学的土壤中吸取能量后再上路。

---

① 冯小刚：《我把青春献给你》，长江文艺出版社，2010 年，第 11 页。
② 冯小刚：《我把青春献给你》，长江文艺出版社，2010 年，第 11 页。

文学镜照中的冯小刚电影

——以和刘震云的合作为例

□赵海峰[①]

内容摘要：冯小刚导演的电影作品与当代作家的合作密不可分，其中与作家刘震云的合作成为他电影风格转变的关键，“新写实”风格的《手机》先电影后小说的逆向改写，电影《一九四二》对“新历史”小说《温故一九四二》的故事重构，体现了文学和电影之间的良性互动，达到了思想性和艺术性结合的新高度。

关键词：冯小刚；刘震云；文学；电影

冯小刚作为中国电影导演的中流砥柱，他的成名可以追溯到1997年的《甲方乙方》，首开大陆“贺岁电影”先河，此后一发不可收拾，多部电影都取得了票房和口碑的双赢，也让他实现了从偏居中国电影艺术大殿一旁的“耳房”到“正殿”地位的转变。反观冯小刚的电影，可以看到他一直在求新求变，最明显的变化是从娱乐性的贺岁喜剧走向对现实社会和人生的深度关怀和思考。其间，他一直重视文学作品的改编，如《甲方乙方》

① 赵海峰（1987—），男，河南邓州人，文学硕士，重庆育才中学一级教师，主要从事文学教育研究。基金项目：本文为中央高校基本科研重点项目“大众传播时代国产电影的文学性与当下性研究（项目编号：100030－2120121766）；重庆市社科规划一般项目“学科融合视域下新世纪中国电影的日常生活叙事研究”（项目编号：4311800311）的阶段性成果。

改编自王朔的小说《你不是一个俗人》和《玩的就是心跳》，《一声叹息》改编自王朔的小说《过着狼狈不堪的日子》，《天下无贼》改编自赵本夫的小说《天下无贼》，《集结号》改编自杨金远的小说《官司》，《唐山大地震》改编自张翎的小说《余震》，《一九四二》改编自刘震云的小说《温故一九四二》。除此，冯小刚电影风格的转变与当代作家的合作是分不开的，最有代表性的就是他与作家王朔和刘震云的合作。冯小刚曾说王朔是他电影拍摄道路上的"北斗星"，而刘震云则是"灯塔"，都是他电影道路上的引路人。刘震云的作品是严肃深沉又不乏幽默诙谐，难能可贵的是，面对影视对文学的冲击，他既能参与文学作品的影视改编，同时又能保持一个作家创作的独立性。刘震云对冯小刚的影响主要体现在两个方面：一是思想内容的深化，二是人文精神的彰显。当别人都在谈论冯小刚电影的商业性时，刘震云能看到冯小刚"一直不失赤子之心"[①] 的真性情的一面，又能看到冯小刚电影开创了"另一种话语系统和叙述方式"[②]；当别人都在谈论冯小刚电影的喜剧性时，他却看到冯小刚电影喜剧效果下，他"内心的忧伤"[③]。在泛娱乐化的今天，中国电影的发展仍离不开文学的滋养，刘震云文学创作对冯小刚电影风格的转变有重大影响，主要以他们合作的《手机》和《一九四二》为例。

一、电影《手机》：回归日常话语的"新写实"

电影《手机》是冯小刚和刘震云时隔十年后的再次合作。相较于冯小刚第一次对《一地鸡毛》这部作品采取由小说到电视的"忠实移植"的创作态度，《手机》采取了先电影后小说这样逆向的创作模式。这种方式引

① 冯小刚：《我把青春献给你》，长江文艺出版社，2010 年，第 5 页。

② 冯小刚：《我把青春献给你》，长江文艺出版社，2010 年，第 9 页。

③ 一盈：《"鬼马"作家·中原"瓜农"——专访刘震云》，《读者·原创版》2007 年第 12 期。

起了许多争议，这种创作模式是一种进步还是文学成为电影的“尴尬跟班”[①]？是严肃文学走向“边缘化”的标志，还是文学重新夺回读者的一种手段？《手机》源于刘震云和冯小刚的日常交往，当时冯小刚正在为一部轻喜剧《老吴太太》的剧本改编而苦恼，恰好刘震云向冯小刚提示了剧本创作要敢于“向生活要艺术”。在他俩看来，手机这样一个科技产品，本来是为了方便当代人交流沟通的一个通信工具，却由于人们“为了掩盖手机里藏着的秘密，人们开始说谎和言不由衷；手机本来是用来沟通的，但它却使人变得心怀鬼胎”[②]。当代人的这种“嘴与心”的分离，触发了刘震云的创作热情，他想要“给每一部手机消毒，净化我们的社会空气”[③]。由刘震云编剧的《手机》是冯小刚电影风格转变的一个成功个案，电影主要讲述了小说中的第二部分：通过严守一和三个女人之间的情感纠葛，来展示现代都市中一部分人的精神状态和生存状况。电影按照序幕、发展、高潮、结局的先后来呈现，基本上是围绕谈话节目《有一说一》进行的，对少年严守一的展示只占了整部电影的三分钟时间：严守一陪吕桂花到镇上打电话。在电影主体部分，又回归到对日常生活的关注，它在幽默的背后加入了深层的文化思考，并把刘震云那种带有“苦涩”味道的荒诞感呈现了出来，从而有别于以往的“冯氏特色”。刘震云曾说：“有趣的人分两类，一类是他一说话你就会笑，还有一类是他说话时你没笑，可是你一出门，你‘扑哧’笑了，晚上躺被窝里，回头一想，又‘扑哧’笑了。第二次笑与第一次笑不一样，第一次笑细节，第二次笑整体。在这点上，河南人特别擅长。他会一本正经地讲述一件事，态度非常严肃，有时甚至会把对方说哭。但哭着哭着可能‘扑哧’笑了，回到家后，又‘扑哧’笑了。我觉得这才叫真正的幽默，也是我所追求的幽默效果。”[④] 可见，刘震云追

---

① 李建军：《尴尬的跟班与小说的末路——刘震云及其〈手机〉批判》，《小说评论》2004 年第 2 期。

② 冯小刚：《我把青春献给你》，长江文艺出版社，2010 年，第 175 页。

③ 冯小刚：《我把青春献给你》，长江文艺出版社，2010 年，第 175 页。

④ 一盈：《“鬼马”作家·中原“瓜农”——专访刘震云》，《读者·原创版》2007 年第 12 期，第 38 页。

求的是事情本身的幽默，喜中带悲的效果，让读者与观众发现整个事情背后的荒诞。在这部电影中，发生在主人公严守一身上的每件事都颇具戏剧性。一场场戏剧化的情节，也让手机变“手雷”的主题在影片中有所体现。在影片最后用严守一的“失语”来展现都市人夸张变形的脸，预示着他内心的懦弱不堪。这些戏剧化的表现方式，让人在忍俊不禁中回味思索，体味到一种在荒诞人生中带有一丝喜剧色彩的悲剧情愫。

《手机》是冯小刚电影风格的转折点，在以往冯氏电影的语言幽默外，更大程度上地体现了人文性，不仅对都市人的日常生活状态进行了“写真”，还对都市里的人性欲望进行了深刻的剖析。虽然仍然有“做人要厚道”“审美疲劳”等冯氏调侃，但更多的是去展现都市人的身心分裂，生存的荒诞性。冯小刚曾说，“我的电影有两样法宝——一个是人民性，这不是指吃喝拉撒，而是人民群众的愿望和想象力；另一个是传奇性，它能把生活变了形，让生活像长了翅膀一样飞起来。再加上我对观众有很好的判断力，这可能是我的优势”①。这部影片展示的是对日常生活的关注，这种“向生活要艺术”的创作理念，虽然和冯小刚之前的电影一样，重在表现日常生活和世俗百态，但是因为刘震云的因素，融入了一种更深层的人性洞悉和文化思考，还希望通过乡村世界的质朴美好来为迷失的都市人找回自我，尤其是“奶奶”形象的塑造，她拒绝现代化的通讯工具，仍然用传统的“捎口信”的办法来传递消息。她多年生活在乡间，有对传统价值的坚守，让都市欲望中迷失的严守一重新找到精神上的依靠。严守一由于和沈雪置气而把手机放在家，错失了与奶奶见最后一面的机会，这也让他在影片结尾意识到“自己在世界上是个卑鄙的人”，把象征着现代文明的手机投入到熊熊大火之中。刘震云在接受采访时也表示，“我觉得《手机》的主人公不是严守一，而是严守一的奶奶，她相信人类的诚实，相信人的善良，相信人的宽广，更重要的是她相信远见”②，奶奶的形象在电影里的

---

① 《冯小刚眼中的中国电影：越战到底才能有出路》，《青年时报》2003年11月5日。

② 《飞翔的文学幽默之美——作家刘震云》，http://www.zuojiachubanshe.com/shipin/zjft/41.shtml

出现也是对现代都市文明的反思，刘震云和冯小刚的这次合作，使冯小刚电影在好看的基础上更多了可阐释的精神空间。

二、电影《一九四二》："新历史"视野下的故事重构

由冯小刚执导、刘震云编剧的电影《一九四二》，在2012年岁末上映，它改编自刘震云的调查体小说《温故一九四二》，由王朔向冯小刚推荐，历时十九年才拍摄成电影。要改编《温故一九四二》这样一部"没有故事，没有人物，没有情节"① 的小说，对于冯小刚和刘震云来讲不仅极具挑战而且意义重大。

《温故一九四二》是刘震云由"新写实"小说向"新历史"小说转向的代表作，但它又与同时期其他新历史小说不同。他曾说："严格意义上讲《温故一九四二》不叫小说，因为小说有一个最大的特质，它应该是虚构的。而《温故一九四二》是一个非虚构的作品，换句话说这是一部纪实作品。"② 这部小说，是他受朋友之托而写，不同于以往的小说有人物、情节等基本因素，它更接近于一篇调查报告。刘震云主要通过走访当年灾民、查阅记录国民政府官员的报纸和外国记者的报道，在小说中，刘震云采用庞杂的线索，通过大量的引述材料，客观地再现当年的灾难。显示出他对国民性批判和内在的悲悯情怀。小说通过"我"——一个灾民后裔的叙述视角来讲述所见所闻，体现了刘震云力图客观呈现当年灾害情形的努力，这种以个人讲述历史的方式也是他的"新历史主义"叙事的体现。新历史主义中的历史叙事与传统历史叙事不同，传统历史叙事通常以宏大历史事件构成"国家叙事"，它"在很多情况下可能真正'剔除了人民'的模式，它的汪洋恣肆和冠冕堂皇的历史叙事中所有生命体的个人内涵与经验

① 刘震云：《温故一九四二——一部小说和一部电影的缘分序》，长江文艺出版社，2012年。

② 《编剧刘震云：俺娘从哪儿来？1942》，《三联生活周刊》2012年第46期，第47页。

都被删除了，剩下的只是对权力政治和伟人意志的膜拜"[①]，如关于通俗帝王系列的小说与红色革命年代的小说就是宏大叙事的典型，通过讲述英雄梦想来为现在的统治找到合法依据，从而让被统治者接受。我们可以看到新历史叙事恰好是与传统历史的叙事中关注的对象是不一样的，新历史叙事是关注个体生命，讲述小人物的历史叙事。作为新历史主义小说作家，刘震云所寻找的是"小节而不是大局，是芝麻而不是西瓜"[②]。他想要关注的是小人物的故事和边缘化的历史事件，体现了他对个体的尊重，用民间的叙说方式打破历史宏大叙事的模式，体现出历史的无限丰富性。

（一）主题的重构

小说《温故一九四二》为了保证调查体的客观和真实，而采取多线并行，重叠叙事手法，没有一个完整的故事和中心人物。但电影不同，为了能够吸引观众进入影院观看就必须有一个完整的故事，正如电影符号学大师麦兹曾说，"不是由于电影是一种语言，它才讲述了如此美妙的故事，而是因为它讲述了如此美妙的故事，它才成为了一种语言"[③]，可见一个完整的故事对电影是多么重要。在电影《一九四二》中主要采取了两条主线和三条副线相交叉来讲述故事。这两条主线：一是以老东家和瞎鹿一家为代表的灾民路线，另一条是以蒋介石为代表的国民政府。三条副线是：以白修德为代表的外国记者的报道，以梅甘为代表的传教士救灾群体和侵略中国的日本人。在这五线并置相互交叉的叙事中，灾民是这场灾难的承受者，同时也是推动故事讲述原因的动力。冯小刚说电影《一九四二》的剧本曾数易其稿，其间经过十年的修改磨炼，问题被一一发现，最大的收获就是"人物之间的关系发生了巨大的转换，这些转换有力地推动人物向前

---

① 张清华：《中国当代文学的历史叙事·海德堡讲稿》，北京大学出版社，2012 年，第 40 页。

② 刘震云：《温故一九四二——一部小说和一部电影的缘分》，长江文艺出版社，2012 年，第 4 页。

③ 麦兹：《现代电影与叙事性（上）》，《世界电影》1986 年第 2 期。

发展”[1]。虽然电影和小说都是对灾荒的呈现，但电影的主题与小说有很大的不同。小说表现的是在灾荒中人与人之间的麻木与残酷，电影则是展现人性的复苏和人与人之间的温暖，体现了创作者试图寻找多灾多难的中华民族之所以延续下去的根本原因。

刘震云在接受采访时说：“任何一个角落里都会有黑暗，但这个黑暗的地方一定不全是黑暗。黑暗是因为有光明的对比。最黑暗的时候，人和人之间那种人性微小的善意，散发出一些微弱的光芒。这点微弱的光芒照亮了这个民族的未来，而不是任何别的。不是我们每天能够听到见到的这种大而无当的话。”[2] 这些话包含了他们对这部电影的主题思考，即在灾荒面前，善良和互助才是照亮民族前进的希望之光。

以东家老范和佃户瞎鹿一家为代表的灾民们，不断的灾难使他们在绝望的逃荒路上挣扎，但他们仍有对未来抱有希望，渴求“走下去，活下去”。瞎鹿在灾荒年，不离不弃地对老母亲尽孝；星星卖掉自己时凄楚的表情下满是对生存的无奈；花枝临走前把囫囵棉裤留给栓柱，以及栓柱对东家、对自己仅过了一夜妻子的承诺守护等情节，影片中有关小人物命运转折的片段让人唏嘘的同时又不乏感动。在片尾，失去所有亲人的老东家，抱着只是想死得离家近点的念想，却在人潮中遇到一个同样孤苦无依的小姑娘。一声“爷”，让素昧平生的两人通过“认亲戚”的方式点燃了活下去的勇气。在影片中我们看到了历史深处的希望，当老东家和小姑娘沿着山坡走的时候，满山遍野开满了桃花，预示着一条新生道路展现在观众面前。

如果说灾民的代表是东家老范和佃户瞎鹿，那么电影中国民政府的代表则是蒋介石。导演在塑造蒋介石的形象时，摒弃了小说中对蒋介石“甩包袱”行为的批判态度，采用相对客观的历史态度来塑造这一形象。把背

---

① 刘震云：《温故一九四二——一部小说和一部电影的缘分序》，长江文艺出版社，2012年。

② 张英：《“黑暗的地方一定不全是黑暗”——〈一九四二〉拍出和没拍出的》，《南方周末》2012年12月6日第E27版。

景设置在民族危亡之际，国民政府为抗日付出了巨大代价的同时，在国际上又受大国欺负。在这样的形势下，以蒋介石为首的国民政府只有采取“甩包袱才能顾全大局”的策略。电影如实展现他当时的处境，面对军阀割局时蒋介石不由地感叹：“有的时候，我十分怀念北伐时期，一呼百应，所向披靡，那时身上没有负担，尽可以和民众站在一起”，而他得知饿死300万河南同胞时在教堂里深深忏悔的身影，很难说他曾经料到会出现这一局面。导演通过对蒋介石的这一形象的塑造，试图客观再现当政者，让人们看到蒋介石的两难抉择，在选择挽救国土还是民众、在维护自己的统治和民心走向之中进退维艰。

“文学名著的影视改编首先是情节和结构的改编”①，从电影《一九四二》的改编，可以看到导演对小说中灾荒主题的延续，但与小说不同的是，电影少了小说冷峻的批判而多了人性的温暖，这一主题的改变一方面是由于考虑到电影的受众和电影的审查制度，另一方面也得让广大电影观众在情感上得以接受。

（二）情节的重建

电影主题和电影情节是相辅相成的，电影主题的改变也带动电影情节的重新改编。刘震云说，“故事是驱动电影最主要的元素”。电影《一九四二》客观呈现了灾荒情境下人的生存状况，并没有展现出激烈的矛盾冲突，就像冯小刚所说，“小说没有故事，没有人物，也貌似没有态度没有立场”②，这部电影在他看来“主角写的是民族感情，情节写的是民族命运”③。

为了突出事件和画面，冯小刚主要从三方面对小说进行改编：一是整合两条主要叙事线索来进行叙事，把灾民的遭遇集中在瞎鹿和东家老范身

① 张宗伟：《中外文学名著改编》，中国广播电视出版社，2002年，第54页。

② 刘震云：《温故一九四二——一部小说和一部电影的缘分序》，长江文艺出版社，2012年。

③ 刘震云：《温故一九四二——一部小说和一部电影的缘分序》，长江文艺出版社，2012年。

上，通过他们的眼睛来展现灾民逃荒路上的悲惨境遇；二是从国民党官员身上，上至蒋介石、李培基和蒋鼎文，下至老马等人，通过他们的救灾，展现他们当时的客观处境以及救灾官员的腐败；三是删除小说中狗吃人、易子而食、易妻而食的惨烈景象，只通过白修德的拍摄和报告等短暂镜头来展现这些事实。

电影更加具体而真实地展现了灾民们的生活场景，呈现出一幅“千里饿殍图”：为了一口吃的，人们把树皮碾成粉烧成汤水来充饥；为了一口吃的，星星杀掉自己心爱的猫，最终也只有把自己卖到妓院里；为了一口吃的，花枝卖掉自己，救活两个孩子……这些场面充分展现了饥饿境况下人的生存状况。在电影中一些细节的点滴展现，更能让人切身感受到灾难，诸如最后老东家在面临空中日本军机的轰炸，靠扒火车到达陕西时，一不小心捂死了自己的小孙子，他生命中唯一的希望就此破灭，这些情节使得影片更加真实。

在灾民逃荒的路上，“我”故乡的亲人们，从延津到陕西这一路，他们凭着感觉一路向西。在他们逃荒途中，通过影屏上打出“逃荒第几天，离家多远”的字幕，表现在时间和空间上，距离家乡越来越远，整个逃荒过程越来越难，逃荒本来是为了生存而人们在逃荒的路上却一直在失去亲人，让中国人传统意义上血缘关系的家变得支离破碎，直到影片的结尾老东家通过让小女孩认自己为“爷”，这种认亲戚的形式使得传统意义上中国“家”这个核心得以维系。在逃荒的途中，灾民们没有抱怨，没有呼天抢地的镜头，他们表现得不愠不火，顺天安命：饥荒来了，就按着上辈人的习惯出去逃荒；面对飞机轰炸，死亡来临，都坦然接受……在这些悲剧性的画面中，电影中以喜剧化方式得以呈现：“死了好，死了少受罪”“辱没先人”等。在影片中，这些本应表达灾民义愤的情节，却都以幽默化的手法来表现，对于他们来讲没有去思考制度，也没有叩问上苍，只是选择逆来顺受，选择几千年来中国人的生存哲学，这种面对生死的“黑色幽默”，来面对世界的不公平与自己的内在矛盾达成和谐一致的生存状态。

电影《一九四二》的情节改编是成功的，导演并不是对小说主题的生硬照搬，而是加入了自己对主题的重新阐释，另外也结合电影的大众性等因素，使得在情节上的改编恰到好处。

（三）人物的重塑

在小说中，“人物支撑起对人类生存本象进行全方位曝光的重任。但这种支撑具体又是有各种不同角色分别承包”[①]，在《温故一九四二》中，人物塑造不是作者的主要目的，他主要是要让人们记住这场被人们遗忘的灾难，揭露政治的黑暗和腐败。在小说中出现的人物大多是通过采访当事人和历史中出现的人物，没有一个串起来的完整故事。因此在电影改编中，主题的改变必然要求情节的改编，情节的改编亦离不开电影中人物形象的塑造。《一九四二》中的人物塑造，主要是通过增添人物、细节刻画等手段来完成的。

电影《一九四二》经过改编出现的主要角色和次要角色有七十个之多。这些形象主要分为三类，一是灾民的代表东家老范一家：女儿星星、儿媳、长工拴住、地主婆和佃户瞎鹿一家：瞎鹿的母亲、妻子花枝、女儿铃铛、儿子留宝等，他们是灾民的代表，也是虚构出来的人物；二是以蒋介石为首的国民党政府官员，主要有河南省政府主席李培基、军方代表蒋鼎文、贪污救济粮的军需官和商人罗武，他们在历史上是真实存在的，是当时国民政府官员的代表；此外还有外国记者白修德、意大利牧师梅甘等，他们是在对灾荒表示关注并做出行动的外国人代表。电影通过画面，展现了小人物逃荒的艰难和各色人物对待这场灾荒的态度，从而呈现出当时的复杂性。冯小刚通过电影塑造了各类人物：处在领导人地位又无奈的蒋介石、一心为民的河南省主席李培基、自私又有点可爱的老东家等。以老东家和蒋介石为例，东家老范是电影中变化最大的人物形象，是一个从无所不有到一无所有的“圆形”人物。影片开头，他纵容自己的儿子调戏花枝，只是骂了一句“牲口”，就走开；在灾民“吃大户”时，他一边打感情牌，一边让拴住去报官；在灾民抢了他家后，他的态度是出去“躲

---

① 徐岱：《小说叙事学》，商务印书馆，2010年，第157页。

灾”，又给拴住一个要把女儿嫁给他的空头许诺，让拴住死心塌地的跟着他。他有着地主的老谋深算而又实实在在的一面。但在逃荒路上他性格有了巨大的转变，在瞎鹿的母亲病重时，他拿出一碗小米救济；在儿媳妇将死时，他否定了老婆要喂孩子吃最后一口奶的决定；到达陕西之后，他救了一个素不相识的孤苦无依的小女孩。老东家的形象在逃荒途中渐渐突破了传统地主形象的冷酷自私，而被塑造成一个有情有义的人。

蒋介石的形象塑造也是很成功的，小说《温故一九四二》用了大量的心理描写来塑造蒋介石，这在影片中是薄弱之处。导演在塑造这一形象时避开了小说的内聚焦模式，采用许多精简对白、肢体语言和面部表情来塑造蒋介石的形象，如在听说河南饿死三百万人时，蒋介石在教堂里的忏悔，镜头中他擦下眼泪的画面，呈现了一个被定型了的历史人物人性化的一面。

电影是一门年轻的艺术，而文学已经枝繁叶茂了，电影也是内容产品，除了娱乐性追求外，还应该从文学中吸取养料，给观众提供更丰富的精神营养。冯小刚电影坚持“内容为王”，注重与当代作家的深度合作，注重文学作品的电影改编，从文学中去寻求好的故事，加强电影的文学性，追求电影商业性与艺术性、票房与口碑的双赢，为国产电影最终能够走上可持续发展的道路提供了宝贵的经验。

《诗学》征稿启事

《诗学》是西南大学中国诗学研究中心、中国新诗研究所于2009年创办的诗学辑刊，自2020年起每年出版两辑。常设栏目有中国现代诗学、比较诗学、翻译诗歌研究、音乐文学研究、少数民族诗歌研究、抗战诗歌研究、当代川渝新诗研究、新来者诗歌研究、鲁迅文学奖诗歌奖获奖作品研究、格律体新诗研究、海外华文新诗研究、硕博新诗论坛，等等。欢迎惠赐稿件。

稿件要求：

一、文章形式与结构

1. 稿件形式为学术专论。

2. 文章必须未曾在其他正式刊物上发表，每篇字数为8000—15000字，重要选题可不受字数限制。

3. 标题。

文章标题层级：一，(一)，1，(1)，①，尽量控制在4级以内。标题应整饬、简洁、有学术味，25字以内。

4. 论文需中文摘要和关键词等。摘要字数为200—300字；关键词3—5个，中间用“;”隔开。

5. 作者简介：需提供作者姓名、性别、出生年月、籍贯、所在单位(具体到院系或研究所)、职务或职称、研究方向等。

6. 来稿若为科研立项成果，请提供具体信息。首页注释基金项目，

例：基金项目：本文为国家社科基金重大委托/重点/一般/青年项目“项目名称”(项目编号：12345678)阶段性成果。

7. 正文字体为宋体五号，每段首行空2个字符。正文中出现的独立引文用仿宋五号。独立引文第1行首空2个字符。独立引文前后各空一行，

首尾不加引号。

二、注释体例与技术规范

1. 采用页下注。本刊不另列参考文献，相关参考与引用文献皆在注释中说明。一律采用页下注，每页重新编号，使用带圆圈的阿拉伯数字序号，如①②。注释用宋体小五号。

2. 中文注释。中文参考文献，请按照《信息与文献参考文献著录规则》（GB/T 7714—2015）执行。

（1）期刊：作者，文题，刊名及年卷（期）。

例：郑敏：《世纪末的回顾：汉语语言变革与中国新诗创作》，《文学评论》1993 年第 3 期。

（2）报纸：作者，文章名，报纸名称，出版日期。

例：吕进：《双城文化二重奏》，《社会科学报》2021 年 5 月 26 日。

（3）专著：作者，书名及卷册，出版者，出版年，页码。

例：吴宓：《吴宓诗话》，商务印书馆，2005 年，第 66 页。

孙锡信：《唐五代语气词的更迭》，郭锡良主编：《古汉语语法论集》，语文出版社，1998 年，第 609 页。

［美］艾米莉·狄金森：《狄金森诗选》，王柏华等译，四川文艺出版社，2020 年，第 19 页。

3. 外文注释。

标注方法与中文文献相同，书名、刊名用斜体，论文名加引号。格式为：作者，书名或篇名，出版社，出版年，页码。

例：Christopher Dyer，*An Age of Transition? Economy and Society in England in the Later Middle Ages*，Oxford：Oxford University Press，2005，pp. 3—5.

T. H. Breen，“An Empire of Goods：The Anglicization of Colonial America，1690—1776”，*Journal of British Studies*，vol. 25. no. 4，1986，pp. 467—499.

4. 其他说明

（1）非引用原文者，注释前加“参见”二字。

（2）引用资料非引自原始出处者，注释中注明“转引自”。

（3）公历世纪、年代、年月日、时刻、图表序号均用阿拉伯数字。年份不能简写。

三、本刊目前只接受邮箱投稿，投稿邮箱为：xinshisuo1986@163.com。请在邮件主题中注明“《诗学》投稿＋作者单位＋姓名＋文章名”。为保证投稿文章内容无误，投稿时请提供 Word 和 Ppf 两种格式的电子文档。来稿请在文末注明作者简介、作者单位、电子邮箱、联系电话、通信地址等信息。

四、作者须确保投稿文章内容无任何违法、违纪内容，无知识产权争议。遵守学术规范，引文、注释应核对无误。严禁剽窃、抄袭，反对一稿多投。

五、本刊不收取任何形式的版面费。

六、本刊已许可中国知网以数字化方式复制、汇编、发行、信息网络传播本刊全文。所有署名作者向本刊提交文章发表之行为视为同意中国知网拥有对该论文的著作使用权。如有异议，请在投稿时说明，本刊将按作者说明处理。

七、本刊实行匿名审稿制，审稿期限为 3 个月。稿件一经采用，寄送样刊两册。未用稿件，恕不退稿，三月内未收到用稿通知，可自行处理。

《诗学》编辑部

图书在版编目（CIP）数据

诗学. 第十四辑 / 吕进，向天渊主编. — 成都：巴蜀书社，2021.10

ISBN 978-7-5531-1560-3

Ⅰ.①诗… Ⅱ.①吕… ②向… Ⅲ.①诗歌研究—中国—当代 Ⅳ.①I207.22

中国版本图书馆 CIP 数据核字（2021）第 213464 号

诗学（第十四辑）
SHIXUE

吕　进
向天渊　主　编

责任编辑	陈亚玲
出　　版	巴蜀书社
	成都市槐树街 2 号　邮编 610031
	总编室电话：(028)86259397
网　　址	www. bsbook. com
发　　行	巴蜀书社
	发行科电话：(028)86259422　86259423
经　　销	新华书店
照　　排	四川胜翔数码印务设计有限公司
印　　刷	成都蜀通印务有限责任公司　（028）64715762
版　　次	2021 年 11 月第 1 版
印　　次	2021 年 11 月第 1 次印刷
成品尺寸	170mm×240mm
印　　张	20
字　　数	350 千
书　　号	ISBN 978-7-5531-1560-3
定　　价	72.00 元